Wall Breaker

1

Collision

Biographie

Solenn Sakly aime transformer les émotions en mots. Sa plume sensible et engagée nous transporte dans des histoires d'amour qui résonnent au plus profond de nous, des récits passionnés qui invitent à la réflexion tout en touchant au cœur.

SOLENN SAKLY

Wall Breaker

1

Collision

addictives poche

Avertissement

Attention, certaines scènes peuvent heurter la sensibilité des lecteurs.

Trigger warnings :

Drogue
Homophobie
Meurtres
Misogynie
Séquestration
Sévices physiques
Sexisme
Torture
Transphobie
Violence

1

Saul

Depuis mon réveil, j'ai un nœud au bide qui ne veut pas se barrer. Ce n'est pas vraiment un mauvais pressentiment. Malgré tout, j'éprouve un malaise grandissant que je ne parviens pas à dissiper ces derniers jours.

Sûrement dû à la soirée d'initiation qui m'attend demain.

Si nombre de mes potes hurleraient de joie à ma place, ce n'est pas mon cas. J'appréhende ce moment depuis des années et l'heure est, hélas, arrivée. Je vais très bientôt appartenir au gang des West Eagles Nation – WEN pour les initiés.

Le rite de passage s'effectue généralement lors de nos 16 ans : j'en ai 17 actuellement. J'aurai au moins réussi à grappiller un an. L'unique fois où j'ai remercié le ciel durant une descente de flics ! Ce jour-là, ils ont coffré Nichols et Bible, deux des trois chefs des WEN, suspendant momentanément toutes les activités non urgentes du clan. Ce n'est que récemment qu'ils sont tous sortis de taule avec une probation. Et pour fêter ça, rien de mieux qu'agrandir la famille par une intronisation.

Au programme : alcool, drogue, putes et bastons. La première fois que j'ai participé à leur orgie, c'était le jour de mes 11 ans. Mon daron, Chayton Fox, le troisième chef des WEN, m'a incité à boire plusieurs bières, puis a réquisitionné deux de ses favorites pour faire de moi un « homme ». Après ça, c'est le trou noir. Et tant mieux. Je n'ai pas envie de me souvenir de ce genre de détails glauques. Ce n'est pas ainsi que je concevais ma première fois, mais c'est ainsi qu'est ma vie…

Et je la déteste au plus haut point.

Au grand désespoir de mon paternel, je n'ai aucune envie de marcher dans ses pas. Toutefois, je ne suis pas assez bête pour le formuler à voix haute. Les West Eagles Nation sont mon sang. Les renier, c'est la mort assurée. Que je le veuille ou non, ma voie est tracée depuis ma naissance, qu'importent mes aspirations.

De toute façon, ici, le rêve n'est pas permis. Faire partie d'un gang est le seul moyen de garantir sa survie. Et, paradoxalement, c'est aussi avec le gang que la vie s'achève. On vit pour lui, on meurt pour lui.

Malgré tout, jusqu'à récemment, j'essayais d'être confiant. Il me suffisait de tenir encore un peu, juste le temps de passer mon bac et d'économiser assez d'argent pour me tirer d'ici avec Sevan, mon petit frère. N'importe quelle ville loin d'Harrington aurait fait l'affaire. Malheureusement, je n'ai plus que quelques heures de liberté devant moi. Dès demain, je serai un membre officiel de l'un des plus gros gangs de la région, ce qui scellera définitivement mon destin. Tout comme mon daron, j'aurai les initiales WEN gravées sur ma peau à jamais, afin de me rappeler que ma vie est dédiée au clan. Pour toujours.

– Le frigo est vide, m'annonce Sevan lorsque je pénètre dans notre salon microscopique.

Nous vivons sur une petite péniche délabrée, sur les bords d'Howl River, et la place est limitée. Très limitée. Alors, pour que mon frère et moi disposions chacun de notre espace personnel, nous avons dû procéder à quelques aménagements. Ainsi, notre séjour fait également office de cuisine, de salle à manger et de chambre du daron quand ce dernier daigne rentrer.

La pauvreté est inhérente aux habitants de West River – le quartier déshérité d'Harrington –, elle nous colle comme une seconde peau. Le taux de chômage est exponentiel de ce côté de la ville. Le seul moyen de ne pas grossir le nombre des miséreux est de faire partie d'un gang.

Sauf quand on s'appelle Fox, visiblement.

Nous devrions être riches, puisque mon vieux brasse des milliers de dollars. Mais ce n'est pas le cas, loin de là. Ce connard dilapide son fric en un instant dans les jeux, l'alcool et les putes. Du coup, je dois sans cesse piocher dans mes économies pour couvrir les dépenses de tous les jours et je galère pour épargner le moindre cent. Raison pour laquelle on ne s'est toujours pas barrés d'ici, Sevan et moi.

– Du coup, je t'ai préparé une omelette sans œufs, continue-t-il avec une pointe de fierté dans la voix en me désignant une assiette vide. J'espère que tu aimeras.

– J'adore. Tes talents culinaires ne cesseront jamais de m'impressionner !

Ma remarque lui tire un large sourire et je constate avec amertume que son visage s'est encore émacié. Il a 13 ans, mais il en paraît moins tant il semble chétif.

En deux enjambées, je suis dans ma chambre. Je vérifie qu'aucun œil indiscret ne m'épie, puis passe une main dans la taie de mon oreiller afin d'accéder à mon fric qui y est planqué. Ce n'est pas la meilleure des cachettes, mais je suis obligé d'en changer souvent et la pièce ne recèle pas d'innombrables possibilités. Mes économies, c'est toute ma vie. Si mon père tombe dessus, je n'en verrai plus jamais la couleur. À croire que l'argent lui brûle les doigts dès qu'il le touche. J'extirpe un billet de dix dollars et retourne auprès de Sevan.

– Prends-toi à manger en chemin. J'irai faire des courses ce soir en rentrant, lui précisé-je en saisissant le Post-it qu'il me tend.

Mon frère s'échine à établir des listes alors qu'il griffonne toujours les mêmes ingrédients : œufs, bacon (beaucoup de bacon !), lait. Et, c'est tout.

Je secoue la tête. Tu parles d'une liste !

Sevan me regarde d'un air compatissant.

– Ça ira ?

Nous savons tous les deux qu'il n'est plus question de provisions, mais de ce qui m'attend demain.

Quand on a 17 ans, presque pas un sou en poche et un petit frère à sa charge, ce n'est pas évident de se dépatouiller du merdier dans lequel on est enfoncé. J'avais un plan pour m'en sortir : fuir avant mon intronisation. Au premier abord, ça paraissait simple. À mettre en pratique, ça s'est avéré plus compliqué. Je ne pouvais pas embarquer mon petit frère sans savoir où aller ni l'obliger à dormir dans la rue pendant je ne sais combien de temps. Alors, j'ai tergiversé, rongé par la peur de mal faire, remettant notre départ à plus tard. Quand Bible et Nichols se sont fait arrêter, que le gang a pris quelques « vacances » forcées, j'y ai vu l'occasion d'amasser plus d'argent et même de passer mon bac. Avec mon diplôme et des économies plus importantes, notre intégration dans une autre ville aurait été plus facile, je pensais ainsi mettre le plus de chances de notre côté.

Mais à trop attendre, j'ai loupé le coche. Nichols et Bible sont sortis bien plus tôt que prévu, et maintenant, je n'ai pas d'autre choix que de devenir un Eagle. Nous tirer d'ici sera beaucoup plus compliqué.

Mon daron se demande souvent comment il a pu engendrer deux fils à l'opposé de son image. Mes ambitions sont bien moins triviales que les jeux, le sexe ou l'alcool. À la différence de mon géniteur qui vit au jour le jour, j'aspire à quelque chose de plus grand.

Quant à Sevan, personne ne touchera à un de ses cheveux. Jusqu'à présent, j'ai réussi à le préserver et à le maintenir loin de tout ce foutoir, et je tuerai sans hésitation quiconque osera lui mettre un flingue dans les mains. En tant qu'aîné, c'est mon rôle de me sacrifier pour qu'il n'ait jamais à traverser ce que moi j'endure. Je dois lui tracer une voie plus sûre. Si je me bats pour nous sortir de cet enfer, c'est pour lui. Il est mon moteur, l'unique motivation qui me permet d'avancer, de ne pas baisser les bras ni d'abdiquer devant mon destin tracé. Sevan est bien trop pur pour ce monde impitoyable. Il n'a que moi, et je n'ai que lui.

– Évidemment ! Inquiète-toi plutôt de manger. T'es si maigre que tu vas bientôt finir en squelette. À moins que ce soit ton but ? Tu prépares ton costume pour Halloween, c'est ça ?

J'éclate de rire devant sa mine exagérément outrée.

– C'est ce qu'on appelle être svelte. Je pourrais défiler sur les plus grands podiums avec ce corps, monsieur l'ignorant.

Je n'en doute pas. Sevan est beau. Il tient beaucoup de notre défunte mère, il possède ses magnifiques yeux caramel et son visage doux. Moi, j'ai les traits durs de mon père.

– OK, monsieur le mannequin. Essaie juste de ne pas t'envoler avec le vent. Et dépêche-toi, tu vas être en retard si tu continues à traînasser.

Je le salue de la main avant de m'éclipser. Le froid me saisit dès que je franchis la porte. Je visse mon bonnet sur ma tête et respire à pleins poumons tandis que j'observe le paysage depuis la berge où est amarrée la péniche. Nous sommes peut-être pauvres, mais notre vue est la plus belle du monde. Les arbres se sont parés des couleurs rouge orangé de la palette automnale, le soleil levant habille le ciel d'une teinte dorée faisant scintiller la rivière d'un bleu profond. Une toile digne d'un des plus grands peintres impressionnistes.

Seule ombre à ce magnifique tableau : ce qui se cache derrière ces arbres. Sur la berge d'en face se tient East River, l'autre quartier de notre chère ville d'Harrington. Toute cette partie est clôturée par de hauts murs dans lesquels de gros friqués dépensent des fortunes pour avoir le droit de résider derrière ces grilles.

East River ou le plus grand zoo à ciel ouvert de la région…

Cette zone recluse est en réalité une prison pour bourges. Ces derniers préfèrent s'enfermer plutôt que de devoir côtoyer les pauvres que nous sommes. Un moyen de lutter contre l'insécurité ? Mon cul. Ce n'est ni plus ni moins qu'une forme de ségrégation. Non pas raciale, mais sociale.

Nous sommes tous des habitants d'Harrington.

Cependant, notre rang diffère. East River est l'élite ; West River, la lie. Pour les « Easties », les « Westies » sont moins que des rats, des nuisibles qui polluent leur environnement.

J'incline ma tête vers l'arrière et profite un instant du vent frais qui fouette mon visage. J'aime le froid, j'aime la sensation de l'air glacé sur mon épiderme. D'une certaine manière, c'est grisant : je me sens vivant.

Après avoir remonté la fermeture Éclair de mon cuir, qui sera bientôt orné de l'écusson des WEN, j'enfile mes gants et mon casque, puis me dirige vers ma Sportster, que j'enfourche avec l'aisance d'un habitué. Un sourire se dessine sur mes lèvres. C'est peut-être l'unique point commun que j'ai avec mon géniteur : nous sommes tous les deux fans de Harley. Ma moto, d'un gris métallique rutilant, n'est peut-être pas une première main, mais je l'ai entièrement retapée et j'en suis fier. C'est le seul bien de valeur que je possède, j'y tiens comme à la prunelle de mes yeux. Par chance, je n'ai pas vraiment à craindre qu'on me la vandalise ou qu'on me la vole, aucune personne sensée dans le coin n'irait s'attaquer aux Fox. Surtout devant chez eux. Nul n'ignore le genre de représailles auquel il faut s'attendre en retour. Mon daron n'a pas un mauvais fond, mais il est loin d'être une oie blanche. La question n'est pas de savoir s'il a du sang sur les mains, mais plutôt combien il en a. Ce qui est certain, c'est qu'on ne lui décernera jamais la médaille du père de l'année – la majorité du temps, je ne le considère même pas comme tel.

Il me faut près de quinze minutes pour parvenir au lycée. Au vu de la vétusté des locaux, on peut s'estimer chanceux qu'ils tiennent encore debout. Autrefois blancs, les murs sont dorénavant couverts de tags, de vieux chewing-gums gluants et, par endroits, carrément de matières fécales. Un petit malin a cru bon de jeter des excréments sur la façade du bâtiment principal en début d'année. D'autres ont trouvé ça drôle et ont décidé de l'imiter.

Comme si on ne vivait pas suffisamment dans la merde...

Le niveau de stupidité de certains m'effarera toujours. Et après, on se demande pourquoi je préfère la solitude aux gens. Désolé, mais ce genre de délire, ce n'est pas mon truc. À croire qu'ils se complaisent tous à barboter dans leurs immondices.

Vivement que je me barre d'ici !

2

Saul

– Fox ! Yo, mec ! Fais pas ta pute à me snober comme ça, me hèle Jacob dès que je franchis les grilles du bahut.

Jacob est un « pote » qui possède un Q.I. avoisinant les moins deux et qui adore me coller au cul.

– T'étais où hier soir ? On t'a appelé avec les gars, on a fait une descente chez Hernandez. Isaac et Juan ont fini à l'hosto. Deux coups de couteau pour l'un et une mâchoire défoncée pour l'autre. T'aurais dû voir ça, y avait du sang partout, c'était trop marrant.

Trop marrant, en effet.

– Je baisais.

Faux. Je révisais mes cours.

– P'tain de chanceux. C'était qui, la salope ? La belle brune de la dernière fois ?

– Nan, c'est une meuf que j'ai rencontrée à l'épicerie en bossant hier soir. Une vraie chaudasse.

Mes mensonges me viennent sans même que je réfléchisse, tant c'est devenu naturel.

– P'tain, mon salaud ! J'aimerais être BG comme toi pour pouvoir la tremper plus souvent. Moi, si je les force pas un peu, je galère.

Si t'étais pas si con, t'aurais peut-être une chance.

J'abaisse les paupières et serre les poings. Parfois, j'ai envie de tout péter. À commencer par sa tronche. J'en ai tellement marre de me faire passer pour celui que je ne suis pas, de tous ces faux sourires qui barrent mon visage et de ces horreurs que je débite et qui me débectent, juste parce qu'il faut rentrer dans le moule si tu veux garder la vie sauve. Plus t'es un connard, plus t'es respecté. Et c'est valable pour les mecs autant que pour les filles. On est formatés ainsi.

East River est un zoo, West River est une jungle.

C'est la loi du plus fort. Les beaux sentiments n'ont pas leur place, les bons élèves non plus. Si j'avouais à tous que mon but est d'aller à la fac, on me pisserait littéralement à la gueule, je serais considéré comme une petite pute qui rêve de vendre son cul aux Easties pour devenir comme eux, et le nom des Fox en serait sali à jamais. La plupart ici ne voient pas la nécessité d'apprendre ou d'acquérir des connaissances. C'est la rue qui nous éduque et nous apporte de quoi manger.

Je claque l'épaule de Jacob avec un petit ricanement complice qui fait remonter un goût de bile dans ma gorge, puis décide de me barrer avant de perdre tout contrôle. Je suis déjà à fleur de peau ce matin, je n'ai pas besoin d'en rajouter avec un pauvre crétin qui pense que la meilleure façon de lever une meuf est de la violer.

– Saul !

José et Carl m'encerclent, un bras sur chacune de mes épaules, me ramenant dans la manœuvre auprès de Jacob.

Foutez-moi la paix !

– T'étais où hier soir, Fox ? T'as loupé des trucs. Juan et Isaac…

– … sont à l'hosto, je sais. Jacob m'a raconté.

– Il t'a aussi dit qu'il avait pissé sur Penny ? Bon, c'était sur ses godasses, mais c'était un délire. Elle a bien fermé sa grande gueule après, celle-là.

Penny est la seule pour qui j'ai de l'estime dans ce bahut de minables.

J'interpelle Jacob qui marche deux pas devant nous.

– Un jour, elle te coupera les couilles, et je serai là pour l'applaudir.

Il éclate de rire, pensant que je plaisante. Erreur. Je suis on ne peut plus sérieux, et il le constate rapidement à mon air déterminé.

J'affûterai même le couteau s'il le faut.

– C'est facile pour toi, elle écarte les cuisses dès que tu parles. Mais elle se permet de jouer la difficile avec nous, cette pute. Elle avait besoin d'une leçon.

Oui, il m'est arrivé de coucher avec Penny par le passé. Bien qu'il n'ait jamais été question d'amour entre nous, nous représentions l'un pour l'autre une source de réconfort indéniable. Le sexe était à la fois un exutoire et un moment d'égarement durant lequel tous nos soucis disparaissaient. Si ma vie est pourrie, la sienne est pire encore. Au bingo de la lose, Penny a tiré le gros lot. Moi, au moins, j'ai Sevan, j'ai des projets, des rêves. Elle, elle n'a rien. Ni famille ni avenir. Même son prénom pue la malchance. C'est le même que celui de sa daronne. Cette dernière était tout le temps stone, alors par crainte d'oublier comment s'appelait sa fille, elle l'a nommée comme elle. D'ailleurs, tout le monde s'imagine, voire espère, qu'elle finira comme sa génitrice, à crever seule sur la chaussée après une passe qui aura mal tourné, pour payer sa dose de crack. Elle ne me l'a pas avoué de vive voix, mais à West River, tout se sait : Penny a déjà commencé à se prostituer pour se fournir en drogue. Et je n'ai aucun moyen de l'aider ou de l'en dissuader. La seule chose que je puisse faire, c'est de ne pas la juger et de ne pas lui tourner le dos. Il faut vivre sa vie, être dans sa peau pour comprendre ce qu'elle ressent et ce qui l'a poussée à choisir ce chemin sans retour.

Je me libère de la prise de José et de Carl.

– Je dois filer.

– On dirait que t'es toujours pressé de rentrer en classe…

Mon corps se crispe comme si je venais de recevoir une décharge de Taser. Je me ressaisis vite.

– J'ai du sommeil à rattraper.

– Il a baisé toute la nuit, renchérit Jacob.

– Tu devrais partager avec tes potes un peu, bougonne Carl. J'aimerais baiser, moi aussi.

– Bordel, Saul ! hurle soudain José, les yeux écarquillés. C'est ta fête d'intronisation demain !

– On peut venir ? supplie aussitôt Jacob, qui rêve d'être un Eagle depuis qu'il est tout gosse.

Il y a trois gangs principaux dans la région : les Death's River Brothers, les Black Snakes Blood et les West Eagles Nation. À eux trois, ils se partagent le marché de la drogue. Néanmoins, à la suite d'un accord entre les parties, signé il y a plusieurs années après la plus sanglante guerre des clans de ces dernières décennies, chacun a sa spécialité et son territoire attribués. Ainsi, les DRB régissent la prostitution et la traite des femmes ; les BSB détiennent le trafic d'armes ; quant aux WEN, ils trempent essentiellement dans la fabrication de fausse monnaie et acceptent à l'occasion des contrats d'assassinat. Bref, des C.V. qui font rêver. Et je ne suis même pas ironique, ils font vraiment rêver la majorité des Lambdas – nom donné aux Westies sans appartenance à un gang –, du moins les plus jeunes d'entre eux. Malgré le danger, c'est la garantie de mener une vie où l'argent n'est pas un souci. Enfin, en théorie…

– C'est réservé aux membres uniquement.

– Tu pourrais nous présenter, insiste-t-il. Comme ça, je pourrais faire mes preuves, moi aussi. Avec ton daron et ton oncle, c'est qu'une formalité pour toi.

Tady, le frère aîné de mon père, est également un Eagle. Il tient un bar à la périphérie de la ville, lieu de rendez-vous de tous les membres. Tous les événements importants pour le gang, dont celui de demain, se célèbrent là-bas.

– Il paraît qu'il faut tuer quelqu'un pour entrer dans le clan, souffle Carl dans un mélange de fascination morbide et d'appréhension.

Au loin, j'aperçois Penny qui discute avec deux autres filles que je connais vaguement.

– À plus.

– Allez, mec, fais pas ton chien, s'agace Jacob.

Je lui tends mon majeur et m'éloigne sans un regard.

***

– T'as une sale gueule, attaque Penny en guise de bonjour lorsque j'arrive à sa hauteur.

Moins que toi, ai-je envie de lui répondre. Au lieu de ça, je lui présente un sourire sincère.

Mes cernes sont dus à mon manque de sommeil, mais les siennes ? Quant à ses pupilles, elles sont si dilatées qu'elles dévorent presque l'intégralité de ses iris. Le chocolat doux de ses yeux est remplacé par un abîme sans fond, totalement flippant.

– C'est nouveau, ça… Un cadeau de ton petit copain ? lui demandé-je, taquin, tandis que mes doigts tirent sur sa grosse écharpe bleue entortillée autour de son cou.

– Nan, lui, il m'a offert cette Rolex, renifle-t-elle en agitant son poignet nu.

Tout comme l'omelette de Sevan de ce matin, elle est invisible.

– Waouh ! Grande classe. Chic et discret.

– Ouais, c'est tout moi.

Je lâche un gloussement.

Mes yeux se posent à nouveau sur son écharpe. Elle s'est légèrement défaite, dévoilant des empreintes violacées sur sa peau hâlée.

Ma mâchoire se contracte tandis que je gronde.

– Qui ?

Sous mon regard ombrageux, son corps se tend. En retour, mes poings se serrent.

– Qui ? Qui t'a fait ça ? répété-je.

– Pas de question, tu te souviens ? Je ne t'emmerde pas avec tes petits secrets, tu ne m'emmerdes pas avec les miens.

Hormis les profs qui connaissent mes résultats, Penny est la seule qui se doute de ma réussite scolaire. Mon dossier est bon. Et bien que je fasse croire le contraire à mon entourage, mes notes sont toujours excellentes. Mais, tout comme moi, Penny tait ses interrogations. Nous n'interférons pas dans la vie de l'autre. Se confier, c'est risquer qu'une info s'ébruite et qu'une rumeur naisse. J'ai beau la considérer comme une amie, ma méfiance me contraint à rester vigilant. Même avec elle.

– Allez, Fox, souris un peu. Tu as des airs de constipé, à toujours faire la tronche.

– Constipé, hein ?

Un petit rictus railleur retrousse ses lèvres.

– Constipé, mal baisé… comme tu veux.

– Je vais garder « constipé », du coup.

– C'est bien ce que je pensais.

Nous nous dirigeons vers le sas d'entrée. Le lycée McFly est dégueulasse, insalubre, il ne respecte aucune norme de sécurité élémentaire, et pourtant, ils nous ont foutu un portique dernier cri, avec détection magnétique et rayons X. Rien que ça.

À l'approche des élections, le maire d'Harrington aime se la jouer bon samaritain et montrer que la sécurité de West River lui tient à cœur. Le seul moment où il se souvient un tant soit peu de nous. La blague.

Comme si cela allait empêcher les armes ou la drogue de circuler. Je suis sûr que leur équipement ne fera pas un trimestre avant d'être défoncé à coups de hache.

– Avancez ! grommelle l'agent avec agacement à la foule d'élèves qui s'agglutine devant lui.

Les appareils sonnent sans discontinuer, mais il n'y prête aucune attention. Il n'en a visiblement rien à foutre. De toute façon, ce gadget n'est là que pour la déco.

– Avancez, avancez, bordel !

– Je dois passer aux toilettes, s'agite Penny. On se voit plus tard.

J'acquiesce et me dirige vers ma salle. J'ai hâte de pouvoir m'affaler sur ma table pour récupérer un peu de sommeil. Je ne compte pas sur les cours pour réussir mon année, je préfère réviser en solo. McFly ne se prête pas aux études de toute manière.

Je m'étonne toujours de réussir à pioncer malgré le bordel environnant. Ça parle, ça crie, ça deale, ça se bastonne. Certains profs ont abandonné l'idée d'enseigner, ils font simplement acte de présence ; d'autres – et ceux-là, je les admire profondément – persévèrent encore et encore.

La journée s'écoule bien trop vite à mon goût, et quand sonnent quinze heures, je m'aperçois que le temps m'a filé entre les doigts. C'est mon dernier jour de liberté.

– Fox ! siffle Jacob tandis que j'enfourche ma bécane pour rentrer chez moi. Fox ! Fox !

Il court comme un dératé pour me rejoindre et se positionne devant ma moto. Je suis tenté de démarrer et de l'écraser.

– On va se boire des bières ce soir pour fêter ton entrée chez les Eagles. T'es obligé de venir ce coup-ci, mec. Tu baiseras plus tard.

– Je bosse à l'épicerie jusqu'à vingt-deux heures.

– Pourquoi tu te fais chier à trimer dans une épicerie quand tu peux gagner cent fois plus en dealant un peu ?

J'y ai souvent songé. On ne va pas se mentir, l'idée est séduisante. L'argent facile, c'est toujours tentant. Et ça m'aurait permis de me tirer plus vite. Mais j'avais peur d'oublier mes convictions et mes valeurs en mettant un pied dans l'engrenage. De toute façon, j'imagine que la question ne se posera plus demain.

Pour toute réponse, je démarre et manque de peu de le renverser. Il recule d'un bond sans pour autant lâcher l'affaire.

– Passe après ton boulot de tapette, Fox ! Rendez-vous chez José ! hurle-t-il tandis que je fais vrombir le moteur.

3

June

D'un pas assuré, je défile dans les couloirs flambant neufs de Joseph Harrington School. L'établissement a été entièrement rénové et modernisé l'année dernière et, pour l'occasion, il a été rebaptisé du patronyme du généreux donateur : Joseph Harrington. À savoir mon père, le maire de cette magnifique ville, qui porte également notre nom.

Là encore, c'est une histoire de famille. Mon arrière-grand-père était un pionnier qui a fondé Harrington en 1892 alors qu'il n'était âgé que d'une trentaine d'années. Il a ensuite bâti son empire dans la construction automobile. Mon grand-père a pris sa relève quelques années plus tard et, sentant le vent tourner, il a investi dans le domaine du recyclage et de la découpe de bois. Il a ainsi mis la main sur toutes les scieries de la région des Grands Lacs. Pendant la Seconde Guerre mondiale, des tensions ont commencé à apparaître à l'ouest d'Harrington, dans la partie la plus éloignée du centre-ville. Des gangs ont émergé, et pour endiguer cette violence de plus en plus incontrôlable, mon grand-père a décidé d'ériger un mur, séparant la ville en deux. C'est ainsi que West River et East River sont nés. C'est grâce à cette décision audacieuse que les Easties prospèrent maintenant en toute quiétude. En fait, on peut dire que chaque brique de cette ville nous appartient, car sans nous, Harrington n'existerait pas. Comme me le martèle souvent mon père, chaque habitant est notre débiteur.

Est-ce pour cette raison que je me sens plus légitime que les autres ? Inévitablement.

Chacun doit savoir où est sa place. Et la mienne est tout en haut.

Ce n'est pas quelque chose que j'ai forcément voulu, mais c'est ainsi. Nous devons tous assumer nos responsabilités. La mienne est d'être la meilleure. En tout. Sur tout.

Un petit attroupement s'est formé en plein sur le passage. Un simple soupir de ma part suffit à le disperser aussitôt. Je replace mes cheveux derrière mes oreilles et offre un rictus pincé, histoire de ne pas me montrer trop grossière.

Plus loin, j'aperçois une partie de mon groupe d'amis qui m'attend devant la porte de la classe. Ashley, Megan, Aaron et moi avons en commun un cours de SVT ; Ethan, quant à lui, est seulement là pour jouer son rôle de petit ami parfait.

Je les salue chaleureusement, même si je n'ai aucune envie de me répandre en câlins ce matin. Ils discutent de notre sortie prévue ce soir. Je les écoute d'une oreille distraite. Je ne compte pas venir, j'ai d'autres projets. Les mecs veulent jouer les gros durs en allant à West River. C'est la tendance du moment : une descente dans le ghetto, histoire d'avoir un shoot d'adrénaline et de casser la monotonie que l'on peut ressentir entre les murs d'East River. La dernière fois, ça a failli mal tourner, ils se sont fait courser par des mecs armés. Si nous pouvons circuler dans certaines zones restreintes aux abords de West River quand il fait jour – et encore, cela n'est pas sans danger –, la nuit tombée, cela relève de l'inconscience. Et c'est ce qui rend cette virée grisante.

La main d'Ethan se pose sur ma taille et la pétrit avec bien trop d'insistance. Je m'oblige à me détendre, irritée par ce toucher intrusif. Ethan est mon petit ami. Nous formons le couple le plus envié et le plus populaire du lycée. Tu parles d'une chance ! Nos parents nous voient déjà mariés et ont carrément suggéré des fiançailles pour l'été prochain. Je ne suis pas aussi enthousiaste qu'eux. Je n'ai que 17 ans. M'engager si tôt me paraît précipité. Ethan, quant à lui, est ravi à la perspective de se fiancer. Depuis que nos parents nous ont soumis cette idée, il semble bien plus entreprenant, comme si c'était le feu vert qu'il attendait pour passer à la vitesse supérieure.

J'observe les bagues aux doigts de Megan et Ashley. Ce sont des anneaux de pureté. J'hésite à rejoindre leur groupe, juste pour calmer les ardeurs d'Ethan. En plus, contrairement à mes amies qui se pavanent avec leur bague en jouant les saintes-nitouches, moi, je suis réellement vierge. Je comprends la position d'Ashley : son père est le prêtre de notre paroisse. Ça la foutrait mal s'il apprenait que sa chère petite fille s'est déjà amusée avec quelques garçons de l'équipe de foot. Quant à Megan, c'est juste une imbécile qui désire être adulée par tous les moyens. Son rêve ? Être moi. Ça m'épuise. J'ai de plus en plus de mal à la tolérer, mais je suis obligée de faire avec. Il y a des amitiés nécessaires. Son « papounet d'amour » est le chef de police et sa

« mamounette » est la directrice du cabinet de mon père. Tous deux sont ses fidèles alliés, et il tient à ce que mes rapports avec Megan soient excellents afin de ne pas nuire à ses affaires. Ce qui me contraint à me taire et à serrer les dents.

– T'as vu, j'ai acheté les mêmes bottes que toi, me lance cette dernière avec un sourire affable. Mais c'est bizarre, tu avais juré que c'était une édition limitée hyper chère, alors qu'il y en avait plein en vente et que le prix était vraiment abordable.

Elle prend une moue confuse et affectée qui me donne envie de lui faire bouffer ses chaussures.

Je renifle.

– Les contrefaçons sont rarement en édition limitée...

– Mais ce sont les mêmes ! s'insurge-t-elle.

Je m'esclaffe d'un air moqueur. Après quelques instants d'hésitation, nos amis se marrent à leur tour, prenant ainsi mon parti.

– Tu t'es fait avoir, ricane Aaron.

– Mais pas du tout !

– Ça se voit, renchérit Ashley. Les finitions laissent à désirer. J'étais sûre que c'étaient des fausses. Elles ne sont pas aussi jolies que celles de June.

– Puisque je vous d...

– C'est bon, Meg, n'en fais pas un drame. On s'en fiche que tu achètes des contrefaçons pour essayer de m'imiter. C'est mignon...

Elle me foudroie du regard tandis que je lui envoie un bisou volant, telle une star remerciant sa fan.

En réalité, ses bottes sont sûrement identiques aux miennes. Elle a raison, ce n'est pas une édition limitée. Je les ai prises sur un site quelconque simplement parce que je les trouvais belles, et non parce que c'étaient des chaussures de marque. Mais comme ici tout n'est qu'apparence, lorsqu'on m'a demandé d'où elles provenaient, le mensonge m'est venu naturellement. Même mon paternel pense qu'elles sortent d'une boutique de luxe. Mais j'ai oublié que cette sangsue de Megan qui épie et copie tous mes faits et gestes pouvait aisément me démasquer.

Je soupire et m'installe à ma place habituelle, au fond de la classe, près de la fenêtre et du chauffage.

Mme Alvarez, notre prof de SVT, doit nous rendre notre devoir aujourd'hui. J'ai une légère appréhension, car j'ai le sentiment d'avoir fourni une réponse erronée à l'une des questions.

En fin de cours, le couperet tombe. Tandis qu'elle distribue nos copies, elle me félicite, comme à chaque fois, pour mes bons résultats. Néanmoins, la note entourée en rouge n'est pas celle que j'escomptais.

B+.

Je froisse la feuille entre mes doigts, puis la range d'un geste vif dans mon livre de sciences avant que quelqu'un puisse l'apercevoir.

***

Le reste de la matinée s'écoule avec une lenteur mortelle. Je suis pressée de rentrer chez moi, de retrouver les bras de ma maman qui m'ont tant manqué. Deux mois sans elle, c'est une éternité. J'aimerais que son retour soit définitif et signe un renouveau. Cependant, je n'y crois plus depuis longtemps. Ma mère est accro aux antidépresseurs. Elle fait rechute sur rechute.

Mon père a beau se démener pour elle, l'orienter vers les meilleurs spécialistes du pays, elle replonge continuellement dans ses addictions dès qu'elle franchit le seuil de la maison. Aux yeux des autres, ma mère est une femme accomplie très occupée et sans cesse en voyage. « Voyage » est un aimable euphémisme pour désigner une cure de désintox. Un de nos nombreux secrets de famille. Je me demande parfois quelle serait la réaction des gens s'ils l'apprenaient. S'ils venaient à découvrir la face cachée des Harrington.

– J'ai la dalle… grogne Meg en se tenant le bide alors que nous nous dirigeons vers nos casiers. Vite, dépêchez-vous, qu'on aille manger !

Si tu ne vomissais pas la seconde d'après tout ce que tu ingurgites, tu n'aurais peut-être pas tout le temps faim, susurre ma perfide petite voix intérieure.

Je sais que ses problèmes liés à la nourriture sont indépendants de sa volonté et cachent probablement un mal-être. Si elle ne m'insupportait pas autant, je m'inquiéterais plus. Mais la réalité est que, la plupart du temps, je n'éprouve aucune forme d'empathie pour elle. Et plus mon paternel m'incite à me rapprocher d'elle, plus je la hais.

Je glisse mes livres dans mon casier et lance à la cantonade :

– Je file aux toilettes et je vous rejoins.

Ashley et Meg s'éloignent dans la direction opposée à la mienne. Je respire pour la première fois de la journée lorsque je m'isole dans la cabine.

Enfin seule.

Je ferme les paupières et laisse les larmes dévaler mes joues. Doucement, le vide se fait dans mon esprit et un sentiment d'apaisement s'empare de mon être. Malgré tout, je ne peux rester enfermée indéfiniment. Cette pause est trop brève à mon goût : je dois remettre bien vite mon masque.

June Harrington est belle, intelligente et sûre d'elle, elle n'a peur de rien ni de personne. June Harrington est parfaite, adulée et désirée.

– June, je t'ai réservé une place ! m'interpelle la sangsue quand je passe les portes du réfectoire, en me désignant le siège libre entre elle et Ashley.

Regroupés autour de notre table attitrée, mes amis tournent tous le regard vers moi tandis que Megan me lance un de ses sourires faux-culs dont elle a le secret.

Je plisse les yeux. Comme si j'avais besoin qu'on me « réserve » quoi que ce soit. Surtout à ma propre table.

– Qu'est-ce qu'elle fiche ici ? m'enquiers-je en désignant Pati d'un doigt hautain.

Pati Teixeira est l'une des rares personnes que j'apprécie vraiment. Elle est douce, gentille et sans faux-semblants. Malheureusement pour elle, ses parents tiennent un commerce – un restaurant réputé non loin du lycée. Ce qui fait d'eux et de Pati des individus tout en bas de l'échelle sociale. Seul son frère, Parker, possède une place parmi nous : c'est le meilleur joueur de foot de toute la région. J'évite donc de la fréquenter au maximum. Mon père ne verrait pas cela d'un bon œil.

Une chance qu'il n'y ait pas grand monde aujourd'hui à la cafétéria.

– C'est mon binôme en littérature, m'informe Aaron, un peu gêné. On a des trucs à revoir ensemble, alors je l'ai invitée à déjeuner pour…

Je le coupe d'un soupir sonore et excédé – ce qui est

fait est fait, de toute façon –, puis je m'assieds, non sans avoir cogné l'épaule de Meg au passage.

Oups, quelle maladroite je fais !

– Ethan n'est pas avec toi ? Il ne vient pas ? m'interroge Ashley.

– Non. Il se prépare pour le match de cet aprèm.

– Ah, je me demandais aussi pourquoi tous les beaux mecs n'étaient pas là, ce midi, sourit-elle.

– Euh… Je dois comprendre quoi ? boude Aaron dans un froncement de sourcils.

Aaron est le seul garçon de notre groupe à ne pas jouer au foot, c'est donc l'unique représentant masculin attablé avec nous aujourd'hui.

– Bah, que t'es moche, soupire Meg en avalant une frite. Depuis le temps, tu devrais le savoir. Les miroirs n'existent pas chez toi ?

– Sois pas vache, Meg, la sermonne Pati avec un aplomb qui m'étonne.

Meg hausse nonchalamment les épaules pendant qu'Aaron se trémousse, en proie à une gêne palpable. Cette pique lui est sûrement destinée parce qu'il s'est rangé de mon côté tout à l'heure à propos des chaussures. Meg est rancunière.

– Ce n'est pas ce que j'insinuais, intervient Ashley, mal à l'aise.

– Oh, c'est bon, je blague. Hein, Aaron ? Il sait que je déconne, ça va, minimise Meg.

– Cesse de t'empiffrer comme ça… interviens-je en tirant son plateau vers moi. Sinon tu vas encore être obligée de te faire vomir dans les toilettes. À force, c'est mauvais pour ton organisme.

Aussitôt ces paroles prononcées, un pincement me

serre le cœur. C'est laid d'utiliser les faiblesses des autres contre eux, mais c'est exactement à ça qu'elles servent ; sinon, cela ne s'appellerait pas des faiblesses. Pour autant, je ne peux m'empêcher de ressentir une pointe de culpabilité que j'écrase d'un reniflement méprisant.

Pati secoue la tête, et je lis une forme de déception dans son regard.

Désolée, je ne suis pas aussi gentille que toi.

– J'y vais, nous prévient-elle en se levant. Aaron, on se voit plus tard, c'est mieux.

Je me redresse à mon tour alors que j'ai à peine touché à mon repas.

– Je pars aussi.

– Quoi ? beuglent à l'unisson mes amis. Tu ne viens pas au match ?

– Ma mère est rentrée de son voyage, ce matin. Deux mois que je ne l'ai pas vue, j'ai hâte de la serrer dans mes bras.

Et ils ne s'imaginent pas à quel point.

4

June

Une fois sur le parking, sans même que je m'en rende compte, des mots s'échappent de ma bouche et je m'entends proposer à Pati de la raccompagner chez elle. Passé l'instant de surprise, elle accepte d'un mouvement du menton.

Lorsqu'elle prend place dans l'habitacle, je comprends mon erreur.

Qu'est-ce qui m'a pris, bon sang ?

Je jette un œil paniqué aux alentours. Si quelqu'un nous voit, je risque de payer cher ce moment d'égarement.

Calme-toi, June, ce n'est qu'un détour de rien du tout. Tu raccompagnes une camarade de classe, il n'y a pas de quoi s'affoler.

Néanmoins, durant tout le trajet, je ne desserre pas les dents. Pati, qui a senti mon malaise, se cale contre la fenêtre et ne prononce pas un mot. Cette fille est une perle, en plus d'être vive d'esprit.

– Tu peux me déposer ici si tu veux, m'informe-t-elle lorsque le restaurant de ses parents se dessine à l'angle de la rue.

Sa maison est pourtant située quelques miles plus loin. Je ne sais pas si elle préfère que je m'arrête là parce qu'elle a besoin de voir ses parents ou parce qu'elle désire s'échapper au plus vite de l'atmosphère oppressante de l'habitacle. Je tais mes questions et la dépose un peu à distance afin d'éviter tout regard curieux.

Dès que je suis à nouveau seule, mes épaules se détendent automatiquement. Encore une fois, je me suis angoissée pour rien. Je dois arrêter de réagir de façon si dramatique tout le temps. Je suis tellement sur le qui-vive, appréhendant le moindre faux pas, que je deviens parfois parano jusqu'à m'en rendre malade. Cela vire à l'obsession.

Un immense sourire s'épanouit sur mes lèvres quand je me gare dans l'allée déserte de notre maison. Mon père n'est pas là, c'est une bonne chose. Sa présence est toujours une grande source d'appréhension pour moi. Il est exigeant, intransigeant, et jamais satisfait de mes résultats, quels qu'ils soient. J'en ai l'habitude, néanmoins c'est éprouvant. Mon B+ aura des conséquences fatales quand il le saura, alors j'espère qu'il va rentrer tard comme les jours précédents. Ainsi, je pourrai profiter de ce répit en compagnie de ma maman chérie.

Dès que je franchis le seuil, une divine odeur m'assaille les narines. Je la reconnaîtrais entre mille, c'est celle des cookies aux amandes de ma mère. Cette dernière est loin d'être un cordon-bleu, elle cuisine d'ailleurs rarement, mais ses cookies sont à tomber.

– Maman ?

– Je suis dans la cuisine, ma chérie.

Je jette mon sac dans l'entrée, sans me soucier qu'il puisse gêner le passage, et traverse le couloir en poussant un couinement ravi. Je saute sur ma mère en l'apercevant et l'entoure de mes bras.

– C'est un câlin ou tu essaies de me broyer les os ? plaisante-t-elle.

– Tu m'as tellement manqué.

– Moi aussi, ma chérie. Moi aussi.

Elle saisit mon visage en coupe.

– Laisse-moi te regarder. Tu es devenue une magnifique jeune fille, Ethan est un vrai chanceux.

Mon sourire se fige un instant. Ses pupilles sont dilatées. Est-ce dû au plaisir de me revoir ou… ? Non, pas déjà. Elle vient à peine d'arriver, elle n'aurait pas replongé aussi vite.

Je prends une longue inspiration tandis que j'enfouis mon nez dans son cou pour humer son parfum que j'aime tant. Elle est à la maison, debout, alerte, c'est tout ce qui compte. D'un geste doux, mais ferme, maman se dégage de ma prise. J'ignore pourquoi, mais tout contact physique prolongé la met mal à l'aise. Elle a déjà fait un immense effort en acceptant mon étreinte, alors je ne prends pas ombrage de sa réaction.

– Ton père a appelé, m'avertit-elle d'un ton badin en sortant les cookies du four. Il voulait te parler, mais ton téléphone était éteint.

Mon sourire vacille de plus belle.

– Il t'a dit pourquoi ?

– Hum, non. Mais il n'était pas de très bonne humeur. Tu l'as contrarié ?

Devant mon visage fermé, ma mère prend un air grave.

– Chérie… tu sais bien qu'il faut le ménager, commence-t-elle à me sermonner. Tu dois redoubler d'efforts pour…

– Je fais déjà mon maximum. Mais ce n'est jamais assez.

Elle soupire.

– Ton père est intransigeant, mais juste. Ne le déçois pas, June. Tu ne dois pas le décevoir, tu m'entends ?

Je déglutis et acquiesce, la tête basse, à sa mise en garde. Car c'est exactement ce que c'est : une mise en garde.

Parfois, je me demande de quoi elle est au courant.

La majorité du temps, elle est totalement à côté de la plaque, plongée dans le marasme et livrée aux tourments de son esprit. Dans ces moments-là, elle perd ses repères et devient une coquille vide que rien ni personne ne peut atteindre. Toutefois, son avertissement d'aujourd'hui démontre qu'elle a peut-être connaissance de certains faits.

Je voudrais l'interroger, mais la peur me muselle. J'ai appris au fil du temps que moins on en sait, mieux on se porte. Surtout lorsque cela concerne les secrets de famille.

Nous papotons quelques minutes en dégustant de délicieux cookies moelleux et dorés comme je les adore, puis elle se retire dans sa chambre en prétextant une fatigue soudaine. Je retiens mes larmes. L'interlude aura été de courte durée. C'est mieux que rien, mais j'aurais aimé plus. Un coup d'œil à ma montre m'indique que maman a tenu une petite heure. Seulement une heure après deux longs mois de séparation. Elle va probablement rester enfermée jusqu'à demain. Lors d'une crise, il lui arrive de ne pas quitter son lit pendant des jours, voire des semaines entières.

Dépitée, je sors mon smartphone de ma poche et l'allume. Je retiens un gémissement devant le nombre d'appels manqués. Trois proviennent de mon père. Cinq d'Ethan. Sans compter les messages. J'hésite un instant, puis clique sur le numéro de mon paternel. Autant crever l'abcès de suite. Hormis avoir eu un B+, je n'ai rien fait de répréhensible.

Tu as aussi raccompagné Pati chez elle...

Je déglutis à ce souvenir.

– Papa, lancé-je avec un entrain forcé lorsqu'il décroche.

– Ton téléphone doit toujours être allumé ! gronde-t-il en guise de bonjour. Je dois pouvoir te joindre à tout moment.

– D'accord.

Chez les Harrington, on ne s'excuse pas. Les excuses sont un acte de faiblesse.

– Mme Alvarez m'a contacté ce midi. Elle était très déçue, et moi aussi.

Gros mytho. C'est le directeur du lycée qui, en bon petit toutou, a dû appeler M. le maire dès qu'il a eu vent de ma note. Comme toujours.

– Je m'assurerai que ça ne se reproduise plus, affirmé-je d'une voix ferme.

– Peut-être devrions-nous en discuter plus sérieusement, toi et moi.

Pour quiconque ne connaît pas mon père, ses paroles sont anodines et inoffensives. Pas pour moi. Je perçois la menace sous-jacente.

– Je rentre d'ici deux heures, poursuit-il. Attends-moi.

Mon sang se glace dans mes veines.

– J'ai rendez-vous avec Ethan, inventé-je précipitamment. Il voulait qu'on fasse le tour des bijouteries pour regarder les bagues de fiançailles, et après on a prévu de dîner ensemble.

Le nom d'Ethan fonctionne comme une carte joker que je balance à la moindre occasion pour me sortir du guêpier. Mon paternel désire tellement notre union qu'il accepte tout et n'importe quoi concernant Ethan. Il faut dire que la famille Smith est encore plus riche que la nôtre. Ce ne sont pas des natifs d'Harrington, ils sont originaires du Texas et se sont installés ici il y a dix ans, séduits par la région. Depuis, Joseph Harrington ne jure que par eux. Enfin, que par leur pognon. « Argent, Pouvoir, Prestige » pourrait être la devise de notre famille.

Je l'entends qui grommelle je ne sais quoi avant de soupirer longuement.

– Comporte-toi bien avec lui, June. Sa mère m'a laissé entendre qu'il te trouvait distante dernièrement. Tu sais ce qu'il veut, alors donne-le-lui sans jouer les capricieuses. D'ailleurs, tu n'as qu'à dormir chez lui cette nuit, il sera content.

Une boule d'épines acérées se forme au fond de ma gorge. Oui, je connais ses désirs. Mais, et si moi, je ne veux pas ? Si moi, je ne suis pas prête ?

– Du coup, je te verrai demain soir. Réserve ton week-end, on doit avoir une conversation. Et elle risque de durer un moment.

« Conversation ». Encore un euphémisme.

– D'accord, prononcé-je avec difficulté.

OK, paniquer à l'avance ne servira à rien. En plus, peut-être que d'ici demain, les extraterrestres auront envahi la Terre et mon père aura du coup d'autres chats à fouetter que ma petite personne. Non que mon père me fouette. En réalité, il lève rarement la main sur moi. Même si je préférerais ça à ce qu'il me réserve.

J'envoie un message à Ethan.

Changement de programme. Je viens avec vous ce soir.

5

Saul

J'ai près de quarante minutes de battement entre la fin de mes cours et le début de mon job à l'épicerie. D'ordinaire, je me rends directement là-bas afin de gagner du temps. Mais je me souviens avec un gémissement plaintif que notre frigo est vide. Si je passe chez José après le travail, Sevan devra attendre jusqu'au milieu de la nuit pour espérer grignoter un truc. Ce qui est impensable. Puis j'aime autant prendre ma douche maintenant. En speedant, j'en ai pour vingt minutes aller-retour, ce qui signifie courses et lavage express.

Je soupire. C'est toujours mieux que rien, je suppose. Puis, avec les idées noires qui m'embrouillent la tête à cause de l'imminence de cette intronisation, une douche me fera le plus grand bien. Si seulement elle pouvait purifier mon esprit en même temps que mon corps…

Après avoir acheté quelques bricoles à manger, je fonce à travers les rues, la main crispée sur l'accélérateur, en slalomant entre les voitures comme dans GTA. Lorsque je pose le pied sur la berge d'Howl River, il me reste moins de vingt minutes pour me changer et faire le trajet retour. Comme à mon habitude, je retire mes chaussures à l'entrée de la péniche, puis je dépose les courses sur la table avant de me diriger vers la chambre de Sevan pour le prévenir que je rentrerai tard. Il a l'habitude de dîner seul, mais je m'en veux ; à son âge, il ne devrait pas passer ses soirées ainsi. Alors que je m'apprête à frapper à sa porte, j'aperçois dans l'entrebâillement une jeune fille dont les longs cheveux noirs cascadent sur son dos nu tandis qu'elle ajuste sa jupe.

Oups !

Je ravale un raclement de gorge gêné, puis rebrousse chemin. Mon frère a de la visite. Cette fois, je claque le battant de l'entrée et parle d'une voix bien forte afin que Sevan prenne conscience de ma présence :

– Sevan ? J'ai fait quelques courses, elles sont sur la table.

J'entends un ramdam provenant de sa chambre.

– OK. Je suis un peu occupé, là. Des révisions. Je les rangerai après.

Des révisions ? C'est cela, oui.

Ne voulant pas le mettre mal à l'aise, je lui précise :

– Je prends une douche rapide et je file. Je rentrerai tard ce soir, ce connard de Jacob veut qu'on aille boire des bières chez José.

– On a les potes qu'on mérite, ironise mon petit frère.

Je ricane. Heureusement pour moi, je ne considère aucun d'eux comme mes amis. Ce sont plutôt des aléas que je ne peux éviter.

***

Le propriétaire de la supérette où je travaille à temps partiel est le genre d'homme que j'aurais aimé avoir pour père. Non seulement il est gentil et intelligent, mais il possède aussi une force tranquille qui m'impressionne. Les braquages dans le coin sont légion. Certains se passent en douceur quand d'autres sont bien plus violents. Cependant, Cody Tanner reste égal à lui-même, en toutes circonstances. Il n'a peur de rien ni de personne, pas même des gangs. Au lieu de frémir en entendant mon nom de famille, il m'a détaillé avec attention avant d'acquiescer d'un mouvement de menton. Depuis trois ans maintenant, il m'a pris sous son aile. Et dès que les conditions le permettent, il m'encourage à m'installer près de la caisse pour réviser mes cours. Il s'enquiert souvent de mes progrès et n'hésite pas à me gronder s'il estime que je ne suis pas assez concentré sur mes devoirs, parce qu'il croit en moi et espère me voir un jour sortir de cet enfer. C'est le seul à qui je me suis confié, même s'il n'est pas au courant de tout. Il sait juste que j'étudie, que j'aimerais aller à la fac, m'orienter vers les sciences et pourquoi pas devenir médecin. Ou chirurgien. Rha, ce serait trop bien ! Mais là, je rêve. Déjà, survivre à demain et à ses conséquences… Après, on verra.

Un peu avant vingt-deux heures, Cody m'autorise à rentrer, puisque les clients sont rares. Le vent est plus glacial que ce matin et une pluie drue lui tient compagnie. Je grogne. Le pneu avant de ma Sportster manque d'adhérence, et la météo me rappelle qu'il est temps de le changer. Encore des dépenses en prévision.

José habite près d'une des artères principales de West River. C'est aussi l'un des quartiers les plus dangereux : DRB, BSB et WEN se partagent ce bout de territoire. Un vrai merdier. Toutes les ruelles et tous les culs-de-sac qui le serpentent sont des coupe-gorge. Je m'insère dans une voie sans issue à proximité du logement de

José afin de pouvoir y garer ma moto. Tous les appartements alentour sont soit à des Eagles soit à des Lambdas, comme les parents de José. Normalement, ma moto ne risque rien dans cette impasse. Néanmoins, par précaution, je la gare de sorte à pouvoir la voir depuis la fenêtre du salon de mon pote. On n'est jamais trop prudent dans le secteur, bien que tous ici savent que la Sportster métallisée m'appartient. En revanche, je ne donne pas cher de la bagnole d'un étranger qui aurait la mauvaise idée de stationner dans les parages : elle serait démantelée en deux minutes chrono. On ne pique pas les voitures, on les démonte sur place avec une efficacité redoutable.

Mon casque sous le bras, je gravis les quelques marches délabrées qui mènent à l'intérieur de l'immeuble où réside José. C'est une vieille bâtisse en briques rouges des années 1940. Entretenue, elle aurait son charme.

Carl m'accueille dans le hall, une bière à la main. Il me la tend, je claque mon poing contre le sien pour le remercier. Le blanc de ses yeux explosé et ses iris anormalement brillants prouvent qu'il est déjà complètement stone. Tout content, il pousse un cri de loup, et j'entends l'écho de la meute lui répondre quelques étages plus haut. Je réprime un sourire.

– Allez, Fox… m'encourage Carl. C'est la trad.

À mon tour, j'émets un hurlement, repris aussitôt par ces dégénérés.

Une fois dans le salon, je pose mon cul sur le vieux fauteuil d'un bleu douteux situé près de la fenêtre. Cet endroit est stratégique. Et d'un, pour surveiller ma Harley. Et de deux, parce qu'il y a une immense plante à côté que j'arrose à chacune de mes visites. Les darons de José travaillent de nuit à l'usine de recyclage, ce qui fait que nous squattons souvent les lieux en leur absence. Et dans ce genre de fêtes, le but est de se déglinguer la gueule. Boire, fumer : deux choses que je déteste depuis mon « bizutage », à 11 ans. Alors, là encore, je feinte. La plante verte adore la bière. Du moins, ça a l'air puisqu'elle n'est toujours pas crevée malgré les litres de houblon qu'elle a étanchés à ma place. Pour la clope et les joints, c'est plus compliqué. Bien souvent, je dois quand même prendre quelques taffes pour ne pas m'attirer des regards suspicieux. Les drogues dures, en revanche, je n'y touche pas. Jamais. Et la plupart de mes « potes » non plus. Même ce crétin de Jacob sait qu'un bon dealer est un dealer clean.

Comme si cet enfoiré avait senti que je pensais à lui, le voilà qui fonce droit sur moi. Ou plutôt, qui tangue dans ma direction.

– Yo, Fox !

Il avance son poing afin de checker. Je lui lance un regard méprisant et porte à ma bouche le joint qu'on m'a tendu un peu plus tôt. Habitué à mon comportement, il ricane simplement en réaction à ma rebuffade.

– Pour demain… commence-t-il, tel un vieux disque rayé, en s'accoudant au rebord de la fenêtre.

Combien de fois vais-je devoir le rembarrer pour qu'il imprime ? Je ne parrainerai jamais ce cinglé. Parrainer un membre, c'est en être responsable. S'il déconne, tu trinques au même titre que lui. Le présenter à mon père équivaudrait à me tirer une balle dans le pied. Ou pire. Jacob est un élément perturbateur, il est incapable de se conformer à la moindre règle, quelle qu'elle soit, c'est plus fort que lui. Puis, même si en tant que roi des connards, il a sa place au sein des WEN, je refuse de m'en mêler.

Mes sourcils se plissent d'étonnement quand je constate que Jacob ne termine pas sa phrase. Son regard est braqué sur la ruelle en contrebas. Immédiatement, je songe à ma bécane et me dresse tel un ressort.

– Y a des Brothers qui chassent sur notre territoire, gronde-t-il d'une voix sourde.

En effet. Même dans la pénombre, ils sont identifiables par leurs tatouages qui strient leurs joues et leur front. C'est une des particularités de ce gang, tous les membres doivent se marquer le visage en signe de ralliement. La fierté d'être un Brother se porte tel un étendard visible de tous. C'est aussi un moyen d'intimidation efficace. Leurs tatouages impressionnent, et bien souvent, les Lambdas chient dans leur froc rien qu'à les apercevoir.

L'ambiance change aussitôt et un attroupement se forme près de la fenêtre. Des Brothers qui traînent dans ce secteur, c'est comme une déclaration de guerre des DRB aux WEN.

– Je me demande ce qu'ils viennent foutre ici, s'étonne Steeve, le jumeau de José.

Un mouvement furtif à quelques pas seulement de ma moto capte mon attention. Quelqu'un est recroquevillé entre elle et le conteneur qui dégueule d'ordures.

– Ils ne sont que trois, on est le double. On descend et on se les fait ! décide Diego en sa qualité du plus âgé de la bande.

Je me marre intérieurement. Son assurance n'est due qu'à notre supériorité numérique et à ses dix litres d'alcool dans le sang. En temps normal, aucun Lambda n'est assez bête pour se frotter à un Brother, même isolé. Diego est trop défoncé pour songer aux répercussions. On ne s'attaque pas à un membre d'un gang sans en être un soi-même pour assurer ses arrières.

– Oh, p'tain, y a une nana, en bas ! s'écrie Jacob qui vient aussi de remarquer la présence de la fille transie de froid près des poubelles.

– C'est sûrement pour ça que les Brothers sont là. Ça doit être une de leurs putes qui s'est échappée, en déduit Carl.

– Trop bien ! On va pouvoir s'amuser, jubile Jacob sans cacher son excitation. Je suis volontaire pour sauver la tepu en détresse et prendre soin d'elle.

À sa remarque, les autres ricanent. On n'en attendait pas moins de sa part.

Je ne discerne pas les traits de la fille, seul un rideau de cheveux mouillés est visible à notre étage. Cependant, je doute qu'elle soit une propriété des Brothers. Sa tenue n'est pas conforme. Si elle s'était enfuie d'une de leurs maisons closes, en toute logique elle devrait être à poil, les vêtements leur étant interdits. Or, elle porte un pantalon. Et quand elle s'est accroupie tout à l'heure, j'ai cru distinguer des talons hauts à ses pieds. Aucune Westy sensée ne mettrait ce genre de pompes alors que notre capacité à courir est aussi vitale que celle à respirer.

Et putain, il faut vraiment qu'elle se mette à courir !

6

Saul

La bande parvenue dans la ruelle, les cris s'intensifient alors que certains prennent en chasse deux des Brothers. Soit le troisième a déguerpi, soit il se tient en embuscade quelque part. De mon côté, je me dirige vers ma Sportster. Jacob m'emboîte le pas, à la recherche de sa proie.

– « Si vous ne protégez pas ce qui vous appartient, alors tôt ou tard, cela appartiendra à quelqu'un d'autre », siffle-t-il en citant Negan, le personnage de *The Walking Dead*.

Un rictus malveillant aux lèvres, il tapote sa batte de base-ball cloutée qu'il a surnommée « Lucille » en référence à son idole.

– Petit, petit, petit… viens voir tonton Jacob.

Il bondit près du conteneur, mais l'endroit est désert.

– P'tain ! Elle s'est barrée où, la salope ?

Je hausse les épaules avec une nonchalance feinte tandis qu'un soupir de soulagement gonfle mon torse.

C'est alors que surgit le Brother manquant. Un couteau à la main, il s'élance vers Jacob qui esquive l'attaque en se protégeant de son bras. Dans l'action, sa batte tombe. Ma jambe se tend par réflexe et mon pied percute le visage de l'assaillant de plein fouet.

Sonné, il trébuche et son arme valdingue quelques mètres plus loin. Jacob grogne en tenant son poignet ensanglanté, mais profite de la faiblesse momentanée du Brother pour le rosser. Néanmoins, celui-ci n'a pas dit son dernier mot et réussit à se relever avec une rapidité étonnante. Je devrais rester pour prêter main-forte à Jacob – à nous deux, nous aurions facilement le dessus –, mais après une brève réflexion, j'estime avoir déjà fait ma part. Ce n'est pas mon combat, et je n'ai aucune envie de m'en mêler davantage.

– Fox, viens m'aider, bordel ! Tu fous quoi ?

– C'est toi qui voulais faire tes preuves, non ? Si tu le démontes, t'es quasi assuré d'entrer chez les WEN, esquivé-je, le motivant à poursuivre seul sur sa lancée.

– T'es mort, sale enflure ! jure-t-il au Brother qui vient de lui décocher une droite.

J'enfile mon casque et enfourche ma bécane après un salut provocateur à Jacob qui se démène pour prendre le dessus sur son adversaire. Je ne m'inquiète pas trop pour lui, il arrivera à s'en sortir. Même blessé, il reste une teigne sournoise et vicieuse. D'ailleurs, il vient de balancer un uppercut si puissant que l'autre chancelle avant de s'étaler par terre. Jacob récupère sa batte et en assène un coup magistral sur le crâne du Brother. Le sang gicle tel le jus d'une pastèque qu'on écrase. Au même moment, une silhouette effrayée s'écarte d'un renfoncement.

C'est la fille ! Elle est toujours là, cette folle !

Et vu l'adrénaline qui court dans les veines de Jacob, la pauvre devra s'estimer heureuse si elle s'en sort en un seul morceau. Si c'est une Easty, comme je le suppose, alors elle finira dans une tournante avant d'être battue et jetée dans la rue pour que d'autres puissent aussi en profiter.

Je retire mon casque, que je pose sur le siège, et me dirige en douce vers la souris. Jacob ne l'a pas encore remarquée, il est trop occupé à défoncer la tête du Brother. Après quelques soubresauts, ce dernier ne bouge plus, ce qui n'empêche pas l'autre taré de continuer à répandre la cervelle du gars sur l'asphalte souillé. Je ravale la bile amère qui menace de jaillir.

Bordel ! La noirceur de Jacob est encore plus profonde que je l'imaginais.

Je me glisse derrière la blondinette trempée. D'une main ferme, je la bâillonne tandis que mon bras gauche s'enroule autour de sa taille afin de l'obliger à reculer dans le renfoncement où elle était quelques instants plus tôt. Elle tente de se débattre. Je resserre mon emprise. Sous ma paume, je peux sentir sa respiration anarchique.

– Chut ! lui chuchoté-je, les lèvres collées à son oreille.

Je la plaque contre le mur, puis la retourne d'un geste résolu pour qu'elle puisse me faire face. Ainsi, mon regard plongé dans le sien, je la mets en garde :

– Si tu veux rester en vie, ne bouge pas, ne fais pas un bruit. T'as compris ?

Ses grands yeux écarquillés brillent de terreur, mais également de… défiance ?

– T'as compris ? répété-je en appuyant durement ma main sur ses lèvres.

Elle finit par acquiescer et je relâche un peu la pression exercée sur sa bouche.

– Fox, t'es où ? Yo, mec ! Tu t'es barré, enfoiré ?

Je nous planque un peu plus dans le renfoncement. Mon corps épouse celui de la fille pour venir former une barrière protectrice – bien qu'elle ne doive pas le percevoir ainsi, vu les couinements qu'elle pousse. D'un regard, je somme la princesse au silence. C'est bel et bien une bouffonne d'Easty. Elle cherchait sûrement le grand frisson en venant ici, j'espère qu'elle est comblée, cette conne. Ils sont de plus en plus nombreux à vouloir défier les Westies en défilant dans leur sportive qui pue le fric. D'ordinaire, ils se contentent de parader sans jamais sortir de leur caisse. Les plus téméraires ouvrent leurs vitres et beuglent quelques insultes débiles. Cependant, dès qu'un danger se profile, ils mettent tous le pied au plancher. J'en déduis que leur virée a mal tourné pour que la meuf termine seule dans ce cul-de-sac infâme.

– Fox, t'es un putain d'enfoiré ! vocifère Jacob avec un rire gras.

Je m'écarte un peu pour l'observer. Il pivote sur lui-même et s'arrête en avisant ma Sportster toujours garée.

– Bah, il est où ce con ?

La gueule éclaboussée de sang, il titube vers l'entrée de l'immeuble des jumeaux. J'attends encore quelques instants, puis libère la princesse de ma poigne.

– Essaie de ne pas te faire tuer, lui conseillé-je en m'éloignant vers ma moto.

Elle sort à son tour de sa cachette.

Cette meuf n'a aucun instinct de survie, ou quoi ?

– Sois pas conne et retourne te mettre à l'abri ! Tu ne tiendras pas deux minutes à découvert.

– Je ne vais pas me terrer dans cet endroit moisi toute la nuit, affirme-t-elle avec un aplomb qui me surprend.

Je ricane.

– Fais comme tu veux, princesse. C'est pas mon cul qu'on va défoncer.

Enfin, la peur déforme ses traits. C'est bien. Plus tôt elle comprendra les risques qu'elle court, mieux elle pourra les affronter. Dans cette saloperie de jungle, elle est la proie. Une proie facile, qui plus est.

– Tu t'en vas ? s'enquiert-elle avec incrédulité quand elle me voit saisir mon casque, comme si je lui étais redevable de quelque chose.

– C'est le plan, oui. Bonne chance !

Hors de question que je me mouille davantage pour une Easty en quête de frissons ! Elle ne m'apportera que des emmerdes. Je ne peux pas me le permettre.

C'est pas mon problème. Qu'elle se débrouille !

Une fois sur ma Harley, je fais ronronner le moteur. Le menton levé, j'aperçois l'ombre de Jacob à la fenêtre du salon de José. Il colle son nez contre les carreaux et pousse un hurlement victorieux qui s'entend jusqu'ici : la petite souris est sortie de son trou et Jacob a repéré sa cible. Je grimace. J'espère pour elle qu'elle court vite. Je détaille ses chaussures : ce sont des sortes de bottines à talons, le cuir autrefois blanc est couvert de boue. Elle suit mon regard et son expression se mue en colère avant que ses yeux dévient vers la masse gisante à terre. Le Brother a le crâne explosé, ce psychopathe de Jacob l'a vraiment tué. La fille lâche un cri d'épouvante qui résonne à des miles à la ronde. Jacob l'imite, un peu plus loin. Ce connard sera là d'une seconde à l'autre. L'Easty semble tétanisée. Je la comprends, il faut avoir l'estomac bien accroché. Un film d'horreur est moins gore.

J'avance de quelques mètres, le moteur vrombissant. Puis, je m'arrête.

– Monte !

Elle reste figée, les yeux aimantés par le cadavre.

– Monte, idiote ! Dépêche-toi !

Elle réagit au moment où Jacob déboule dans l'impasse, l'air complètement dément. Elle court vers moi tandis que l'enfoiré fonce sur elle en énumérant tout ce qu'il compte lui faire. Par je ne sais quel miracle, elle parvient à se hisser sans trop de difficulté sur la Harley et, sans plus attendre, je tourne la poignée des gaz en faisant vrombir l'engin. L'Easty s'accroche à mon cuir comme si sa vie en dépendait. Après un virage particulièrement serré à la sortie du quartier, elle enroule ses bras autour de ma taille. Je sens son corps tremblant frémir contre moi. Au moins, elle aura eu son compte d'émotions fortes.

Je me gare dès que je juge que nous sommes à peu près en sécurité. Puis je retire mon casque et l'enfonce sur sa tête de chien mouillé. Non que je veuille la protéger de la pluie verglacée, mais cette petite chose dégoulinante derrière mon dos risque d'attirer l'attention.

Je maudis cette inconsciente pendant que les miles défilent et que le vent fouette mon visage. Quand on parvient au pont qui relie West River à East River, je freine et lui demande de descendre. Elle le traversera à pied.

– Débrouille-toi seule, maintenant.

– Attends, attends, s'écrie-t-elle une fois sur la chaussée en relevant la visière.

Elle me retient par la manche de ma veste.

– Je n'ai nulle part où aller.

Je m'esclaffe à gorge déployée.

– À d'autres, princesse. T'es une Easty, non ?

– Oui, mais…

– Alors, retourne chez toi.

– Je devais dormir chez mon copain, débite-t-elle à toute vitesse, sauf que je ne peux pas. Et je ne peux pas retourner chez moi non plus. J'ai nulle part où dormir, ce soir.

– Et ? C'est censé m'émouvoir ? Pionce dehors, c'est pas mon problème.

Sur cette déclaration, je retire d'un mouvement agacé ses doigts accrochés à mon bras et trace ma route.

Et puis quoi encore ! Je l'ai déjà tirée des griffes de Jacob, ce qui est largement suffisant comme contribution. En plus, je vais devoir trouver une excuse valable pour justifier mon comportement. Elle ne s'en rend pas compte, mais ces conneries peuvent se retourner contre moi. Si on venait à découvrir que j'ai aidé une Easty, je ne donne pas cher de ma peau. À mi-chemin de la péniche, je pile net. La pluie brouille ma vue, ce qui n'est pas normal.

Elle a gardé mon casque !

Je peste tout en effectuant un demi-tour. Mes chances de le récupérer sont quasi nulles, néanmoins je dois tenter le coup. Il représente pour moi un budget conséquent. Ça me ferait chier d'avoir jeté bêtement deux cents billets alors que je trime comme un malade pour gagner le moindre dollar. Si ça se trouve, elle l'a embarqué avec elle comme souvenir de son excursion chez les sauvages. Et même si ce n'est pas le cas et qu'elle l'a déposé dans un coin, il n'y sera probablement plus. Il y a toujours des rapaces qui traînent à l'affût du moindre truc à piquer.

C'est avec un certain effarement que je constate que la princesse n'a pas bougé. Pelotonnée sous un arbre, elle fixe un point au loin, mon casque à la main. Je secoue la tête. Zéro instinct de survie, la meuf. Qu'est-ce qu'elle fout encore là ? Qu'elle n'ait nulle part où crécher cette nuit – ce dont je doute – ne l'empêche pas de traverser le pont pour se mettre à l'abri chez les bouffons de son espèce.

Je m'arrête devant elle. Elle lève la tête, surprise, et un semblant de sourire se dessine sur ses lèvres bleutées.

– Rends-moi mon casque.

– Quoi ?

– Mon casque !

– Ah… souffle-t-elle sans masquer sa déception. Tiens.

Elle croyait quoi ? Que j'étais revenu pour ses beaux yeux ? La blague.

– C'est quoi ton but, au juste ? ne puis-je m'empêcher de lui demander. Te faire sauter par un Westy ? Parce que c'est ce qui va t'arriver si tu squattes ici.

Elle n'a même pas une veste sur le dos pour se protéger du froid et elle est vêtue d'un simple chemisier blanc. Le tissu, maintenant totalement transparent, colle à sa peau et laisse peu de place à l'imagination quant à ce qui se cache dessous. La princesse porte un soutif rouge.

– Non, bien sûr que non, soupire-t-elle d'une voix lasse. Je ne sais juste pas où…

– Traverse ce fichu pont !

– Je ne peux pas, souffle-t-elle. Je n'ai pas mon badge.

À cette heure, ils préviendront mon père. Et s'il apprend… Non, je ne peux pas.

Pauvre choute, elle a peur de quoi exactement ? Que son vieux la gronde ou, pire, qu'il la prive de manucure pendant une semaine ? Quel drame, en effet. Comment peut-elle être aussi déconnectée de la réalité ? C'est sa vie qu'elle risque, bordel ! Ne le comprend-elle pas ?

Un petit groupe d'hommes s'avance vers nous. Je plisse les paupières pour essayer de les discerner. Personne ne se balade au calme à cette heure de la nuit et par ce temps dégueulasse. Mais peu importe qui ils sont, ça sent les embrouilles.

Je soupire.

Fait chier. Maudite conscience qui me tiraille !

– Monte. Et grouille-toi avant que je change d'avis.

7

June

Mes membres tremblent avec tant de puissance que j'ai l'impression que mes os vont se briser. Je m'accroche à mon sauveur improvisé et me colle à lui pour essayer de profiter de sa chaleur. Au moins son corps dur est chaud, contrairement à son cœur, qui est plus gelé qu'un glaçon. Peu importe, il m'aide et c'est le principal. Et, s'agissant d'un Westy, je ne suis pas surprise de son comportement grossier. Il n'y a qu'à voir son ami tout à l'heure. Je déglutis en repensant à la scène et resserre mon étreinte autour du motard mal léché. Son pote a défoncé en toute tranquillité le crâne du mec, des morceaux de cervelle étaient répandus sur le sol comme dans un film d'Halloween, sauf que c'était bien réel. Cette vision va me hanter pendant longtemps.

J'ai si froid que mon cœur semble être sur le point de s'arrêter. Plus tôt, il pulsait comme s'il voulait s'échapper de ma cage thoracique ; maintenant, je sens à peine ses battements. L'automne est particulièrement rude cette année, le temps est exécrable depuis des semaines. Température frôlant le zéro la nuit, pluie, vent… La totale ! À coup sûr, je suis en hypothermie, ou je ne vais pas tarder à l'être. Ou alors, je suis en état de choc. Ou, plus probable encore, je suis en hypothermie *et* en état de choc. Ce qui expliquerait pourquoi je préfère me focaliser sur la météo plutôt que sur ma situation.

Après un trajet qui me paraît interminable, la moto s'engage dans une zone inhabitée. Les lumières de la ville ont laissé place à de hauts arbres. Nous sommes toujours sur les bords d'Howl River, mais la végétation a pris le pas sur la civilisation.

Ouh là ! Où il m'emmène, le 3B ?

3B pour « barbare, brutal, bagarreur », le surnom donné depuis des années aux Westies. La violence est inscrite dans leurs gènes, c'est de notoriété publique.

Ma gorge s'assèche. Vais-je finir sur la page des faits divers ? Non, vu mon statut, je ferai les gros titres. Mon décès sera relayé dans tous les médias des environs, c'est certain.

Mais à quoi je pense, moi ? J'ai le cerveau caillé, ou quoi ? Qu'est-ce que j'en ai à fiche ? Même si je faisais la une du New York Times, ça ne rendrait pas ma mort plus glorieuse…

L'esprit confus, je m'aperçois que nous sommes à l'arrêt et que le Westy me parle. Je lance un regard affolé aux alentours. De la végétation, de grands chênes et des pins, la rivière et… rien d'autre.

– Où est-ce qu'on est ?

– Chez moi.

Génial, c'est Tarzan… Monsieur habite dans les arbres.

Il se dirige vers la berge et m'ordonne de le suivre. C'est alors que je remarque une… *péniche* ? Ou du moins ce qui était, dans un temps ancien, un bateau. Le truc est si délabré que je me demande comment il flotte. Même dans la pénombre de la nuit étoilée, il est apparent que cette chose sur l'eau est une ruine.

Je croise les bras sur mon chemisier mouillé.

– Je ne monte pas là-dessus.

Le Westy – Fox, si j'ai bonne mémoire – soupire.

– Comme tu veux…

Sur ces paroles, il s'engouffre à l'intérieur, me laissant seule dans ce froid implacable.

Je peste.

Mourir noyée ou mourir de froid ?

Une rafale glaciale décide pour moi et je me réfugie à mon tour dans les entrailles de l'épave. Fox m'intime aussitôt de me taire en pressant une main sur mes lèvres.

Définitivement, c'est son truc ça, coller ses sales doigts contre ma bouche !

Je m'apprête à riposter quand la vision d'un homme d'âge mûr, dont les avant-bras sont couverts de tatouages et qui ronfle, étalé sur une banquette, me coupe toute envie de rébellion.

– Enlève tes chaussures et suis-moi, chuchote-t-il tandis qu'il avance prudemment sous le faible éclairage de la télé qui diffuse un match de basket.

J'obtempère sans rechigner. Lorsque la lumière jaillit, je suis dans une chambre spartiate. Un lit une place, un rocking-chair couvert de vêtements et un bureau d'enfant comblent l'espace minuscule de la pièce.

Ça doit bien faire quinze ans ou plus que je n'ai pas dormi dans un si petit lit. Mais bon, j'ai un toit, et avec toutes les péripéties qui viennent de s'enchaîner, je m'estime chanceuse.

Fox me balance un tee-shirt que je rattrape d'une main.

– Tes fringues sont trempées, m'explique-t-il.
– Je me change où ?
Il hausse ses épaules, indifférent.
– Je ne vais pas me déshabiller devant toi, insisté-je.
Il souffle, agacé.
– Fais comme tu veux, princesse.
– Tourne-toi, au moins.
– Non.
Il se cale sur son lit. Ses magnifiques billes noires dardent sur moi un regard méprisant. Je m'en veux de le trouver terriblement attirant à cet instant. Je n'ai jamais vu un garçon à la physionomie aussi bien proportionnée. À croire que les 3B peuvent aussi être beaux.
Je claque ma langue contre mon palais, puis me retourne pour retirer mon chemisier mouillé. Même de dos, je sens son regard perçant posé sur moi. En un temps record, j'enfile son tee-shirt – au moins, ce dernier paraît propre et une bonne odeur de lessive en émane. Je retire mon soutien-gorge, tout aussi trempé que mon haut, ainsi que mon pantalon qui me colle comme une seconde peau. Je suis alors à moitié nue devant un Westy, en plein milieu de nulle part. C'est de la folie pure. Quand j'y songe, un frisson parcourt mon échine.
Lorsque je me retourne, je vois mon hôte allongé en chien de fusil qui semble dormir à poings fermés.
Qui s'endort aussi vite ? Et où je me repose, moi ?
Je détaille mon environnement. Hormis le rocking-chair encombré, il n'y a rien. Sauf le lit. Le minuscule lit qu'il occupe déjà. Dépitée, je vire les fringues du fauteuil et m'assieds lourdement dessus. Je n'ai plus qu'à m'installer là, j'imagine.

J'observe mon sauveur. Je le pensais plus vieux que moi. Cependant, à mieux le regarder, je lui donne mon âge, ou un tout petit peu plus. Son visage a perdu de sa dureté, son expression sévère s'est adoucie, lui conférant un air presque juvénile. Il est vraiment beau. Tout comme ses yeux, ses cheveux sont d'un noir ébène, coupés court sur les côtés, tandis que le dessus est plus long et rassemblé dans une sorte de half bun. Sa carrure n'est pas imposante comme celle d'Ethan. Bien qu'il soit plutôt grand, il ne paraît pas aussi baraqué. Mais le plus fascinant chez lui, c'est sans contexte la symétrie incroyable de ses traits. Sa mâchoire, son nez, ses pommettes, la forme de ses yeux, jusqu'à l'arc parfait de ses sourcils, tout semble dessiné par le plus talentueux des artistes.

Je soupire. Mon esprit est si encombré par tous les événements passés que je suis incapable de trouver le sommeil. Qui plus est, ma position est inconfortable. Quel genre de goujat pionce paisiblement dans son lit et laisse son invitée dans un vieux rocking-chair ? Même Ethan, le roi des égoïstes, n'aurait pas été si mufle.

Ethan...

Bien que la plupart du temps, il m'insupporte, je m'inquiète un peu pour lui. Je crains qu'il ne lui soit arrivé quelque chose de grave. Je n'ai aucun moyen de le joindre. Au cours de ma fuite, j'ai perdu mon sac qui contenait mon téléphone. Notre virée avait pourtant bien commencé...

Nous avions prévu de faire notre circuit habituel. Il y a un quartier avec des bâtiments décorés de graffitis et de symboles étranges tagués par les 3B. Cette zone, comme ses habitants, est considérée à la fois comme effrayante et naze. Au lycée, on dit que ces lieux dégagent une impression de mystère presque sauvage et que les 3B sont hyper violents et agressifs. Ce qui rend le quartier propice aux aventures nocturnes. Mes amis aiment tester leur courage et embêter les Westies par la même occasion. Un jeu puéril, j'en conviens, auquel je ne participe que rarement. Bien qu'il y ait un petit côté jouissif à contempler ces grands caïds nous courir après sans jamais pouvoir nous rattraper.

Cette fois, nous nous sommes lancé un défi supplémentaire : au lieu de nous contenter de circuler dans les rues, musique à fond, avec pour règle d'or de ne respecter aucun code de la route, nous allions nous garer cinq minutes, chrono en main, dans une station-service et prendre des selfies. Sortir de la voiture ou simplement être à l'arrêt à l'intérieur fait de nous une cible facile, puisque non mouvante.

Déjà, durant leur précédente escapade, Ethan, Parker et Ashley ont eu chaud aux fesses. Alors qu'ils hésitaient sur le chemin à emprunter, ils ont été pris en chasse et canardés. Une course-poursuite, comme dans les films. La carrosserie du 4x4 Porsche d'Ethan a reçu deux impacts de balles avant de franchir le pont d'Howl River. C'était un message limpide.

Malgré tout, le besoin d'adrénaline a été plus fort que notre raison. Et notre jeu débile nous a explosé au visage. Les deux premières minutes, c'était kiffant. La station était quasi déserte, hormis deux ou trois Westies inoffensifs, si tant est que ça puisse exister. On a donc pris de l'assurance et on s'est un peu éloignés de la voiture – quelques mètres tout au plus. Tandis que je posais devant l'enseigne, habillée de mon plus beau sourire Colgate, des tatoués ont surgi de partout. C'était une embuscade. Parker a réussi à monter dans sa BMW et à démarrer le moteur. Aaron et Megan ont grimpé à l'arrière sans attendre. Mon petit ami et moi nous sommes retrouvés encerclés chacun de notre côté. Mon instinct a pris le dessus et, dès que j'ai repéré une brèche, je me suis mise à courir. Je ne savais pas où j'allais, il fallait juste que je m'échappe au plus vite de ce guet-apens. Après un coup d'œil en arrière, j'ai aperçu la BMW qui s'éloignait, filant dans la direction opposée à la mienne. Le constat était amer : j'étais livrée à moi-même, mes amis s'étaient tirés sans moi, et peut-être sans Ethan également – je ne l'avais pas vu monter dans le véhicule. Je ne dois ma survie qu'à une chance inouïe et à des années d'athlétisme.

C'est ainsi que j'ai fini dans ce cul-de-sac sombre, cachée derrière un énorme conteneur et que Fox m'a sauvée d'un destin funeste. Je dois ma vie à un 3B…

Sur cette pensée dérangeante, je sombre dans un sommeil agité.

8

June

Je baigne dans une douce torpeur, une chaleur agréable s'est répandue dans mon corps. J'ai limite trop chaud. Je gémis pendant que mes paupières s'ouvrent. Deux onyx insondables me dévisagent. Je cligne des yeux pour dissiper ce mirage. Le garçon au regard revêche est toujours là, à quelques centimètres à peine de mon visage. Son souffle balaie le mien tandis que nos membres sont enchevêtrés. Je ne peux m'empêcher de songer qu'il est encore plus beau au réveil, avec ses cheveux emmêlés et sa légère repousse de barbe. Je n'ai pas le souvenir de m'être glissée sous ses draps cette nuit. Cependant, les faits sont là : je suis dans son lit. Pire : dans ses bras. Et je suis responsable de cette fâcheuse situation.

Telle une biche prise dans les phares d'une voiture, je n'ose plus bouger. Lui non plus n'amorce pas un mouvement, il m'étudie avec une haine décelable ainsi qu'un sentiment plus confus, comme si j'étais une énigme étrange qu'il tenait à déchiffrer. Est-ce pour cette raison qu'il ne m'a pas encore repoussée ?

– Il caille dans ta chambre… maugréé-je en guise d'explication.

Sa façon de m'examiner me met mal à l'aise, j'ai l'impression qu'il me sonde jusqu'à l'âme.

– Ne va pas t'imaginer quoi que ce soit.

Enfin, sa bouche se tord dans un rictus.

– Je cherchais juste un peu de chaleur !

Son sourire s'élargit.

– Et du coup, tu voulais que je te réchauffe ?

– Oui. Non ! Ne prends pas tes désirs pour des réalités, le Westy.

– Ce sont tes bras qui m'enlacent, princesse. Tes jambes qui bloquent les miennes. Ton corps qui se frotte au mien.

Il a raison. Mince !

Je m'écarte d'un bond et chute dans un bruit sourd sur le parquet gelé. Fox éclate de rire. Il se redresse, puis me dépasse sans m'aider à me relever. Je voudrais l'insulter, mais la bienséance me retient. Je le suis du regard tandis qu'il récupère ses fringues sur le sol. À quel moment les a-t-il retirées ? Je suis certaine qu'il s'est endormi tout habillé. Pourtant, ce matin, il n'est vêtu que d'un boxer noir.

Bon sang, qu'est-ce qu'on a fabriqué cette nuit ?

Mes yeux le parcourent de bas en haut. Bien qu'il soit fin, ses muscles dessinent des monts et des vallées sur sa peau hâlée. Il possède un corps élancé et athlétique. Son bras droit est tatoué : un crâne d'un réalisme troublant couvre son poignet jusqu'à la pliure de son coude ; une horloge aux rouages complexes complète le motif, tel un cerveau apparent. Je ne suis pas fan des tatouages. Néanmoins, j'admets que celui-ci est plutôt bien dessiné.

– Évite de réveiller mon daron en sortant.

Je l'observe avec effarement ouvrir la porte de la chambre, ses habits à la main.

– Tu t'en vas ?

– J'ai cours… grogne-t-il sans plus d'explications en refermant le battant derrière lui.

– Hey… Pssst ! Comment je rentre chez moi, moi ?

Seul le silence me répond.

– Moi aussi, j'ai cours ! J'ai pas de voiture, pas de tél. Je fais comment ?

J'ai beau me creuser les méninges, je ne trouve aucune solution pour me sortir du bourbier dans lequel je me suis fourrée. Mon retard sera notifié à mon père, qui va aussitôt me demander des comptes. S'il apprend que j'ai passé la nuit à West River, je préfère encore affronter les brutes tatouées d'hier plutôt que de lui faire face. J'aime mon paternel, je l'admire et je le respecte, mais je le crains avant tout…

Plus que tout.

Ses colères sont froides, calculées et redoutables.

Pendant de longues minutes, je reste assise sur le lit à fixer le mur en bois moisi face à moi. Une évidence s'impose : je dois sortir d'ici au plus vite pour rejoindre East River sans me faire prendre.

Tant pis pour ma vessie sur le point d'exploser… Ça attendra !

Avec un soupir, j'enfile à la hâte mon pantalon. Il est encore un peu humide, mais ça fera l'affaire. En revanche, mon chemisier est immettable, souillé par… Je ne sais pas par quoi, et je n'ai pas envie de le savoir. J'examine le tee-shirt que m'a refilé le Westy. Il est basique, noir et sans motif. Il ne vaut sûrement pas plus de deux dollars, je suppose que je peux le garder, ça ne le rendra pas plus pauvre. Je lui aurais bien laissé un billet en guise de dédommagement pour tout ce qu'il a fait pour moi – je ne suis pas à ce point ingrate –, mais je n'ai rien sur moi. Et c'est bien là tout le problème.

Une fois habillée, je glisse un œil dans l'entrebâillement de la porte et soupire de soulagement en constatant que l'homme étalé sur la banquette hier soir n'y est plus. La pièce est vide. Par prudence, je me faufile sur la pointe des pieds, de crainte qu'il soit toujours dans les parages.

– T'es qui, toi ? m'interroge une voix fluette.

La main sur le cœur, je couine telle une souris apeurée. À quelques centimètres de moi, un jeune garçon sèche ses cheveux avec une serviette. Ces derniers, bien que mouillés, sont rassemblés en man bun.

Sur sa gauche, une porte coulissante est entrouverte ; il s'agit d'une salle d'eau. Et juste à côté, coincés entre la chambre de Saul et la salle d'eau : les W.-C. Qui me hurlent de venir me soulager. Sauf qu'ils ne présentent aucune forme d'intimité puisqu'ils sont dépourvus de porte. À la place, un pitoyable rideau de douche…

C'est hors de question !

– Moi, c'est Sevan. Le frère de Saul, se présente-t-il avec un sourire.

– Saul ?

Il glousse.

– Le mec avec qui tu as passé la nuit.

Ah… Mon sauveur a donc un prénom. Saul. Pour une raison que j'ignore, mentalement je le répète plusieurs fois et le fais rouler sous ma langue comme pour en apprécier la texture. Le garçon fronce les sourcils tout en me dévisageant, étonné.

– T’es une Easty ?

Mes signaux d’alerte se déclenchent aussitôt. Je recule d’un pas prudent et m’empare du premier truc qui me passe sous la main. Une pomme. Pas la meilleure arme qui soit. Néanmoins, si je la lui lance en pleine face, ça peut faire mal.

– Tu as faim ? Je suis le roi de l’omelette, affirme-t-il avec un brin de fierté.

Son sourire sincère illumine son visage angélique.

– Assieds-toi, je te prépare ça en deux minutes.

Ses iris dorés renvoient une douceur incroyable. En totale opposition avec ceux de son frère. L’un, au sex-appeal mortel et aux traits ensorceleurs, sort des enfers. L’autre descend du paradis. Un ange tombé du ciel.

– T’es vraiment le frère de Fox ? Tu ne lui ressembles pas.

– Je sais. Je suis carrément plus beau.

Sa réflexion me tire un sourire tandis que mon regard se perd à nouveau en direction des toilettes. Je crois même entendre le bruit de l’urine qui s’écoule contre les parois, tel un appel tentateur.

– Tu préfères te doucher avant de petit-déjeuner ? Pas de souci, vas-y.

Il se gratte la tête avec une moue adorable.

– C’est la première fois que Saul ramène une fille à la maison, alors je ne sais pas trop comment réagir, bafouille-t-il devant mon silence. Mais fais comme chez toi.

– Tu pourrais me dépanner. J’ai perdu mon sac à main hier. Je n’ai ni voiture, ni argent, ni smartphone pour joindre mes proches.

– Je peux te prêter mon téléphone, si tu veux.

Il me tend un portable datant de la guerre de Sécession.

– Je n'ai pas leur numéro en tête, soupiré-je avec dépit.

– Ah…

Soudain, il claque ses doigts devant mon nez.

– Et si tu prenais le bus avec moi ? Il passe dans dix minutes et dessert une station proche du checkpoint. Tu n'auras plus qu'à traverser le pont ensuite. T'es bien une Easty, non ?

J'acquiesce. Le nier serait inutile. Je suis une Easty jusqu'au bout des ongles, il est aisé de le deviner. Même affublée du tee-shirt du 3B, je respire l'élégance à plein nez. Et sûrement aussi la condescendance.

Au moins, ce Westy n'a pas l'air agressif. S'il peut m'aider, autant en profiter…

9

June

Une demi-heure plus tard et une vessie au bord de l'implosion, je suis devant le checkpoint d'East River. Chaque habitant est muni d'un badge magnétique qui lui permet de circuler comme bon lui semble, les contrôles étant pour les non-résidents désireux d'entrer dans notre quartier sécurisé. Malheureusement, mon sac et donc mon badge ne sont plus en ma possession.

Par chance, je connais le garde de service ce matin et il a un faible pour moi. Après un simple sourire aguicheur de ma part, il me laisse pénétrer malgré mon absence de papiers et, quelques minauderies supplémentaires plus tard, il accepte également de ne pas inscrire mon nom dans le registre comme l'exige la procédure en cas de non-présentation du badge. Je soupire, un peu rassurée. Au moins, mon déplacement restera secret.

Le lycée n'est pas très loin. Vingt minutes de marche tout au plus, alors que ma maison est à plusieurs miles de là. Le calcul est simple, ma vessie ne tiendra pas jusque chez moi. Afin d'éviter de penser à l'appel de la nature, mon esprit se tourne vers le bad boy au regard ténébreux. Il m'a sauvée – à deux reprises. Pourtant, il n'était en rien amical ou agréable. Son petit frère, en revanche, serait presque sympa pour un Westy. En vrai, il est même adorable. Sans lui, je ne sais pas ce que j'aurais fait. À la différence de son aîné, lui m'a aidée par pure gentillesse. On aurait dit que Saul hésitait entre me protéger ou m'enterrer vivante. Son animosité était palpable. Le syndrome du super-héros a eu raison de ses réticences.

Quand les bâtiments de Joseph Harrington School se dessinent enfin devant moi, je retiens un glapissement aigu. Je suis éreintée, crasseuse, endolorie, affamée et… *Bon sang !* Je sprinte à présent pour combler la maigre distance qui me sépare de la délivrance.

Cours, June, cours !

– Bébé ! beugle Ethan en m'interceptant et en m'étreignant de toutes ses forces.

– Pas maintenant ! aboyé-je.

– T'es fâchée ? Je peux tout t'expliquer, chouine-t-il en me serrant contre lui.

Je me dégage sans ménagement.

– PAS. MAINTENANT.

Je souffle. Le panneau indiquant les toilettes alerte mon cerveau. Aussitôt celui-ci s'émoustille à l'idée d'ouvrir les vannes. Me retenir durant les derniers mètres devient un véritable enfer.

Tiens le coup, t'y es presque !

Lorsque je parviens enfin dans la cabine, je peine à baisser ma culotte tant l'envie se fait pressante. Je pousse un gémissement audible tandis que je me soulage. Des larmes bordent mes cils et un frisson d'apaisement parcourt mon échine. Uriner n'a jamais été aussi libérateur.

À la sortie, adossé contre le mur, Ethan m'attend, une grimace pitoyable plaquée sur son visage, à l'instar d'un chiot qui aurait fait une bêtise. J'en déduis que son air misérable est en rapport avec hier soir. Le doute n'est donc plus permis...

– Vous vous êtes tirés sans moi... conclus-je avec calme, en prenant exemple sur mon père.

– Désolé, bébé. J'ai eu si peur, si tu savais ! J'ai eu du mal à trouver le sommeil, d'ailleurs.

– Pauvre chou. (Je lui caresse la joue.) Tu étais au chaud dans ton lit, tandis que j'étais seule sous la pluie, dans le froid, à essayer d'échapper à des Westies enragés. J'espère que tu n'as pas eu trop peur ?

– Bébé... Ne réagis pas comme ça. J'te jure qu'on voulait revenir te chercher, seulement on ne savait pas où tu étais. On était complètement flippés qu'il t'arrive un truc, j'te jure. J'ai carrément hésité à prévenir la police. Puis, je me suis dit que ça ne te plairait pas. Alors on a juste prié. Megan a même allumé un cierge.

– Waouh. Ça me touche.

– C'était l'angoisse totale pour nous, j'te jure. La nuit la plus longue de ma vie.

– J'imagine...

– En plus, tu ne répondais pas au téléphone ! ajoute-t-il avec une pointe d'accusation. Tu savais qu'on serait morts d'inquiétude, pourtant.

À ce stade, même le culot est choqué. Ethan est tellement focalisé sur sa petite personne qu'il ne détecte pas mon sarcasme. Ou alors, il est juste très con ! Je n'ai pas envie de lui expliquer ma soirée. Ma fuite. La terreur que j'ai ressentie. Le traumatisme à la découverte du Westy mort, le crâne défoncé. Mon sauvetage in extremis par Saul... Il ne me croirait pas, de toute façon.

– Donc tu as finalement réussi à monter dans la voiture. Je pensais que tu étais resté coincé dans la rue, toi aussi.

– C'était chaud, bébé ! T'aurais dû voir ça. Aaron a ouvert la portière arrière et j'ai sauté dans la bagnole alors qu'elle devait foncer à plus de cent cinquante miles par heure, c'était comme dans un film de Bruce Willis ! se vante-t-il avec fierté. Avec roulade et tout, pour éviter les balles. C'était la folie !

D'ici à ce qu'il me sorte qu'il s'est accroché aux patins d'atterrissage d'un hélicoptère en flammes avant de se réceptionner sur le wagon d'un train en marche, il n'y a qu'un pas…

– Oh, bébé, c'était excellent ! Je me suis même éraflé tout le bras.

Il relève son sweat pour me montrer son poignet amoché.

– Mais la mauvaise nouvelle, c'est que je ne vais peut-être pas pouvoir jouer le prochain match, geint-il avec une moue contrariée.

À cet instant, je voudrais crier à Ethan d'aller se faire voir. Lui avouer que je ne l'aime pas, que je ne l'ai jamais aimé. Que je le trouve la plupart du temps bête et insipide, que son ego surdimensionné est risible, que sa langue me fait l'effet d'une limace baveuse et que je ne supporte pas ses grosses paluches d'ours posées sur moi. Parfois, sa simple vue me file la nausée. Malheureusement, concernant cette relation, je n'ai ni le contrôle ni le libre arbitre – idem s'agissant de Megan. J'essaie de m'en accommoder pour ne pas devenir folle, mais par moments, comme aujourd'hui, la tâche est particulièrement ardue.

– On s'est fait un sang d'encre, ma chérie ! bêle Megan de sa voix nasillarde en déboulant dans le couloir, accompagnée de Parker, notre quarterback, lui-même suivi par sa sœur, Pati.

Je suis sûre que cette garce de Megan a allumé un cierge pour que je ne revienne jamais.

Je lui renvoie son sourire hypocrite pendant que nous nous enlaçons comme des meilleures amies.

– Quand j'ai appris qu'ils t'avaient abandonnée, j'ai vraiment eu peur pour toi, intervient Pati.

Je la gratifie d'un petit signe du menton en remerciement.

– On ne l'a pas abandonnée ! corrige son frère avec agacement. Elle est partie dans la mauvaise direction. Tu voulais qu'on fasse quoi ?

– Hum… Demi-tour ? lui réplique-t-elle, narquoise.

– Je t'ai déjà expliqué que c'était pas possible. Je l'aurais fait sinon. Mais j'avais la vie de trois passagers entre mes mains, soupire-t-il comme s'il avait rabâché cette conversation un milliard de fois.

– Tu as passé la nuit où, du coup ? me questionne Pati d'une voix douce.

– Ah, oui, c'est vrai ça… T'étais où, bébé ?

– Un Westy m'a sauvée des 3B qui me pourchassaient et m'a hébergée.

– T'as dormi dans la maison d'un Westy ? T'as pas eu peur qu'il vienne te violer pendant ton sommeil ? s'exclame Megan en frissonnant de dégoût.

– Ma petite amie est maligne. Obligé, elle a verrouillé sa porte. Pas vrai, bébé ?

– En réalité, j'ai dormi dans sa chambre. Dans son lit. Avec lui.

Tous me dévisagent, la bouche grande ouverte. Le premier à réagir est Ethan, qui éclate de rire en m'attirant vers lui.

– T'es trop marrante, pouffe-t-il. J'ai failli y croire un instant. Toi et un Westy ?

Il s'esclaffe de plus belle. Je décide de ne pas ébranler ses certitudes. J'ai été honnête, à lui de me croire ou non.

– Si mon père t'interroge, j'ai dormi chez toi. C'est entendu ?

– Chez moi ? Ce serait pas mieux que tu dises chez Ashley ? Je ne veux pas mentir et risquer des problèmes avec M. Harrington.

– Si je lui raconte que tu as laissé sa fille seule toute la nuit dans le centre de West River, tu penses qu'il va le prendre comment ?

– Tu ferais pas ça, bébé.

Mon regard lui assure le contraire et Ethan capitule avec un « OK ».

Je m'échappe de son étreinte.

– J'ai mal au crâne, je vais rentrer à la maison.

– T'as raison, repose-toi, ma chérie… compatit Megan en surjouant. Tu as une mine épouvantable. Puis tes vêtements, bouuuuh ! Je ne sais pas ce que tu as fait avec, mais ça pue la mort. Et tes belles bottes en édition limitée ! Elles sont foutues, j'ai l'impression. Ma pauvre, ça a dû être éprouvant.

– Oh, t'es adorable de te soucier autant de moi… Mais ne t'inquiète pas, la nouvelle collection Valentino vient de sortir et mon père m'a donné carte blanche pour refaire toute ma garde de robe. Dommage que ton « papounet d'amour » soit si radin, lâché-je dans un soupir compatissant.

Sans attendre sa réponse, je m'éloigne en esquissant un signe de la main.

***

Tous ces derniers événements m'ont fait oublier la conversation qui m'attend avec mon père ce soir. Ma gorge se noue à ce rappel. Pas de panique, j'ai encore la journée devant moi. Je dois en profiter pour me doucher, manger et me reposer au maximum.

Et c'est ce que je m'applique à faire dès que je franchis les portes de la maison. Une fois lavée et habillée, je jette un œil furtif dans la chambre de mes parents. Ma mère est toujours couchée, bien que la matinée soit déjà avancée. À peine mon estomac repu, je m'écroule sur le canapé du salon. Une sorte de sixième sens interrompt toutefois rapidement mon sommeil. Quelqu'un m'épie, je le sens. J'ouvre brusquement les paupières. Mon père se tient devant moi dans son costume anthracite impeccable. Il me toise avec une sévérité mâtinée d'ennui.

– Tu as également séché les cours, donc. J'ai bien fait de rentrer, ce midi.

– Papa, ce n'est pas ce que…

– June, n'aggrave pas ton cas avec des justifications hasardeuses. Tu vaux mieux que ça.

– Je suis patraque, ce matin… plaidé-je, la peur au ventre.

– Et tu m'en vois navré. Maintenant, allons à la cave. Dépêche-toi.

Le cœur au bord des lèvres, je le suis au fond du domaine où, derrière le cabanon servant à abriter les outils de jardinage et autres bricoles, une trappe est dissimulée. Mon père la déverrouille et, s'éclairant de la lampe de son téléphone, descend les escaliers bétonnés. Une odeur d'ammoniaque et de renfermé agresse mes narines tandis que nous traversons le long couloir qui mène à une porte en bois usé, dotée de trois gros verrous. Ma peau se couvre de chair de poule en raison de la froideur des lieux, mais pas que. Une fois la porte ouverte, il presse l'interrupteur situé à l'extérieur de la pièce.

– Enlève tes habits, ordonne-t-il, impassible.

L'ampoule grésille avant d'éclairer la pièce d'un faible rai jaunâtre. Des barreaux, une armoire métallique, un robinet rouillé et une gamelle pour chien. Voilà tout ce que contient cet endroit sombre et humide.

Une à une, je retire mes fringues jusqu'à n'être plus qu'en sous-vêtements devant lui. Je prie mentalement pour qu'il n'exige pas que j'ôte le reste.

– June… Je n'aime pas me répéter, m'avertit-il avec froideur en ouvrant la cellule.

Mes doigts tremblants dégrafent mon soutien-gorge. Je retiens un sanglot lorsque ma culotte glisse entre mes jambes.

– Maintenant, discutons…

10

Saul

J'ai une affreuse barre au crâne et la vision de l'Easty au regard affolé refuse de quitter mon esprit. Ce n'est pas ainsi que je concevais mes derniers instants de liberté. Je m'étale sur ma paillasse en soupirant.

Je ferme les yeux. Aussitôt, des billes de couleur grise s'affichent sous mes paupières. Pourquoi m'obsède-t-elle tant ? Elle m'a marabouté, ça m'énerve. Je n'aurais jamais dû lui venir en aide. Maintenant, je me demande si elle va bien, si elle a réussi à rentrer chez elle, si elle n'a pas fait d'autres mauvaises rencontres en chemin… Alors que je devrais m'en foutre.

– JE M'EN COGNE, BORDEL ! hurlé-je malgré moi à haute voix.

Des ricanements fusent. Le professeur arrête son cours un instant, juge ma remarque non pertinente et poursuit son discours monotone.

Quand j'y réfléchis, cette nana est le cliché même de l'Easty telle que je l'imagine. Une petite poupée aux grands airs. On aurait dit une de ces princesses Disney échouée dans notre bidonville. Elle détonnait dans le paysage. Les Westies n'ont pas ces manières prétentieuses. Rien que son allure transpirait l'arrogance, avec son chemisier à pinces rentré dans son jean moulant, sa façon de replacer ses mèches de cheveux derrière les oreilles, de marcher, de parler, jusqu'au ton employé. N'importe qui aurait pu deviner ses origines en un coup d'œil.

Et puis, c'était quoi son délire de ce matin ? J'ai cru halluciner lorsque je me suis réveillé avec son corps chaud blotti contre le mien. Sa bouche n'était qu'à quelques millimètres de la mienne. Et elle m'enlaçait comme l'aurait fait une petite amie, sauf que je n'ai jamais eu de petite amie. Jusqu'à présent, je n'avais jamais dormi avec une fille. On baise, on se rhabille, on se dit adieu ou à la prochaine, et basta. Pour moi, dormir avec l'autre, c'est partager une intimité plus profonde que le sexe. C'est un moment de vulnérabilité, et la confiance est primordiale. Or, je n'ai jamais atteint ce stade avec quiconque. C'est peut-être pour cette raison que l'Easty accapare mon esprit. Me réveiller à ses côtés a été un véritable choc. Même si je n'ai rien laissé paraître, mon cœur martelait mes côtes si fort que j'avais carrément peur qu'elle puisse l'entendre. C'était une sensation inédite, mais je mentirais si je disais qu'elle a été désagréable. Juste inattendue.

Est-ce que toutes les Easties se faufilent aussi facilement dans le lit des mecs à East River ?

Arrête de songer à elle, connard !

Je me frotte le visage, puis après une courte réflexion, me lève en rassemblant mes affaires.

– Où pensez-vous aller ? s'interrompt le prof en me voyant me diriger vers la porte.

– Chez moi.

– Ce sera noté comme une absence, me prévient-il.

Tant pis. Rester est au-dessus de mes forces.

Je longe les couloirs décrépits et tente de faire volte-face lorsque j'aperçois Jacob non loin qui discute avec une meuf. Enfin, « qui intimide une meuf » serait plus exact, vu leur position. Il la retient contre le mur, ses paumes à plat plaquées de part et d'autre de la tête apeurée de la pauvre nana qu'il persécute.

– Fox ! hurle-t-il en repérant aussitôt ma présence.

Je jure. Ce connard est plus efficace qu'un radar. La fille profite de son inattention passagère pour se faufiler sous son bras et détale sans demander son reste.

– Où est mon jouet, espèce d'enfoiré ?

Je croise mes bras sur mon torse tandis qu'il fonce sur moi tel un bulldozer. Dans un combat à mains nues face à Jacob, je suis certain de l'étaler. Je n'ai peut-être pas la carrure d'un molosse, mais je suis vif et agile. Et je sais me battre. Lui, c'est une brute. Son poing a beau être létal, il est lent. Et stupide. Or, même dans un combat, il faut utiliser son cerveau pour anticiper les coups de l'adversaire et savoir quand et comment frapper. S'il avait Lucille[1], en revanche... sa batte de base-ball cloutée, je ferais sûrement moins le fier. Sa démonstration d'hier est un avertissement suffisant. Ce mec est tordu.

Contre toute attente, Jacob me frappe l'épaule de la sienne dans un mouvement amical.

– J'espère que tu l'as démontée comme il faut, cette pute.

Il me tape à nouveau l'omoplate, de sa main cette fois.

---

1. Nom de la batte de base-ball cloutée de Jacob (en référence à *The Walking Dead*).

– T'es un putain de queutard chanceux, mon frère !

« Mon frère » ? Je n'ai qu'un frère et ce n'est certainement pas cette bouse malodorante.

– On n'est pas frères.

– Bien sûr que si, persiste-t-il avant de hurler, la tête inclinée vers l'arrière. Ce soir, j'en suis, mec ! Et sous la recommandation spéciale de ton oncle Tady ! Putain, on va être des Eagles, toi et moi !

Cette annonce me percute telle une claque dans la gueule. Je ne devrais pas être si étonné que ça, pourtant… Tady, bien qu'il soit mon oncle, est un vrai fils de pute. Il a dû se reconnaître en Jacob. Sous ses airs avenants et sympathiques de barman sans histoire, mon oncle est le CRH du club. Sauf que, chez les WEN, le chargé des relations humaines n'a pas tout à fait les mêmes attributions qu'ailleurs. Son rôle consiste à préserver la cohésion du clan et à licencier les membres les plus récalcitrants au besoin. Là encore, « licencier » est un douteux euphémisme : on parle en réalité d'éliminer de manière définitive les éléments perturbateurs ou non conformes. Puisque la seule façon de quitter un gang est de partir les deux pieds devant.

– OK, à plus… m'exprimé-je avec le plus de détachement possible, comme si cette information ne venait pas de me porter un coup.

– Quoi, c'est tout ? Attends que je te briefe ! beugle-t-il, exalté, en m'emboîtant le pas.

Cette journée ne pouvait pas être plus pourrie. Achevez-moi…

Je trace mon chemin, mais Jacob continue à me suivre tout en me racontant les détails de son entrevue avec Tady. Un WEN a filmé la scène de sa « performance » depuis la fenêtre de chez lui et a transmis les images à Bible, l'un des trois dirigeants des Eagles – avec mon daron et Nichols. Après concertation, mon oncle a convoqué Jacob à l'aube pour l'informer qu'il était invité à passer la soirée au Nation Club, le quartier général du gang. Ce qui signifie qu'il fera ses armes en même temps que moi et que je vais devoir me le coltiner non-stop.

– J'me casse ! le préviens-je une fois près de ma Harley.

– P'tain de bolos, arrête de te la jouer supérieur et de pas me calculer ! Tes burnes sont pas plus grosses que les miennes, alors fais pas ton fier.

– Si tu le dis…

– T'aurais pas été le fils de Chayton Fox, ça fait longtemps que je t'aurais défoncé la gueule, rit-il comme s'il plaisantait alors que nous savons lui et moi que c'est la vérité.

Il meurt d'envie de m'en foutre une depuis notre première année de lycée. Ça le rend dingue de ne susciter chez moi ni crainte ni admiration, alors que tous les autres élèves le craignent et l'admirent.

Soudain, le sol vrombit sous mes pieds, un peu comme durant un tremblement de terre. Cette sensation étrange est suivie d'un grondement flippant. Intrigué, je me retourne vers la source du bruit sans vraiment comprendre d'où il provient.

La vibration s'accentue.

C'est alors que j'observe avec horreur toute l'aile droite de notre école, située à quelques mètres seulement de nous, s'effondrer tel un château de cartes. Puis, on entend comme une détonation assourdissante.

Mon souffle se coupe. L'onde de choc manque de me faire perdre l'équilibre.

Bordel, bordel, bordel !

Une brume opaque de poussière et de débris se forme à la manière d'un nuage toxique, rendant la visibilité quasi nulle en une fraction de seconde.

Mon corps est parcouru d'un frisson d'appréhension.

– P'tain, mec, il s'est passé quoi, là ? C'est un délire ! se marre Jacob, inconscient de la situation.

Je suis incapable de lui répondre, de formuler la moindre pensée. Une toux sèche m'extirpe de cette léthargie. Je remonte mon col sur mon nez ; l'air est irrespirable. Mes yeux me brûlent et je n'y vois rien. N'y comprends rien. Mon cerveau refuse d'assimiler ce qui vient de se dérouler.

Le bâtiment n'a pas pu s'écrouler… C'est impossible.

Putain, non.

Pitié, non.

Pendant un instant, le temps semble suspendu. Un silence glaçant s'empare des lieux, donnant l'impression que toute vie a disparu.

Puis des hurlements résonnent.

De toutes parts.

Des hurlements terrifiés et… terrifiants.

Des hurlements qui, je le sais, me hanteront jusqu'à la fin de ma vie.

Des personnes me frôlent, mais avec cette fumée épaisse, je ne perçois que des ombres furtives. Tels des spectres annonciateurs de la mort.

– Vaut mieux se barrer, décide Jacob en me saisissant le bras. J'peux même pas respirer avec cette merde.

D'autres cris. Terrifiés et terrifiants.

Sous le coup de l'émotion, je mets un moment à percuter. Je reste inerte, complètement sonné, ne sachant comment réagir. Les plaintes d'effroi et de douleur écorchent mes oreilles, la poussière s'infiltre par tous mes pores, m'irrite la gorge et me bloque la vue. Elle m'empêche de distinguer ce qui m'entoure à plus de quelques mètres. Je ne discerne même plus le lycée.

S'est-il entièrement effondré ?

Cette pensée me pétrifie. Ma peau se couvre de chair de poule et mon cœur s'emballe.

Tous ces élèves piégés à l'intérieur. C'est un cauchemar.

Penny !

Je sors mon téléphone de la poche de mon cuir et, d'un doigt fébrile, je clique sur son numéro. Ça sonne dans le vide pendant plusieurs secondes avant de basculer sur la messagerie. Je rappelle, encore et encore. Puis, je finis par jeter l'éponge.

– Yo, Fox ! Où tu vas ? s'écrie Jacob quand je me défais de sa prise pour courir vers les décombres. T'es malade ! Fox ! Fox, p'tain, t'es trop con !

Je n'ai plus que l'image de Penny en tête. Je ne l'ai pas croisée ce matin, je ne sais pas si elle est venue en cours ou si elle a séché comme souvent ces temps-ci.

Faites qu'elle soit chez elle, endormie. Faites qu'elle soit chez elle, endormie.

Une masse ensanglantée me bouscule dans sa course folle. Je stoppe la fille dans son élan.

– Tu connais Penny McCarthy ? Tu l'as vue ?

Hagarde, elle ne semble pas me comprendre – ou m'entendre. Je la relâche et poursuis mon chemin entre les élèves qui tentent d'évacuer. La panique les rend confus et désordonnés. Je slalome tant bien que mal parmi cette foule effrayée.

Enfin, le son des sirènes retentit au loin. Les ambulances ne vont plus tarder, c'est une bonne nouvelle.

Je continue de progresser à contresens des élèves et arrête ceux qui me paraissent familiers pour les interroger sur Penny. Toutes les réponses ne sont que des borborygmes incompréhensibles. Je ne peux pas leur en vouloir, je suis moi-même désorienté et je peine à réfléchir de manière cohérente. Rester calme et clairvoyant en de telles circonstances requiert des années d'entraînement. Je ne suis pas secouriste, je ne suis pas rompu aux soins d'urgence, mais je dois faire mon possible pour aider.

– Fox…

La voix tremblante de José interrompt ma progression.

– Fox… répète-t-il, chancelant.

Il est couvert de poussière et sa tête pisse le sang. Je m'approche pour estimer l'importance de ses blessures. Il a une plaie ouverte au front et une autre bien plus grave, profonde et de plusieurs centimètres, au-dessus de son oreille. Le lobe est d'ailleurs partiellement sectionné et pendouille, rattaché seulement par un bout de chair.

– J'trouve pas mon frère. On était l'un à côté de l'autre dans le couloir… puis il a disparu. J'trouve pas mon frère. Fox… j'trouve pas mon frère. J'trouve pas…

– T'inquiète, on va le retrouver. Dirige-toi d'abord vers les ambulances, tu es blessé.

– J'trouve pas mon frère, bafouille-t-il en boucle. J'trouve…

– D'accord, José.

Je le tiens par les bras et le force à lever les yeux vers moi.

– On va le retrouver, tu m'entends ?

– Quoi ?

Je m'exprime cette fois en détachant chaque syllabe de peur que son audition ne soit touchée.

– J'entends rien ! crie-t-il en confirmant mes pensées. Fox, pourquoi j'entends rien ?

Je passe son bras autour de mon épaule afin de le soutenir et l'éloigne des bâtiments en ruine. La priorité est qu'il voie un médecin.

Médusé, je constate qu'il n'y a que deux ambulances et un camion de pompiers sur place. Deux pauvres ambulances pour des centaines de blessés ? C'est quoi ce cirque ? J'aboie à l'un des secouristes :

– Pourquoi vous êtes si peu nombreux ?

– Un feu s'est déclenché pendant la nuit dans la scierie de South District, toutes nos équipes sont là-bas. Heureusement, il n'y a que des dégâts matériels à déplorer.

South District est la zone la plus au sud de West River, en lisière de la forêt qui délimite la ville.

– Si ce n'est que du matériel, pourquoi ne viennent-ils pas ici ? On a des blessés partout et sûrement des morts.

L'homme en blouse blanche me lance un regard navré, et je comprends. Encore ces connards d'Easties ! Ils possèdent tout, et en plus, leur vie passe avant la nôtre. La scierie appartient à cette crevure d'Harrington, le maire de la ville, alors tout s'explique…

– Tu es blessé, tu as mal quelque part ? s'enquiert le secouriste.

– Non, ça va. Mon pote, par contre, a une plaie ouverte au crâne, assez moche, l'informé-je en lui désignant José, qui est assis sur la chaussée. Il est désorienté et a perdu l'ouïe, il s'appelle José Santos.

– OK. On fera notre possible pour s'en occuper au plus vite.

Une femme en blouse blanche intervient à son tour. Son petit gabarit tranche avec la puissance de sa voix.

– Comme vous l'avez remarqué, nous sommes en sous-effectif, s'adresse-t-elle à qui veut l'entendre dans ce chahut ambiant. En attendant l'arrivée de renforts, nous allons devoir nous organiser. Priorité aux blessés graves, d'accord ? Amenez-les vers mon collègue avec le gilet de sécurité jaune. Pour les soins médicaux non urgents, allez vers la droite, s'il vous plaît, et patientez. Quant à ceux qui peuvent aider, mettez-vous sur la gauche. On a besoin de toutes les mains disponibles ! Dans ce genre de sinistre, la rapidité d'intervention peut sauver des vies.

Le nuage de poussière s'est un peu dissipé. Autour de moi, c'est le chaos. Ça crie, ça court dans tous les sens, mais personne ne lui prête attention.

Le minipouce au coffre de baryton s'empare d'un mégaphone et réitère ses instructions. Son ton est assuré et calme. Aussitôt, les nombreux élèves et les quatre ou cinq enseignants présents s'apaisent quelque peu.

– Nous avons besoin de plus de volontaires que ça ! s'emporte-t-elle lorsqu'elle tourne la tête dans ma direction en constatant que trois élèves seulement m'ont rejoint. Bougez-vous ! Ce sont vos camarades qui sont coincés sous les débris, vos camarades qu'il faut sauver ! Et Donovan, trouve-moi des civières ! Vite ! On ne peut pas les évacuer sans. Et on a aussi besoin de plus de défibrillateurs.

D'autres lycéens s'adjoignent à mes trois camarades et moi, nous sommes maintenant une petite quinzaine. La femme nous donne vite fait les consignes, et ma colère grimpe au fur et à mesure. Non seulement ils sont en sous-effectif, mais en plus ils n'ont pas l'équipement nécessaire, ni pour soigner ni pour désincarcérer les potentiels survivants. Elle non plus ne masque pas son ressentiment. C'est tellement révoltant.

– Faisons notre possible, conclut-elle. Et que Dieu nous vienne en aide.

Après un temps interminable, des sirènes percent les plaintes des victimes qui, faute de moyens, gisent à même le sol. Trois heures se sont déjà écoulées et nous n'avons quasiment rien déblayé. Dans le regard des autres volontaires, je peux lire leur douleur. Elle fait écho à la mienne. Nous sommes éreintés, nos corps sont meurtris, nos cœurs endeuillés. Un sentiment d'injustice nous ronge. Injustice de la municipalité qui a laissé se dégrader et s'effondrer un bâtiment scolaire dont elle a la charge, injustice de ces mêmes pouvoirs publics qui envoient trop peu de secouristes sur les lieux, ce qui ralentit les interventions, injustice de ce système qui fait de nous des laissés-pour-compte. La vie d'un Westy ne vaut rien aux yeux du reste de la ville. Ce constat n'est pas nouveau, mais aujourd'hui, il est plus amer, et notre rancœur plus forte.

La sonnerie de mon téléphone me sort de cet instant léthargique. Je croasse un « allô » d'un ton las en décrochant.

– Fox… gémit Penny d'une voix ensommeillée. J'ai

vu que tu m'avais appelée à plusieurs reprises. Y a quoi ?

– Penny… soufflé-je avec l'impression de vider mes poumons pour la première fois depuis des heures. T'es chez toi ?

– Ouais, j'crois. Ou pas. Suis quelque part, mais j'sais pas trop où.

Un bruit désagréable de froissement me tire une grimace.

– Ah, c'est bien ma chambre, en fait ! rit-elle. La vache, suis stone.

– Tu vas bien, c'est le principal… murmuré-je sans cacher mon soulagement.

– Pourquoi t'es flippé comme ça, il s'est passé un truc ?

– Regarde les infos, tu comprendras. J'dois y aller, bye.

Rassuré, je raccroche. Au même moment, un journaliste me fout un micro sous le nez en me questionnant sur je ne sais quoi. Je le repousse d'un mouvement de bras.

– Si vous voulez vous rendre utile, posez plutôt votre bordel et retroussez vos manches pour nous aider à déblayer et à sauver les élèves encore emprisonnés sous les décombres !

Je déteste les reporters, ils déforment toujours la vérité. La grande majorité d'entre eux sont les fidèles toutous de nos politiciens. Dans nos médias, il n'y a qu'un seul son de cloche : les Westies sont un fléau, les Easties l'avenir de cette ville. Ils nous le rabâchent sans cesse, pire qu'une propagande. Un lavage orchestré de nos cerveaux. C'est tellement ancré en nous qu'on finit malgré nous par y croire. Ils arriveront même à nous faire porter le chapeau d'un drame comme celui-ci, en disant que nous avons sciemment dégradé les fondations ou une connerie du genre. Les coupables ne peuvent être que des Westies.

Après une grande inspiration, je m'élance à nouveau au cœur de l'enfer. J'ai juré à José de retrouver Steeve, son jumeau, et je compte bien tenir cette promesse.

11

June

Accroupie au fond de la cage – ou de la cellule, selon les points de vue –, les bras encerclant mes chevilles, je tente de conserver un peu de chaleur. L'endroit est glaçant et glacé. Une chambre froide serait moins gelée. Cela doit déjà faire plusieurs heures que je suis enfermée et que mon père est parti précipitamment à la suite d'un coup de fil. Vu ses traits crispés, cela devait être important. En presque toutes circonstances, il revêt un masque d'impassibilité, et pour que celui-ci s'effrite, c'est que cet appel l'a fort ennuyé. Pour m'occuper, j'invente des hypothèses. Peut-être que des terroristes ont fait exploser son bureau ou que des Westies enragés se sont rebellés et ont investi la mairie. La dernière idée me plairait bien. Je souhaiterais que, pour une fois, son pouvoir soit déstabilisé.

Comment puis-je l'aimer et le détester autant en même temps ?

Je retiens mes larmes de peur qu'il ne revienne et ne me surprenne. Les larmes sont une faiblesse, donc interdites. Je l'ai suffisamment contrarié avec ma note en sciences. Je dois m'accrocher à ses qualités pour relativiser et me délivrer de mes mauvaises pensées. Il est fou de ma mère, il la soutient malgré sa maladie, ses rechutes perpétuelles, et il l'envoie toujours dans les meilleurs centres de désintox, entourée des thérapeutes les plus renommés. Il lui est tellement dévoué. Ce n'est pas le comportement d'un homme mauvais, ça.

Joseph Harrington est seulement…

… horrible, méchant, cruel.

Non, c'est faux. Il est dur, sévère, parfois impitoyable, mais juste.

Mon père n'est pas un monstre. Ce n'est pas un pédophile ou un pervers. Il ne m'a jamais touchée de façon inappropriée, il n'a jamais eu le moindre geste incestueux. Ce n'est pas un prédateur. S'il m'emprisonne et m'oblige à me dévêtir, ce n'est pas pour se rincer l'œil ou en profiter, c'est uniquement pour m'humilier. Mon père brise mon mental, pas mon corps. Ainsi, il montre qu'il a tout pouvoir et que je suis à sa merci. Me rabaisser est un moyen de me contrôler. Je le sais, car il me l'a platement expliqué la première fois qu'il m'a conduite ici – j'avais 6 ans – afin que je comprenne ses motivations. Son but est de me façonner. Pour cela, il doit d'abord détruire afin de mieux reconstruire.

Malheureusement, je le déçois sans cesse. Je ne suis pas à la hauteur de ses attentes. Je suis trop fragile, selon lui. Et idiote. Malgré les méthodes employées, il a du mal à annihiler toute velléité de rébellion. Oui, je lui ressemble sur de nombreux points et j'essaie au maximum de lui plaire pour ne pas m'attirer ses foudres. Néanmoins, il y a toujours cette volonté d'émancipation qui me pousse parfois à agir à l'inverse de ce qu'il désire. Non que je le souhaite. J'aimerais être une bonne fille comme il l'exige, cela m'éviterait de vivre dans la crainte de le décevoir. J'aimerais, mais je n'y arrive pas. La nuit dernière en est la preuve.

S'il estime qu'un B+ mérite une réclusion de vingt-quatre heures dans le noir sinistre et glacial de cette cellule, alors je n'ose imaginer ce que me vaudraient mes escapades nocturnes. Évidemment, cette pensée me terrifie, mais elle est accompagnée d'un autre sentiment que je ne saurais décrire avec exactitude. Une forme de défiance. Et de fierté. Parce qu'il n'a pas d'emprise sur cette partie cachée de ma vie.

Est-ce que ce séjour dans la cave va cette fois anéantir mes sursauts de résistance ?

Chacun de mes muscles crie de douleur, le froid les paralyse. J'ai l'impression d'avoir des épines qui me lacèrent et me brûlent l'épiderme. Au moins, il ne pleut pas comme la nuit dernière, dans la ruelle. Hélas, je n'ai pas non plus le corps dur du Westy pour me réchauffer. Je ferme les paupières pour essayer de retrouver la sensation de bien-être que j'ai ressentie auprès de lui. C'était confortable, agréable, apaisant. J'aimerais pouvoir à nouveau me blottir contre son flanc, juste pour récupérer un peu de sa chaleur. Sa peau était chaude. Si chaude.

Soudain un souffle tiède se diffuse autour de moi. Pendant un instant, je m'imagine que c'est la puissance de suggestion de mon esprit qui a réussi ce tour de force. En réalité, c'est le chauffage qui s'est mis en route. Il est programmé pour se déclencher lorsque la température descend sous la barre des dix degrés. Toutefois, il s'arrête dès qu'elle atteint les quinze degrés. Quand on est nue, quinze degrés, c'est peu. Très peu, trop peu. Certes, je ne mourrai pas d'hypothermie et cela ne nuira pas à ma santé, mais ça n'en reste pas moins éprouvant pour le corps.

Après, s'il n'y avait que le froid de dérangeant, je pourrais sûrement m'en accommoder. Mais il y a ce noir, profond, abyssal. L'absence totale de lumière joue sur le moral, c'est connu. On perd toute notion du temps, les secondes deviennent des minutes, les minutes des heures, les heures des jours, les jours des semaines. L'unique occupation : dormir. Seulement, ce serait trop facile comme échappatoire. Mon père a tout prévu. La cellule ne contient ni matelas, ni couverture, ni oreiller. Aucun confort matériel. Il n'y a pas de revêtement au sol, juste de la terre froide et humide. Là encore, ce choix a été mûrement réfléchi, tout a été calculé de façon méthodique. Ainsi, je ne peux que difficilement m'assoupir.

La terre sert également de litière. Car oui, il n'y a pas de toilettes non plus. Si je veux me soulager, je dois creuser le sol de mes mains, tel un animal. L'humiliation suprême. Avec le temps, j'ai appris à contrôler mes intestins. Auparavant, ils réclamaient une vidange quotidienne. Maintenant, je peux tenir une semaine, voire plus. Je ne sais pas si c'est très sain pour l'organisme, mais il est hors de question que je défèque dans cet endroit. Pour ma vessie, c'est plus compliqué. Elle est aussi têtue que moi et refuse la rétention. Lorsqu'elle me tiraille, le besoin devient presque irrépressible. En témoigne mon aventure de ce matin.

Encore une fois, mon esprit s'égare vers Saul. Par ennui, je suppose. Puis, je suis suffisamment superficielle pour m'extasier sur son physique d'apollon. Dommage que ce soit un 3B. C'est bien la première fois qu'un garçon attire mon attention. Ethan n'est pas moche. Beaucoup de filles le trouvent canon, même si je pense que c'est surtout sa carrure et son argent qui le rendent attrayant. En dehors de ces deux points, il n'a pas grand-chose pour lui. Son visage est quelconque et son Q.I. est égal à celui d'un mollusque.

Je sursaute au tintement de clés qui s'entrechoquent. Mon père revient. Je me redresse d'un bond et me compose un visage contrit. Son retour annonce sûrement un énième sermon, à moins qu'il ne m'apporte de quoi m'alimenter. Je n'ai pas spécialement faim, mais ma bouche est sèche. Je me demande si la nuit est déjà tombée et depuis combien de temps je suis ici.

La porte se déverrouille. Mon cœur s'emballe à ce son et mes mains tremblent. Un rai lumineux m'éblouit tandis que mon père braque la lampe de son portable dans ma direction. Je plisse les yeux et les protège de mon bras.

– Il y a eu un léger incident à West River, déclare-t-il d'un ton irrité. Cela me contraint à modifier nos projets pour le week-end. Je t'avais accordé une nuit de réflexion, mais j'ai à faire. Alors sois une bonne fille et profite de ce temps supplémentaire pour effectuer une introspection approfondie et te remettre en question. On se revoit dimanche.

Dimanche ? Un sanglot noue le fond de ma gorge. Je contracte mes mâchoires pour éviter qu'il s'échappe.

– D'accord… prononcé-je avec fatalité.

Me rebeller à ce stade serait contre-productif.

– J'espère que mon organisme tiendra le choc, soumis à un jeûne si long, ajouté-je toutefois lorsqu'il s'apprête à refermer le battant sur lui.

– Ah, oui. Où avais-je la tête ?

L'ampoule jaunâtre s'illumine quand il appuie sur l'interrupteur. Il se dirige vers le robinet situé à droite de l'entrée et l'ouvre. L'eau s'écoule dans une gamelle métallique. C'est celle de mon ancien chien, Baxter. Il a disparu un jour sans laisser de traces après avoir uriné sur la moquette du salon.

– Le jeûne est bon pour le corps et l'esprit, proclame-t-il ensuite d'un ton cérémonieux qui me fait penser à un gourou. Rationne ton eau jusqu'à dimanche. Ça ne devrait pas être difficile.

Il pousse la gamelle du pied jusqu'à la coller contre les barreaux. Sa tâche effectuée, il éteint la lumière et se retire sans un mot de plus. La porte se ferme, scellant mon destin pour les deux jours à venir. J'écoute le bruit de ses pas résonner dans le couloir et, quand le silence prend à nouveau possession des lieux, je m'abandonne à ma tristesse. À contrecœur, je m'allonge en chien de fusil sur la terre souillée. Le contrecoup de ces dernières heures me tombe dessus comme une chape de plomb et je m'enfonce dans un sommeil agité.

Des Westies tatoués me poursuivent, des yeux noirs me hantent, et un visage au crâne écrabouillé me sourit de façon macabre tandis que, penché sur lui, un homme imposant en costume foncé brandit une batte, le regard féroce. Cet homme, ce n'est pas l'ami de Fox, c'est mon père.

Cette dernière image me fait hurler de terreur.

12

June

Les yeux écarquillés, je me réveille dans un sursaut. La lumière est allumée et Joseph Harrington me contemple, un air sévère plissant ses traits.

– On est déjà dimanche ? balbutié-je, l'esprit embrumé, imprégné des images de mon cauchemar.

– Ne dis pas de sottises ! Tu n'as passé qu'une pauvre petite nuit ici, tu le sais très bien. Il est à peine six heures du matin. Tu vas te rendre utile, pour une fois. Monte et lave-toi, tu sens mauvais. C'est une infection.

Il fronce le nez pour appuyer son propos.

– J'ai besoin que tu sois présentable d'ici deux heures. C'est dans tes cordes, j'imagine. Te pomponner est bien l'une des rares choses que tu fais correctement, alors je compte sur toi. Les journalistes nous attendent à huit heures pour une allocution. Je vous veux, toi et ta mère, à mes côtés. C'est compris ?

– D'accord.

Je ne sais pas quel événement a provoqué un tel revirement de situation, et je m'en moque. Une bombe nucléaire pourrait avoir dévasté la moitié du pays, je m'en réjouirais tant que cela me permet de sortir de cette cellule plus tôt.

Lorsqu'il me libère de ma cage, je m'empresse de

récupérer mes vêtements restés sur le sol crasseux et de m'habiller. Mon paternel s'engage dans le couloir tandis que je boutonne mon pantalon. Je lui emboîte le pas, mes chaussures à la main. Je n'ai pas eu le temps de les enfiler et j'ai peur qu'il ne change d'avis à tout moment.

– Éloigne-toi, ton odeur est insupportable. Tu t'es encore pissé dessus ?

Une fois. Ce genre d'incident ne m'est arrivé qu'une seule fois, et je n'avais que 6 ans. C'était pendant la fête du printemps, je devais chanter sur scène devant tout le gratin d'East River. Je n'avais cessé de rabâcher aux adultes présents que j'avais besoin de faire pipi, mais comme tous étaient occupés et que les répétitions avaient pris du retard, on m'avait dit d'attendre la pause. Sauf qu'on n'a jamais eu de pause et qu'on m'a obligée à monter sur scène la vessie pleine. Et ce qui devait arriver arriva. La plus grande honte de mon père. Ce soir-là, j'ai passé ma première nuit dans la cave. Il n'y avait pas de cellule à l'époque, juste une pièce fermée. Une nuit gravée à jamais dans ma mémoire. C'est à ce moment-là que j'ai compris une chose fondamentale : je dois être la meilleure. Tout le temps.

J'obéis à son ordre et recule de quelques pas. Ses mots sont durs, blessants, mais je dois affronter l'épreuve la tête haute. Rien ne doit m'ébranler. Je lui réponds d'une voix que j'espère maîtrisée – même s'il me veut docile, je sais qu'il n'aimerait pas que je m'efface :

– Non. C'est les émanations de la cave qui imprègnent ma peau. Je me laverai avec un gant de crin.

Il maugrée, ce que je considère comme une approbation.

Lorsque mes pieds nus se posent sur l'herbe fraîche,

je soupire silencieusement. Je voudrais respirer à pleins poumons, mais je juge plus prudent de me contenir. Le soleil levant dans le ciel encombré de nuages sombres me donne l'impression qu'une supernova a explosé dans notre atmosphère tant ses rayons me brûlent les rétines. Mes paupières se plissent par réflexe.

Sans que je comprenne pourquoi, mon paternel m'ordonne de passer par la remise pour entrer dans la maison et de monter directement dans ma chambre sans me faire remarquer. Une heure plus tard, douchée, habillée, coiffée et maquillée, je découvre avec une certaine stupéfaction la raison de sa requête. La villa grouille de monde. Les assistants, les conseillers, les chargés de communication, tous les membres du parti sont ici, et tous semblent être sur le pied de guerre. Certes, la campagne pour les élections au poste de gouverneur du Michigan a commencé. Seulement, c'est au siège que tout a lieu normalement. Cette effervescence est inhabituelle.

Près du hall principal, j'aperçois Esther, notre gouvernante, un plateau de viennoiseries à la main.

– C'est quoi cette agitation ? m'enquiers-je en venant à sa rencontre.

– C'est affreux. Une catastrophe… déplore-t-elle en reniflant.

J'engloutis l'unique scone restant. Je n'ai rien mangé depuis hier matin et je me sens faible.

– Il faut que je te tire les vers du nez, ou quoi ?

– Une catastrophe à West River.

– West River ? Depuis quand ça les intéresse, ce qui se passe là-bas ?

– Le lycée McFly dans le quartier de Little Park s'est

effondré, m'apprend-elle tandis qu'une larme dévale sa joue. Il y a beaucoup de morts et de blessés.

Esther est une Westy, comme quatre-vingt-dix-neuf pour cent des personnes qui occupent des emplois ingrats à East River pour assurer l'entretien, la maintenance, la sécurité, etc., de notre quartier. Quelles que soient ses qualifications, ce n'est pas n'importe quel 3B qui a l'autorisation d'exercer de ce côté-ci de la ville. Les Westies sont obligés de montrer patte blanche et ils ont conscience d'être sur un siège éjectable. Pour garder leur place, ils doivent comprendre où celle-ci se situe justement. En bas, tout en bas de l'échelle. Cela ne me semble pas très juste, mais ce n'est pas moi qui décide, c'est ainsi que fonctionne notre ville.

– Tu as de la famille qui… ?

Je me mords la langue. Mon père n'aimerait guère que je m'inquiète pour notre gouvernante. Or, il n'est sûrement pas loin et pourrait très bien m'entendre. Ce que certains verraient comme une marque de compassion est perçu comme une faiblesse par Joseph Harrington. Je ne l'oublie pas.

– Laisse tomber, marmonné-je pour me rattraper.

Je dois garder mon empathie pour les caméras, uniquement pour elles. Un geste altruiste ou une parole bienveillante doit avant tout servir nos intérêts. À défaut, c'est une… *faiblesse*. Ce mot est imprimé dans ma chair, tant il me l'a rabâché. Mon cœur se serre, néanmoins. Je ne suis pas aussi insensible que lui. Des ados de mon âge, peut-être même plus jeunes, ont péri ensevelis sous les décombres. Certains sont sûrement blessés et toujours prisonniers de tonnes de béton. Il vaut encore mieux mourir sur le coup que d'être enterré vivant.

Des onyx brillants s'impriment un instant sous mes paupières, je bats des cils pour chasser ce mirage.

Qu'il aille bien ou non m'est égal !

Ma mère surgit dans le couloir. Elle me paraît presque alerte malgré ses yeux cernés. Elle me décoche un demi-sourire qui me réchauffe jusqu'à l'âme. Son sourire a des pouvoirs magiques. Malheureusement, il est trop souvent absent, tout comme elle. Il est rare que, hors des projecteurs, ma mère affiche une mine heureuse et détendue. Elle aussi joue un rôle. Mais ces faux-semblants suffisent à mon apparent bonheur. J'ai pris l'habitude de me nourrir de miettes. C'est ainsi que nous fonctionnons chez les Harrington.

– Ma chérie, intervient mon père en la serrant contre lui.

Elle sursaute à son contact. Ses traits se crispent un instant avant de se détendre. Lorsqu'il m'aperçoit, il la libère pour me rejoindre.

– Et mon autre chérie, plaisante-t-il en faisant rire l'assemblée. Je suis tellement chanceux d'être entouré des deux plus belles femmes du monde.

Il m'étreint comme s'il ne m'avait pas vue depuis des jours et j'accueille comme une bénédiction d'être dans ses bras.

– Tu es magnifique, ma fille.

Je lui renvoie un sourire éblouissant et sincère. Parce que mon cerveau est ainsi, programmé pour aimer mon père envers et contre tout. Parce que son affection, même artificielle ou hypocrite, m'est précieuse. Et je chéris chacune de ses petites attentions.

Il chuchote ensuite à mon oreille la marche à suivre pour les heures à venir. À savoir, me tenir trois pas derrière lui et, surtout, adapter mes expressions faciales en fonction de son discours.

Au moment de partir pour la conférence de presse, sa conseillère intervient, la mine soucieuse :

– Le bilan provisoire s'annonce plus lourd que nos estimations.

– Si près des élections, cet événement est fâcheux.

– La colère des Westies gronde, nous devons l'endiguer au plus vite avant qu'elle s'envenime.

Mon père soupire, mais son visage reste impassible, vide de toute émotion.

– J'ai bien peur qu'il nous faille procéder à quelques concessions si nous voulons éviter l'émeute, rumine-t-elle avec un air de requin vicieux. Ils ont déjà commencé à manifester dans le quartier d'Old Town, juste à nos portes, et ils menacent de foutre le feu au checkpoint si de l'aide ne leur est pas apportée.

– Qui a osé formuler ce minable chantage ?

– Les citoyens, appuyés par les BSB et les DRB. Les WEN ne se sont pas encore prononcés, mais ça ne saurait tarder. Le drame semble avoir annihilé temporairement les dissensions entre les gangs.

– C'est fâcheux. Je vais régler ça, affirme-t-il en réponse, avec une conviction telle que je ne doute pas de sa réussite. Nous allons nous rendre au lycée McFly, pour commencer. Je ferai mon allocution là-bas et nous discuterons des détails en chemin. Nous devons apaiser les tensions, en priorité. Et si on parvient à retourner la situation en notre faveur, ce sera tout bénéfice.

D'un signe de tête, il enjoint à ma mère, à son équipe médiatique et à moi-même de le suivre.

13

Saul

Assis au comptoir du Nation Club, je lâche un soupir vaincu tandis que ma tête pique vers l'avant.

– Hey, Little Fox, t'endors pas… me secoue mon oncle Tady.

Tous les Eagles sont réunis depuis l'aube, même ce connard de Jacob est présent. L'intronisation n'a pas eu lieu en raison des événements d'hier. Néanmoins, notre statut de futures recrues nous permet d'être ici.

Je suis épuisé. Cela ne fait pas une heure que j'ai quitté le lycée ; je ne tenais plus debout, alors un pompier m'a ordonné de rentrer me coucher. Comme si je pouvais trouver le sommeil en sachant que des potes sont encore sous les décombres. Nous n'avons toujours pas retrouvé Steeve, malgré les efforts fournis. José, quant à lui, après un passage express aux urgences, est sous la surveillance de ses parents. On lui a diagnostiqué un traumatisme crânien, mais faute de place, ils ne l'ont pas gardé. Je ne m'en fais pas trop pour son état de santé, c'est son moral qui m'inquiète.

Combien d'heures peut-on survivre sous des blocs de béton ? Le froid et le manque d'oxygène, combinés à de probables blessures, ne présagent rien de réjouissant. Même si je n'ai jamais particulièrement aimé

José, il ne mérite pas de perdre son frère de cette manière.

Automatiquement, je pense au mien. Sevan doit encore dormir, mais je lui envoie un message pour le rassurer.

Suis au Nation Club avec le daron et Tad. Tout le monde va bien.

Malgré le boucan ambiant des Eagles, mes yeux se ferment sans que je puisse les contrôler.

– Chut, taisez-vous ! tonne Bible, revenu spécialement de Detroit à l'annonce du drame. Harrington va parler.

Mon daron, assis à ma gauche, boit sa chope cul sec.

– Comme si ce qu'avait à dire cette petite tapette pouvait nous intéresser, grogne-t-il en éructant un fumet de bière éventée dans ma direction. Hein, mon gars !

Il me frappe le dos et je manque de m'écrouler par terre.

– Bah alors, Little Fox, t'es bourré ?

Le seul bourré ici, c'est toi, connard !

– J'ai passé la nuit à aider les secouristes et à déblayer.

– Ah ouais, c'est vrai. Toi aussi, Jacob ?

– Ouais, moi aussi, ment ce dernier avec aplomb.

Ses petites billes de hyène me défient de le contredire. Comme si j'en avais quelque chose à foutre.

– Vos gueules ! s'agace Bible. Ça commence.

Je pivote sur mon tabouret tandis que mon cou se tend vers l'écran géant accroché au mur du fond.

« Nous sommes en direct du lycée McFly où une partie des fondations s'est écroulée hier en fin de matinée, causant le décès de plusieurs élèves et enseignants. Nous déplorons actuellement cinquante-deux morts et quatre-vingt-sept blessés, dont vingt-trois dans un état grave. Malheureusement, ce bilan n'est que provisoire et il risque de s'alourdir dans les heures et les jours à venir. Dans une grande tristesse, beaucoup de citoyens dénoncent un manquement à l'obligation d'agir pour assurer la sécurité des locaux et accusent le maire de ne pas avoir fait les rénovations nécessaires alors que plusieurs pétitions avaient circulé l'hiver dernier. Ils reprochent également aux autorités une mauvaise gestion des secours qui, je le rappelle, devaient lutter parallèlement contre un début d'incendie dans la scierie de South District, à la lisière de la ville, et contre la menace d'une propagation du feu à la forêt environnante. Notre maire, Joseph Harrington, prendra la parole d'ici quelques instants afin de répondre à nos questions. Ah, on me signale dans l'oreillette que nous pouvons l'apercevoir près des décombres, avec son casque jaune, qui soutient un blessé. Là-bas, oui, c'est bien lui ! Il ne faut pas oublier que notre maire est un homme de terrain, il préfère l'action aux beaux discours. »

Quelle connerie ! Qui est dupe ?

Des photographes l'entourent et le mitraillent de flashs. Deux blondinettes, casque sur la tête, font également semblant de déblayer tout en prenant la pose pour les journalistes. C'est risible. S'ils avaient réellement voulu nous aider, ils auraient dépêché plus de renforts. Évidemment qu'ils doivent nous rendre des comptes, mais j'ose espérer que personne n'est assez bête pour considérer leurs actes comme un gage de bonne foi. Ce n'est qu'une abjecte mise en scène.

Fatigué, je ne prête plus attention aux commentaires sirupeux de la journaliste et m'affale sur le comptoir, la tête réfugiée dans mes bras. Elle rabâche la même chose en boucle depuis l'incident sans jamais apporter d'éléments nouveaux. Dormir est bien plus intéressant.

Des sifflements aigus m'extirpent malgré moi de mon semi-coma. Je me redresse, puis je me tourne. Le visage de la journaliste locale a été remplacé par celui de Joseph Harrington. L'allure pédante et l'œil larmoyant, il fixe la caméra d'un air grave pendant plusieurs longues secondes – pour ajouter un effet de solennité, j'imagine. Il est doué, l'enfoiré. Même silencieux, il arrive à capter l'attention. Son aura est indéniable. C'est à Hollywood qu'il aurait dû faire carrière, il excelle en tant qu'acteur.

Dès que sa voix s'élève, une vague de colère se propage dans mes veines. Chacune de ses paroles n'est qu'artifice, de la poudre aux yeux. C'est un bon orateur qui sait manier les mots. Il « déplore » ce regrettable accident sans pour autant s'excuser. Au contraire, il rejette insidieusement la faute sur les Westies. D'après ses experts, les fondations du lycée ont été affaiblies par les vibrations continues du chantier en cours non loin, ainsi que par une dégradation progressive et volontaire provoquée par certains élèves peu scrupuleux. Il souligne ensuite que ce chantier de démolition était la volonté des citoyens de West River et que lui-même était au départ réticent à ce projet qu'il estimait précipité. Mais, en tant que maire à l'écoute de ses électeurs, il a validé les travaux en formulant toutefois des recommandations qui, selon lui, n'ont pas été respectées.

Voilà, il a réussi à trouver la faille pour retourner la situation à son avantage, comme je le redoutais. Par quelques paroles habiles, il s'est dédouané de toute responsabilité et a sous-entendu que ce drame est notre faute. Parce que nous l'avons défié en manifestant pendant plusieurs mois pour que ce carré d'immeubles, sur le point de s'écrouler, soit démoli et leurs habitants relogés dans des conditions sanitaires décentes. Évidemment, ce bouffon était contre. Dès qu'il s'agit de verser un centime pour West River, il met son veto. Et cela n'a rien à voir avec un quelconque problème de sécurité comme il le prétend éhontément, c'est une question de pognon. Harrington se fout éperdument des habitants de West River. Je suis certain que s'il n'y avait pas les élections prochaines pour le poste de gouverneur auquel il se présente, il n'aurait même jamais donné son aval pour lancer le chantier de démolition. J'ai envie de fracasser sa grosse tête qui envahit l'écran. Si le cameraman zoome un peu plus, on verra le moindre pore suintant de sa sale peau. Certains le trouvent bel homme ; moi, je le trouve juste répugnant. Enfin, le cadreur ajuste le plan, qui s'élargit pour dévoiler les deux blondes derrière lui. Sa femme et sa…

Fuck !

– Deux belles putes, siffle Jacob. Il s'fait pas chier, le salaud.

Mon oncle approuve d'un ricanement tandis que Ian, un des membres les plus âgés des Eagles, le remet en place d'un ton sec :

– C'est sa femme et sa fille, un peu de respect.

La voix de Jacob résonne, plus présomptueuse que jamais :

– J'les baise toutes les deux, ces putes.

Je ne détourne pas la tête pour suivre leurs échanges. J'en suis incapable. Mon regard est happé par l'Easty qui se tenait dans mon lit hier matin. L'inconsciente qui s'est glissée sous mes draps et à qui j'ai sauvé la vie n'est autre que la fille du maire. C'est une saloperie d'Harrington ! Je comprends maintenant d'où lui vient cette arrogance. Même en position de faiblesse, elle dégageait une assurance troublante. La condescendance et le dédain coulent dans ses veines comme dans celles de son bouffon de daron.

– Range ta teub et ferme-la, gronde Bible.

Tous écoutent religieusement le discours interminable du maire. Mon esprit est si focalisé sur la pimbêche derrière lui qu'aucun mot ne me parvient. Avec le drame, elle m'était sortie de la tête et voilà qu'elle resurgit sans préavis. La princesse frigorifiée à l'allure de chien mouillé s'est transformée en reine. Elle est canon, c'est incontestable. Sa beauté crève l'écran. Le gris de ses iris ressemble à un nuage d'orage en plein cœur d'une tempête. Peut-être que je me trompe, mais son regard m'apparaît teinté de tristesse, voire d'une souffrance profonde.

Est-elle vraiment touchée par la perte des lycéens westies ?

Mon front se plisse sous la réflexion. Si je n'étais pas si suspicieux, je pourrais sûrement tomber dans le panneau. Son talent de comédienne est supérieur à celui de son daron. Les poils de mes bras se hérissent. C'est étrange, mais je peux ressentir son désespoir à travers ses prunelles hantées.

– C'est ma vue qui tangue ou elle vacille sur ses jambes, la gamine ? s'interroge mon père en se frottant les yeux.

Il frappe son torse pour libérer un rot sonore.

– Sers-moi une autre bière, Tad ! éructe-t-il ensuite en terminant sa énième pinte.

Ce crétin est peut-être bourré, mais il a raison : la fille oscille dangereusement. Sa daronne à ses côtés n'amorce pourtant pas un mouvement pour lui venir en aide. Un sourire figé aux lèvres, elle est comme imperméable à ce qui l'entoure. Si les yeux de sa fille sont habités de mille tourments, les siens sont vides de tous sentiments. Je m'attends à ce qu'elle chute d'un instant à l'autre, mais sa pugnacité lui permet de rester sur ses jambes. Après quelques instants, son père constate son malaise. La mine soucieuse, il nous explique que sa fille est hypersensible et que ce drame l'a beaucoup affectée. « Hypersensible » ? Ce n'est pas un qualificatif que j'aurais employé la concernant.

Mon regard se fixe à nouveau sur elle. En apparence, c'est une banale Easty, jolie certes, mais qui suinte la superficialité et l'orgueil. Pas le genre qui m'attire, d'habitude. Cependant, elle m'intrigue sans que j'en comprenne la raison. À moins que ce soit à cause de son satané regard ombrageux.

Je me force à me concentrer sur notre cher maire et son discours pompeux.

« … un fonds de solidarité en faveur des victimes sera débloqué dans les heures à venir. En attendant la reconstruction des bâtiments, les élèves seront accueillis à River High School et à South District School. Ce dispositif est temporaire, rassurez-vous. Nous savons que ces établissements sont surchargés et nous ferons les aménagements nécessaires pour que les étudiants de McFly puissent y poursuivre leur scolarité provisoirement. Mais ce n'est pas tout. Afin de garantir le meilleur enseignement, j'ai pris l'initiative d'intégrer à Joseph Harrington School, établissement très renommé s'il en est, les élèves les plus méritants. À partir de la semaine prochaine, dix lycéens au dossier scolaire irréprochable auront l'honneur de grossir les rangs de cette prestigieuse institution d'East River. C'est une décision majeure, totalement inédite, depuis la fondation d'East et de West River… Voyez-la comme le premier pas vers une possible réunification de notre ville. Cela prendra le temps qu'il faudra, sûrement des décennies, je ne vous le cache pas. Cependant, ensemble, nos forces réunies, nous parviendrons à faire d'Harrington un havre de paix. Mes chers concitoyens, l'heure est au recueillement, pas au ressentiment. Alors, apaisons nos cœurs et, ensemble, pleurons nos morts dans le respect et la tolérance, non dans la violence et l'effusion de sang. Merci. »

Sur le moment, cette annonce me laisse de marbre. Réunification ? Mon cul ! Encore de la poudre aux yeux, du bla-bla de politicien avec des promesses qui ne seront pas tenues. Le maire tient trop à la séparation de la ville. Dès qu'il le peut, il nous rappelle que c'est son père, Paul Harrington, qui a construit Harrington, qui s'est dressé le premier contre la violence grandissante dans certains quartiers, qui a créé des emplois dans la région et a permis son développement. Et parce qu'il s'est soucié du bien-être de ses concitoyens, les gangs – plus précisément les WEN – l'ont assassiné d'une balle dans la tête. C'était lors de l'inauguration du checkpoint et du mur d'enceinte d'East River. Il n'y avait pas encore tous les dispositifs de sécurité que nous avons actuellement, tels que les gardes armés ou les caméras, et Paul Harrington l'a payé de sa vie. C'est l'une des premières leçons d'histoire que l'on étudie à l'école.

Alors, non, sa réunification, je n'y crois pas une seconde.

Le soir venu, après une journée à lutter contre le sommeil afin de ne pas chambouler mon horloge interne, je me suis endormi le cœur serré par les nombreux décès, mon esprit s'égarant malgré moi vers des prunelles tourmentées. Et à mon réveil ce matin, contre toute attente, le poids sur ma poitrine s'est un peu allégé. Je suis endeuillé, comme tout West River. Cependant, égoïstement, je me sens soulagé d'une certaine manière. C'est moche, j'en suis conscient, toutefois je n'arrive pas à taire cette sensation malvenue d'allégresse. Je n'ai toujours pas prêté serment aux WEN et ce constat me rend presque euphorique. Je me déteste de ressentir cela, mais je n'y peux rien. Chaque journée de liberté supplémentaire me permet de garder espoir et foi en l'avenir. Or, j'ai besoin de ça pour tenir.

– Enfin réveillée, la marmotte. Il est treize heures passées… me sermonne gentiment Sevan tandis que je pénètre dans notre salon-cuisine-salle-à-manger. Je t'ai préparé une omelette avec du bacon.

Il me tend une assiette – pleine, cette fois-ci.

– T'es le meilleur.

– Je sais.

Ses iris dorés se plantent dans les miens avec une tendresse qui m'ébranle. J'aime ce gamin à un point inimaginable.

– Savannah, ça sonne bien comme prénom, tu ne trouves pas ? me sort-il tout à trac.

– Savannah ? Hum... Joli. C'est plutôt cool comme prénom.

– Ouais, ça me plaît aussi, rétorque-t-il avec un sourire énigmatique, les yeux perdus dans le vague.

Je le contemple un instant. Est-ce le prénom de sa petite copine ? D'où lui vient cet air adorablement gêné ? Ma poitrine se gonfle d'amour, ainsi que de crainte. J'ai toujours peur pour lui. Je tuerai quiconque s'en prendra à lui.

– Tu ne manges pas ?

– Oh... Si, bien sûr. C'est pas empoisonné, hein ?

C'est en avalant la première bouchée que je m'aperçois à quel point j'ai faim. Je savoure mon repas en réservant le bacon pour la fin, pendant que mon frère, télécommande à la main, cherche un programme intéressant. Les cours ont été suspendus aujourd'hui dans toute la ville et les drapeaux seront en berne pendant trois jours.

– Le bilan est maintenant de quatre-vingt-onze morts, et il y a encore cent trois disparus et plus de quatre cents blessés. Ils ont dit qu'il y avait dix-huit classes touchées, souffle mon frère sans cacher sa tristesse.

Six cents élèves. Presque la moitié de notre lycée. J'aurais pu être l'un d'eux. Si je n'avais pas quitté le bâtiment plus tôt, mon destin aurait été tout autre. J'espère que beaucoup, à mon exemple, ont séché les cours et ainsi évité le pire. Après tout, McFly est réputé pour avoir le taux d'absentéisme le plus élevé de tous les lycées de la ville.

Son choix s'arrête sur les infos.

– T'as pas moins déprimant ?

– Askip, Harrington va parler.

– Encore ? Il en profite pour faire sa promo électorale, ou quoi ?

Sevan hausse les épaules avant de me piquer une tranche de bacon.

– Hey ! T'abuses.

– En tant que chef cuisinier, je suis chargé de vérifier si la nourriture est consommable.

– Et tu ne pouvais pas vérifier dans ton assiette ?

– Il n'y a plus de bacon dedans… Et c'est le bacon que je voulais vérifier. Tu ne trouves pas qu'il a un goût bizarre ?

Je m'empare d'une des dernières tranches et l'avale en étouffant un gémissement.

– Du tout ! C'est trop bon. Une tuerie !

– C'est vrai ? Laisse-moi revérifier alors, me nargue-t-il en me chipant le dernier morceau sous mes yeux ébahis. Ah ouais, t'as raison… C'est troooop bon ! sourit-il avec fierté.

– Sale petit…

– C'est pas ton nom que j'ai entendu à la télé ? me coupe-t-il en montant le son.

– N'essaie pas de faire diversion, Sevan Fox !

– Promis, j'ai entendu ton nom ! me certifie-t-il, soudain sérieux.

– Pourquoi ils diraient mon nom aux infos ? Je ne fais pas partie des victimes…

– La liste !

– La liste ? Quelle liste ?

– La liste des élèves qui vont être transférés à Joseph Harrington School ! Le maire a dû annoncer le nom des lycéens concernés.

– Quoi ? Mais non. Arrête tes conneries ! Il ne va pas citer les noms en direct dans un journal télévisé. Ça n'a pas de sens. Pourquoi il ferait ça ?

– C'est d'Harrington qu'on parle. Il est capable de tout pour garder l'antenne et faire la une.

Le silence suit cette déclaration. Je réfléchis à cette hypothèse. Est-il possible que le maire ait cité mon nom ? Il avait parlé hier de dossiers irréprochables et d'élèves méritants. J'ai été un peu absent ces derniers temps, mais c'est vrai que mes notes sont excellentes.

– Mais Saul, commence mon frère d'une voix douce, t'es si fort que ça ? Je sais que tu es bon élève, même si tu fais croire le contraire, mais je pensais pas que tu étais si doué.

Comment ça, il sait ? J'encaisse sa révélation.

– Qu'est-ce que tu racontes ? Je ne comprends pas, je ne suis…

Il souffle en secouant la tête.

– Pour un intello, t'es un peu teubé… Je suis ton frère, Saul, on vit sous le même toit, dans à peine vingt mètres carrés. Tu pensais vraiment être discret ? Je t'ai vu réviser parfois jusqu'à l'aube et j'ai aperçu certaines de tes notes, tes copies traînaient sur ton bureau. J'en suis d'ailleurs venu à la conclusion que tu avais été adopté. Aucune possibilité que tu tiennes de notre géniteur. Quant à maman… Ouais, elle non plus. Elle a épousé notre père, après tout.

– Pourquoi tu ne m'as rien dit si tu étais au courant ?

Son buste se soulève.

– J'en voyais pas l'intérêt. Si tu le caches, c'est que tu as tes raisons. J'imagine que notre géniteur et sa bande de dégénérés n'y sont pas pour rien. Puis j'suis pas idiot, je sais le sort qu'on réserve aux intellos ici. À croire qu'être intelligent, c'est une tare à West River. Pas étonnant qu'on soit entourés que d'abrutis.

– Je fais vraiment partie de la liste, alors ?

Au moment où je pose cette question, une déferlante de notifications fait vibrer mon téléphone, à tel point que la table en tremble. Ma respiration se coupe. Le daron, Bible, Jacob, Penny, Isaac, Carl… et j'en passe. Je suis inondé de messages.

– Je crois que tu as ta réponse. Ton secret n'en est plus un, murmure Sevan. Mais c'est pas grave, Saul. Même si eux sont trop stupides pour comprendre, avoir plus de deux neurones, c'est utile dans la vie. Et puis, ils vont peut-être te féliciter, qui sait ?

– Oui, qui sait… ?

Nous savons, lui et moi, que c'est un gros mensonge. On risque plutôt de me considérer comme un bandeur d'Easties et de me foutre une branlée.

– Je dois filer, me prévient Sevan en enfilant son manteau.

– Tu vas où ?

– Chacun ses secrets, me rétorque-t-il avec un clin d'œil.

– En parlant de ça, je suis impatient de rencontrer Savannah. Tu me la présentes quand ? lui lancé-je alors qu'il ouvre la porte d'entrée.

Sa main se fige sur la poignée. Cependant, lorsqu'il se retourne pour me saluer, il ignore superbement ma question. Ne souhaitant pas le brusquer, je n'insiste pas.

Une fois seul, je soupire, la tête renversée vers l'arrière. Les yeux fixés sur les moisissures du plafond, j'essaie de mesurer l'impact que ce changement inattendu aura sur ma vie.

14

June

– C'est une blague ce qu'a raconté ton père, rassure-moi ? Il ne va pas réellement ramener des 3B dans notre bahut ? m'apostrophe Trish Lopez devant l'enceinte du lycée.

Trois jours se sont écoulés depuis le discours de mon paternel, mais personne ne semble avoir encore digéré l'information. Ce début de semaine se révèle bien plus éprouvant que je ne l'escomptais. Comme si je n'avais pas assez de problèmes, il faut en plus que je gère les retombées de l'annonce de mon père. Avant, seuls ses détracteurs s'insurgeaient contre ses prises de position, en particulier contre les inégalités engendrées par sa politique de séparation. À présent, même ses partisans font grise mine.

Je pénètre dans le bâtiment, et Trish, flanquée de ses deux fidèles sbires, m'emboîte le pas, déterminée à en découdre. Trish et moi suivons le même cours de maths, et son père, démocrate, est l'opposant principal du mien.

– Y a pas intérêt que des 3B envahissent notre bahut ! vocifère-t-elle de plus belle.

– Ouais, y a pas intérêt ! aboient en chœur les deux chiens de garde, Sharon et Zach.

– Explique au maire que les blagues, c'est le premier

avril qu'il faut les faire, reprend Trish en ricanant comme une hyène. On ne veut pas de Westies crasseux ici.

Je renifle avec dédain.

– Tu dénigres ouvertement le programme de ton cher papa, t'en es consciente ? la provoqué-je.

– Mon père n'a rien à voir avec…

– Je te rappelle que sa campagne repose principalement sur la critique de notre système de quartier fermé qu'il juge discriminatoire envers les Westies. S'il entendait sa fille adorée parler ainsi des Westies, il en aurait le cœur fendu.

– Et le tien, il n'aurait pas le cœur fendu, peut-être ? À t'entendre, on croirait presque que tu es du côté de mon père !

Même si j'appréhende moi aussi l'arrivée de 3B potentiellement violents dans notre établissement, j'ai du mal à être aussi virulente qu'elle envers les Westies après ce qu'ils viennent de subir. Et le système de quartier fermé est effectivement discriminatoire. Mais ça, je ne peux pas l'énoncer à haute voix.

Sans un mot de plus, je m'éloigne donc sous ses protestations.

– Bébé, tu fais quoi après l'école ?

Ethan m'enserre la taille de ses bras dès que j'arrive à hauteur de mon casier. Je saisis mon livre de chimie avant de me tourner vers lui en essayant de lui filer entre les doigts telle une anguille. Habitué à mes esquives, il anticipe mon geste et resserre son étreinte.

– Tu pourrais peut-être venir chez moi ? Mes parents ne sont pas là de la semaine, y a que le personnel de maison et mon petit frère.

Son frère, Niels, est en première année. Ethan et lui ont de bons rapports, malgré leurs caractères opposés. Contrairement à Ethan, Niels est introverti. Il préfère le calme aux fêtes, les études au sport. Néanmoins, il voit en son aîné un modèle de réussite. Signe qu'il n'est peut-être pas si intelligent que ça…

Les lèvres d'Ethan se posent sur mon cou, juste sous mon oreille, et un frisson désagréable me parcourt l'échine. Mon corps se tend aussitôt et tout en moi exige que je le repousse sans ménagement. Cependant, je maîtrise ma pulsion première et lui souris. Je suis devenue si bonne comédienne que je m'épate moi-même. Malgré mon dégoût, je parviens toujours à donner le change. Je suis sûre de passer aux yeux de tous pour la petite amie parfaite, amoureuse et dévouée, alors qu'en réalité, rien que son souffle sur mon épiderme me donne la nausée.

– T'en dis quoi, bébé ? Comme ça, on pourrait se retrouver seuls un peu tous les deux.

Sa bouche se fait inquisitrice, et de sa langue, il trace un chemin baveux sur ma peau afin de ne laisser aucun doute sur ses intentions. Mon frisson s'accentue et, cette fois, je ne peux le masquer.

– T'es tellement réceptive, se méprend-il d'un ton empreint de fierté.

T'es tellement à côté de la plaque, ai-je envie de hurler.

Ethan est gentil. Lourdingue, crétin… mais gentil. Néanmoins, je ne ressens aucune attirance pour lui, ni physique ni mentale. L'embrasser se révèle déjà être une épreuve au quotidien, alors hors de question que nous passions à l'étape supérieure. Cela va à l'encontre des souhaits de mon père – son insinuation était limpide la dernière fois. Malgré tout, c'est au-dessus de mes forces. Imaginer les mains d'Ethan sur mon corps nu est une image insoutenable. Je sais que je devrai y passer un jour ou l'autre, mais le plus tard sera le mieux. Malheureusement, ses avances se font de plus en plus insistantes et je ne vais pas pouvoir retarder l'échéance trop longtemps. De plus, si mon paternel avait vent de mon refus constant, les mesures pour me punir de mon entêtement seraient immédiates et sûrement terribles. Raisons pour lesquelles je dois absolument trouver une échappatoire pour calmer les ardeurs d'Ethan sans donner l'impression de l'éconduire.

Soudain, j'ai une illumination. Je m'empresse de contre-attaquer avec tout le détachement dont je suis capable :

– J'ai rendez-vous avec Megan et Ashley cet aprèm pour intégrer le club de pureté.

– QUOI ? feule-t-il en réponse, le visage soudainement rougi. C'est quoi cette histoire ? Qu'est-ce que tu racontes, bébé ?

– Ça fait un moment que cette idée me trotte dans la tête. Et avec l'annonce de nos prochaines fiançailles, c'est nécessaire si on veut faire taire tous les commérages qui ne manquent pas déjà de se propager. J'ai une réputation à tenir en tant que fille du maire, j'espère que tu comprends.

– Mais, mais… murmure-t-il, complètement sonné. Tu aurais dû m'en parler avant d'envisager cette solution. C'est quelque chose qu'on doit décider à deux, en tant que couple. Enfin, bébé, tu penses à quoi, là ?

– Pardon ? On doit décider à deux de *ma* virginité ?

– Bah, ça me concerne aussi, bougonne-t-il. C'est ton corps, OK, mais il m'appartient, tu vois ce que je veux dire.

Gentil… mais quand même très con et avec des pensées d'arriéré.

– En plus, on a attendu suffisamment longtemps, bébé. On devrait au moins essayer avant le mariage, tu ne crois pas ?

– Je suis une marchandise pour toi ? Et quoi ? Si tu n'es pas satisfait, tu m'échanges, tu te fais rembourser ? Tu t'assures qu'il n'y a pas de vice caché avant, c'est ça ?

– Bébé… c'est pas ce que j'veux dire. Arrête de déformer mes paroles. Ton père a raison quand il…

Dès qu'il prononce les mots « ton père », je me blottis dans ses bras. Peu importe ce qu'il envisage, ça ne peut qu'être mauvais pour moi s'il mêle mon paternel à la conversation. Il ne doit surtout pas aborder ce sujet avec lui. Jamais. Je tente de l'amadouer en me faisant câline.

– Ce n'est que temporaire. Quelques petits mois, tout au plus.

– J't'aime, bébé. J'te jure. C'est pour ça que j'ai besoin de plus, que j'ai envie de ton corps contre le mien. Parce que je voudrais te montrer combien je t'aime.

– Alors, fais-le en commençant par respecter ma décision. OK, mon cœur ? Et au moment de nos fiançailles, je pourrai peut-être retirer la bague…

Même pas en rêve !

– Dernier délai, cet été ! m'accorde-t-il, le regard sérieux. Après, tu es toute à moi et t'auras plus ton mot à dire, j'te préviens. J'ai été super patient déjà, bébé. J'en ai marre de me branler depuis des années. J'suis un mec, j'suis censé coucher avec ma nana, c'est normal. J'suis le seul con de l'équipe qui n'baise pas alors que j'ai une copine. Tu trouves ça logique, toi ?

Con, arriéré… et absolument pas gentil, en fait.

– T'as raison. T'es le meilleur petit ami qui puisse exister, c'est pour ça que je t'aime.

C'est un exploit de ne pas vomir en prononçant ce ramassis de foutaises.

Bon, maintenant, il ne me reste plus qu'à trouver Megan et Ashley et à les prévenir que j'intègre leur groupe de fausses pucelles dès aujourd'hui.

J'embrasse sa joue rasée avec soin, lui promets de me racheter dès qu'on sera fiancés, puis je m'éloigne en prétextant que je suis en retard pour mon cours. Ce qui n'est pas inexact, par ailleurs. Mon emploi du temps est bien plus chargé que celui d'Ethan. Le sien est aménagé et allégé de telle sorte qu'il peut se concentrer sur ses matchs et ses entraînements. Car Ethan est un sportif à l'avenir prometteur. Bien qu'il ne soit pas au niveau de Parker Teixeira, notre incroyable quarterback, il est un atout majeur pour l'équipe. En tant que centre, il a un rôle souvent déterminant, comme il aime me le rappeler.

Le reste de la matinée se déroule sans anicroche, si on omet les regards appuyés, voire peu amènes, que je dois essuyer à cause des positions de mon père. Certains frondeurs, braves mais pas téméraires, optent pour les messes basses dès que j'ai le dos tourné. Grand bien leur fasse. Je garde la tête haute. Je suis la fille de Joseph Harrington, ils ne devraient pas l'oublier. On ne me défie pas en toute impunité. Mon père me l'a encore rappelé hier soir, je ne dois en aucun cas me laisser marcher sur les pieds. Il y va de son honneur. Un manque de respect à mon égard est un manque de respect envers lui et j'ai le devoir de sanctionner les coupables. Le seul autorisé à me mettre plus bas que terre, c'est lui.

Cette leçon est ancrée en moi depuis si longtemps que je ne risque pas de l'oublier.

15

June

Quelques jours plus tard, j'arbore, non sans une certaine fierté, ma bague de chasteté à mon annulaire. J'ai été surprise de constater que ce club a le vent en poupe, nous sommes bien plus nombreux que je l'imaginais. Y adhèrent aussi bien des garçons que des filles, même si ces dernières sont plus représentées, il est vrai. Hormis quelques exceptions, à l'instar d'Ashley et de Megan, la plupart prennent au sérieux cet engagement. Pour beaucoup, c'est d'abord un serment devant Dieu. D'autres, comme moi, ont des raisons plus complexes qu'ils ne souhaitent pas forcément exposer à autrui. Ce que je peux comprendre. L'abstinence est une démarche privée qui ne regarde que la personne concernée.

Pour ma part, cet anneau représente mon bouclier, il me préserve des mains baladeuses de mon petit ami et de ses envies triviales qu'il peine à contenir ces derniers temps. Je ne peux pas m'empêcher de sourire en prenant conscience que je suis tranquille pour les mois à venir. Cette nouvelle me met en joie. Enfin quelque chose que je peux contrôler dans ma vie ! Je n'ai pas été de si bonne humeur depuis longtemps. Maintenant, il me suffit d'embobiner mon père, de l'amener à penser que cette décision est idéale pour sa popularité et satisfait pleinement Ethan qui, grâce à cela, soigne son image de petit ami parfait. Une pierre, deux coups. Le mensonge est pour moi comme un second souffle. Et bien que j'aie toujours l'angoisse d'être démasquée lorsque je mens éhontément à mon père, il y a aussi cette sensation grisante de puissance et d'invincibilité qui s'empare de chacune de mes terminaisons nerveuses et me procure un sentiment indescriptible. Ainsi, Joseph Harrington n'a pas tout pouvoir sur moi.

Enveloppée dans ma bulle de bien-être, je mets un instant à remarquer l'effervescence ambiante. Pour je ne sais quelle raison, le lycée est en ébullition. J'interpelle un petit groupe de filles quasiment au bord de l'hystérie :

– C'est quoi toute cette agitation ?

L'une d'entre elles me dévisage avec incrédulité. Cherche-t-elle l'ironie dans ma question ? Qu'elle se rassure, il n'y en a pas. J'aimerais réellement comprendre ce qui se trame dans notre bahut. Cette impression d'avoir loupé un épisode m'agace fortement. Je m'impatiente.

– Alors ?

– Les West... Les Westies sont arrivés, bredouille enfin celle qui paraît la plus âgée.

Les Westies ! Comment ai-je pu oublier cette information ? C'est aujourd'hui que les 3B viennent envahir notre territoire.

– On essaie d'apercevoir celui qui porte un cuir noir. Il a presque tué un élève de seconde, tout à l'heure !

– Ouais, c'est vrai ! Je l'ai entendu dire aussi. Et il a des tatouages sur tout le corps, dont un qui recense le nombre de ses victimes.

– Amber l'a vu, pépie une autre. Elle a dit qu'il a la

beauté du diable et qu'il est impossible de le fixer plus de deux secondes sans avoir des bouffées de chaleur tant il est intense ! Ses yeux sont comme une porte vers l'enfer, dénués de sentiments, sombres et dangereux.

Je roule les miens en entendant cette métaphore ridicule et lâche un soupir las.

– À ça de baisser votre culotte devant ces brutes... Ressaisissez-vous !

Un grand silence suit ma déclaration qu'elles encaissent, bouche bée. Hier encore, on maudissait mon père pour son idée, et maintenant, ça bave sans vergogne sur un 3B. Un comble.

– On ne faisait que rapporter les bruits de couloir, on ne l'a même pas aperçu... se défend celle que je catalogue comme la chef du groupe. Ce sont les autres filles qui s'emballent, pas nous.

Mon ton s'adoucit.

– Si tu le dis, je te crois... Mais n'oubliez pas que ce sont des 3B et qu'ils sont dangereux.

– Bien sûr, oui. Tu as raison, June. Elles font pitié, les autres filles.

J'aime lorsqu'on abonde dans mon sens ! Je souris avant de prendre congé.

Devant la porte de ma classe de SVT, un attroupement s'est formé, me bouchant l'entrée.

– Ah, t'es là ! s'exclame Ashley, sur le point de défaillir.

– Qu'est-ce qui se passe, encore ?

– Le Westy dont tout le monde parle depuis ce matin, celui au regard ténébreux et à l'allure flippante est dans la classe, m'éclaire Megan. Il aurait tabassé Shepard Ward.

– Qu'est-ce qu'il fabrique là ? Personne n'a cru bon de le virer alors qu'il s'est gouré de salle ? Puis, s'il a frappé un élève, c'est en prison qu'il devrait être.

– Il discute avec Alvarez, m'informe Ashley. Il va suivre notre cours.

Cette révélation me laisse sans voix. J'ai toujours pensé que les 3B préféraient les armes aux stylos, que les études n'étaient qu'une perte de temps pour eux, et que c'était pour cela qu'ils ne se sortaient jamais du cercle vicieux dans lequel ils étaient enfermés. D'après mon père, ce sont tous des fainéants, inaptes à s'intégrer dans la société, en plus d'être des criminels notoires.

– Il est grave beau gosse, en tout cas. Moi, je le veux bien dans notre classe, ça me fera de la distraction. C'est toujours sympa de poser les yeux sur de jolies choses, s'amuse Ashley. Westy ou pas, j'en ferais bien mon quatre-heures.

– Si les lampadaires étaient dotés d'un sexe, tu serais déjà à te frotter dessus, ne puis-je m'empêcher de lui lancer dans un sourire.

Au lieu de s'offusquer, Ashley éclate de rire. C'est ce que j'apprécie le plus chez elle, elle ne se prend jamais au sérieux.

– C'est vrai qu'il est canon, soupire à son tour Megan d'un air rêveur. Il dégage un truc bestial qui titille mes hormones.

– Fonce, chérie… Il est parfait pour toi. J'ai toujours pensé que tu étais l'âme sœur d'un 3B. Ça se confirme donc, plaisanté-je en la poussant gentiment de l'épaule. Tu devrais peut-être aller lui parler !

Elle rit et secoue la tête, un peu gênée.

– Je veux bien qu'on parle d'eux aujourd'hui parce

que c'est tout nouveau, mais on passe à autre chose demain. Visage d'apollon ou pas, ne bavez pas à côté de moi, c'est gênant, ajouté-je.

– Détends-toi, June... On plaisante seulement, souffle Ashley. Y a assez de beaux Easties, tu ne crois pas ?

Je lui offre une accolade sincère.

– T'as bien raison.

– Hey... moi aussi, je rigolais ! glousse Megan, rétropédalant.

– Évidemment...

– Jeunes filles ! nous réprimande Mme Alvarez. Vous comptez entrer dans la salle ou faire le pied de grue en jacassant devant la porte toute l'heure de cours ?

Avec nos bêtises, nous n'avons pas remarqué que l'attroupement s'était dissous. Nos camarades ont déjà rejoint leur place et nous observent en ricanant.

J'expire doucement par le nez pour garder une expression neutre et ne pas rougir comme une idiote. Une fois assurée d'avoir le contrôle sur mes émotions, je m'avance dans l'allée en direction de ma paillasse. Comme à mon habitude, le menton légèrement relevé, je fixe un point imaginaire devant moi et ignore mes camarades. Cependant, parvenue à quelques pas de ma place, je laisse échapper un hoquet estomaqué. Un regard ombrageux me dévisage. Le ressentiment fait scintiller ses iris d'un feu brûlant tandis que ses traits se durcissent devant ma mine effarée.

– Un problème, June ? me questionne Mme Alvarez devant ma soudaine inertie.

Plantée à la gauche de mon sauveur, je suis incapable du moindre mouvement et continue de braquer mon regard sur ce mirage terrifiant.

– June ? Tu vas bien ? Je te présente…

Saul Fox.

– … Saul Fox, ton nouveau binôme. C'est un élève de McFly, j'espère que vous lui ferez tous un bon accueil, précise-t-elle ensuite en s'adressant à l'ensemble de la classe.

Saul Fox…

Saul Fox…

J'ai tellement tourné ce nom dans ma bouche qu'il possède une saveur familière. Je m'étais même autorisée, pendant mon week-end de captivité, à fantasmer sur lui… Dans un autre monde, il aurait été un Easty riche au statut social élevé et m'aurait sauvée des griffes d'Ethan et de l'emprise de mon père. Un rêve débile et utopique, mais sans conséquence, puisque nous n'étions pas destinés à nous revoir. Cependant, maintenant qu'il se tient devant moi, je suis pétrifiée. Ses billes d'obsidienne rivées sur moi déversent une haine féroce, telle une coulée de lave acide. L'air se bloque dans mes poumons, mon cœur tambourine à m'en fracturer les côtes, des fourmillements se diffusent dans tout mon corps. Est-ce cela qu'on appelle l'état de choc ?

Bientôt, des ricanements jaillissent. Je parviens enfin à m'extirper de ma torpeur sous les rires des autres élèves. L'insidieux Fox esquisse un sourire qu'il masque de sa main. Je le pulvérise d'un coup d'œil meurtrier avant de tirer ma chaise pour m'asseoir. En un clignement de cils, il m'a fait perdre toute contenance. Je me suis ridiculisée devant la classe, ce qui ne m'était encore jamais arrivé. Ce constat me rend amère, mais ce qui me préoccupe par-dessus tout, c'est ce mauvais pressentiment qui me serre l'estomac.

Saul Fox, celui qui devait rester mon sauveur secret, vient d'entrer en collision avec mon monde, et je ne sais pas comment gérer cette nouvelle donnée…

16

Saul
Quelques jours plus tôt…

Accoudé au comptoir du Nation Club, je prie pour qu'un miracle se produise. Je me sens désemparé, avec cette désagréable sensation d'être au bord d'un précipice. Au moindre faux pas, c'en est fini de moi.

Tous les regards sont tournés vers moi. Avoir une quarantaine de WEN qui te dévisagent d'un œil méfiant et prédateur est une épreuve qui rendrait nerveux les plus aguerris. De la sueur perle sur mon front, j'enfonce mon bonnet jusqu'à mes sourcils pour cacher mon trouble. Je ne dois montrer aucun signe de faiblesse. Parce que je suis le fils de Chayton Fox et que c'est ce qu'on attend de moi. Mais également parce que, s'ils entrevoient une faille, ils s'y engouffreront tous et j'y laisserai forcément des plumes.

Ils exigent une explication…

Que je n'ai pas.

Je décide de prendre exemple sur Harrington pendant son discours télévisé. J'espère les convaincre de ma sincérité par mon expression faussement assurée. Prenant mon courage à deux mains, je relève la tête et plante mon regard déterminé dans chacun des leurs, en les détaillant tour à tour.

Depuis la diffusion de cette fichue liste, ma vie a basculé dans une sorte de réalité parallèle qui m'échappe totalement. Mon secret, que je pensais bien gardé, m'a explosé à la figure. Être un bon élève, en soi, n'est pas très grave. Des filles ou des fils de Lambdas qui aspirent à un avenir meilleur que celui de leurs parents, il y en a toujours eu. La plupart abandonnent toutefois leur ambition dès le collège. Trop d'embûches se dressent entre un Westy et la réussite. Sans une carapace en béton armé, c'est bien souvent dix pieds sous terre que finissent ces rêveurs, tant leur vie est un enfer. En revanche, qu'un rejeton d'un chef de gang se révèle être un intello, c'est une première à West River. Et le fait de l'avoir caché me rend d'autant plus suspect. Certains m'imaginent déjà comme un espion à la solde des Easties et je ne sais pas comment les détromper.

– On doit employer la manière forte pour te faire parler ? me menace Nichols. Fils de Chayton ou pas, si t'es de mèche avec des Easties, on te saignera.

Mon daron baisse les yeux en signe de consentement. Même si ça lui coûte, il ne m'aidera pas s'il estime que je les ai trahis.

– Je ne fricote pas avec les Easties. Ils m'ont sélectionné parce que mon dossier est correct et que j'ai des notes respectables, c'est tout. Y a rien de plus. Y a rien de prémédité là-dedans. C'est pas un crime d'être intelligent, bordel ! Ni de vouloir faire des études.

– T'es une pute à Easties, c'est ça ? siffle mon oncle. J'ai toujours su que t'étais pas un vrai WEN. T'as pas les épaules pour. Tu crois que j'ai pas remarqué ton manège pour retarder ton intronisation ?

Il crache par terre sans se soucier de salir le sol du Nation Club.

– Tu fais honte à notre nom, tu ne mérites pas d'être un Fox ! conclut-il en se détournant.

– J'suis sûr qu'il a sucé Harrington pour que son dossier soit accepté, ricane Jacob, trop fier de pouvoir l'ouvrir et m'enfoncer. Il aime la bite, cet enfoiré, ça se voit !

Un bruit sec retentit la seconde suivante. Mon daron vient de percuter sa mâchoire d'une droite.

– Traite une nouvelle fois mon fils de pédé et je brise tes os un à un, p'tit fumier. T'es pas encore un Eagle, ne l'oublie pas !

Jacob me toise, hostile, comme si j'étais le responsable de sa bêtise, puis finit par grommeler du bout des lèvres ce qui ressemble presque à des excuses.

– C'est peut-être pas une mauvaise chose que Little Fox soit infiltré de l'autre côté, s'exclame Bible d'un air calculateur en intervenant pour la première fois. Il pourrait nous servir.

– Moi, je me demande de qui tient le gamin pour être si intelligent… murmure Ian, pensif. C'est clairement pas de toi, Chayton.

Sa dernière remarque arrache un rire à l'assemblée.

– Par contre, le gène de la trahison, il le tient de sa mère… gronde mon oncle en revenant à la charge. On ne peut pas lui faire confiance.

– J'ai élevé mes gosses seul, ils sont mon sang et leur salope de génitrice n'a rien à voir là-dedans ! s'énerve mon daron. Saul est ton neveu…

– Neveu ou pas, il n'aura pas de passe-droit. Il doit faire ses preuves comme tout le monde. Et s'il n'est pas convaincant, je me chargerai moi-même de le « licencier » comme sa traînée de mère.

Les poings serrés, j'enfonce mes ongles dans mes paumes. Je déteste les entendre insulter ma mère, salir sa mémoire ainsi. Je déteste me rappeler que c'est mon propre oncle qui l'a tuée. Il l'a frappée à mort, puis a balancé son corps dans la décharge ouverte de South District. Son tort ? Elle est tombée amoureuse d'un membre des Black Snakes Blood et a tenté de s'enfuir avec lui. Ils n'ont pas fait deux pas qu'ils étaient déjà interceptés par leur gang respectif. Les BSB se sont occupés du mec, et Tady, en tant que CRH de notre club, s'est chargé de sa belle-sœur. C'était quelques mois seulement après la naissance de Sevan. D'ailleurs, une rumeur persistante court à son sujet, comme quoi il serait le fruit de cette relation, et non le fils biologique de Chayton Fox. Raison de plus pour tenir Sevan éloigné de ce monde de tarés, en espérant lui éviter ce destin maudit. En tout cas, je ferai tout pour, même si pour le moment, j'ignore comment m'y prendre.

– Je suis d'accord, tranche Nichols. Autant avec Bible qu'avec Tad. Ça peut nous être bénéfique d'avoir un pion chez les Easties. Il pourra nous informer de ce qui se trame là-bas et nous ramener de nouveaux clients. C'est l'occasion de s'implanter sur le marché des bouffons friqués. Mais d'abord, on doit donner une leçon à ce morveux ! Un avant-goût de ce qui se passera s'il ose retourner sa veste ou nous la faire à l'envers. On commence ton initiation dès maintenant, Little Fox. Et elle sera spéciale pour toi.

– Qu… Quoi ?

– Attachez-le au poteau, ordonne-t-il aussitôt sans

me laisser le temps de prendre la mesure de ce qui est en train de se produire.

Des bras m'agrippent et m'entraînent dehors, derrière le club, où un terrain vague s'étend à perte de vue. Mon cerveau est comme anesthésié : incapable de trouver une issue à cette situation, il s'est mis en mode survie. J'ai cette impression bizarre d'être sorti de mon corps. J'observe les deux Eagles me désaper : ils enlèvent mon cuir, mon sweat, mon tee-shirt, puis baissent mon froc jusqu'à mes chevilles. Cette opération effectuée, ils m'immobilisent à l'aide de gros adhésifs contre le totem des WEN, un immense aigle royal sculpté dans un pylône en bois massif d'au moins trois mètres de haut et de deux mètres de circonférence, avec l'inscription « WEN » gravée juste en dessous de l'animal. C'est le poteau des tortures, marbré du sang de ses victimes. Sa vue terrifie autant qu'elle impressionne. Il faut avoir commis un crime grave pour être soumis à la punition du poteau. Je n'y ai assisté qu'une fois, il y a trois ans, mais ce moment est resté gravé dans ma mémoire. L'homme a fini éventré, ses intestins entièrement sortis de leur cavité et enroulés autour de son cou, telle une écharpe, alors qu'il était encore vivant. Mon père m'a raconté un jour qu'il leur arrive d'enchaîner leurs victimes, tête vers le bas, pour que le sang migre dans le cerveau et qu'ils puissent les torturer plus longtemps. De cette façon, le risque hémorragique est moins important et les organes vitaux continuent d'être alimentés. Elles meurent ainsi plus lentement malgré les évanouissements répétés.

Je suis quasi à poil sous le froid mordant, ma peau se couvre de chair de poule. Cependant, le frisson qui parcourt mon échine n'est pas seulement dû à la température. J'ai beau me ficher de ce qu'il adviendra de moi, l'appréhension est bien présente.

– Pas d'armes blanches, cette fois, précise Bible. Les bâtons, queues de billard, barres et battes ni cloutées ni barbelées sont autorisés, en revanche. On ne frappe aucune zone vitale… ni sa belle gueule. Il ne faudrait pas le défigurer pour sa rentrée chez les Easties, rigole-t-il.

Super, merci. C'est censé me soulager ?

– Les couilles, c'est pas vital, si ? s'enquiert l'un des membres en pouffant.

Un peu, quand même…

– Si tu veux, je coupe les tiennes, on verra si c'est vital ou pas… raille Bible.

– Ni le visage ni les burnes. C'est noté.

– Les consignes sont claires pour tous ? reprend Nichols. On s'amuse gentiment, sans lui occasionner trop de dégâts. Malgré tout, on doit lui laisser un souvenir impérissable, histoire qu'il n'oublie jamais qui est sa famille. C'est compris ?

Des beuglements résonnent en signe d'assentiment.

– Chayton, puisque c'est ton rejeton, à toi l'honneur. Tu ouvres le bal.

À son nom, mon daron se détache du groupe pour se planter devant moi. Il s'empare de la batte que lui tend son frère, qui jubile littéralement à l'idée de me voir rossé par mon propre père.

– Que la fête commence ! aboient les membres en chœur dans une cacophonie de jappements et de hurlements d'excitation.

Les mains de mon daron ne tremblent pas quand il brandit sa batte dans les airs comme s'il s'apprêtait à pulvériser le record du *home run* [1]. C'est un enfoiré, c'est un fait établi depuis toujours. Cependant, il n'a jamais levé la main sur Sevan ou moi. Pas une seule fois, même ivre de colère et d'alcool. Après, ce n'est pas le genre de père qui brille par sa présence ou son éducation exemplaire. Ce n'était pas le cas avant le décès de notre mère, encore moins après. Au contraire, à sa mort, il s'est un peu plus éloigné de nous. À même pas 2 ans, Sevan était déjà livré à lui-même. Parfois, il restait seul des heures entières, avant que je puisse m'occuper de lui à mon retour de l'école. Celui qui pense nous avoir élevés cuvait la plupart du temps, endormi dans un bar quelconque. Malgré cela, malgré ses nombreux défauts, mon daron a quelques principes qu'il respecte, et ne pas frapper ses enfants en est un. Je le sais, car il me l'a confié un soir, les larmes aux yeux, alors qu'il pouvait à peine marcher. Son père les battait constamment, son frère et lui, et il s'est promis de ne jamais l'imiter en grandissant.

Aujourd'hui sera donc une première.

Son regard se plante dans le mien. À son expression fermée, je peux affirmer que cela ne lui procure aucune satisfaction, ce qui, bêtement, me réchauffe un peu le cœur. Il va se plier à l'exercice par obligation, à l'inverse de mon oncle qui, un sourire sinistre aux lèvres, échauffe l'articulation de ses poignets en les faisant tourner dans les deux sens. Lui possède tous les vices de son vieux. Derrière son allure décontractée se cache un homme cruel.

---

1. Au base-ball, coup de batte qui permet au joueur de marquer un point en faisant un tour complet en une seule fois.

Si je me suis déjà bagarré et me suis mangé quelques uppercuts violents, je ne me suis jamais pris de dérouillée comme celle qu'ils ont l'intention de me mettre. Recevoir et distribuer des coups dans un combat, qu'il soit équitable ou non, est une chose ; attendre impuissant, pieds et poings liés, que les coups pleuvent, sans avoir la capacité de les esquiver ou de se défendre, en est une autre. Et là, on parle d'une quarantaine d'Eagles affûtés, pas de deux ou trois camés inconscients qui veulent me faire les poches.

Sans préavis, la batte de mon daron s'abat sur ma cuisse nue. Alors que je m'attendais à recevoir une morsure sans pareille, je ne ressens qu'un bref pincement. Son élan manquait d'entrain, son geste, de détermination. Aussitôt, l'assemblée avide de cris et de sang le hue sans ménagement.

– Bah alors, Chay, tu te ramollis avec l'âge ? C'est quoi cette frappe de mauviette ? le nargue Bible.

– Chay peut démembrer un homme à mains nues, mais lorsqu'il s'agit de ses rejetons, c'est une vraie lopette, déclare son aîné d'un ton badin en s'emparant à son tour de la batte.

Cette dernière siffle dans les airs avant de s'écraser sur mes côtes. Sans aucune hésitation, cette fois. Un horrible bruit de craquement résonne, interrompant aussitôt les discussions animées des membres. Dorénavant, tous les regards sont rivés sur mon corps offert à leur jeu sadique.

– Un traumatisme d'enfance, poursuit-il avec désinvolture en me balançant un deuxième coup aussi puissant, voire plus, que le précédent. Celui-là, c'est pour remplacer celui de Chay qui est disqualifié.

Mes yeux s'humidifient sous la force de l'impact. Je

les ferme pour masquer à la foule cette faiblesse. Néanmoins, je ne peux retenir un geignement plaintif. La colère prédomine sur la douleur et me permet de redresser le menton avec défi.

Bande de fumiers ! Jamais je ne serai des vôtres !

La suite n'est qu'un déchaînement de violence. Je suis un punching-ball vivant, leur défouloir du jour, et tous s'en donnent à cœur joie. Mon estomac est le premier à capituler : je gerbe tripes et boyaux par deux fois, sous leur matraquage répété. Puis, c'est au tour de ma conscience de céder. M'évanouir est un répit inespéré. Malheureusement, ces interruptions sont trop brèves et les réveils de plus en plus douloureux. On me balance des litres d'eau gelée à la gueule afin que je reprenne mes esprits et qu'ils puissent ainsi continuer à s'amuser. Cette séance dure une éternité. Ce qui me semble être des heures plus tard, les coups cessent enfin. Cependant, mon calvaire n'est pas terminé. Avant de rentrer tous dans le bar pour finir la fête, ils décident de me laisser attaché, tremblant de froid et de douleur.

Je me pensais fort, mais à cet instant je voudrais juste pouvoir me recroqueviller dans un coin et chialer comme un môme. Au-delà de la douleur physique, je sens mon mental sur le point de flancher.

À l'aube, alors que le soleil pointe son nez dans le ciel et zèbre l'horizon d'une teinte orangée, des mains me décrochent du poteau. Incapable de tenir sur mes jambes, je m'effondre sur l'herbe fraîche.

– Allez, fils. On rentre à la maison.

Ma vue est brouillée, mes cils englués par les larmes séchées que j'ai contenues. Des bras me soulèvent sans que je sache à qui ils appartiennent.

– P'pa ?

– Oui, gamin. C'est moi. Je te ramène au chaud. Tiens le coup.

Pour la première fois de ma vie, la voix rocailleuse de mon daron est le son le plus rassurant du monde.

– Accroche-toi, fils. Ça va aller, je vais te soigner.

Je tente de rester alerte, mais mes dernières forces me lâchent et je sombre à nouveau dans les ténèbres.

17

Saul

– Saul… Saul… T'es réveillé ?

La voix inquiète de mon petit frère résonne tel un écho lointain, comme si j'avais la tête enfoncée sous l'eau. Cette dernière est si lourde que je ne parviens pas à la bouger. J'ai mal partout. Mon corps n'est que souffrance. Même mes paupières sont douloureuses. Le regard hagard, j'essaie de me repérer.

Je suis dans la péniche, allongé sur notre sofa au tissu rouge pourpre – idée de mon daron pour dissimuler les éventuelles taches de sang. Sevan se tient au-dessus de moi, son beau visage rongé par l'anxiété. Je fronce les sourcils, et ce micromouvement suffit à me tirer un gémissement. Je me souviens alors de la raclée monumentale que je viens de subir. Je n'avais déjà pas une haute opinion de ces attardés, mais maintenant, j'ai la certitude absolue de ne pas vouloir être un membre de leur gang. Si pour eux s'amuser consiste à fracasser un gamin de 17 ans, nous n'avons pas la même conception du divertissement et je souhaite encore moins me lier à ces dégénérés. Leur but était que je n'oublie pas qui est ma famille. C'est réussi. Mais ce n'est certainement pas eux. Et ce ne sera jamais eux.

Mon petit frère. Voilà ma seule et unique famille. Je

suis plus que déterminé à tout faire pour que Sevan et moi puissions nous barrer loin d'ici.

– Ils ne t'ont pas loupé, souffle ce dernier, attristé.

Je tente un sourire et lui saisis la main. Elle est douce et délicate, à son image. Un élancement dans mes côtes me fait gémir, j'ai la sensation que mon corps entier est passé dans une essoreuse.

– Il va bien... grommelle mon daron d'une voix bourrue.

Je suis tellement patraque que je ne l'avais pas remarqué avant qu'il prenne la parole. Adossé contre le plan de travail de notre minicuisine, ses cheveux poivre et sel rassemblés en queue-de-cheval basse, il observe mon petit frère avec ce qui ressemble à de la compassion – ou du moins quelque chose qui s'en rapproche, ce qui est totalement inhabituel de sa part. Et perturbant.

– Ne t'inquiète pas, renchérit-il. Ce ne sont que des ecchymoses sans gravité et peut-être quelques côtes fêlées. Un peu de repos, et il sera de nouveau sur pied.

Sevan se penche vers moi pour que moi seul entende ses propos.

– Il t'a veillé toute la journée, chuchote-t-il avec une certaine fascination. Il n'a même pas bu une goutte d'alcool, je l'avais jamais vu aussi investi. Ça m'a foutu les jetons, j'ai cru que t'étais aux portes de la mort.

S'il faut recevoir une dérouillée pour mériter un peu de sollicitude du daron, je passe mon tour. C'est trop éprouvant pour moi. Une fois, ça suffit.

– Mets-lui ça sur ses contusions, prescrit le paternel en lançant un tube de je ne sais quoi à mon frère. Et file-lui des analgésiques pour la douleur.

– D'accord... murmure Sevan, complètement abasourdi, en réceptionnant le tube d'une main agile.

Il faut dire qu'en plus de dix ans, c'est la première fois que Chayton Fox nous prête un minimum d'attention et se comporte en père. Il ne paraît pas vraiment inquiet pour moi. Néanmoins, ses traits sont tirés, signe de contrariété. Mon cœur, cet idiot, se gonfle devant ce témoignage... d'intérêt ?

– Merci... croassé-je avec reconnaissance.

***

Les jours qui suivent, la Terre a repris son axe normal. Enfin, presque. Mon daron a déserté la maison pour s'adonner à ses bonnes vieilles habitudes de soûlard, Sevan est toujours l'être le plus exceptionnel au monde et ma vie est toujours aussi merdique. Bref, la routine. Si ce n'est cette ambiance morose qui plombe West River. Harrington a peut-être réussi à détourner l'attention avec son annonce inattendue, mais les victimes que nous venons d'enterrer sont là pour nous rappeler le drame qui s'est déroulé. Steeve est mort. José, son frère jumeau, est anéanti : il n'a plus son repère. José est plus une connaissance qu'un pote et je n'avais pas de lien particulièrement fort avec Steeve ; néanmoins, sa perte me brise le cœur. Malgré moi, mon esprit s'imagine Sevan à la place de Steeve dans ce cercueil, et c'est tellement horrible que je ne peux que compatir à leur chagrin.

Aujourd'hui, je m'aventure dehors pour la première fois depuis ma raclée. Demain aura lieu ma rentrée chez les bouffons. Or, mon corps est encore méga endolori. Je pense qu'il me faudra des semaines entières pour récupérer pleinement. Respirer est un supplice, mes côtes me font horriblement souffrir. Autant dire que bouger est un calvaire inimaginable. Toutefois, mon état s'est amélioré : je parviens dorénavant à m'alimenter, ce qui n'était pas le cas au début. Mon estomac est encore fragilisé par les nombreux coups reçus et j'ai souvent de violentes nausées, mais il y a du progrès. Une victoire, même minime, reste une victoire. Puis, je relativise. Je m'estime chanceux de ne pas avoir fait d'hémorragie interne. Aucun de mes organes n'est gravement atteint. Ces enfoirés sont vraiment habitués à cogner, ils savent où frapper pour occasionner ou non des dégâts irréversibles. C'est assez marrant quand on y pense : mon souhait est d'apprendre le corps humain pour le soigner, eux s'intéressent à l'anatomie pour mieux le torturer. On peut dire que ça nous fait presque un point commun.

Monter sur ma bécane me demande un effort considérable. Après plusieurs essais, je finis néanmoins par la chevaucher. Je ravale un gémissement. Cette virée à moto pour m'aérer l'esprit n'est peut-être pas la meilleure des idées. J'aurais sans doute dû écouter Sevan lorsqu'il m'a sermonné. Il a insisté pour que je reste au lit au lieu d'aller me balader sans but réel. Trop tard pour revenir en arrière ! Le plus dur est déjà fait, de toute façon. Je fixe mon casque par-dessus mon bonnet noir, ajuste mes gants et zippe mon cuir avant de démarrer. Sans réfléchir à mon itinéraire, je me retrouve devant le lycée McFly, ou du moins, ce qu'il en reste. Les sauveteurs ont terminé de déblayer les décombres et le bilan officiel s'élève à cent trente-quatre élèves et neuf enseignants morts. Mais les autorités se gardent bien de comptabiliser les décès à l'hôpital. Beaucoup sont encore entre la vie et la mort, et cela dans l'indifférence générale des élus locaux. Pour eux, cette page est tournée et, d'ici peu, la reconstruction va commencer. Ainsi, cette tragédie ne sera plus qu'un événement du passé. Et puis, les journalistes sont entièrement focalisés sur le transfert des élèves à Joseph Harrington School, on ne parle plus que de ça. C'est le sujet brûlant du moment. J'ai dû refuser au moins une douzaine d'interviews.

D'ailleurs, je ne suis pas aussi enchanté que ça d'intégrer ce nouveau bahut. Un enseignement de qualité dans un cadre propice aux études, c'est une chance inespérée pour un gars comme moi. Sauf qu'avec les contraintes imposées par le gang, l'appréhension me vrille le bide. Je suis à présent un pion sur l'échiquier des WEN, j'en suis plus que conscient. Mais c'est aussi peut-être une chance pour Sevan et moi. Si je tire mon épingle du jeu, je pourrai peut-être profiter de l'occasion pour établir des contacts, me constituer un réseau de gens bien placés. D'une manière ou d'une autre, ça me sera toujours utile.

Les WEN veulent des informations, je leur en donnerai. Ainsi, je pourrai peut-être négocier. Un prêté pour un rendu. Ma liberté et la garantie qu'ils nous laisseront partir, mon frère et moi, en échange de tuyaux. Soit ils acceptent. Soit je suis « licencié ». Ouais, la négociation, c'est un plan qui tue. Et pas forcément qu'au sens figuré.

Je lâche un soupir. *Putain, dans quoi je suis embarqué ?*

Je dois tout leur rapporter, devenir leurs yeux et leurs oreilles. Les habitudes, les emplois du temps de la progéniture de toutes les pointures d'East River, à commencer par la fille du maire, la princesse qui s'est blottie dans mon lit, entre mes draps et tout contre moi, il y a moins d'une dizaine de jours. Je dois également surveiller une certaine Megan Fish, la fille de Sabrina Kruger – le bras droit d'Harrington et l'une des héritières des laboratoires pharmaceutiques Kruger, implantés dans tout le pays – et de Baxter Fish, le chef de police véreux de la ville. La liste comporte une quinzaine de noms.

La tâche ne sera pas aisée. Cela m'étonnerait qu'on m'accueille dans mon nouveau lycée avec petits fours et pot de bienvenue… Alors, me rapprocher des Suprêmes – c'est ainsi qu'ils aiment se nommer – me semble mission impossible. Pourtant, je n'ai d'autre choix que de m'infiltrer dans leur cercle, et ce, par tous les moyens. On me l'a clairement fait comprendre. Nichols veut tout savoir sur eux jusqu'aux détails les plus insignifiants. Il me laisse une semaine pour appréhender mon nouvel environnement et me lier d'amitié. Ensuite, j'aurai des comptes à rendre chaque soir ou presque pour faire part de mes avancées.

Mon téléphone m'extirpe de mes pensées.

Penny.

Un sourire se dessine sur mes lèvres. Hormis quelques messages concernant mon transfert chez les Easties, auxquels je n'ai pas pu répondre, je n'ai pas eu de ses nouvelles depuis l'effondrement du lycée.

– C'est la galère pour t'avoir, râle-t-elle en guise de bonjour. Tu fous quoi ?

Ces derniers jours, j'étais pas mal occupé à essayer de respirer sans hurler mes morts. Mon daron affirme que j'ai seulement quelques contusions et côtes fêlées, mais vu comment je morfle, j'en doute. Elles sont carrément cassées, oui.

– Toi aussi, tu m'as manqué.

C'est en entendant sa voix que je me rends compte à quel point c'est vrai.

Elle renâcle… ou crache. Ou s'étouffe ? À moins que ce ne soit un mélange des trois. Toujours est-il que le bruit qui suit est tout, sauf élégant. Du grand Penny.

– Tu as été transférée dans quel lycée ?

– Aucun, j'arrête l'école. C'était un signe. Le bahut, c'est mortel.

– Tu vas faire quoi ?

– Tu poses beaucoup de questions, aujourd'hui.

Ce qui signifie « tu poses trop de questions ».

– Je suis contente pour toi, Saul. Et fière. Méga fière. Je tenais à ce que tu le saches.

Je déglutis, touché par ses mots.

– Montre-leur à ces abrutis d'Easties que tu vaux bien mieux qu'eux. Que tu es plus intelligent qu'eux.

– Et carrément plus beau.

Mon trait d'humour est accueilli par un silence étrange.

– Je suis une ratée, mais mon meilleur ami déchire, finit-elle par murmurer avec une sorte de trémolo qui m'alarme aussitôt.

Pleure-t-elle ?

– On devrait se voir. T'es où ?

– J'ai des trucs à faire. On se rappelle.

– Penny, attends. On pourrait se…

Je me tais en comprenant qu'elle a déjà raccroché.

Je sais qu'elle déteste que je m'immisce dans sa vie, notre amitié est basée sur le respect de l'intimité de l'autre. Ça m'allait parce que je pouvais la voir à McFly, j'étais donc rassuré. Puis, j'avais aussi mon secret. Maintenant que ce dernier est ébruité et que je ne pourrai plus la côtoyer aussi souvent que je le souhaite, ça me frustre.

Et m'inquiète…

18

Saul

Avant que j'aie le temps de cligner des yeux, le lendemain est déjà là. Mon bide est en vrac depuis mon réveil et ce n'est pas qu'à cause des ecchymoses. À McFly, j'étais chez moi, personne ne me défiait et je n'emmerdais personne. Dans mon nouveau lycée, rien ne me sera familier. J'essaie de me détendre, mais c'est compliqué, je ne suis pas dans mon élément. Je suis sur le point de rendre mon petit déj en passant le checkpoint entre West et East River. C'est la première fois que je franchis ces grilles. Le tableau qui s'offre à moi me laisse sans voix. Je me mords l'intérieur des joues afin d'éviter d'ouvrir la bouche comme un con en contemplant le paysage. Je n'ai jamais quitté West River et le changement de décor est impressionnant, c'est le moins qu'on puisse dire. Nous sommes dans la même ville, cependant tout est différent. C'est un véritable choc. Culturel, visuel. J'hallucine en voyant la taille des villas et la propreté des rues. J'avais déjà regardé des reportages sur ce quartier de bourges à la télé, mais l'admirer en vrai prend une tout autre dimension. Ça le rend réel, concret. Il y a des allées de fleurs partout, les pelouses sont tondues impeccablement et des passants promènent tranquillement leur chien… J'ai l'impression d'avoir atterri dans une de ces sitcoms qu'affectionne Sevan. Aucune poubelle dégueulasse qui déborde en vue, aucun clodo accro au crack, aucun alcoolo ne titube sur les trottoirs encrassés, aucune merde, aucun détritus par terre. Et les seuls qui courent dehors sont des joggeurs, et non des voleurs ou des gens qui fuient je ne sais quel danger. Ils ne sprintent pas pour leur vie, mais pour le plaisir… Waouh ! C'est déroutant comme concept.

Ça existe donc vraiment ce genre d'individus ?

Un bus, spécialement affrété pour nous, nous conduit jusqu'à Joseph Harrington School. Nous sommes dix au total – sept filles et trois garçons. Le trajet est assez court, le bâtiment se situe non loin de l'entrée du quartier.

East River est au moins trois fois plus grand en superficie que West River, pourtant ils sont moins nombreux de ce côté du mur. Et niveau infrastructures et aménagements, ce sont ces bouffons qui ont tout. Plusieurs complexes sportifs, golf, piscine, patinoire, etc. Ils ont même un parc d'attractions, à ce qu'il paraît ! Nous, on a les Howl Arcadia – ce sont des boutiques de jeux d'arcade, qui servent en réalité à blanchir l'argent des BSB. Et comme ces établissements appartiennent aux Snakes, les Eagles évitent d'y foutre les pieds. Sinon, nous avons quelques cinés. Il y en a même un dont le projecteur fonctionne encore, à Old Town, le quartier qui borde East River. Quoi qu'il diffuse, la salle est toujours comble – quand les loisirs sont limités, on ne rechigne pas et on prend ce qu'on a.

D'un coup d'œil furtif, mais efficace, j'analyse l'ambiance dans le bus. Au vu de la tête des autres élèves qui m'accompagnent, il est évident que je ne suis pas le seul à être mal à l'aise. Nous essayons tous de faire bonne figure, mais aux traits tendus qui étirent les visages, il est facile de deviner l'état d'esprit général. Dans un sens, cela me rassure. Limite, j'affiche un comportement impassible et relax, comparé à eux. J'espère que c'est cette image que je renverrai aux Easties. Non que je veuille paraître cool à leurs yeux, je m'en fiche. Seulement je n'ai pas envie qu'ils s'imaginent que je chie dans mon froc. Après tout, les 3B, comme ils aiment à nous nommer, ont une réputation à tenir. Si je pouvais néanmoins leur prouver qu'on est bien plus que ce qu'ils s'imaginent… Qu'on est, nous aussi, des êtres humains, avec des qualités et des défauts, et qu'ils devraient apprendre à voir au-delà de leurs a priori.

***

J'ai l'habitude de susciter l'intérêt malgré moi. À McFly, en raison de mon statut de « fils de », je faisais l'objet de bruits de couloir. Mais être à ce point le centre de l'attention est inédit. Faire abstraction de tous ces coups d'œil inquisiteurs, tantôt défiants, tantôt intrigués, voire carrément apeurés, n'est pas une mince affaire. Ils me lorgnent tous, comme si j'étais un extraterrestre. Je ne veux pas me la jouer parano, mais les autres Westies transférés, bien qu'ils soient un point de mire, n'attisent pas autant la curiosité.

D'ailleurs, les chuchotements sur mon passage manquent de discrétion. En entendant la rumeur qui circule déjà à mon sujet, je dissimule mon rire par un grondement rauque. En réaction, les pipelettes qui babillent sur mon compte ouvrent de grands yeux effrayés avant de reprendre de plus belle leur conversation animée. N'empêche, cela fait à peine une heure que je suis dans le bahut, à tenter d'apprivoiser les lieux – l'établissement est démesurément grand –, qu'on vient déjà de m'attribuer un meurtre. Rien que ça.

Qui est la pauvre victime ?

Je tends l'oreille pour percer son identité.

Ah… Non, ce n'est pas un meurtre finalement, j'ai laissé le gars pour mort, mais par chance, il a survécu.

Même pas foutu de finir le boulot correctement, je me déçois.

Le malheureux que j'ai « sauvagement agressé » m'aurait mal regardé.

Hou, le vilain !

Je lui ai alors donné une leçon pour qu'il comprenne et transmette le message aux autres.

Je manque d'exploser de rire. J'ai du boulot pour dissiper leurs préjugés. Le simple fait d'être un 3B me désigne comme un violent criminel et me condamne d'emblée. Le délit de faciès n'est pas un mythe. Pourtant, ma carrure n'a pas de quoi effrayer la foule – je ne jouerai pas dans le prochain *Thor*. Je suis certes musclé, mais mince. Et mon mètre quatre-vingt-trois n'impressionne généralement pas des masses. Ma gueule n'est pas non plus tatouée comme celles des Death's River Brothers – uniquement mon bras droit, et celui-ci est caché sous mon cuir. Est-ce ma lèvre fendue et ma joue bleuie qui les subjuguent ?

Mon visage devait rester intact. Toutefois, un certain connard – Jacob pour ne pas citer son nom – n'a pas compris la consigne. Trop compliqué pour ses deux neurones, je suppose.

Ma tête ne me paraissait pourtant pas si affreuse, au réveil… L'hématome, qui n'était déjà pas très important à l'origine, s'est quasi résorbé et on ne distingue plus grand-chose, à moins de me détailler à la loupe. Après réflexion, c'est un peu ce qu'ils font tous.

Je n'ose imaginer leur état émotionnel s'ils venaient à apprendre un jour que je suis le fils d'un chef de gang redouté. Ils ne me verraient plus comme un « aspirant meurtrier », mais comme un tueur en série sans pitié.

Les commissures de mes lèvres se retroussent à cette pensée. Une fille croise ma route au même instant et lâche un couinement étrange. Presque… admiratif ? Une pulsion irrépressible m'incite à arrimer mes prunelles aux siennes tout en accentuant mon sourire. Le résultat est immédiat. Elle se fige face à moi, le regard éberlué. Ses pommettes se colorent d'une teinte rosée tandis qu'elle prend une inspiration saccadée. Fier de mon petit effet, je poursuis ma route d'une démarche assurée, oubliant presque les courbatures et les douleurs qui tenaillent mon corps.

Mon professeur principal, M. Collins, m'a donné mon emploi du temps à mon arrivée. Depuis, j'erre à la recherche de ma salle. Je me répète, mais bordel, c'est démesurément grand, ici ! Qui a besoin de tout cet espace ? Le lycée a des allures d'université, avec plusieurs édifices disséminés dans un parc verdoyant. Il y a le bâtiment des sciences, celui des arts, d'informatique, de littérature, etc.

La bonne nouvelle du jour : je suis inscrit dans toutes les matières que je désirais étudier sans que l'administration émette la moindre protestation. Je pensais n'avoir accès qu'aux options merdiques en ma qualité de 3B. Je m'attendais qu'on me serve l'excuse « désolé, ces cours sont complets ». Mais non. Je ne vais pas mentir, je suis impatient de découvrir l'enseignement proposé.

Tandis que je longe les couloirs, toujours à la recherche de ma salle de classe – au moins, cette fois, je suis dans le bon bâtiment –, des mastodontes me bloquent le passage vers l'étage.

Mon comité de bienvenue. C'est trop mignon.

Je les toise avec flegme. « Les Lion's River », peut-on lire sur leurs vestes. L'équipe de football d'Harrington, la fierté de notre chère ville, encensée par les médias à chaque match.

– C'est toi qui as fracassé la tête d'Aaron Lewis ? m'accuse un des gars dans un grognement.

Assez grand, baraqué, cheveux châtains, yeux marron clair, visage passe-partout. Hormis son gabarit respectable, son physique est banal et loin de m'intimider. Il feint un rapprochement avant de renoncer et de se plaquer contre le mur pour paraître décontracté.

– C'est pas Aaron Sanders, plutôt ? avance un autre, dubitatif.

– Moi, on m'a dit que c'était Shepard Ward, vous savez, le basketteur de seconde, s'étonne le plus petit d'entre eux.

– Mais non, c'est Mason, le neveu du directeur. Warren l'a carrément filmé ! s'enflamme le sosie d'Homer Simpson… du moins, vocalement parlant.

– N'importe quoi, je viens de le croiser y a pas dix minutes, il va très bien, s'agace un autre.

– Bah, c'est qui alors ? aboie l'abruti numéro un. C'est Lewis, c'est sûr. J'l'ai pas vu en plus, aujourd'hui.

– Hey, les gars ! les interpelle un mec à l'autre bout du couloir, les coupant dans leur questionnement, pourtant légitime.

Moi qui me faisais une joie d'apprendre le nom de celui que j'ai « fracassé ». La moue dépitée, je soupire de frustration. Je crains que ce mystère ne soit jamais élucidé. Quelle déception !

L'élève fait de grands gestes. Il porte la même veste que les autres, aux couleurs de l'équipe. Sa tête m'est familière sans que je parvienne toutefois à l'identifier.

– L'entraîneur nous attend ! Vous foutez quoi ?

– T'as du bol, toi ! m'avertit le bagarreur en carton.

– Ethan, magne-toi ! s'impatiente leur pote. Castillo est vénère et tu sais comment il est !

– J'arrive, Teixeira ! On t'a à l'œil ! reprend le fameux Ethan, le regard fuyant tandis qu'il effectue un pas en arrière. Touche à un d'entre nous… et t'es mort.

Sa bouche dit une chose, son corps une autre.

– J'ai peur, Ethan ! Arrête.

– Comment tu connais mon no… ?

– Ethan, allez ! Grouille !

Pointant un index terrifiant dans ma direction, Ethan le courageux s'éloigne sans un mot de plus, suivi de ses valeureux compagnons.

Je cligne des paupières à plusieurs reprises, sidéré par cette discussion lunaire. La sonnerie me sort de cet égarement momentané et je m'active pour trouver ma salle de classe. Lorsque je passe enfin la bonne porte, mes épaules se détendent. Ma prof de SVT, Mme Alvarez, m'explique brièvement le fonctionnement de son cours, où ils en sont dans le programme et ce qu'ils étudient ces jours-ci. Pendant ce temps, un bouchon se forme à l'entrée de la salle. Les élèves s'agglutinent sans oser franchir le seuil et se poussent pour mieux m'apercevoir. Ça va vite me fatiguer d'être considéré comme une bête de foire. Ils ont intérêt à arrêter fissa s'ils ne veulent pas que la rumeur devienne réalité. Sauf que ça desservirait totalement mon plan : je doute que défoncer la gueule d'un Easty me permette de m'intégrer. J'ai des infos à récupérer, alors on reste zen et on fait bonne figure.

Je me concentre tant bien que mal sur les paroles de ma prof. Elle aussi a remarqué l'agitation. D'un regard, elle incite tous les élèves à venir s'asseoir. Je suis stupéfait de l'obéissance des Easties. Elle n'a pas eu besoin de hausser la voix, elle n'a d'ailleurs pas émis un son pour qu'ils filent droit. Ce genre de comportement est inimaginable à West River. Nos profs en pleureraient de jalousie s'ils voyaient ça.

Mme Alvarez me désigne mon siège. Je la remercie d'un signe de tête et m'assieds à la place indiquée, au fond, près de la fenêtre et du chauffage. Je ne pouvais pas rêver mieux. Une fois installé, j'observe mon environnement.

Ah, il y a des Easties rebelles. Trois filles discutent sans gêne devant la porte. Même d'où je suis, je perçois des bribes de leur conversation : il est question d'un garçon au regard ténébreux qui ferait bien le quatre-heures de celle aux cheveux bruns. Plutôt mignonne d'après ce que je peux en voir, avec son teint hâlé et ses grands yeux chocolat. La fille d'à côté est plus quelconque ou, disons, moins mon genre : sa chevelure blond foncé est retenue par des barrettes à strass blancs qui encadrent son visage anguleux. La troisième est de dos. Ses fringues ont l'air chères, mais on est à East River, donc rien d'étonnant là-dedans. Elle porte un pantalon noir taille haute et ses cheveux blonds et raides comme des baguettes lui tombent en rideau jusqu'au-dessus des fesses – qu'elle a rebondies, ne puis-je m'empêcher de noter.

Mme Alvarez sermonne les retardataires qui s'empressent d'entrer en classe. Dès que le petit cul bombé se retourne, je l'identifie : la souris égarée de la ruelle, le chien mouillé accroché à ma taille tandis que ma moto fonçait sur l'asphalte, la princesse râleuse aux yeux obsédants qui a squatté mon lit et s'est blottie dans mes bras. Celle dont j'ai l'impression de sentir encore parfois le parfum enivrant.

La progéniture du maire que j'ai ordre d'espionner.

Elle.

Cette fille.

La tête haute, elle s'oriente droit vers moi, sans pour autant me calculer. Ce n'est que quand elle parvient à ma hauteur que son regard plonge sur moi. Sa réaction ne tarde pas. Elle glapit de surprise et la stupeur se peint sur son visage. Ses beaux yeux gris s'agrandissent d'effroi et ses lèvres, magnifiquement dessinées, s'ouvrent dans un O parfait. Elle me contemple ainsi de longues secondes comme si toutes ses connexions neuronales venaient de disjoncter. La situation ne manque pas de comique et je ris intérieurement. Ce n'est qu'après l'intervention de la prof que la princesse consent enfin à s'asseoir à mes côtés.

June Harrington, ma cible numéro un, sera dorénavant mon binôme en SVT.

Pour une fois, le destin m'accorde une faveur…

19

June

Me façonner une expression neutre s'avère compliqué. Le choc est immense. Jamais, ô grand jamais, je n'aurais pensé revoir un jour mon sauveur. Encore moins qu'il intégrerait mon lycée. Mon cours de SVT, qui plus est ! C'est quel tour tordu du destin, ça ?

– Princesse…

Il a murmuré. Un chuchotement à peine audible qui me procure malgré moi mille frissons.

– 3B…

Mon ton est beaucoup plus agressif.

Je ne devrais pas l'épier du coin de l'œil. Non, je ne devrais pas. Mais dites ça à mon subconscient qui s'est octroyé les commandes et n'en fait qu'à sa tête. *Ce n'est que par pure curiosité*, me rassuré-je. Ce n'est pas pour le reluquer ou admirer sa belle gueule que je réagis ainsi. Je suis juste intriguée.

Il est vêtu de noir de la tête aux pieds. Jean et tee-shirt noirs sur un cuir noir, le même qu'il portait lors de notre première rencontre. Ses cheveux peignés vers l'arrière sont détachés cette fois et balaient sa nuque, masquant en partie son *undercut*. Seules deux trois mèches rebelles lui tombent sur le visage. Son profil est stupéfiant. Je m'attarde un instant sur les courbes ciselées de sa mâchoire, puis sur l'arc envoûtant que dessine sa bouche. Cette dernière se retrousse dans un léger rictus, mais son regard est toujours braqué droit devant. A-t-il senti le mien posé sur lui ? Un air espiègle se lit sur son visage aux contours parfaits.

– Finalement, tu as retrouvé le chemin de ta maison.

– Pas grâce à toi.

– Tes fesses sont sauves grâce à moi, c'est déjà pas mal.

Il tourne la tête et m'offre un sourire éblouissant. Le genre de sourire qui devrait être puni par la loi pour abus de charisme et de magnétisme pouvant endommager le système cérébral et lui causer des lésions irréversibles.

Mon souffle se coupe. Littéralement.

Bon sang, qu'il est canon !

Je distingue sur le bord de sa bouche charnue une petite plaie : sa lèvre inférieure est fendue dans la longueur. Et sous son œil gauche, sa pommette a bleui, comme sous l'effet d'un choc. Il justifie son titre de 3B. J'aimerais affirmer que ces marques l'enlaidissent, mais ce serait mentir.

Rha ! Pourquoi faut-il qu'il soit encore plus beau que dans mon souvenir ?

Je voudrais sortir une repartie qui lui fermerait son clapet jusqu'à la fin de l'année scolaire, mais rien ne me vient. Le désert. J'ai de la compote dans le cerveau, tant je suis subjuguée par son sex-appeal. Je ne saurais déterminer avec exactitude combien de temps je demeure dans cette sorte de transe, captivée par son aura envoûtante. Je me maudis d'être ainsi troublée pendant que je me noie dans la profondeur de ses yeux noirs. Mon émoi ne lui a pas échappé, et sa bouche s'étire un peu plus, si c'est possible.

Ressaisis-toi, June !

Pathétique. Je suis pathétique. Je me fais honte à moi-même.

OK, il est beau. Et alors ?

Je m'ébroue intérieurement pour retrouver mes esprits et profère d'un ton mordant :

– Tu as mauvaise haleine, c'est horrible. Si tu pouvais t'éloigner que je puisse respirer.

D'accord, mon affirmation, en plus d'être fausse, est puérile. Mais c'est tout ce que j'ai trouvé sur le moment. Cependant, ce type de déclaration est connu pour son efficacité. Blesser autrui dans son amour-propre est un moyen redoutable pour avoir la paix. Personne n'aime être humilié de cette façon.

C'est compter sans le Westy…

Une brève surprise se dessine sur son visage, vite remplacée par une hilarité qu'il peine à contenir.

Intrigués par son rire étouffé, mes camarades pivotent vers nous. Ashley et Megan me font de gros yeux, choquées que je puisse « délirer » avec le Westy. Celui-ci empiète sur mon espace personnel jusqu'à frotter son épaule contre la mienne dans un geste de feinte complicité donnant l'impression que nous sommes meilleurs amis. Et c'est sûrement ce que tous se figurent, vu les regards interloqués qu'ils me renvoient. Le mien est pétrifié devant ce comportement inattendu.

– Ah, ça fait plaisir de voir que tu as pris Saul sous ton aile ! déclare Mme Alvarez qui ne pourrait pas être plus à côté de la plaque. J'espère que vous prendrez tous exemple sur June afin que l'intégration des élèves du lycée McFly se déroule dans des conditions optimales.

Une grimace incrédule plisse mes lèvres.

– Je suis ravie que le courant passe entre vous, votre exposé n'en sera que meilleur, poursuit-elle.

– Exposé ? Quel exposé ?

Ma voix résonne, tel un feulement.

– Celui que je vais vous donner à faire en fin de cours, évidemment. Puisque les binômes sont enfin complets grâce à la présence de Saul, vous aurez dorénavant des devoirs en commun à réaliser à la maison. Ai-je besoin de préciser qu'ils seront notés ? Je compte donc sur vous pour me rendre des travaux de qualité.

Je me décompose. Je crois d'ailleurs qu'un petit cri m'échappe.

C'est un cauchemar.

Depuis la rentrée, j'esquive les devoirs de groupe, et ce dans n'importe quelle matière. Ainsi je m'épargne la compagnie de boulets qui pourraient occasionner une baisse de ma moyenne. Je ne m'associe avec personne, pas même avec les Suprêmes. Mes notes sont le fruit de mon labeur, je ne suis redevable à personne. Ce qui me vaut pour une fois l'approbation de mon père.

L'image de ce dernier m'apparaît, tel un rappel. J'affiche aussitôt mon masque d'impassibilité. Mes émotions ne doivent pas prendre le contrôle, je suis inébranlable en toutes circonstances. J'irai parler à la prof en fin de cours, elle comprendra.

– J'espère que tu es bonne élève, susurre l'imbécile à mes côtés.

– Hors de question que je bosse avec toi. Débrouille-toi seul.

– Tu n'as pas bien saisi la définition de « binôme ». Pas grave, je t'explique : toi et moi, on va s'entraider. On va travailler ensemble, main dans la main, après les cours. Comment on procède, du coup ? Chez toi ou chez moi ?

Il ponctue sa dernière question d'un clin d'œil suggestif.

Cliché à mort. Je vais vomir.

Son attitude me déroute. Rien à voir avec notre première rencontre où ma présence lui paraissait insupportable. Il me lorgnait avec dégoût, ne m'adressait la parole qu'à demi-mot et puis il m'a laissée en plan au petit matin sans une once de remords. Il se fichait de mon sort. Alors, pourquoi ce revirement soudain ?

Mes yeux s'écarquillent.

– Tu me dragues, là ?

Aussitôt, ses sourcils se froncent, redonnant à son visage un aspect dur, tandis que ses lèvres se tordent. D'écœurement ?

– Non !

Il n'a pas hésité une seconde avant de cracher son « non ». Pour une raison obscure, cela me vexe. Je me rembrunis, les bras croisés sur ma poitrine.

Le reste du cours se déroule dans un silence que je qualifierais de lourd et électrique. Peut-être me fais-je des films, mais je perçois une tension entre nous. Du moins, c'est ce que moi je ressens. Mon corps fourmille, tout mon épiderme est parcouru de picotements. La sensation est désagréable au possible. Saul, lui, semble imperturbable, il écoute religieusement la leçon, sans plus me prêter d'attention.

Cette manière de souffler le chaud et le froid m'énerve. C'est pénible de ne pas comprendre les motivations qui l'animent. Je devrais m'en moquer et ne calculer ni lui ni personne comme il le fait, seulement c'est plus fort que moi. Je déteste rester dans l'ignorance et les doutes. Savoir, c'est contrôler, c'est pouvoir anticiper.

Nous avons Saul le sauveur, Saul le goujat, Saul le caractériel, Saul le taquin, Saul l'indifférent.

Du cinq en un, c'est bien ma veine.

À la fin du cours, je me rue vers Mme Alvarez. Confiante, je lui demande sans ambages de reconsidérer cette histoire d'exposé et de binôme. Je justifie ma réticence par ma volonté de dépassement et mon désir d'y arriver par moi-même. Elle évalue ma proposition avec un hochement de tête compréhensif, et je crie victoire intérieurement. Jusqu'à ce qu'elle me douche d'un « non ». Certes, moins caustique que celui de Saul, néanmoins il est tout aussi définitif. Alvarez est une bonne enseignante, elle est passionnée et juste. Elle n'attribue jamais de régime de faveur, et j'apprécie sa droiture. Cependant, aujourd'hui, son sens moral, je le lui mettrais bien là où je pense.

Elle essaie malgré tout d'être conciliante, comme à son habitude. Elle me propose de changer de binôme si je le souhaite – même si cela la chagrine. Son doigt défile sur la liste des élèves avant de s'arrêter sur le nom qui précède celui de Fox Saul. À savoir : Fish.

Megan Fish.

La peste ou le choléra.

Un dilemme cornélien.

Dans ce cas de figure, la logique voudrait que je me détermine en fonction des préférences de mon paternel. Megan, qu'il adore me coller dans les pattes à la moindre occasion, ou un Westy qu'il considère comme la lie de notre société ? Telle que l'alternative est formulée, la réponse est évidente et ne requiert aucune réflexion. J'ai l'obligation d'agir selon les priorités familiales.

Forte de cette conviction, j'ouvre la bouche et je m'entends prononcer :

– Laissez tomber, je m'accommoderai de Saul.

Ce n'est pas moi qui ai soufflé cette énormité. C'est mon subconscient – encore lui –, et plus précisément la partie facétieuse qui aime se dresser contre mon père. Ça ne peut être qu'elle ; elle opère selon son bon vouloir depuis ce matin. Car je suis impuissante contre mes pulsions et incapable de réfréner la petite voix dans ma tête, malgré les sanctions qui me tomberont dessus à coup sûr.

Je me traite de tout un tas de noms d'oiseaux et, courroucée, je quitte la salle d'un pas résolu. Megan et Ashley m'attendent dans le couloir. Elles trépignent, pressées de connaître les détails de ma conversation avec Saul. June Harrington faisant ami-ami avec un Westy ? Cela relève de la fiction.

– Alors ? attaque Ashley qui a épuisé son faible quota de patience. Le Westy et toi, c'est quoi le délire ?

– Pour quelqu'un qui affirmait ne pas vouloir les côtoyer… jubile Megan. Faites ce que je dis, pas ce que je fais.

Elle ricane, fière de sa minable repartie.

Dans une autre vie, si mon père ne m'avait pas obligée à me rapprocher d'elle avec autant d'insistance, peut-être que nous aurions pu nous entendre. Peut-être que je ne ressentirais pas à chaque fois ce besoin presque viscéral de lui arracher les globes oculaires.

Peut-être…

Ou peut-être pas.

– Ce n'est pas comme si l'avoir pour binôme était mon choix. Mme Alvarez a rejeté ma demande de travailler avec quelqu'un d'autre. Je suis censée procéder comment ?

– Mouais… continue-t-elle avec une moue peu convaincue. Il avait l'air de s'éclater avec toi. Tu lui as raconté quoi ?

– L'histoire du Westy qui respire par les fesses. Un jour, il s'assied et il meurt…

– Tu lui as vraiment balancé cette blague ? se marre Ashley.

– Non, mais j'aurais dû. Je lui ai juste fait remarquer qu'il avait mauvaise haleine. Et comme il est un peu à l'ouest, il a trouvé ça drôle. C'est tout. On peut passer à autre chose, maintenant ? J'ai assez souffert comme ça toute l'heure de cours.

Je frotte mes paupières, avec une envie soudaine de lâcher la pression.

– Je vais aux toilettes, on se retrouve plus tard.

Sans plus attendre, je m'éloigne.

Les W.-C. sont mon refuge. Je m'y accorde le droit d'y déverser mon trop-plein d'émotions. À la maison, c'est inenvisageable. Avec mon père qui pourrait surgir à tout moment, je n'ose jamais me laisser aller. Même enfermée seule dans ma chambre, je suis toujours aux aguets, à l'affût du moindre bruit de pas. Dans cette cabine, en revanche, je m'accorde un répit en déversant quelques larmes. À l'instar d'une part de gâteau qu'on mangerait en cachette durant un régime, c'est mon plaisir coupable. Une faiblesse – encore une. Mais qui est salvatrice et dont je ne peux pas me passer. Pleurer est une délivrance, c'est nécessaire à mon équilibre mental. Parfois, je n'ai pas de raison particulière, seulement le besoin de libérer ma frustration. Parfois, comme aujourd'hui, mes larmes ont le goût de la peur.

Je viens de me tirer une balle, et elle n'est pas en mousse. C'est un obus destructeur. À ce stade, ce n'est plus une rébellion, c'est un suicide. J'espère maintenant être capable d'en assumer toutes les conséquences.

À la sortie, posté contre le mur face à l'entrée des toilettes, ce n'est pas Ethan qui m'attend, mais Saul.

– Pourquoi tes yeux sont rouges ? s'enquiert-il en plissant les siens. T'as pleuré ?

Mon palpitant s'agite alors que je suis prise en flagrant délit. Depuis le primaire, je me réserve ces petits écarts honteux et personne jusqu'alors n'a remarqué mon manège – certains ne se seraient pas gênés pour le clamer haut et fort si ça avait été le cas. Et lui, en deux secondes, il me démasque ?

– Raconte pas des inepties ! Et dégage de ma vue.

– OK, j'insiste pas. Ce ne sont pas mes affaires après tout et je m'en moque. Chiale autant qu'il te plaît.

– Je n'ai pas pleuré !

– C'est évident…

Il m'emboîte le pas tandis que j'avance dans le couloir animé. Sur notre passage, toutes les conversations s'interrompent. Les visages se figent dans une expression choquée, un peu comme dans un ralenti.

Je ne pourrai jamais cacher cette information à mon père. Il vaut mieux qu'il l'apprenne de ma bouche que par d'autres, même si je n'ai aucune illusion sur le résultat final. Il va soupirer, me toiser avec tout le mépris et la déception dont il est capable, puis il va m'inviter à le suivre dans la cave, où nous aurons une de ses discussions favorites. Généralement, il commence en me disant que je suis une bonne à rien, une tare pour la famille. Son échauffement fini, la discussion varie selon la direction de ses pensées. Soit il m'explique agir pour mon bien ; il sait qu'il n'y a qu'ainsi que je deviendrai digne de lui. Soit il me détaille ses grands projets me concernant ; il a déjà tout un programme bien défini. Il lui arrive aussi d'évoquer, d'un ton souvent rêveur, la façon dont il appliquera ses principes d'éducation à mes enfants, afin que toutes les générations Harrington marchent sur ses pas. Parfois, il brode sur la façon dont notre famille va conquérir le pays, car nous sommes nés pour diriger, nous avons ça dans le sang. Mon père vise haut. Très haut. Et tant que ses objectifs ne seront pas atteints, il n'arrêtera jamais. Les élections au poste de gouverneur ne sont que le début : monsieur aspire à la présidence.

– Tu n'as pas répondu à ma question tout à l'heure. Chez toi ou chez moi ?

Je souffle, tout en lorgnant Saul avec lassitude.

– Arrête avec tes sous-entendus. Ça me file la nausée.

– Si tu y perçois un sous-entendu, c'est que tu as l'esprit mal placé. Je fais référence à l'exposé. Pas au sex…

Ma main s'écrase sur ses lèvres pour l'empêcher de terminer sa phrase. Je la retire d'un geste précipité, devant la chaleur inattendue que ces dernières dégagent. Ma paume me picote tandis que mon cœur s'emballe. Je me réprimande d'une claque mentale pour chasser mon trouble.

Toutes les oreilles sont tendues dans notre direction. Je chuchote en vitesse :

– Chez toi. Ce soir.

Je n'ai pas franchement de meilleure option. Ce n'est pas comme si je pouvais le ramener à la maison.

– Rendez-vous au niveau du pont à seize heures, je passerai te chercher. Ne sois pas en retard, je n'aime pas attendre.

Sans me laisser le temps de contester, il se faufile parmi les élèves et disparaît en un clignement de paupières.

20

Saul

Ce premier jour est assez éprouvant, je mentirais si j'assurais le contraire. Afficher en permanence une façade nonchalante est épuisant. Cependant, je m'attendais à pire. Hormis le groupe de sportifs, personne ne m'a cherché d'embrouilles, si l'on peut décrire ainsi la scène ridicule de tout à l'heure. Bien sûr, je me heurte à une majorité d'Easties au faciès haineux, mais ils sont loin d'être intimidants. Un grognement de ma part, et ils se carapatent la queue entre les jambes.

En vrai, je suis presque déçu : je pensais qu'on nous ferait un accueil plus festif, qu'on célébrerait notre arrivée en grande pompe sur une gigantesque piste de sang. Je dis « presque », parce que tout bien considéré et vu l'état de mon corps, cette absence d'animation n'est peut-être pas plus mal.

Le bilan de cette matinée est plutôt satisfaisant. J'ai préservé toutes mes dents sans avoir eu recours à mes poings pour les défendre. Le lycée est grandiose, doté de toute la high-tech dernière génération. Nous avons à disposition une immense bibliothèque, ainsi que des ordinateurs dernier cri et, je viens de le découvrir à l'instant, la cafétéria est gratuite. Adieu les lunch box – autant dire que mon sandwich va rester au fond de mon sac. En plus, nul besoin de faire pleurer mon portefeuille. Mon estomac en gargouille d'avance, je vais me péter le bide ! Surtout que c'est buffet à volonté ! D'ailleurs, si j'en ai la possibilité, je ramènerai aussi des provisions pour Sevan.

Muni de mon plateau, je patiente afin de le remplir des plats qui me font saliver. C'est étrange, bien que ce soit bruyant, à l'instar de toute cafèt', il n'y a aucune incartade, aucune échauffourée, les élèves respectent la queue établie pour se servir et aucune nourriture ne vole dans les airs. À McFly, on se croyait sur un terrain de jeu et de règlements de compte. Il fallait avoir une dalle monstrueuse pour s'y aventurer. D'abord, la bouffe proposée était dégueulasse – en plus d'être payante –, puis elle finissait plus souvent sur tes fringues ou dans tes cheveux que dans ton estomac. Au moment de l'effondrement, le délire était d'enfoncer la tête de ton pote, ou non-pote, dans son assiette. Après, comparé aux projections d'excréments sur les murs du lycée, c'était plutôt bon enfant. Les Easties sont peut-être tous des peigne-culs, mais ce sont des putains de chanceux privilégiés. Nous vivons dans le même pays, habitons la même ville, et pourtant, ce n'est pas qu'un simple pont qui nous sépare, mais tout un univers. Je le mesure encore plus à présent.

Une fois mon plateau garni et prêt à exploser, je scrute l'immense salle à la recherche d'une table libre. Il y a une terrasse extérieure aménagée. Seulement, avec ces températures, ce n'est pas l'idéal. L'intérieur ressemble à ces salles de restaurants chics que j'ai pu mater à la télé, avec de grandes baies vitrées et des plantes vertes placées çà et là. Des murets en pierre entre certaines tables offrent un semblant d'intimité, des tableaux art déco habillent les murs et des spots incrustés dans le plafond éclairent le tout. Non loin, j'aperçois les Westies qui m'accompagnaient ce matin, ils sont facilement repérables. Je retiens un ricanement. Les chacals. À mon exemple, une montagne de bouffe déborde de leur plateau. J'hésite un instant à les rejoindre puisqu'ils sont tous ensemble. Finalement, je bifurque lorsqu'un sujet plus intéressant apparaît dans mon champ de vision. June Harrington.

Une grimace irrépressible barre mon visage.

J'aimerais me pointer à sa table. Cependant, je doute d'y être bien accueilli, malgré les places libres restantes. Au lieu de ça, je déniche un coin tranquille qui me permet de l'observer à la dérobée. Je m'installe avec paresse sous les regards éberlués de quelques Easties. Tandis que j'engouffre mes frites comme si je n'avais pas mangé depuis dix jours, j'examine l'air de rien ses moindres faits et gestes. Elle est assise avec les deux meufs avec qui elle tapait la discute en salle de SVT. Il y a aussi deux mecs avec eux. Je reconnais l'un d'eux : c'est celui qui hélait le bagarreur en carton, alias Ethan, parce que leur entraîneur les attendait. À l'image de tout athlète, il est baraqué ; ça se remarque même sous son *teddy* floqué au nom de son équipe. L'autre gars, en revanche, est bien plus chétif, et sa tête plus amicale. Après, qu'importe leur physionomie, ils restent des connards d'Easties, tous à mettre dans un sac et à balancer dans Howl River.

Plus j'épie June, plus je trouve son comportement hypocrite. Chacun de ses gestes suinte le mensonge et le calcul, tous ses sourires paraissent factices. Elle est fausse, même avec ses amis. Cette fille est décidément déroutante. Et pourquoi a-t-elle chialé dans les toilettes un peu plus tôt ? Je suis plutôt perspicace et observateur, je suis certain qu'elle a pleuré, malgré son démenti. La tristesse dans son regard est une émotion qu'elle ne peut pas masquer sous une couche de mascara.

Je dois trouver un moyen pour la mettre en confiance ce soir et l'inciter à se livrer à moi. Ce n'est pas gagné. Je n'ai aucune envie de me lier avec ce genre de nana. Certes, elle m'intrigue, du moins il y a quelque chose chez elle qui exacerbe ma curiosité. Cependant, ses grands airs m'insupportent déjà.

Soudain, je redresse la tête, toute mon attention concentrée sur leur table. Le merdeux de tout à l'heure vient d'arriver. Il s'assied à côté de June et passe son bras autour de son épaule. June tressaille. Là encore, j'en suis certain. C'était à peine perceptible, mais j'ai bien vu son frémissement avant qu'elle reprenne contenance et qu'un sourire – faux ? – remplace sa mine contrariée.

Ethan, le bagarreur en carton, est son petit ami ?

Quand le débilos l'oblige à tourner son visage vers lui pour l'embrasser à pleine bouche, j'ai ma réponse.

Quel beau couple ! Ils se sont bien trouvés ! pensé-je tandis qu'un rictus mesquin étire les commissures de mes lèvres.

Au même instant, la tête de June se tourne vers moi. Ses iris d'un gris envoûtant et tempétueux se plantent dans les miens. Mon sourire s'agrandit. Le sien s'efface. Puis son regard me fauche d'une rafale de mitraillette. Je mime l'action de me prendre des balles en imitant des soubresauts, puis éclate de rire devant son air exaspéré. Ses camarades pivotent à leur tour vers moi pour comprendre la raison de son émoi. Je les dévisage tous froidement, en m'attardant en particulier sur le bouffon qui a toujours sa main sur June. Je ne sais pas ce qu'il lui chuchote, mais ses traits sont crispés par la colère. Il rapproche la chaise de sa petite amie comme pour me signifier que c'est sa chasse gardée. Sa propriété privée. J'adore les défis et, en temps normal, j'aurais relevé celui-ci avec plaisir. Mais je n'ai aucune intention de m'abaisser à baiser une Easty. J'ai des limites.

Un petit rire narquois m'échappe.

– Je peux m'asseoir ?

Sans me laisser le temps de répondre, une petite brune à l'allure bohème, avec sa longue robe rouge à franges, s'installe face à moi.

– Moi, c'est Pati. Pati Teixeira, se présente-t-elle.

– Hum.

– Toi, c'est Saul, c'est ça ?

– Hum.

– On a cours de SVT en commun. J'étais au rang tout devant.

– Hum.

– Tu sais dire autre chose que « hum » ? glousse-t-elle dans un petit sourire moqueur.

Toutefois, je ne décèle pas de trace de méchanceté. C'est la première fois qu'un ou une Easty m'adresse la parole, excepté le débile qui voulait prouver qu'il avait des *cojones*. Du coup, je ne sais pas trop comment réagir.

– Tu ne vas pas t'attirer des ennuis à venir m'aborder, *Pati Teixeira* ?

– Sans le statut de mon frère, je serais déjà une paria de toute façon. Alors un peu plus, un peu moins. C'est le grand brun baraqué à la table des Suprêmes.

Sans pour autant se retourner, elle m'indique du pouce mon centre d'intérêt.

– C'est le quarterback du lycée, le meilleur de la rég…

– Parker ? Parker Teixeira est ton frère ?

Elle acquiesce d'un mouvement du menton tandis que j'observe son frangin du coin de l'œil. Sa tête me semblait familière, je comprends maintenant pourquoi : c'est le quarterback fétiche des Lion's River. Une star dans la région.

Les propos de Pati me reviennent en mémoire, et je tique.

– Pourquoi tu serais une paria ?

– Nos parents sont pauvres. Enfin, pour le standing d'ici, souligne-t-elle avec une mine contrite par crainte… de me vexer ? Ils tiennent un restaurant à East Valley. Mais ce n'est qu'un restaurant et mon père n'est qu'un simple chef cuisinier. Bien qu'il soit renommé dans le milieu et hautement qualifié.

Je bats des cils, pas sûr de saisir ce qu'elle insinue. Devant mon incompréhension, elle précise :

– À East River, on fonctionne par rang social. Plus ton portefeuille est grand, plus tu es puissant ; plus ton poste est prestigieux, plus tu es important. Mes parents satisfont aux critères minimums. Du coup, nous sommes tout en bas de l'échelle. Eux, ajoute-t-elle en pointant à nouveau son pouce en direction de la table de June, ce sont les fils et filles de gens influents. Hormis mon frère, bien entendu. Lui, par sa notoriété dans l'équipe de football, a le privilège de faire partie des Suprêmes.

Et par ricochet, ils m'acceptent aussi, parfois. Mais je ne suis pas très à l'aise avec eux.

– Tu les fréquentes souvent ?

– Pas vraiment. Ils t'intéressent ? s'enquiert-elle devant ma curiosité flagrante.

Je décide de ne pas lui mentir. Cette Pati a l'air plutôt inoffensive. Et surtout bavarde, ce qui m'arrange. J'ai besoin de connaître le maximum de détails sur eux en un minimum de temps, ainsi les Eagles me foutront peut-être la paix. Si ces derniers constatent ma bonne coopération, ils seront plus laxistes et moins méfiants à mon égard.

– Ils m'intriguent, oui. Puisque je suis nouveau, j'ai besoin d'assimiler les codes du lycée.

– Bien vu. Le plus important à savoir : ils n'aiment pas les Westies.

– Comme la majorité des gens ici.

– C'est pas faux ! Alors, par où commencer… ?

En quelques minutes, Pati me résume la vie des personnes attablées. Quatre d'entre elles figurent sur ma liste, c'est inespéré. À défaut de pouvoir tout noter sur papier, j'essaie de retenir mentalement les infos qu'elle déverse avec une légèreté déconcertante.

– Voilà, je t'ai raconté l'essentiel, je pense… conclut-elle à la fin de sa tirade. Si tu as des questions ou que tu as besoin de plus de renseignements, n'hésite pas à venir me solliciter. Si je peux faciliter ton intégration, c'est avec plaisir. J'ai à cœur de prouver que tous les Easties ne sont pas que des prétentieux condescendants. D'ailleurs, je te file mon Snapchat, si tu veux ?

Au moment où elle me tend son téléphone, son frère l'interpelle.

– Tu fous quoi, Pati ? T'es pas bien dans ta tête ? chuchote-t-il entre ses dents serrées. Tout le monde vous regarde ! Dépêche-toi de me suivre ! T'en loupes pas une, vraiment !

Il la fustige encore tandis qu'elle se redresse après m'avoir salué. Elle ne semble pas s'émouvoir plus que ça du courroux de son frère.

Elle me plaît bien, même si je préfère rester sur mes gardes. Puis, elle m'a mâché le travail. Je m'épargne des heures pénibles de recherche. Certes, je ne connais pas encore les habitudes ou les emplois du temps de tous les élèves fichés par les WEN. Cependant, c'est en bonne voie. Depuis ce matin, je trouve que la chance est plutôt avec moi. C'est assez rare pour que je m'en réjouisse.

Le repas terminé, je m'oriente vers la salle de T.P. de chimie. Encore deux petites heures, et je serai libéré. Je manque d'éclater de rire en observant June pénétrer dans la classe. En revanche, à ma vue, son visage se décompose. J'adopte une attitude flegmatique tandis qu'elle passe en revue les paillasses, ne sachant pas où s'asseoir. Je suis seul à une table de quatre. Son amie – Megan, si j'ai bien retenu la leçon de Pati – la rejoint. Elle pile net en plein milieu de l'allée lorsqu'elle m'aperçoit. Sa bouche s'ouvre sous la surprise, elle pivote vers June qui n'a toujours pas bougé.

– On est en T.P. avec lui ? articule-t-elle d'une voix estomaquée sans se soucier que je puisse l'entendre.

Aaron Lewis, le maigrelet, membre éloigné de la famille de feu président Louis Lewis, débarque à son tour. Quand Pati les présentait comme le gratin de la société, elle n'exagérait pas. Il s'avance vers ma table. La stupeur se peint sur ses traits. Il recule, hésite, avant de lancer des regards paniqués autour de lui.

– Allez, on se dépêche ! Asseyez-vous tous, s'il vous plaît ! exige le professeur depuis son bureau. Il se passe quoi là-bas ?

Son attention est dirigée vers les trois bouffons qui semblent avoir oublié jusqu'à leur prénom, tant ils ont l'air cons.

– Y a un truc qui traîne là… une sorte de cafard, je crois, lance Aaron, en me jetant un regard dédaigneux.

Notre professeur de chimie, dont le nom m'échappe encore, se redresse pour mieux distinguer de quoi il s'agit. Ses sourcils se froncent.

– Quel cafard ? Il n'y a rien.

– Et c'est quoi ça, alors ? le contredit-il en me désignant de l'index.

Sa déclaration est aussitôt suivie de rires gras.

Ma langue humidifie mes lèvres pendant que je darde sur lui un coup d'œil appuyé. Suis-je vexé ? Absolument pas. En vérité, je trouve cela plutôt amusant. Je croise les bras sur mon torse et me rencogne contre le dossier de ma chaise dans une position plus confortable. Et c'est alors que je la remarque : June, immobile au milieu de ses camarades, le regard hésitant. Pendant un instant, elle les observe sans rien dire, puis finit par hausser les épaules et s'approcher de ma table. Ignorant le reste du groupe, elle s'installe face à moi en silence, sans pour autant m'adresser un regard.

Cette séance s'annonce distrayante.

21

June

Pas lui.

Pas encore lui !

Le lycée a toujours été pour moi une *safe place*. Un lieu où je peux m'exprimer un peu plus librement qu'à la maison, sans cette peur qui me tord trop souvent les boyaux. Un endroit où mon père ne contrôle pas tout et où je n'ai pas cette sensation d'être épiée sans arrêt. Néanmoins, cette *safe place* a deux inconvénients inévitables : Megan et Ethan. Les côtoyer et les supporter est ma croix au quotidien. Si en plus, on m'en ajoute un troisième, je ne vais pas pouvoir gérer. C'est une question de santé mentale.

De toutes les tables de T.P., il fallait qu'il soit à la nôtre !

– On n'a pas la journée ! s'impatiente M. Mendes. Tout le monde à sa place. Allez, allez !

Par dépit, je gagne mon siège. Il est situé pile face à lui.

Au moins, cette fois, je ne sentirai pas la chaleur enveloppante de sa présence contre mon flanc.

Après un raclement de gorge, Aaron s'assied à son tour, à ma droite. Meg hésite encore un instant. Ses traits expriment un mélange d'excitation et de frustration. Une partie d'elle couine sûrement à l'idée de se coller près de Saul. Westy ou pas, il dégage un magnétisme incroyable, sans parler de sa beauté presque irréelle. On ne va pas se mentir, c'est le plus joli garçon du lycée. C'est peut-être même le plus beau mec que j'aie jamais vu.

Comme pour confirmer la justesse de mon analyse, Meg s'installe en rapprochant sa chaise de celle du Westy.

Je voudrais lui arracher les viscères à la cuillère.

Saul lui dégaine son sourire illégal, indécent… absolument craquant.

Lui aussi, j'ai envie de l'étriper.

L'effet est immédiat. L'expression de Meg se transforme en une fraction de seconde : ses yeux s'agrandissent, ses joues rosissent tandis qu'elle adopte une attitude mutine.

Je vais vomir.

Je soupire sans cacher mon écœurement. Ce soupir est le premier d'une longue, très longue série. Toute l'heure qui suit, je souffle mon exaspération. Meg et Saul bavassent sans discontinuité, ils minaudent, se couvent du regard – enfin, surtout Meg. C'est à gerber. Aucun d'eux ne me calcule. Saul, qui me collait au train ce matin, ne me jette même pas un coup d'œil alors que je lui fais face.

– Ton père serait tellement fier de toi… ne puis-je m'empêcher de lancer à Meg d'un ton aussi acerbe que provocateur. Toi, sympathisant avec un Westy, c'est beau.

– Oui, tu pourras remercier le tien pour ça ! répond-elle sans se démonter avec un rictus perfide.

– Waouh, quelle ambiance ! se marre Saul. Ne vous battez pas pour moi, les filles.

– Elles sont toujours ainsi, intervient Aaron pour la première fois. Elles s'aiment, mais façon chien et chat. Une amitié sadomaso, en gros. Tu t'habitueras.

– Hum… Vous pouvez pas vous piffrer, quoi… en déduit Saul en reniflant.

Il ne pouvait pas tomber plus juste. C'est qui ce mec à la fin ? Comment parvient-il à me percer à jour avec tant de facilité ?

– Bien sûr que si, on s'adore ! s'insurge Meg. Hein, June ?

– Bien sûr…

Mon affirmation manque clairement de conviction, alors je redresse la tête de mon becher fumant et pose ma pipette sur la table afin de déployer mon attirail « gros mensonge ». Mine enjouée, expression taquine, gloussement amusé et sourire jusqu'aux oreilles.

– On est comme des sœurs, Meg et moi.

Je réussis à prononcer cette immondice sans même un frémissement avant de replonger le nez dans mes solutions.

– Maintenant, concentrons-nous sur notre travail ! conclus-je d'un ton péremptoire.

Lorsque le cours se termine, je pousse mon énième et ultime soupir. Celui-ci est néanmoins de soulagement. Pendant que je ramasse les ustensiles, Saul entoure mes épaules de son bras.

– Seize heures… murmure-t-il à mon oreille. Ne sois pas en retard, June.

Mon prénom roule sur sa langue de manière appuyée.

Je frissonne. Ma respiration se coupe, mon cœur

palpite bien trop fort. Il me faut quelques instants pour réagir, chasser son bras d'une tape et me dégager de sa prise. Par chance, la classe est maintenant déserte. Je vide l'air bloqué dans mes poumons. J'inspire un bon coup, lui décoche un coup d'œil vitriolé et m'élance vers le couloir sans un mot.

***

Il me reste un peu moins de deux heures avant que Saul me récupère au niveau du checkpoint. À cette heure, mon père ne sera pas à la maison, du moins je l'espère. Je me sens d'un coup bien lâche, et ce sentiment s'accroît lorsque je franchis la porte de la villa. Mon esprit rebelle s'est carapaté pour laisser place à celui d'une fillette effrayée. J'ai trop peur de sa réaction. Pourtant, je n'ai rien à me reprocher, cette situation est la conséquence de sa décision. Je me retrouve avec un Westy dans les pattes par sa bêtise.

– M'man ? Je suis rentrée. Maman ? T'es debout ?

Esther, notre gouvernante, vient à ma rencontre.

– Votre mère se repose, m'informe-t-elle.

Je soupire. Un chat dort moins qu'elle. Un humain est-il seulement capable de dormir autant ? Je n'ai pas vu ma mère depuis des jours. Des jours qu'elle « se repose » et qu'on m'interdit l'accès à sa chambre pour ne pas la déranger.

C'en est trop !

Esther me fait barrage dans le couloir. Elle n'est pas venue jusqu'à moi pour me saluer, mais pour m'empêcher de rejoindre maman. Désormais, ma mère séjourne dans l'aile réservée aux visiteurs de passage. Mon père a jugé préférable qu'elle possède sa propre chambre. Il estime que les nombreux va-et-vient imposés par ses obligations d'élu et ses horaires de coucher tardifs perturbent la qualité de sommeil de son épouse et nuisent par ricochet à sa santé déjà fragile. Je ne peux qu'abonder dans son sens. Néanmoins, malgré cette précaution, elle est toujours dans un état aussi végétatif. J'ai même l'impression que c'est pire. La dernière fois que je l'ai aperçue, elle m'a semblé d'une maigreur affolante. À coup sûr, elle est retombée dans ses travers. Ça n'aura pas duré longtemps cette fois avant qu'elle replonge. Elle ne dort pas, elle est shootée aux médocs. Voilà la vérité.

– Pousse-toi ! aboyé-je, agacée, en tapant l'épaule d'Esther.

– Votre mère se repose, il…

– Dégage de mon passage.

J'articule chaque mot dans un grondement sourd. J'aime plutôt bien notre gouvernante et je suis la plupart du temps courtoise avec elle. Elle est discrète et ne se mêle pas de ce qui ne la regarde pas. C'est ce dernier point que j'apprécie le plus. Or, sa nouvelle attitude de chien de garde m'excède. Je suppose qu'elle a reçu des consignes de mon paternel, je suis consciente que ce n'est pas de sa propre initiative. Cependant, mon irritation est trop grande, et mon inquiétude pour ma mère trop vive pour que je me soucie de ce détail.

Je la pousse avec rudesse afin de me libérer le passage et me faufile à travers le couloir malgré ses recommandations.

– Soyez raisonnable, June !

– June.

Je m'immobilise aussitôt en entendant mon prénom prononcé de manière placide et pourtant menaçante. Mon père maîtrise cet art à la perfection. Pourquoi des cris inutiles quand un simple souffle suffit à terrifier ?

– Que fabriques-tu ici ? poursuit-il.

Je pourrais te retourner la question...

Là encore, il m'interroge d'un ton badin. Toutefois, je ne suis pas dupe. Je perçois le danger, il recouvre mon épiderme d'une couche de sueur et me provoque une chair de poule soudaine.

– Je voulais saluer maman.

Ma voix ne tremble presque pas et je m'en félicite.

– Je ne l'ai pas vue depuis plusieurs jours.

– Et ça te donne le droit d'enfreindre mes ordres, tu penses ?

– Elle me manquait, murmuré-je sans réussir à cacher mon affliction.

– Regarde les albums photo ou les vidéos de famille, dans ce cas. Nous en avons une collection ! Mais ne la dérange pas. Ta mère est épuisée et je ne laisserai personne l'importuner pour des raisons aussi triviales. Ne sois pas égoïste, June.

– Je comprends, oui.

Je rebrousse chemin, la tête basse.

– Et cette première journée avec les Westies ? m'interpelle-t-il tandis que je tente de m'éclipser dans ma chambre. Comment ça s'est déroulé ?

M'interroge-t-il parce qu'il est déjà au courant de tous les faits ? Est-ce un piège tordu de sa part ?

Mon effroi ne doit pas transparaître. Je pince le dos de ma main jusqu'à ce que mes ongles impriment dans ma chair une marque ensanglantée et que la douleur remplace ma peur. Puis je tente de hausser les épaules avec détachement.

– Ils ne m'intéressent pas et n'existent pas pour moi. Donc, je ne…

– Bien, me coupe-t-il dans un soupir. Mes conseils commencent à porter leurs fruits, il était temps. Je désespérais de te voir un jour prendre une décision sensée. Ne t'approche pas de ces vermines, tu m'entends ? Qu'importe la raison, je t'interdis le moindre contact avec eux.

Je me racle la gorge.

– C'est évident.

J'ai l'impression que chacune de mes molécules se désagrège, que tous mes organes cessent un à un de fonctionner, que mon sang se transforme en lave et brûle mes entrailles. Pourtant, je dois continuer à donner le change et à ne rien laisser paraître. Il le remarquera aussitôt si je défaille.

– Je l'espère pour toi, June. Ce sera ma seule et unique mise en garde. Ne me déçois pas une nouvelle fois.

J'acquiesce dans un sourire qui me demande un effort gigantesque.

– Je monte, j'ai des devoirs à faire.

Il opine.

– Ah, et Mme Alvarez nous a demandé de réaliser un exposé. Je voulais m'en charger seule, comme à mon habitude, mais l'arrivée d'un 3B dans la classe a modifié mes plans. Maintenant que nous sommes un nombre pair d'élèves, nous allons travailler en binôme et je dois faire cet exposé avec… Ashley.

Il grimace en frottant son menton d'un air irrité. Cette nouvelle ne l'enchante pas.

– J’ai rendez-vous avec elle à seize heures. Nous irons travailler à la bibliothèque.

Il darde sur moi un regard sévère, puis finit par acquiescer.

– Je ne rentrerai pas avant l’aube, nous sommes débordés, Sabrina et moi, m’avertit-il. Je suis simplement venu récupérer un papier.

Il tourne aussitôt les talons, mettant ainsi un terme à la conversation.

Sabrina Kruger, sa directrice de campagne. Son bras droit. Et la mère de Meg.

Je grimpe les marches quatre à quatre. Un goût de bile envahit ma bouche tant je suis saisie par la panique. J’ai la sensation de me tenir au bord d’un précipice sans rien avoir à quoi m’accrocher. Et la chute ne peut qu’être mortelle.

Et inévitable.

Aujourd’hui, il a cru à mon mensonge. Qu’en sera-t-il demain ? Et s’il apprend par un tiers que Saul est mon binôme ? Megan, cette vipère, ne va pas manquer de le répéter à sa « mamounette ».

Ce n’est qu’une question de temps avant qu’il démasque la supercherie.

Je suis foutue…

Je m’empare de mon portable.

– Meg, j’ai besoin de ton silence, annoncé-je sans préambule lorsque celle-ci décroche.

– June ? Qu’est-ce qui se passe ? C’est rare que tu m’appelles.

– Concernant le binôme qu’on m’a attribué pour l’exposé. Tu ne dois sous aucun prétexte le dire à tes parents. C’est compris, Meg ? Pas un mot !

– Saul ? Pourquoi, c'est un secret ? me questionne-t-elle en feignant l'innocence. Tu sais, ce genre d'infos est quasi impossible à taire. Ce n'est pas que je ne veux pas t'aider, mais même si je n'en parle pas, d'autres le feront.

– Meg… J'ai vraiment besoin que tu te taises. Je ne t'aurais pas téléphoné si ce n'était pas si important.

– Si cela s'ébruite, cela ne proviendra pas de moi, me promet-elle enfin. Mais ne tarde pas à révéler la vérité, chérie, je ne te donne pas deux jours avant que tout East River soit au courant. Si ça se trouve, ça sera même diffusé dans le journal local. Ce n'est pas commun, la fille du maire et un Westy ensemble.

Elle pouffe comme une idiote. Je ravale, par une déglutition forcée, les insultes qui piquent mon palais.

– Je compte sur toi. Je vais passer la consigne aux autres. Donc si tu tiens ta langue comme promis, tout ira bien. Je n'ai pas l'intention de travailler longtemps sur cet exposé, en quelques séances nous aurons terminé, et cette histoire de binôme sera enterrée.

– Oui, jusqu'au prochain devoir en commun… me nargue-t-elle.

Je ne prends pas la peine de répliquer et coupe la communication.

Les minutes qui suivent, je les passe suspendue à mon smartphone. J'enchaîne avec Ashley. Comme je l'espérais, elle ne pose pas de problème. Elle m'a toujours couverte, en toutes circonstances, et sans jamais réclamer d'explications. Je m'emploie à lui rendre la pareille dès que je peux et n'hésite pas à lui servir d'alibi pour ses sorties nocturnes avec des garçons. Pour les autres, en revanche… Ma démarche est utopique, on n'éteint pas un feu de forêt avec un pistolet à eau. Meg n'a pas tort, ce genre de ragot se propage à une vitesse folle. Malgré tout, je dois essayer de circonscrire la rumeur à un cercle restreint que je pourrai contrôler.

Lorsque l'heure du rendez-vous approche, je me sens harassée. Je ne sais pas si les efforts que je viens de fournir seront récompensés. Si tous ces appels porteront leurs fruits ou si, au contraire, certains verront là un moyen de se venger. Si je suis admirée par beaucoup au sein du lycée, je ne me fais pas d'illusion quant au nombre de mes détracteurs. Jouer les dames aux grands airs ne plaît pas à tout le monde. Et je les comprends, je me détesterais à leur place.

Avec tout ça, je me rends compte avec un temps de retard que je n'ai rien avalé. Je n'ai presque rien mangé ce midi – la vue de Saul, non loin de moi, m'a coupé l'appétit –, alors je pensais grignoter un truc avant de sortir, histoire d'avoir quelque chose dans le ventre. M'en souvenir à quelques mètres du pont ne sert qu'à me coller des crampes d'estomac.

Je gare ma voiture, une Aston Martin vert électrique, sur le parking qui jouxte le checkpoint. Malgré la proximité de West River, c'est l'un des endroits les plus sécurisés de notre quartier, avec tous ces vigiles et caméras de surveillance. Je soupire en constatant que Saul n'a pas franchi le pont. Il m'attend de l'autre côté, assis sur son engin de la mort, son casque à la main. J'espère qu'il en a prévu un pour moi aussi. J'ai encore en mémoire notre chevauchée sous la pluie glaciale.

Quand je parviens à sa hauteur, il me détaille de la tête aux pieds d'un air indéchiffrable. Je frissonne sous son regard perçant et referme les pans de mon pardessus *camel* pour masquer mon décolleté.

– Allez, grimpe, princesse ! ordonne-t-il, son inspection finie.

– Et moi, je n'ai pas de casque ?

Je lui désigne le sien d'un geste agacé.

– Ah… si.

Il pivote et me tend un casque de vélo bleu qu'il récupère sous le siège arrière.

La blague.

Je me crispe jusqu'à la pointe de mes orteils. Saul glousse, amusé par ma réaction. Sans préavis, il enfonce le casque sur mon crâne, puis tapote dessus comme si j'étais une enfant de 5 ans, avant d'ajuster la lanière sous mon cou.

– Voilà qui est mieux, approuve-t-il, fier de lui.

Nous ne sommes pas encore chez lui que j'ai déjà envie de le frapper. Un milliard d'insultes me traversent l'esprit, mais mon éducation m'empêche de les formuler.

– Crétin… marmonné-je, les dents serrées, en m'installant dans son dos, ce qui me vaut un nouveau rire étouffé.

22

June

La probabilité qu'un de mes orteils foule à nouveau le plancher de cette péniche était aussi élevée que celle de voir le soleil se lever à l'ouest. Et pourtant, moins de quinze jours plus tard, me revoilà.

En plein jour, l'état de délabrement de l'embarcation est encore plus impressionnant. Un pincement me tiraille la poitrine quand je constate la précarité dans laquelle vit Saul. Heureusement qu'Howl River n'est pas réputée pour son courant violent à cet endroit. Néanmoins, à la fonte des neiges ou lors des crues, je n'ose imaginer les remous.

– Enlève tes chaussures, me somme Saul en se délestant des siennes avant d'ouvrir la porte.

Le battant en bois est à l'image du reste : rongé par les termites et couvert d'une vieille peinture rouge craquelée et écaillée.

J'obtempère, non sans râler. C'est quoi son délire chelou avec les chaussures ? Un détritus est plus raffiné que son bateau ! Ce n'est pas l'absence de traces de semelles qui lui rendront son éclat.

– Sevan, on est… commence-t-il d'une voix à peine audible, tout en refermant la porte d'un mouvement précipité.

– OK… On attend quoi pour rentrer ? Qu'on développe des engelures aux doigts ? m'enquiers-je en frottant mes mains glacées l'une contre l'autre.

Il soupire. Dans ses iris, je vois qu'il hésite entre me balancer dans Howl River avec une pierre autour du cou, ou me ramener chez moi en me traînant sur l'asphalte, attachée à une corde.

C'est affligeant. Je le trouve encore plus beau quand ses pupilles brillent de colère et que sa mâchoire dessine une ligne sévère.

Avec précaution, il rouvre la porte et jette un œil dans l'entrebâillement.

– Sevan, on est rentrés ! lance-t-il.

– Tes parents sont ici ? demandé-je tout à coup, terrifiée par cette idée.

Pourquoi ai-je accepté d'aller chez lui ? Pourquoi n'avons-nous pas opté pour un lieu neutre et sans risque, comme la bibliothèque du lycée, par exemple ?

Parce qu'on aurait pu me surprendre avec lui… Ce qui aurait alimenté les ragots que je tente désespérément d'enterrer.

Je peste, de plus en plus agacée.

– C'était stupide de venir chez toi. Je ne suis même pas sûre qu'il y ait le Wi-Fi ici. Tu as Internet dans ce trou paumé ?

Le stress accentue cette facette de garce que j'incarne au quotidien.

– Mon père est à Detroit pour plusieurs jours. Et, oui, j'ai le Wi-Fi. D'autres questions, princesse ?

Il crache ce surnom débile comme s'il lui laissait un goût âpre en bouche. Je ne prends pas la peine de rétorquer et le pousse d'un coup d'épaule pour pénétrer à l'intérieur.

Revoir Sevan ne me déplaît pas. Contrairement à son aîné, il m'a laissé une bonne impression. Pour un 3B, il est presque cool. Cependant, lorsque je découvre le séjour – enfin, si on peut appeler cela ainsi –, la pièce est vide.

L'endroit, bien que délabré, est soigné. Rien ne traîne et une odeur agréable de jasmin s'en dégage. Toutefois, être dans un espace aussi étriqué me donne un sentiment de claustrophobie. Tout est en longueur et l'allée est si étroite qu'on peut à peine circuler à deux en même temps. Je n'imagine pas la galère de vivre ici à plusieurs. C'est simple : ma chambre fait minimum deux fois la taille de cette pièce.

– Ton frère n'est pas là ?

– Sûrement dans sa chambre. Pourquoi ? Tu lui veux quoi ?

– Rien. Je souhaitais juste le saluer. À l'inverse de toi, il est assez sympa. Et il m'a aidée à rentrer chez moi, l'autre fois.

Ma remarque lui arrache un bref sourire involontaire.

– J'arrive ! hurle ce dernier.

En entendant Sevan, je fais volte-face pour observer les lieux et repère aussitôt ce que je pense être sa chambre. Elle est à l'opposé de celle de Saul. Dans un petit renfoncement, on distingue une porte rouge avec un personnage de *My Hero Academia* dessiné dessus.

Ne sachant trop quoi faire, je décide de m'installer sur une des banquettes situées de part et d'autre de la minuscule table de salon, bien que Saul ne m'ait pas conviée à m'asseoir. Ce dernier se dandine d'un pied sur l'autre.

– C'est bizarre de te voir ici… finit-il par m'avouer. Ça me perturbe.

– C'est certain que je dénote dans un lieu si… si… Bref ! éludé-je, décidant de ne pas ajouter plus de tension à ce climat déjà électrique.

– Fais comme chez toi, surtout, soupire-t-il en me voyant scruter avec insistance le tissu qui couvre la banquette et dont la teinte d'un rouge carmin me met mal à l'aise.

– Ça ne risque pas ! Je ne pourrai jamais me sentir chez moi dans cet endroit…

Avec toi… Les 3B me fichent la trouille, leur violence les précède – je l'ai vu de mes propres yeux. Il n'y a pas une nuit où l'image du gars au crâne défoncé ne me hante.

– Et c'est quoi ce fétichisme pour le rouge ? Les sofas, les portes. Et même le mur, là, est rouge, répliqué-je en désignant le lambris face à moi. C'est glauque.

– Glauque peut-être, mais efficace pour masquer toute hémorragie inopinée.

Ses yeux capturent les miens tandis qu'il prononce ces paroles. À cet instant, l'éducation particulière que j'ai reçue et les nombreuses « discussions » avec mon paternel me sont bénéfiques. C'est ce qui me permet de garder mon sang-froid. Je déglutis, mais redresse le menton en signe de défi.

Hors de question de lui montrer que je suis ébranlée.

Et puis, pour une raison étrange, je ne me suis jamais sentie en réel danger avec Saul. Appelons cela un sixième sens, mais c'est plus un sentiment de sécurité qui m'envahit en sa compagnie. Raison pour laquelle je l'ai suivi avec autant de facilité lors de notre première rencontre. Bon, je n'avais pas trop le choix non plus à ce moment-là. Néanmoins, cette sensation ne m'a jamais quittée. Aujourd'hui encore, sous sa façade de mauvais garçon, il émane de lui une aura aussi puissante qu'apaisante, malgré son statut de 3B. Une force tranquille, attractive et rassurante.

Si mon père m'entendait penser, il en ferait une crise cardiaque...

– C'est censé m'intimider ? Bouh, j'ai peur. Le grand méchant 3B me menace.

– Ce n'était pas une menace, c'est la stricte vérité. Mon daron a choisi spécifiquement cette couleur pour ça.

Son père a l'air aussi tordu que le mien... Ce n'est pas très rassurant.

Je le toise d'un air méprisant pour cacher mon malaise.

Lorsque la porte du fond s'ouvre pour laisser apparaître la tête de Sevan, ma mine sévère se transforme en une expression plus avenante.

– Salut l'Easty ! me lance-t-il d'un air enjoué. Tu es bien rentrée chez toi la dernière fois ?

Je ne sais pas quel âge il peut avoir – au moins cinq ans de moins que moi, je pense –, mais ses traits sont encore doux et enfantins. Ses iris dorés, d'un marron très clair, pétillent de malice.

Il prend place face à moi. J'acquiesce d'un mouvement du menton et esquisse un bref sourire.

– Cool ! se réjouit-il.

Son entrain et sa sincérité me font penser à Pati. Je suis certaine qu'il n'y a pas une once de méchanceté chez ce garçon. Malheureusement, il n'est pas né du bon côté du mur. Sympathiser avec lui serait du temps perdu.

Soudain, un grondement retentit. Grondement tout droit sorti de mon estomac mécontent. Le bruit est si fort qu'il n'échappe pas aux deux Westies qui me dévisagent avec attention. Je grimace en m'en voulant de ne pas avoir avalé quelque chose avant de venir.

– Ça, c'est l'appel de la faim, ou je n'y connais rien, glousse Sevan.

– On dirait qu'elle abrite une bête sauvage dans ses entrailles, ricane Saul.

– La vision d'un 3B ce midi m'a empêchée de déjeuner.

– Un 3B ? interroge Sevan. Aaah, un Westy ! C'est vrai que c'est comme ça que les Easties nous appellent.

Saul pouffe.

– Avoue plutôt que ma beauté t'a troublée. T'étais tellement occupée à me mater que tu en as oublié de manger. T'inquiète, je comprends. Je fais souvent cet effet.

– Dans tes rêves, le 3B.

– Mon frère et une Easty en pleine parade nuptiale, c'est chou, s'amuse Sevan.

– Il y a plus de chances que ton frangin finisse enterré dans un trou que j'aurais au préalable creusé.

– Un amour sain démarre toujours par un amour vache, certifie Sevan.

– Rien que pour le plaisir de te voir trimer avec une pelle, je veux bien être enterré. Ce n'est pas tous les jours qu'une Easty est prête à se salir les mains pour moi. T'as raison, Sev, elle est déjà complètement accro.

– Comment t'as pu intégrer notre lycée avec un Q.I. si peu développé ? Ta mère t'a bercé trop près du mur quand tu étais petit ou c'est héréditaire ? Tu tiens d'elle ?

Les traits de Saul se durcissent et son regard se voile de colère.

– Ne manque pas de respect à ma mère si tu espères rentrer sur tes deux jambes.

À l'instar de mon paternel, il ne crie pas. Cependant, son ton mordant ne laisse aucun doute sur le sérieux de sa menace.

– Oups, sujet sensible ! m'exclamé-je sans pour autant m'excuser, même si j'aimerais ravaler mes paroles.

S'attaquer aux parents, c'est laid. Je déteste qu'on plaisante sur ma mère, raison pour laquelle je culpabilise.

Sentant l'ambiance se dégrader, Sevan propose :

– Omelette et bacon, ça te dit ?

– Elle n'a pas faim, réplique Saul à ma place d'un ton catégorique.

Comme pour le défier, mon estomac émet un gargouillis puissant. Sevan hausse un sourcil narquois en regardant son frère.

– C'est parti pour une omelette ! affirme-t-il, sans attendre ma réponse.

En temps normal, j'aurais refusé sans hésiter de peur d'être empoisonnée. Néanmoins, la faim me tenaille le ventre et le visage doux de Sevan me met en confiance.

Sur cette déclaration, celui-ci se redresse en se frottant les mains.

– C'est du rouge à lèvres que tu as sur la joue ? demandé-je dans un sourire.

Une trace rosée colore la commissure de sa bouche du côté gauche et remonte sur sa joue telle une marque de bisou.

– Hein, qu-quoi ? bégaie Sevan, d'un coup paniqué et aussi rouge que le sofa.

Il se précipite dans sa chambre en balbutiant un « je reviens », sous nos regards interloqués.

– T'es fière de toi ? Tu ne pouvais pas lui foutre la paix ? me réprimande Saul, comme si j'étais responsable de la réaction étrange de son frère.

Si je n'accepte déjà pas qu'on me prenne à partie quand je dépasse les bornes, alors m'agresser ainsi sans aucun motif me rend aussitôt revêche.

– C'était une mauvaise idée de venir. On n'arrivera à rien. Le mieux est qu'on bosse chacun de son côté en se répartissant le travail. On regroupera ensuite nos notes.

Saul lâche un long soupir. Ses iris de jais me transpercent, me donnant l'impression de me sonder jusqu'à l'âme. Il finit par se racler la gorge comme s'il était lui-même surpris par l'intensité de son regard. Il secoue la tête, essayant peut-être de remettre de l'ordre dans son esprit.

– Suis-moi.

Son ton, bien que décidé, possède une douceur qui m'envoûte et, à mon grand étonnement, je me vois lui obéir sans protester. Je lui emboîte le pas tandis qu'il ouvre la porte de sa chambre.

23

Saul

J'enjoins à June de s'asseoir sur le vieux rocking-chair. La pièce est minuscule et l'Easty semble remplir tout l'espace. J'ai une conscience aiguë de sa présence, ce qui me rend nerveux d'un coup.

Je dois écarter mon ressentiment si je veux mener ma mission à bien. Je suis toujours hyper protecteur envers mon frère, c'est instinctif. La remarque de June était pourtant sans arrière-pensée, je n'aurais pas dû la rembarrer. J'avais moi aussi constaté le rouge à lèvres étalé sur la joue de Sevan. Intérieurement, cela m'a fait sourire, mais j'ai préféré me taire pour éviter de le mettre mal à l'aise.

En plus, sa petite amie, que j'ai aperçue fugacement en ouvrant la porte à notre arrivée, doit toujours être planquée dans sa chambre à l'heure actuelle. Maintenant que nous sommes enfermés dans la mienne, il en profitera peut-être pour la faire sortir d'ici en toute discrétion.

Ses cachotteries m'intriguent. Et me frustrent un peu aussi, j'avoue. J'ai l'impression qu'il n'ose pas m'en parler ouvertement, comme si j'allais le juger. Jamais je ne ferais une telle chose. Certes, je le trouve encore un peu jeune, mais c'est à lui de décider de sa vie. Je ne l'empêcherai jamais de voir sa copine. J'aimerais qu'il se confie à moi au sujet de Savannah – je suppose que c'est son prénom, vu l'air énigmatique qu'il avait l'autre jour en l'évoquant. Mais cette conversation doit s'établir de manière naturelle afin qu'il se sente en sécurité et, le mieux, ce serait qu'elle soit lancée à son initiative.

– Tu m'as amenée dans ta chambre pour que je t'admire assis sur ton lit ? C'est ballot, j'ai oublié mes aquarelles à la maison. Et puis le modèle manque vigoureusement de classe.

La réflexion de June me sort de mes pensées. Chaque chose en son temps. D'abord, elle.

L'amadouer.

Gagner sa confiance.

L'inciter à me dévoiler ses secrets.

Ne pas me faire choper.

Plus facile à dire qu'à faire. Comment parvenir à mes fins ? Je n'ai aucun angle d'attaque. Je peine la plupart du temps à masquer l'animosité qu'elle m'inspire.

Je libère un souffle audible.

– J'aimerais t'expliquer ce que j'avais imaginé pour notre devoir, et après, tu décideras si tu préfères qu'on bosse chacun de son côté ou non.

Elle me gratifie d'un regard dédaigneux.

– J'ai l'intention d'obtenir un A, donc on va faire selon mes méthodes. Et si t'es pas content, c'est la même, poursuit-elle en haussant les épaules, la mine hautaine.

J'ai envie de la jeter dans Howl River. J'inspire une grande goulée d'air pour éviter de rétorquer une pique qui compromettrait mes chances de lui soutirer des informations.

– Au lieu d'un exposé basique, on pourrait le rendre plus vivant. Par le…

– Tes idées ne m'intéressent pas.

Je réprime ma colère et poursuis en faisant fi de son interruption.

– … biais d'une interview, par exemple. Tu…

– Non.

– … pourrais être la scientifique et moi…

– Toujours non.

– … le journaliste. On se filme et on monte ça comme un reportage. On commence par expliquer ce que sont les microbiotes, leur rôle et leur intérêt, on parle ensuite des dernières découvertes en la matière. Puis on peut conclure sur les avancées attendues dans un avenir proche et moins proche.

Un sentiment confus éclaire les pupilles agitées de June.

– C'est…

Elle se tait. Sa bouche est plissée comme si elle se mordait l'intérieur de la joue ou qu'elle avait avalé un citron amer.

– D'accord… consent-elle après un moment. C'est… original et bien trouvé.

On dirait que je lui ai extorqué son assentiment en lui mettant un couteau sous la gorge, tant elle a peiné à le prononcer. Je retiens un sourire victorieux et garde un masque impassible.

– Explique-moi ça plus en détail, m'ordonne-t-elle en se penchant vers l'avant, la mine concentrée.

Je fais abstraction de son ton autoritaire. J'ai remporté le premier round, c'est tout ce qui compte. Les minutes qui suivent, je lui expose mon plan. En vérité, cette idée de fausse interview m'est venue sur le trajet, tout à l'heure, en allant la chercher. Avec tout l'équipement dont dispose le lycée, ce sera aisé de réaliser un montage de qualité. Je n'y connais absolument rien dans ce domaine, mais je m'abstiens de le préciser. J'imagine qu'à la différence de moi, elle se sert de ce matos depuis son enfance, elle saura donc en tirer parti.

À la fin de ma tirade, elle soupire. Néanmoins, à son expression, je vois bien qu'elle est conquise.

– C'est pas mal, admet-elle enfin.

– Avoue que t'es impressionnée ! lui lancé-je avec un sourire canaille.

Je fronce les sourcils en constatant la rougeur naissante sur ses pommettes. Du peu que j'ai aperçu d'elle, je dirais qu'elle n'est pas du genre à éprouver le moindre sentiment de gêne. Surtout face à un Westy.

Mon sourire s'agrandit.

Sa réaction est immédiate : elle inspire vivement, comme si l'air dans ses poumons se bloquait tout à coup quelque part dans sa poitrine. On dirait que la princesse Harrington n'est pas indifférente à mon charme.

Bon à savoir.

– Il m'en faut bien plus pour m'impressionner. Mais tu as réussi à me convaincre, ce qui est déjà un miracle.

Elle me dévisage longuement, scrutant chaque parcelle de mon anatomie.

– Ton créneau, c'est pas censé être la drogue, les bagarres et je ne sais quel autre passe-temps dangereux qu'ont les Westies ? Comment ça se fait que tu t'y connaisses en sciences ?

– Ne jamais se fier aux apparences, la coupé-je, excédé.

Elle dépasse les bornes. Je tente de canaliser mon agacement sans toutefois y parvenir. Je suis en roue libre.

– Si je le faisais, j'aurais déjà glissé un billet de vingt dans ton décolleté pour que tu me suces, argumenté-je en lorgnant sans vergogne l'arrondi parfait que dessinent ses seins sous son haut. Mais j'ai simplement estimé que cette tenue te plaisait, et pas que tu étais une pute qui voulait que je la tringle sur la table du salon. Après, corrige-moi si je suis dans l'erreur. On peut toujours négocier tes tarifs, le cas échéant.

Pour son air outré : je m'attribue un vingt sur vingt.

Pour ce qui est de l'amadouer : c'est un zéro pointé.

– Espèce de… espèce de… ! rugit-elle en se redressant.

Elle déborde tellement de colère que ses paroles restent coincées au fond de sa gorge. Néanmoins, j'ai une idée très précise des mots qu'elle tente de prononcer.

– Où tu vas ?

Je me lève à mon tour.

– Je rentre chez moi ! réplique-t-elle avec hargne en ouvrant la porte de la chambre.

Ma main se pose sur son poignet.

– Et comment ?

– Même dans ce trou paumé, j'imagine que les taxis existent.

Je la détrompe.

– Dès que le soleil se couche, ils ne circulent plus dans le coin.

– Mmpfft ! Je vais appeler un Uber dans ce cas. Ou prendre le bus. Je l'ai déjà fait, je connais la ligne à emprunter.

– Il n'y a plus aucun moyen de transport dès la nuit tombée. C'est comme ça depuis des années, une loi mise en place par ton daron afin de, je cite, « garantir la sécurité des citoyens ». Il a cru qu'ainsi, on allait rester confinés chez nous. À défaut de pouvoir instaurer un couvre-feu comme il en rêve, il s'est rabattu sur cette solution désespérée.

– Il faut bien trouver une façon de lutter contre les gangs qui prolifèrent dans la région, avance-t-elle avec assurance.

J'éclate de rire.

– Tu penses vraiment que ce sont eux qui prennent les transports en commun ? Nous sommes tous motorisés, à la différence d'une majorité de Lambdas. Ça fait juste chier les travailleurs qui bossent de nuit et n'ont pas de moyen de locomotion. Encore une preuve de l'incompétence de notre maire.

– « Nous » ? Comment ça, « nous » ? Parce qu'en plus, tu fais partie d'un gang ? s'exclame-t-elle sans cacher le dégoût mêlé d'horreur que ça lui inspire.

– Et ? Ça changerait quoi si c'était le cas ? Tu as déjà un avis tranché me concernant, je ne vois pas ce que ce renseignement supplémentaire pourrait modifier dans ta perception.

Elle hausse les épaules sans nier.

– Exact. Mais moi, au moins, j'ai la décence de le reconnaître. Toi, en revanche, tu joues les scandalisés parce que je te juge sur la simple base de tes origines. Sauf que je suis certaine que tu as fait de même.

Elle retourne s'asseoir sur le rocking-chair.

– Les Westies détestent Joseph Harrington. Tu sais que c'est mon père, non ?

Je confirme d'un hochement de tête.

– Quelle a été ta réaction lorsque tu as appris qu'il était mon paternel ? Tu n'as pas éprouvé une quelconque rancœur à mon égard ? Tu ne m'as pas aussitôt cataloguée comme princesse pourrie gâtée ? Tu n'as pas pensé ne serait-ce qu'un instant que j'étais bien la fille de mon père ou un truc du genre ?

« Tel père, tel fils. »

« La pomme ne tombe jamais loin de l'arbre. »

« Les chiens ne font pas des chats. »

Des expressions qui me font péter un plomb. Comme s'il y avait un déterminisme lié à notre filiation et qu'il ne pouvait en être autrement. Quand je vois mon frère, j'ai la certitude qu'il n'y a pas une once de vérité dans ce genre de proverbes. Certes, le milieu dans lequel on grandit, l'entourage dans lequel on évolue, l'ambiance familiale, tout ça a un impact, parfois plus ou moins important, sur notre comportement. Certains seront forcément influencés. Mais ce n'est pas une généralité. Nous sommes ce que nous voulons être. Notre caractère se forge sur nos expériences, nos acquis, nos ambitions, nos besoins. Si nous ne sommes pas tous maîtres de notre destin, notre conscience, elle, nous appartient. À nous de faire en sorte de devenir la personne que l'on rêve d'être. C'est ce qui me pousse à m'éloigner de la voie prise par mon daron. Bien qu'il nous ait protégés comme il a pu, et qu'il nous protège encore, je n'aime pas l'homme qu'il est. Je n'adhère pas à sa vision de la vie, je m'insurge contre la facilité avec laquelle il peut la sacrifier pour des intérêts égoïstes. Je refuse qu'on m'associe à lui. Je refuse de lui ressembler. Il n'est ni un exemple ni un modèle que je souhaite reproduire.

Sur ce fondement, je m'étais promis de ne juger personne sur son apparence, encore moins sur ses origines. J'ai vite dérogé à ma règle avec June. Elle a raison. Bien malgré moi, je l'ai cataloguée dès que j'ai compris que c'était une Easty. Pire : quand j'ai appris qui était son vieux. Je me trouve vraiment hypocrite à désirer l'impartialité alors que je suis moi-même incapable de la mettre en pratique.

– Je prends ton silence pour un aveu.

– Tu as raison.

Je plante mon regard dans le sien.

– Désolé, June.

– C'est la première fois que tu m'appelles par mon prénom, relève-t-elle.

J'adopte une attitude taquine.

– Tu aimes ?

– Non.

Menteuse.

– Tu préfères « princesse » ?

– Je préfère que tu ne m'appelles pas.

Je m'esclaffe tandis qu'elle esquisse un sourire en coin.

– Et si on arrêtait de juger l'autre et qu'on se mettait au travail ? lui proposé-je après un moment de silence.

24

June

J'essaie de ne pas me laisser distraire par mon binôme. Ce n'est pas évident. En plus d'être d'une beauté à couper le souffle, il m'intrigue. J'ai un milliard de questions qui me taraudent – la curiosité me ronge, c'est affreux.

Fait-il partie d'un gang comme sa déclaration de tout à l'heure le suggérait ?

Que font ses parents comme métier ?

Quels sont ses projets pour plus tard ?

Sa vie est-elle aussi misérable que je l'imagine ?

Ses marques légères sur son visage sont-elles les conséquences d'une bagarre ?

Un maigre échantillon de ce qui embourbe mes pensées.

Je mets cet attrait idiot sur le dos de la nouveauté. Après tout, côtoyer un Westy est inédit pour moi, Saul et moi ne sommes pas du même monde. Malgré tout, je conviens qu'il est charismatique, attirant, troublant et étonnamment intelligent. Pour un Westy.

– Tu n'as peut-être pas apporté tes aquarelles… mais à me mater ainsi, tu donnes l'impression de me dessiner mentalement sous tous les angles. Je te plais à ce point ?

Saul me toise, la mine sévère. Néanmoins, je perçois l'amusement qui scintille dans ses pupilles.

Crétin arrogant !

Piquée par sa critique, je grommelle. Je m'apprête à lui retourner un « ferme-la » puéril – exprimé avec férocité – lorsqu'un coup frappé à la porte annihile ma repartie mortelle. Sevan glisse une tête timide dans l'entrebâillement après avoir poussé le battant. Son doux regard se pose sur moi.

– Ton estomac crie toujours famine ?

Ce dernier, ravi de l'intérêt qu'on lui porte, réplique par un gargouillement peu distingué.

– Je crois que j'ai ma réponse, sourit-il.

Il s'éclipse et revient deux secondes plus tard avec une assiette garnie. Je salive en apercevant le bacon doré. L'odeur est incroyable.

– Et moi ? boude Saul. Je mange mes doigts ?

– Si seulement tu pouvais t'étouffer avec.

– Ah ! Je vois que vous êtes toujours en pleine parade nuptiale. Je ne vais pas m'incruster plus longtemps, dans ce cas. Désolé pour le dérangement.

Sevan m'adresse un clin d'œil avant de disparaître.

– J'ai du mal à te cerner, déclare Saul après m'avoir minutieusement examinée d'un air grave tandis que je tente de ne pas m'empiffrer… ni de gémir à chaque bouchée que j'avale.

C'est délicieux. Vraiment délicieux. Comment du bacon et une simple omelette peuvent-ils être aussi bons ? Si je vomis tripes et boyaux plus tard, au moins j'aurai savouré le plat, à l'exemple d'un condamné à mort recevant son dernier repas.

– Tu es à la fois pétrie d'assurance, condescendante, hautaine et garce. Sauf que c'est en contradiction avec ton regard qui est parfois…

Il laisse sa phrase en suspens. Je m'impatiente.

– Qui est parfois ?

Il balaie mon insistance d'un haussement d'épaules désinvolte, accompagné d'une mimique que j'interprète comme un « rien, laisse tomber ».

Agaçant.

Ce mec est agaçant.

– On se remet au travail ?

J'acquiesce en grognant. Cependant, ma vessie émet une objection soudaine. Une envie, aussi pressante que virulente, me tenaille le bas-ventre. *Satanée vessie !* Je tente de me concentrer sur mes fiches, mais c'est peine perdue.

– Pourquoi tu te tortilles ?

Saul arque un sourcil circonspect. Il m'énerve à toujours tout remarquer. À croire que rien n'échappe à son œil de lynx.

– Rien. Pour rien.

– On a des toilettes, tu sais… m'informe-t-il avec malice.

Comment fait-il pour toujours viser juste ?

– Nos chiottes ne sont peut-être pas aussi majestueuses que les tiennes, continue-t-il d'un ton de plus en plus moqueur, elles ne sont pas en or massif, mais elles sont propres et fonctionnelles. Suffisamment pour que ton petit cul de princesse se pose dessus et libère son étron royal.

Il s'esclaffe devant ma mine outrée.

– Sois pas si tendue, sinon tu vas finir par te faire dessus, pouffe-t-il de plus belle. Allez, June, va pisser ! Je t'attends.

Je rêve de l'envoyer bouler. De lui faire bouffer ses

dents. Qu'il ravale sa bêtise et s'étouffe avec. Mais je ne suis pas en position de force. Je suis incapable de me retenir. Sans un regard, je me redresse et sors de la chambre. Au chambranle cassé, il est aisé de deviner que les toilettes n'ont pas toujours été sans porte. Quelqu'un l'a défoncée. Je ne le remercie pas !

Après mille et une contorsions pour m'asseoir sur la cuvette tout en maintenant le misérable rideau qui préserve ma pudeur, je parviens à faire pipi. Une fois mon besoin assouvi et mes mains lavées, je respire à nouveau.

Je détaille leur séjour. Sevan n'est pas là, j'en déduis qu'il est dans sa chambre. La poêle ayant servi à cuisiner l'omelette traîne dans l'évier. Hormis cela, tout est rangé et ordonné. J'imagine qu'ils n'ont pas trop le choix ; c'est tellement petit que le désordre doit vite s'accumuler s'ils ne nettoient pas un minimum.

Mon inspection finie, je retourne auprès de Saul.

– Qu'est-ce que tu fous avec mon téléphone ? rugis-je en apercevant mon portable entre ses mains.

En dépit de la virulence de mon ton, il continue, impassible, à pianoter dessus. Puis, quelques secondes plus tard, il me le tend avec un sourire satisfait.

– J'ai ajouté mon numéro dans tes contacts, m'informe-t-il, tout content devant mon air furibond.

Je fais dérouler la liste. Il s'est enregistré sous le nom de « Mon super binôme ». Je secoue la tête, partagée entre l'envie de rire et de lui en mettre une. Alors que je m'apprête à lui dire que « Crétin de Westy » aurait été plus crédible, il me coupe dans mon élan en s'exclamant :

– Allez, au travail, maintenant ! On a assez traîné.

Il a raison. L'heure est déjà bien avancée. Plus vite on s'y mettra, plus vite ce sera terminé. Et ainsi, adieu binôme de mes deux.

Au fur et à mesure que nous progressons dans notre résumé, ma vision de Saul évolue. Certes, c'est toujours un 3B prétentieux aux multiples personnalités. Toutefois, il en a dans la cervelle. C'est indéniable. Ses idées sont originales, ses réflexions percutantes, et il maîtrise à fond son sujet. Les microbiotes n'ont aucun secret pour lui. Peut-être a-t-il déjà étudié cette question dans son ancien lycée, ce qui expliquerait ses facilités. Je suis soulagée, car notre A est assuré, et en même temps irritée. Voire inquiète. Il est hors de question que quiconque me vole la première place. Je suis la meilleure dans les matières scientifiques. J'ai trimé pour parvenir au sommet, sué sang et eau. Non, je ne le laisserai pas me détrôner.

– Tu me lorgnes encore.

Il a parlé sans même relever la tête de sa copie. Comment l'a-t-il su ? Est-ce qu'il est doté d'un sixième sens ou est-ce qu'il m'observe lui aussi à la dérobée ?

– T'as quoi au visage ? Tu t'es battu ?

Mes lèvres se plissent en une mince ligne. Je regrette d'avoir ouvert ma bouche. La curiosité est une faiblesse.

– C'est donnant-donnant. Si je réponds à tes questions, tu devras répondre aux miennes.

– Parce que tu as des questions à mon sujet ?

– Tout un tas.

– Comme quoi ?

– Hum…

Ses yeux s'abaissent sur ma main.

– Par exemple, tu tritures sans cesse cette bague que

tu as au doigt. Elle représente quoi ? T'es fiancée au bouffon de sportif ? Ethan, c'est ça ?

Nous détaillons tous les deux mon anneau, quand soudain, ses traits s'illuminent.

– Puisqu'il semble qu'on a beaucoup de questions à poser, on pourrait faire une sorte de jeu de vérité. T'en penses quoi ?

Je secoue la tête.

– Sans façon.

Un rictus dédaigneux étire mes commissures.

– En ce qui me concerne, je n'éprouve aucune curiosité. Un chien errant est plus intrigant que toi.

– Mensonge, certifie-t-il avec aplomb, ce qui a le don de m'énerver.

Parce qu'il a raison.

– Allez, ça pourrait être sympa, insiste-t-il. Nous serons sûrement amenés à travailler ensemble sur plusieurs projets de sciences, c'est mieux si on apprend à se connaître un peu.

S'il a du mal à me cerner, la réciproque est vraie. Je ne comprends pas cet intérêt soudain à mon égard alors que la majeure partie du temps, son visage arbore une mine hostile et son expression suinte le mépris. Il me déteste. Et là encore, je le lui rends bien.

Il soupire.

– OK, je commence.

Il désigne sa lèvre fendue.

– Il y a deux versions. L'officielle et l'officieuse. Laquelle tu veux ?

– Ça ne m'intéresse pas. Concentre-toi sur notre exposé, plutôt.

Ma voix manque de… *tout*. D'agressivité, d'assurance,

et surtout, de conviction. Je meurs d'envie de découvrir les secrets de Saul, de pouvoir me réjouir de ses malheurs et de me conforter dans l'idée qu'il y a pire que moi. Car c'est évident, sa vie est forcément plus affreuse que la mienne. Son père est peut-être un drogué qui le bat tous les jours et l'oblige à faire le trottoir pour quelques maigres dollars. Sa mère est peut-être elle aussi une prostituée. Et si Saul était lui-même un camé ? À East River, il est de notoriété publique que tous les Westies sont mêlés de près ou de loin à des trafics de stupéfiants. C'est malheureux, mais chaque habitant trempe dans la drogue, soit en tant que consommateur, soit en tant que dealer. D'après ce que m'a raconté mon père, même les papys et mamys sont des junkies. D'ailleurs, le taux de mortalité est exponentiel de ce côté du mur et la durée moyenne de vie d'un 3B ne va pas au-delà des 50 ans ou quelque chose comme ça.

C'est moche de penser ainsi, j'en suis consciente. Néanmoins, cela me réconforte. Quand je suis enfermée seule dans le noir glacial de ma cellule, je m'imagine souvent le quotidien cauchemardesque des Westies. Leur fabriquer une vie misérable me permet de relativiser et d'endurer plus facilement la mienne. De cette manière, je peux accepter mon sort et surmonter l'épreuve.

Connaître le destin minable du Westy et y repenser encore et encore pendant mes nuits de captivité serait une sorte de consolation. J'ai besoin de me nourrir de la détresse des autres pour aller mieux. Cela fait-il de moi un monstre ?

Le timbre chaud de Saul me tire de mes réflexions morbides.

– La version officielle : un accident de moto. J'ai dérapé sur l'asphalte, ce qui m'a occasionné quelques bleus.

Il soulève son sweat et son tee-shirt noirs, laissant apparaître une bande de peau mate et… contusionnée. Des marques foncées allant d'un violet soutenu au jaune vif marbrent son épiderme. Son visage est quasi indemne en comparaison. Tout son abdomen est recouvert d'ecchymoses. D'énormes hématomes. Je me demande d'ailleurs comment il parvient à se mouvoir sans se tordre de douleur.

J'avale ma salive. J'espère sincèrement que ce n'est pas son père qui le frappe. Ce serait un grand malade pour amocher à ce point son enfant. Mes doigts me démangent de venir caresser la peau meurtrie de Saul, comme s'ils avaient le pouvoir de soulager ses blessures. Risible. Je m'ébroue pour chasser cette envie grotesque. Mon bras, que j'avais tendu dans un mouvement instinctif, retombe sur mon flanc.

Perdu dans ses pensées, Saul en oublie de me narrer la suite. Je me mords l'intérieur de la joue pour ne pas le bombarder de questions. Après un silence qui me paraît interminable, il sort de sa léthargie.

– L'autre version est plus fun.

Il essaie d'adopter une attitude nonchalante, mais je ne suis pas dupe. La raucité de son timbre et ses muscles crispés indiquent que c'est une façade. Il joue la comédie. Et mal.

– Accouche ! finis-je par m'agacer.

Ce faux suspense me gonfle. Et je suis pétrie d'impatience.

– J'hésite… soupire-t-il. Entre te raconter un bobard

que je ferais passer pour la vérité ou être honnête avec toi.

– Si c'est pour me mentir, quel est l'intérêt de l'ouvrir ? Je ne t'ai rien demandé.

– Mon daron est un des leaders des West Eagles Nation. Je ne sais pas si tu connais, c'est un…

– gang… terminé-je pour lui dans un souffle.

Et pas n'importe lequel.

– Un WEN a assassiné mon grand-père le jour de l'inauguration du checkpoint, précisé-je.

– Je sais.

Je frissonne.

– Tu as peur ?

Sa question est légitime. C'est maintenant que je devrais prendre mes jambes à mon cou. Son père est un WEN, un des chefs qui plus est. C'est de la folie de rester ici. Pourtant, l'expression de Saul m'empêche de filer, laissant apparaître un je-ne-sais-quoi qui m'oblige à rester et à l'écouter. Un je-ne-sais-quoi familier.

Son père est à Detroit pour quelques jours, d'après ses dires. Je ne risque rien, me rassuré-je.

– Depuis ma naissance, ma voie est tracée, mon sang est WEN. Je dois suivre les pas de mon vieux.

Son ton baisse en intensité.

– Sauf que j'en ai aucune envie.

Il me couve d'un regard insondable.

– C'est la première fois que je le révèle à quelqu'un.

Je tressaille. Nos rapports avec nos pères respectifs sont un peu trop similaires… Je suis nerveuse et mal à l'aise, alors j'aboie :

– Pourquoi tu m'en parles ? On n'est pas amis.

– Je ne sais pas, murmure-t-il comme s'il se répondait à lui-même.

– Tu cherches ma pitié ?

Ma réflexion pique sa fierté, ses traits se voilent de colère. Une émotion bien plus familière et qui me perturbe beaucoup moins que son expression tourmentée.

– Ta pitié ? ricane-t-il, caustique. Parce que tu sais faire preuve de mansuétude, toi ? Je suis même étonné que ce simple mot soit dans ton vocabulaire. Tu es plutôt du genre à piétiner de tes talons quelqu'un déjà à terre.

Je me renfrogne, mais ne le contredis pas. Je refuse d'avouer que sa confession m'a ébranlée.

– Bref, reprend-il. Pour en revenir aux bleus, c'était comme une sorte de baptême pour mon entrée à Joseph Harrington School. Ils m'ont ligoté à un poteau. On l'appelle le poteau des tortures, ce qui est assez explicite comme nom.

Ses yeux s'animent d'un éclat féroce.

– Puis, chaque membre m'a rossé à tour de rôle. Ensuite, ils sont partis boire et m'ont laissé attaché jusqu'au petit matin.

– Mais pourquoi ont-ils fait ça ? Ils n'étaient pas contents ? Un 3B qui parvient à intégrer notre prestigieux lycée, ça devrait les remplir de fierté.

Être le meilleur, n'est-ce pas la volonté de tous ?

– Les études sont l'apanage des Easties. Un Westy qui songe à aller en fac est une lopette qui rêve de donner son cul aux Easties pour devenir comme eux. Les bandeurs d'Easties ne sont pas très bien vus dans le coin.

J'ai encore plus de questions qui tourbillonnent dans mon esprit. Toutefois, je me tais et joue les indifférentes. Un silence étrange s'instaure. Il n'est ni lourd ni oppressant, plutôt apaisant. Puis, nous nous remettons au travail sans même nous concerter. De manière naturelle, comme si nous nous côtoyions depuis toujours. C'est bizarrement agréable. Parfois, nos regards se croisent. Le sien est énigmatique, le mien curieux. Fasciné aussi.

– C'est un anneau de pureté.

Ma voix résonne, brisant le calme de la chambre. Je ne pensais pas avoir parlé si fort.

Saul redresse la tête de son téléphone sur lequel il faisait une recherche sur un forum.

– Quoi ?

– Ma bague. Tu m'as demandé tout à l'heure ce qu'elle représentait. C'est un anneau de pureté.

– C'est quoi, ça, un anneau de pureté ? T'es pure, toi ? se moque-t-il.

– Pure, je ne sais pas. Mais vierge, oui. Et la porter signifie que je compte le rester jusqu'au mariage.

Si je lui avais annoncé que mon père était en vérité un Martien venu conquérir la planète, il n'aurait pas été plus estomaqué. Il est complètement sonné. Vexée par sa réaction, je me rembrunis.

– Pourquoi tu fais cette tête ? Ça te paraît si invraisemblable ?

– Non. Non, non. C'est juste… inattendu. Enfin, je veux dire, tu as un petit ami… Vous faites quoi quand vous êtes seuls ? Vous vous regardez dans le blanc des yeux ?

– J'évite qu'on soit seuls.

– Je comprends pourquoi il a cette tête de con, commente Saul. La frustration doit griller ses maigres neurones.

Malgré moi, un gloussement m'échappe. Saul ne connaît Ethan que depuis ce matin, et encore, je doute qu'ils se soient adressé la parole. Néanmoins, il a su le cerner à la perfection.

– Tu n'es pas censée t'insurger, là ? Et défendre corps et âme ton amoureux.

Mon visage se crispe.

– Assez parlé de moi. J'ai répondu à ta question, nous sommes quittes. Dorénavant, évitons les sujets perso, on n'a pas besoin de se connaître pour bosser ensemble.

J'ai envie de me cogner le front contre le mur pour avoir satisfait sa curiosité. Ou plutôt pour avoir cédé à mon désir. Parce que mes intentions derrière sont…

Non. Même en pensée, je ne peux l'admettre.

Cette idée est complètement folle.

Enlève-toi ça de la tête, June !

– Tu comptes te marier avec lui ?

– Plus de questions.

Mon ton est presque interrogateur, loin d'être aussi ferme que je le voudrais.

– Pati m'a dit que vous sortiez ensemble depuis le collège, c'est vrai ?

C'est n'importe quoi.

Surtout, n'énonce pas à voix haute ce qui te traverse l'esprit.

C'est stupide, stupide, stupide.

– Qu'est-ce que tu comprends p…

– Allez ! On joue, me coupe-t-il. À deux vérités, un mensonge. Sinon à action ou vérité. Comme tu préfères.

C'est stupide, mais c'est MON choix.

Ma décision, ma vie, mon corps.

Mon cœur tambourine dans ma poitrine. Je crois qu'il n'a jamais battu si fort.

J'ouvre la bouche.

– Tu veux jouer ? Jouons. Mais c'est moi qui établis les règles.

25

Saul

Depuis le départ de June, je suis dans un état de catalepsie. Assis sur la banquette du salon, je fixe le vide dans une attitude figée, incapable du moindre mouvement. Je ne sais même pas comment j'ai réussi à la raccompagner jusqu'à East River à sa demande.

C'est la fille la plus déroutante que j'aie jamais connue !

– … va ?

Une voix douce s'élève dans la pièce et me sort de ma léthargie. Je tends le cou vers la source du bruit. Sevan est debout devant moi. Depuis combien de temps ? Je ne saurais dire. Il se dandine de façon maladroite, comme si mon attitude le mettait mal à l'aise. Je lui offre un sourire apaisant.

– Quoi ?

– Pour la quatrième fois, je demandais si tu allais bien ? Tu es fâché après moi ?

– Quoi ? Non, pas du tout ! Jamais. Pourquoi veux-tu que je sois fâché après toi ?

Sevan rougit et détourne le regard. D'un geste de la main, je l'invite à s'asseoir. Il obtempère et s'installe face à moi. La tristesse dans ses pupilles me vrille le cœur.

– Tu m'as vu… commence-t-il, au bord des larmes.

Confus dans un premier temps, je fronce les sourcils, avant de saisir ce dont il parle. Savannah ? Oui, je l'ai brièvement aperçue, et ? Pourquoi cela le met-il à cran ? Ce n'est rien. Je ne vais pas le gronder parce qu'il a ramené une fille à la péniche.

– Sevan, c'est tout à fait normal. Tu grandis, tu as des besoins.

Je suis vraiment en train de lui dire ça ?

Ouais, non, Saul. Arrête tout de suite.

Mon frère cligne des yeux, interloqué. Je le comprends, c'était naze comme entrée en matière. Une chance que je veuille être chirurgien, et non psychologue, je suis pitoyable dans ce rôle.

– J'ai l'impression que nous ne parlons pas de la même chose, souffle-t-il avec dépit.

Je le détrompe aussitôt.

– J'ai compris pour Savannah. Je sais qui elle est.

Des larmes bordent le coin de ses cils, et ne tardent pas à dévaler ses pommettes exsangues.

– Ça ne te dérange pas ?

– Non, voyons. Tu peux me la présenter quand tu veux, y a pas de souci. Si tu l'aimes, je l'aimerai aussi. Elle est encore là ?

Cette fois, c'est un sanglot qui noue sa gorge. Le voir si démuni me bouleverse.

– Sevan, s'il te plaît, ne te mets pas dans des états pareils.

– Tu ne comprends pas, murmure-t-il d'une voix tremblante. Savannah…

Il s'interrompt, le corps secoué de spasmes.

Cette vision me déchire les entrailles. Je saisis ses

mains entre les miennes en tentant d'accrocher son regard fuyant.

– Elle a quoi ? Dis-moi. Tu peux tout me dire, tu sais.

Un mauvais pressentiment m'assaille.

– C'est la fille d'un chef de gang, c'est ça ? BSB ou DRB ?

Ça expliquerait sa crainte de me la présenter et tous les mystères à son sujet.

– C'est moi.

– Qu-quoi ? C'est toi qui quoi ? Tu lui as…

J'allais demander s'il lui avait fait quelque chose, mais c'est impossible. On parle de Sevan, là, l'être le plus pur de la terre.

– Je suis… Savannah.

Plus aucun son ne franchit mes lèvres parce que j'ai l'impression qu'un raz de marée m'engloutit.

– Tu es… commencé-je sans pouvoir terminer ma pensée tant celle-ci serait dramatique.

Je secoue la tête. Non, non, non ! Ce n'est pas ça. J'ai mal compris.

– Transgenre, confirme-t-il à ma place, provoquant une explosion dans ma poitrine.

Une boule d'anxiété s'est logée dans ma trachée et ne me permet même plus de déglutir. C'est trop douloureux. Trop, trop douloureux.

– Je suis désolé, je suis désolé, répète-t-il dans une litanie – ou plutôt répète-t-*elle*.

Car c'est *elle*. C'est ce qu'il me dit : il est *elle*. Savannah…

Et Savannah pleure à chaudes larmes devant son frère, incapable de la consoler. Parce que moi aussi, je voudrais me rouler en boule.

J'ai si mal. Pour lui.

Elle. Pour elle. Pour Savannah.

Savannah.

J'essaie d'assimiler tout ce que cela implique, mais c'est difficile. Tout est confus dans mon esprit.

– Tu me détestes.

– Jamais ! réussis-je à formuler, la voix éraillée. Je ne te détesterai jamais.

Ça, au moins, j'en ai la certitude. C'est bien la seule chose que je sais à l'heure actuelle.

Mes yeux s'embuent, tandis que je me sens perdre la bataille. Je voulais rester fort, lui montrer que je ne suis pas ébranlé, mais c'est faux.

Je suis anéanti.

Pas parce qu'il… elle est trans, mais parce qu'on vit à Harrington. Parce que les WEN lui feront la peau s'ils le découvrent. Parce que sa vie est plus que jamais en danger. Parce que je n'ai pas été suffisamment à ses côtés.

Parce que je suis un mauvais frère…

J'aurais dû le voir, le remarquer tout de suite. Je me suis voilé la face, j'ai ignoré les signes, j'ai fait l'autruche.

– Je suis le pire des frères. C'est moi qui suis désolé. J'aurais dû comprendre.

J'aurais dû… Je ne sais ce que j'aurais dû, mais je sais que je ne l'ai pas fait.

Je n'essaie même plus d'essuyer mes joues mouillées, c'est peine perdue.

– Tellement désolé, Sevan… Savannah.

Un soupir déchiré secoue mon buste.

– Tu m'en veux ? bredouillé-je.

– Quoi ? Mais pas du tout ! Pourquoi je t'en voudrais ?

– J'ai été nul. Ça a dû être un chamboulement pour toi et…

– Tu étais parfait, me coupe-t-il. Tu es le frère que tout le monde rêve d'avoir, Saul. Le meilleur qui puisse exister.

– Mais j'ignorais que…

Enfin, si, peut-être au fond de moi. Cet instinct de surprotection qui m'a toujours animé n'est pas le fruit du hasard. Mon subconscient savait peut-être ce que je me refusais à voir.

De nouvelles larmes serpentent mon visage dévasté.

– Tu es triste que je ne sois pas la personne que tu imaginais.

Je nie farouchement d'un mouvement brusque. Ce n'est pas ça. Je suis sous le choc.

– J'ai peur.

Ses traits déjà profondément marqués par le chagrin expriment son désespoir.

– Pas de toi ! enchaîné-je. Je n'ai pas peur de toi, j'ai peur pour toi.

– La plupart des gens détestent les trans, ça les dégoûte.

– La plupart des gens sont cons !

J'inspire vivement. Il n'a pas besoin de mon apitoiement, mais de mon soutien.

– Que tu sois « il » ou « elle », Sevan ou Savannah, mon frère ou ma sœur, c'est pareil pour moi. Tu es toi, juste toi. L'être que j'aime le plus au monde. Et ça ne changera jamais.

Un chuintement quitte ses lèvres, comme s'il... si elle retenait sa respiration depuis trop longtemps.

Je me gratte la tête, soudain gêné.

– Est-ce que… je… je dois dire « il » ou « elle » ? Ou…

Je me tais de peur de faire une bourde.

– Elle. Savannah Fox. Ta sœur.

– Ma sœur…

Cela me fait bizarre, je mentirais si j'affirmais le contraire. Pendant treize ans, je l'ai identifiée comme mon frère. Ce n'est pas quelque chose qu'on oublie en une fraction de seconde.

Un tremblement de terre m'aurait moins secoué.

– J'aurai peut-être quelques ratés, la préviens-je. Le temps que mon cerveau s'habitue.

Et que moi, je me fasse à l'idée…

Une sœur. J'ai une sœur.

Dans une autre vie, loin de West River, cela aurait pu me remplir de joie. Là, je suis juste terrifié. Déjà, avoir une sœur de ce côté de la ville, ça craint. L'insécurité est trop grande pour ne pas flipper sans cesse pour elle. Mais vivre en tant que femme trans alors qu'on est entourée de transphobes machistes et violents, c'est se balader avec une cible dans le dos.

– Tant qu'on vit ici, ça ne doit jamais se savoir. C'est compris ?

Elle frissonne devant la sévérité de mon ton, mais acquiesce avec conviction.

– Je sais.

– Mais quand on est ensemble, rien que tous les deux, j'aimerais que tu sois toi-même. Sevan pour les autres, Savannah pour toi et moi.

Ma sœur éclate en sanglots. Merde, j'ai sûrement dit une connerie !

– Désolé. Je suis désolé, Sev… Savannah. Je suis maladroit, je ne voulais pas te faire de la peine.

– Je suis heureuse. De partager ce secret avec toi, ça me rend heureuse. Je peux… je peux me changer ?

J'opine, ému par le sourire qui éclaire son beau visage. Je me rends compte que je pourrais tuer pour ce sourire. Pour que jamais personne ne le lui enlève.

– Je reviens, me prévient-elle, un sourire ravi fendant son visage.

D'un œil attendri, je l'observe s'engouffrer dans sa chambre.

Quelques instants plus tard, elle réapparaît. Ses cheveux d'ordinaire noués en man bun cascadent librement sur ses épaules. Ils sont plus longs que je ne me le figurais. Lorsqu'elle est coiffée, cela accentue l'ovale délicat de son visage. Elle porte une robe noire à manches longues qui lui tombe au-dessus du genou et ses lèvres brillent sous l'effet d'un gloss. J'analyse ses traits qui me sont si familiers. Ses grands yeux de biche, la manière dont elle plisse la bouche, son port de tête altier, toutes ses mimiques adorables qui la caractérisent.

C'est toujours la personne que j'ai connue, et pourtant c'est différent. Je la perçois maintenant sous un nouveau jour, sans le prisme de l'hétéronormalité qui m'aveuglait. C'était là, discret, mais sous mon nez. Sa sensibilité accrue, sa douceur, sa part de féminité qu'elle n'a jamais vraiment cachée en ma présence. Mais je mettais ça sur le compte de sa personnalité lumineuse et hors norme.

Jamais je n'aurais songé à…

Ou bien si ? Mais je préférais l'ignorer ?

C'est tellement le bordel dans ma tête.

Ses lèvres s'incurvent en un sourire timoré lorsqu'elle prend place face à moi. Je me retiens à nouveau de chialer comme un môme. Un maelström d'émotions s'empare de moi. J'ai la sensation qu'un poids immense vient de m'écraser les épaules. Je suis tellement stressé au sujet de son avenir qu'une partie de moi aurait malgré tout souhaité que rien de tout ça n'arrive, que les choses restent comme avant. Mais ce n'est pas le cas, et je dois la protéger coûte que coûte. C'est mon rôle de grand frère.

– T'es magnifique… lui assuré-je en reniflant, la gorge nouée.

– Tu vas encore pleurer ? s'enquiert-elle. Parce que si tu pleures, je pleure.

Je lâche un ricanement qui ressemble plus à un sanglot étouffé.

Je dois trouver le moyen, quel qu'il soit, de nous sortir de cette ville et de mettre Savannah à l'abri avant que son secret s'ébruite. Déjà que beaucoup considèrent qu'elle n'est pas l'enfant légitime de Chayton Fox, mais le rejeton d'un Snake. Ce qui est ridicule, de mon point de vue. Je suis quasi certain qu'ils se gourent. Ces abrutis sont bien trop débiles pour se remettre en question. D'après ce que j'ai compris, l'amant de ma mère était noir. Or le teint mat de Savannah, ses cheveux raides et aussi noirs que les plumes d'un corbeau, ainsi que la forme en amande de ses yeux, lui viennent clairement du daron. Ce dernier est un descendant des Potéouatamis et des Ojibwés, des tribus originaires des Grands Lacs. Je ne connais pas bien l'histoire de nos ancêtres, mon vieux n'ayant jamais été volubile sur le sujet. Toujours est-il que même si elle ne possède pas la physionomie dure du daron, il ne fait aucun doute qu'elle est de son sang. Quant aux iris de Sev… Savannah, ils sont du même doré que ceux de notre défunte mère. Une Anglaise venue s'installer aux États-Unis pour ses études, et qui a eu le malheur de tomber sous le charme d'un chef de gang. Mon frère – non, ma sœur ! – possède aussi sa douceur et sa gentillesse.

– C'est juste une poussière dans l'œil, le rassuré-je après avoir longuement soufflé pour me ressaisir.

– Une grosse poutre, alors, souligne-t-elle.

– Ouais, tout un échafaudage. Mais ça va, je gère.

Je renifle pour reprendre contenance tandis que Savannah m'explique ce qu'elle a traversé. Quand et comment elle a compris que son genre de naissance ne correspondait pas à son identité réelle. Il y avait un fossé entre la façon dont elle se percevait et l'image que lui renvoyaient les autres. Mais le déclic s'est véritablement opéré il y a quelques mois avec les changements physiques liés à l'adolescence. Elle me décrit, avec une sorte de résignation fataliste qui me déchire les entrailles, le sentiment persistant de malaise auquel elle est en proie. Le rejet, le déni, le dégoût de soi-même. Ainsi, le reflet du miroir est souvent un supplice. Elle me précise que ce n'est pas une question de sexualité, qu'elle est encore trop jeune pour cela, seulement une volonté d'être soi-même. Que c'est difficile, que ça la terrorise. Malgré tout, les occasions où elle peut s'habiller selon les codes féminins lui permettent de ressentir quelques instants de joie dans cette réalité complexe. Ses propos sont si adultes que j'en oublie son âge. Elle est plus mature que je ne le serai jamais.

Nous conversons à cœur ouvert toute la soirée. Plus le temps file, plus ma nervosité s'estompe. Je suis moins empoté et plus à l'aise. Qu'importe son identité de genre, c'est ma famille, ma vie. Son caractère est le même, et l'amour que je lui porte, aussi.

Après un silence, elle m'informe qu'elle va se changer. Sa crainte d'être découverte la rattrape. Elle a raison. Même si notre daron n'est pas là, vu l'heure avancée, n'importe quel WEN pourrait débarquer pour squatter notre banquette. Ce serait une catastrophe terrible si l'un d'eux venait à découvrir Savannah.

Lorsqu'elle revient, ses traits familiers sont de nouveau dépourvus de maquillage. Pourtant, à présent, je la vois telle qu'elle est vraiment. Telle que j'aurais dû la percevoir depuis longtemps.

– Dis… hésite-t-elle en lavant la poêle dans l'évier, si un jour, je… Si un jour, j'ai la possibilité de poursuivre ma transition par un traitement hormonal ou une opération, est-ce que tu…

Je lui ébouriffe les cheveux.

– Ton corps, tes choix, ta vie.

J'espère juste que ce sera dans longtemps. Et parvenir avant à l'extirper de cet endroit de malheur.

Elle soupire. Mélange de soulagement et de fatalité.

– Assez parlé de moi. Tu as faim ?

– Toujours.

– C'est parti pour le plat du chef.

Je ne lui demande pas ce qu'elle compte préparer. Elle ne sait rien cuisiner, excepté l'omelette et le bacon – dont elle maîtrise la cuisson à la perfection, je le reconnais.

– Sinon… si tu n'étais pas contrarié à cause de moi

tout à l'heure, pourquoi tu boguais en fixant un nœud du lambris avec l'envie de le pulvériser ?

– Rien. C'est juste… rien.

– C'est à cause de la jolie Easty ? en déduit-elle.

Je ricane. Jolie ? Ce n'est pas un adjectif qui lui convient. Elle n'est pas jolie, elle est… tout autre chose. Elle possède une beauté froide. Désarmante, irrésistible. Mortelle. C'est une veuve noire qui dévore ses amants après avoir obtenu ce qu'elle désire.

Ai-je l'intention d'accepter son deal ?

J'aimerais formuler un non catégorique. Sauf que je ne suis pas vraiment en position de refuser. Ou si ? D'ailleurs, ai-je réellement envie de l'envoyer balader ? Elle m'a tellement pris au dépourvu avec sa proposition que mon esprit est complètement embrouillé. J'ai besoin de garder la tête froide. Je ne dois pas laisser mes états d'âme me gouverner. Sur le coup, ma seule réponse à sa demande saugrenue a été de lui rire au nez et de la raccompagner chez elle en soulignant que l'air de West River lui avait grillé les neurones.

Pourtant, à y réfléchir…

Non. C'est idiot.

Ça m'attirera plus d'emmerdes qu'autre chose.

– Elle te fait tant d'effet que ça ? se gausse ma petite sœur lorsqu'elle me voit de nouveau plongé dans mes pensées.

– Tu sais que je dois faire un rapport à Nichols sur certains élèves du lycée ? June est la première sur la liste puisque c'est la fille du maire, et ses potes sont les suivants.

Je soupire.

– J'ai peut-être la possibilité d'en découvrir plus sur eux. Et rapidement. Mais il y a une contrepartie.

– Quel genre de contrepartie ? s'enquiert Savannah avec prudence.

– Le genre où tu ne sais pas si c'est une aubaine incroyable ou si c'est un truc foireux qui va t'exploser à la figure.

– Et que dit ton instinct ?

Je ne peux pas m'y fier. Je crois qu'à l'heure actuelle, mon instinct est contrôlé par ma bite.

– June est OK pour répondre à des questions que je lui soumettrai. Sous conditions. Pour commencer, elle ne m'a pas précisé le nombre de questions et se garde le droit au silence si l'une d'elles ne lui convient pas. Et en échange, elle veut que… je l'initie au sexe.

L'énoncer à haute voix rend sa proposition – si on peut la nommer ainsi – encore plus absurde.

De tous les mecs qui existent sur terre, pourquoi en choisir un qu'elle déteste ? C'est quoi son but ? Parce qu'il est évident qu'elle en a un. Autre que celui de perdre sa virginité.

***

Au moment du coucher, trop d'émotions m'envahissent pour que je puisse trouver le sommeil. J'ai parcouru tous les sites parlant de l'identité de genre que j'ai pu trouver. Je suis encore plus embrouillé qu'avant. C'est vraiment dur de tout assimiler, tant tout me paraît nouveau.

« Transgenre », un mot que tout le monde connaît, mais qui est pourtant méconnu de la majorité. On croit savoir. Or, on ne sait rien. « Il existe autant de transidentités que de personnes transgenres[1]. » Chaque individu a sa perception, sa sensibilité, son propre parcours.

Un terme revient sans cesse : « soutien ». C'est primordial pour que le mental suive, pour aider les personnes concernées à traverser les épreuves et les discriminations auxquelles elles font face. Et je serai ce soutien pour Savannah. Du moins, je ferai de mon mieux. J'espère qu'elle saura me pardonner et être patiente si je foire un peu.

Le « elle » n'est pas encore instinctif, l'appeler Savannah non plus. Je dois entraîner mon cerveau, l'obliger à se concentrer sur ces mots afin que cela devienne naturel. Je ne doute pas d'y parvenir, tout est une question d'habitude.

Ce n'est pas ça qui m'effraie et m'empêche de dormir, c'est tout ce que cette révélation implique.

J'ai une sœur trans. Que je dois protéger. Et je me rends compte que mon plan n'en est pas un. Il dépend d'un trop grand nombre d'impondérables. Beaucoup de « si », et peu de certitudes, hormis celle qu'on doit se barrer. J'ai environ mille dollars de côté. Avec ça, on pourrait rouler jusqu'à la côte est, se fondre dans la ville de New York, par exemple. Essence, motel, nourriture. Combien de temps on survivrait ? Deux mineurs en cavale, quelles sont nos chances ? Dans l'hypothèse, bien sûr, que les WEN nous laissent partir. Et ça ne risque pas d'arriver de sitôt.

On en revient donc au point de départ. Il faut que Savannah reste discrète. Personne d'autre ne doit

---

1. Aline Alzetta-Tatone, *Transidentités, les clés pour comprendre*, In Press, 2022.

apprendre son existence. Ensuite, je dois gagner plus d'argent. Avec cinq mille dollars, on pourrait déjà voir venir. Puis, j'aimerais aussi passer mon bac. C'est vrai, ça paraît égoïste au vu du contexte actuel. Mais mes études me fourniront par la suite un travail stable et rentable. Je veux un avenir. Un vrai.

Je passe une main agacée dans mes cheveux.

Quelques mois. On doit tenir encore quelques mois. Après l'obtention de mon bac, on se tire. D'ici là, Savannah fera profil bas, je récolterai des infos pour les WEN et… je vendrai mon âme au diable, si ça nous permet de nous en sortir.

J'agrippe l'oreiller et le plaque sur mon visage pour étouffer le cri de rage qui monte dans ma gorge. L'instant suivant, je m'empare de mon téléphone, puis clique sur la liste des contacts. Le premier nom qui apparaît est celui de Penny. Il est tard, j'hésite à lancer l'appel. Je n'ai pas l'intention de lui raconter quoi que ce soit au sujet de Savannah, j'ai seulement besoin de mon amie. De discuter de tout et de rien, de me changer les idées, et de prendre des nouvelles.

Après quelques sonneries dans le vide, la communication s'interrompt d'elle-même. Je réitère. Il est une heure, j'abuse, je devrais laisser tomber. Pourtant mon doigt a déjà rappuyé sur l'icône.

– Allô… répond une voix éraillée.

– Tu dors ou t'es stone ?

Un crissement me répond, suivi d'un boum retentissant.

– Penny ? Penny, ça va ?

Après un moment, elle chuchote, hilare :

– Oh, putain, Saul, je me suis défoncé le cul !

– Je ne demandais pas une explication si précise.

– Pas comme ça. Enfin, si, comme ça aussi, mais ça, c'était t'à l'heure.

– Trop d'informations.

Elle rit.

– Ouais, je t'épargne les détails alors.

Un sourire étire mes lèvres.

– De préférence.

– Je me suis viandée dans l'escalier. La dernière marche a été fatale. J'ai mal au cul.

– J'aime entendre ton rire.

– Qu'est-ce qui va pas ?

– Rien. Je me rends compte que ça fait longtemps que je t'ai pas entendue rire, c'est tout.

Et c'est vrai. Penny ne rit plus comme avant.

– Saul, le sentimentaliste, c'est nouveau ça.

Elle parle bas, si bien que je dois me concentrer pour comprendre ses paroles.

Dans le bruit de fond, je discerne la voix de plusieurs hommes.

– Quarante dollars, dit-elle à l'un d'eux. Mais je peux vous faire un prix de groupe, pour toi et tes potes.

Ma gorge se serre.

– Fais attention à toi, Penny. D'accord ?

– C'est trop tard pour ça, crois-je l'entendre murmurer avant que la communication se coupe.

Je pousse un soupir accablé. Face à elle aussi, je suis démuni. Ce sentiment est si frustrant.

Rien ne va comme je veux, rien ne progresse dans le sens que je veux.

Même avec June, je n'ai pas le sentiment de maîtriser quoi que ce soit. C'est elle qui tient les rênes, c'est elle qui mène la danse. Sa demande cache quelque chose.

Un guet-apens peut-être ? Un pari sordide ? Peu importe ce que c'est, je suis certain d'être perdant.

Informations ou pas, je ne me laisserai pas marcher sur les pieds. Et j'ai déjà ma petite idée sur la manière dont je dois m'y prendre demain avec elle…

26

June

Parfois, je m'interroge sur l'état de ma santé mentale. L'enfermement, le froid et l'odeur nauséabonde de la cave ont possiblement engendré des dommages dans mon cerveau. Un effet secondaire imprévu.

Saul a peut-être raison, finalement. Depuis le début du cours, je rumine en boucle sa réaction. Elle occupe non-stop mes pensées, et je n'arrive pas à me concentrer sur autre chose. Ma situation est aussi aléatoire et dangereuse que celle d'un unijambiste suspendu à plusieurs mètres au-dessus du sol sans aucun filet de réception pour amortir la chute. Comment ai-je pu avoir l'audace, l'inconséquence, la folie d'exiger de Saul qu'il couche avec moi ?

Sur le moment, cette proposition m'a paru sensée. Enfin, « sensée » n'est peut-être pas le mot adéquat, mais j'ai sérieusement envisagé cette hypothèse. Et je l'envisage toujours. Ce qui en dit long sur moi… Plus j'y réfléchis, plus cela me semble… Je ne sais pas. Un compromis intéressant ? Un échange équitable ? Une idée tordue tirée d'un esprit tout aussi tordu ? Ça, c'est certain.

Ça peut paraître fou. D'accord, c'est fou. Cependant, cette perspective me grise. J'ai la possibilité de choisir.

Pour la première fois de ma vie, j'ai l'occasion de décider moi-même le « qui » et le « comment ». Je n'ai pas le souvenir d'en avoir eu l'occasion auparavant. Tout, absolument tout, est régenté par mon père. Je fais souvent la maligne avec Megan en me moquant de sa garde-robe qui n'est pas aussi fournie que la mienne. Sauf qu'en réalité, mes vêtements sont pour la plupart sélectionnés par le grand Joseph Harrington. Il supervise tout. Mes habits, mes loisirs, mon alimentation, mon orientation, mes amis, mon futur mari, mon avenir. Ma vie. Il me « conseille » sur chaque chose de mon quotidien d'un œil critique et acéré. Mais pas toujours avisé. Et surtout pas dans mon intérêt, uniquement dans le sien.

Alors, dès qu'un moyen d'émancipation se présente, je le saisis. Qu'il soit bon ou mauvais. Un acte de plus de rébellion diront certains, ce qui n'est peut-être pas faux. Choisir un Westy est culotté. Mais maintenant que cette image s'est invitée dans mon esprit, je ne vois personne d'autre que Saul pour ma première fois. Avec lui, je suis assurée qu'il n'y aura aucune attache. Je ne cherche ni un petit ami ni une relation secrète. Je veux seulement m'approprier mon corps. Choisir. Décider. Des actions basiques qui me sont interdites. Je ne sais pas si c'est raisonnable ou complètement idiot, et je me fiche de le savoir.

C'est mon choix, ma décision.

Du sexe sans sentiments. Cela ne devrait pas être difficile, je n'ai jamais aimé personne. Je doute même d'en être capable. Quant à Saul, il ne me porte pas dans son cœur. Ce qui est parfait. Autre élément qui fait pencher la balance : sa beauté. On ne va pas se mentir, ce mec est canon. Or, je suis suffisamment superficielle pour prendre en compte ce détail. Et puis, il y a aussi ce goût de l'interdit. Ça m'enivre, m'excite.

Voilà pourquoi cette idée, de prime abord grotesque, perturbe mes pensées au point que je ne suis plus capable de me focaliser sur autre chose.

Je peux comprendre qu'il ait été surpris. Je l'ai été autant que lui, si ce n'est plus. Ce n'est pas comme si j'avais cogité sur la question des heures entières. Quasiment au moment où l'idée m'a traversé l'esprit, j'en ai fait part à Saul, je n'ai pas tergiversé de peur de me dégonfler. Et ma requête a été quelque peu directe, je le concède. Après, ce n'est pas comme si j'exprimais ce genre de proposition tous les quatre matins. Y a-t-il une formulation standard dans ce cas de figure ? Je l'ignore. Du coup, j'ai été au plus simple : « Tu veux jouer ? Jouons, mais c'est moi qui établis les règles. Tu couches avec moi et je réponds à certaines de tes questions. OK ? » De cette manière, il assouvit sa curiosité, et moi, je prends le contrôle de mon corps. Un marché loyal où chaque partie trouve satisfaction.

Cependant, dans ma précipitation, je n'avais pas prévu sa réaction. Son expression ahurie, ses yeux horrifiés, puis ce sourire qui a incurvé ses jolies lèvres pour finalement laisser place à un rire détestable. Que m'a-t-il balancé avant de rassembler mes affaires parce qu'il était temps, selon lui, que je parte ? Ah oui : que l'air de West River m'avait grillé les neurones.

Là où il se trompe, c'est que ce n'est pas dû à l'air de West River. Même si je ne conteste pas que celui-ci est vicié. Si j'en viens à de telles extrémités, c'est parce que je n'ai pas d'autre option.

J'ai beau ressasser les dernières minutes de notre

entrevue, je ne parviens pas à déchiffrer ses sentiments profonds. Le choc, l'incrédulité ainsi qu'une forme de colère sourde. Ça, oui. C'était facilement identifiable. Il a cru que je me moquais de lui. Mais ça ne m'informe pas pour autant sur ses intentions. Si je lui confirme que ma suggestion est sérieuse, sera-t-il partant pour ce deal, passé l'effet de surprise ? Ou va-t-il m'envoyer bouler avec un air dégoûté ?

Je ne me suis jamais pris de râteau. Et je ne compte pas tenter l'expérience, ni aujourd'hui ni jamais. Le mieux est de laisser tomber cette histoire. C'était stupide.

– June ? J'attends ta réponse ! s'agace M. Beckman, notre professeur de mathématiques.

Depuis combien de temps je suis dans les vapes ? J'avais complètement oublié que j'étais en classe. Je n'ai pas écouté un traître mot du cours. Je me sens désorientée. Tous les regards convergent vers moi. La plupart sont étonnés. Ce n'est pas dans mon habitude d'être distraite ou de ne pas répondre. Encore faudrait-il que je connaisse la question. Le tableau est vierge, mon ordinateur éteint. Je n'ai aucune donnée pour me renseigner.

– Tu sèches ? Personne pour l'aider ?

– La relativité générale est une extension de la relativité restreinte. Ce qui la différencie, c'est qu'elle inclut les phénomènes liés à la gravitation, intervient Saul.

Encore lui. Même pendant le cours de maths, il faut qu'il soit là. Et qu'il la ramène. Ça ne lui suffit pas d'encombrer mes pensées, il faut aussi qu'il envahisse mon quotidien ? Il est présent partout. Tout le temps. Aussi agaçant qu'une mouche d'automne.

Je le déteste.

Il me décoche un clin d'œil insolent. J'ai envie de lui faire ravaler son arrogance.

On ne s'est pas reparlé depuis qu'il nous a raccompagnés, moi et mes neurones grillés, jusqu'au pont d'Howl River. Cependant, nos regards se sont croisés plus d'une fois. D'ailleurs, à l'heure du déjeuner, le sien était en permanence fixé sur moi. À tel point qu'Ethan a fini par s'énerver. J'ai cru qu'il allait lui rentrer dedans. Puis, non. Au dernier moment, il a décrété qu'il ne voulait pas se salir les mains avec un 3B. Je le soupçonne toutefois d'avoir paniqué face à la mine féroce et nullement impressionnée de Saul. C'est comme si le Westy le défiait d'agir. Ethan est costaud, une vraie baraque, mais il ne s'est jamais battu, à la différence de Saul qui semble rompu à l'exercice.

Je me rencogne contre le dossier de ma chaise tout en essayant d'afficher une expression neutre. Je ne lui ferai pas le plaisir d'exprimer la moindre émotion.

Je trouverai quelqu'un d'autre. Un mec capable de discrétion, sans attaches et aussi canon que Saul. Ou presque aussi canon. Enfin, je trouverai bien quelqu'un de potable pour me dépu… Le mieux encore est que j'oublie cette lubie débile. Ce n'est ni plus ni moins qu'un caprice. Ethan n'est pas pire qu'un autre. C'est mon futur fiancé et mari, autant que je m'y fasse et que j'accepte mon destin. C'est plus logique. On ne fait pas toujours ce qu'on veut dans la vie. Les mariages arrangés existent depuis la nuit des temps. Je ne suis ni la première ni la dernière. Et puis, Ethan n'est pas moche. Et une fois mariée, je ne serai plus sous le joug de mon père. Je pourrai acquérir mon indépendance. Voilà. Ces fiançailles briseront mes chaînes.

Sauf que j'en aurai de nouvelles. Avec un homme que je n'aime pas.

Tant pis. Je prendrai un amant.

Aussitôt, l'image de Saul se dessine sous mes paupières. Je bats des cils pour chasser cette vision.

Lorsque sonne la fin de la séance, je me lève d'un bond, pressée de rentrer chez moi et de mettre le plus de distance possible entre le Westy et moi. Avant de récupérer mes affaires dans mon casier, je fais un crochet : ma microvessie réclame d'être vidangée. Alors que je parviens devant les toilettes, un bras s'enroule autour de ma taille, m'entraîne à l'intérieur tandis que le battant se referme avec brusquerie.

Effarée, j'observe Saul qui me bloque entre l'une des trois grandes vasques bleues et le sèche-mains. Ses paumes à plat sur le mur gris en béton ciré encadrent ma tête. Mon cœur rate un battement. Malgré tout, je lève le menton et le toise avec mépris.

– Ce ne sont pas des toilettes mixtes, tu n'es pas autorisé à t'introduire ici ! Garde tes manières de 3B pervers pour West River et ôte-toi de mon chemin !

Je suis presque sûre que le lieu est désert, mais je panique à l'idée qu'on nous surprenne.

Il me répond par un rictus belliqueux. Nous sommes si proches que ma poitrine frôle son torse à chacune de mes respirations saccadées. Son souffle balaie le mien alors qu'il se rapproche. Encore. Encore. Sa bouche à quelques millimètres seulement de la mienne.

Je retiens mon souffle.

– Quoi ? Ce n'est pas ce que tu veux ? Mon corps sur

le tien. Ma peau contre ta peau. Moi te caressant là où personne ne s'est jamais aventuré.

Un frisson que je ne peux contenir me secoue. Mon cœur explose dans ma poitrine. Je vais mourir d'une combustion spontanée après avoir entendu cette simple phrase.

Il ne me touche pas, n'amorce pas un geste, pourtant la chaleur de son corps tout près de moi suffit à m'embraser. Ma peau se couvre de chair de poule, comme si elle aussi brûlait d'impatience d'être caressée. Ses mains sont toujours plaquées contre le mur, de part et d'autre de ma tête. Il penche la sienne sur le côté, comme s'il allait m'embrasser.

– On pourrait nous voir, chuchoté-je.

Mon cerveau n'étant plus en état de fonctionner, c'est la seule réponse que je réussis à formuler.

– Hum ?

Il ancre ses iris d'obsidienne dans les miens. Je cille sous son regard de braise, les flammes de l'enfer miroitent dans ses prunelles. Ce mec est un danger. Tous mes signaux d'alerte sont au rouge. Mais c'est trop tard.

– Ah… Tu t'inquiètes que la fille du maire soit prise en flagrant délit avec un 3B ? Ça serait mauvais pour ton image, en effet, se moque-t-il avec une pointe d'amertume dans la voix.

Sur ces paroles, il s'éloigne. Mes jambes vacillent, un soupir audible m'échappe. De soulagement, de déception, je ne sais pas trop. Je ne suis plus capable de réfléchir.

Sauf que Saul n'en a pas fini avec moi.

Les yeux écarquillés, je l'observe vérifier derrière

chaque battant que personne ne s'y trouve, puis s'emparer du balai laissé dans un coin avec le matériel de ménage. À l'aide du manche, il coince la poignée de la porte principale. Sa tâche exécutée, il se tourne vers moi. Une émotion indéchiffrable éclaire ses pupilles dilatées. Les mâchoires contractées, il me dévisage d'une manière si intense qu'il me donne envie de me recroqueviller.

Je déglutis.

Est-ce vraiment ce que je veux ? De cette manière ? Dans cet endroit ?

Mon pouls s'agite avec tant de violence qu'une nausée me saisit.

– Tu veux toujours que je te dépucelle, princesse ?

27

Saul

J'ignore les motivations de June, mais je suis bien décidé à lui montrer que je ne suis pas sa poupée malléable. Quand j'ai pris la décision de lui donner une leçon, mon but était clair. Je déteste qu'on se moque de moi, et c'est assurément ce qu'elle fait. Sinon pourquoi cette proposition ? Si elle veut jouer, je ne serai pas un simple pion sur son échiquier. J'ai ma dose avec les WEN. Et tant pis si je dois trimer pour dénicher des infos sur elle et son groupe de bouffons. J'ai mon intégrité, mon honneur. Je ne me plierai pas à ses règles. Quelles qu'elles soient.

Cependant, je n'étais pas préparé à ressentir une émotion aussi… forte. Son corps tout près du mien m'appelle. Ses tétons qui pointent à travers l'étoffe de son chemisier et qui me frôlent à chacune de ses respirations erratiques rendent ma queue raide. Je lutte contre un désir irrépressible. Malgré moi, j'en veux plus. Je la veux sous moi, sur moi, je veux la sentir autour de moi.

Je sens son corps vibrer contre le mien avec impatience, fébrilité. Et crainte. Je lis en elle comme dans un livre ouvert. Peur, ressentiment, confusion, désir. Ses expressions faciales parlent pour elle. Néanmoins, depuis son apparition à la télévision, je perçois toujours dans son regard des émotions qui ne devraient pas hanter une Easty comme elle. La solitude, la souffrance, la fatalité. Des sentiments qui me sont bien trop familiers tant j'en suis coutumier.

Dans ses iris, je vois le reflet de mon âme.

Ce qui est… incompréhensible. Illogique. Insensé. Comment cela peut-il être possible ?

Cette sensation me déstabilise. Je sais bien que l'argent n'est pas le garant du bonheur, mais elle vit littéralement dans une cage dorée. Elle roule en Aston Martin, sa baraque doit faire la taille de mon ancien lycée, elle est entourée d'une ribambelle d'amis qui lui lèchent son cul de princesse à longueur de journée. Quant à ses parents, j'imagine qu'ils se plient en quatre pour satisfaire ses caprices d'adolescente. Alors, qu'est-ce qui cloche chez elle ? D'où vient cet éclat d'amertume, de douleur et d'effroi que je perçois sous sa couche d'arrogance ? Est-ce moi qui me projette en elle pour une raison qui m'échappe ?

Je plonge mes yeux dans les siens. C'est là, tapi en profondeur. Une tristesse si ancrée qu'elle m'ôte toute envie de la titiller.

Ou presque.

– Tu veux toujours que je te dépucelle, princesse ?

Elle ne répond pas. Et tente de fuir mon regard perçant. Elle chancelle un instant tandis que je m'éloigne dans un ricanement moqueur, pour lui faire comprendre que je ne lui proposais cela que pour la pousser dans ses retranchements. Mais en vérité, ce ricanement ne lui est pas entièrement destiné. Il est aussi pour moi. Parce que je suis un enfoiré qui bande pour elle et parce que la curiosité me dévore. Je devrais m'en foutre, sauf que je rêve de découvrir ce qui se cache derrière ses airs de pimbêche condescendante. Et cela n'a rien à voir avec la mission de Nichols.

Elle est comme un puzzle incomplet.

Frustrante. Perturbante. Intrigante.

J'ai besoin de trouver la pièce manquante pour comprendre les rouages de son cerveau.

– Attends. Je… Je le veux toujours, murmure-t-elle d'une voix à peine audible.

Interdit, je me fige pendant un instant et ma respiration se coupe. Je pourrais croire avoir mal entendu si sa réponse ne résonnait pas en moi, tel un écho assourdissant. Puis, je sens la colère sourdre. Je pivote et darde sur elle un regard féroce.

– Sans façon.

Mon ton est cinglant, pourtant elle ne se démonte pas. Elle déglutit, mais ne baisse pas les yeux.

– Tu… bandes encore… relève-t-elle avec une pointe de défi.

Elle a du cran, c'est certain.

– Et ? N'y vois aucun intérêt quelconque pour ta petite personne parce qu'il n'y en a pas. C'est juste un mécanisme physiologique en réaction à un stimulus. Même une pucelle devrait savoir ça. Pour info : quand je me branle dans une chaussette, je bande aussi.

Ma comparaison froisse son ego. Elle se décompose une fraction de seconde, ses longs cils s'abaissent avant qu'elle redresse la tête, le menton bien haut. Il ne faudrait pas que sa couronne de princesse dégringole.

– Qu'est-ce qui ne tourne pas rond chez toi, bordel ? T'as un mec, demande-lui ! À moins que ce soit un de ces jeux débiles que vous avez inventés avec tes potes attardés ? Un pari, peut-être ?

– Je ne peux pas en discuter ici. Pas maintenant.

Elle soupire.

– Chez toi. Passe me chercher au pont d'Howl River à seize heures, ajoute-t-elle.

Sur cette déclaration, elle me dépasse, retire le balai qui coince la poignée de la porte et se faufile à l'extérieur, me laissant comme un con à fixer le battant qui se referme derrière elle.

C'est bien un ordre qu'elle vient de me lancer ?

Incroyable. Même en position de faiblesse, elle parvient à maintenir une attitude hautaine de petite peste et à s'exprimer avec autorité. Si je n'étais pas si sidéré par son culot, j'admirerais ce tour de force : la façon dont elle a réussi à inverser les rôles pour reprendre l'ascendant sur moi.

Je regarde l'heure tout en progressant d'un pas vif vers la sortie. J'ai juste le temps de rentrer en bus et de récupérer ma bécane pour passer prendre June à notre point de rendez-vous.

Le bus mis à notre disposition est le seul de toute l'école. Il n'y a que les élèves originaires de West River qui prennent ce moyen de transport, puisque nous ne sommes pas autorisés à pénétrer dans l'enceinte d'East River avec notre propre véhicule. Les Easties, en revanche, sont tous motorisés. Aux heures de pointe, le parking du lycée est un défilé de voitures toutes plus belles et plus chères les unes que les autres. On se croirait dans un salon de l'automobile de luxe.

Je contracte les mâchoires à la vue d'un groupe d'Easties un peu trop excités. Chaque montée, chaque descente du bus se déroule sous leurs huées. Mes poings me démangent, j'irais bien en cogner un ou deux pour l'exemple. Je suis à cran depuis hier et la révélation de Savannah. Encaisser la nouvelle est plus difficile que je le pensais. J'ai si peur pour elle que j'ai l'impression d'être sur le point de perdre la tête à tout moment. Heureusement pour ces abrutis d'Easties, j'ai assez de jugeote pour réfréner mes pulsions. Cela dit, il n'est pas impossible qu'une bricole leur arrive un jour. Un malencontreux accident, évidemment.

D'ailleurs, c'est avec un rictus sardonique que j'observe Ethan, le bagarreur en carton, s'acharner sur son volant. Il tape dessus, trifouille je ne sais quoi, puis retape dessus, comme si sa voiture allait démarrer, impressionnée par son incroyable démonstration de virilité.

Cela ne risque pas. Je m'en suis chargé.

Être doué en mécanique est indispensable à West River. Nous avons tous des connaissances dans le domaine, soit pour réparer nos propres bagnoles, soit pour voler celles des autres. Les plus agiles les démontent carrément sur place. La revente de pièces détachées est un business juteux.

Je glisse ma main dans ma poche et serre entre mes doigts le fusible de démarrage que je me suis amusé à lui piquer après le déjeuner. Ses regards et ses commentaires durant la pause du midi m'ont chauffé. Et c'est ainsi qu'une idée a germé. Je compte bien faire d'une pierre trois coups :

Me venger.

Mettre le bouffon en confiance et ainsi lui soutirer des infos, au besoin.

Me faire du fric sur son dos.

Et tout ça, sans qu'il en ait conscience. Ce qui satisfait au plus haut point mon côté mesquin et rancunier.

Je m'approche de sa Porsche 4x4 rutilante et tape au carreau. Il sursaute, puis baisse sa vitre malgré la circonspection qui étire ses traits.

– Un souci ?

– Elle ne veut pas démarrer, elle sort du garage pourtant, rumine-t-il entre ses dents serrées.

– Je peux jeter un œil si tu es OK ?

Bien que suspicieux, il accepte d'un signe du menton.

– C'est vrai ce qu'on dit ? Que tous les Westies sont forts en mécanique ?

Je confirme d'un rictus énigmatique et dissimule un rire lorsque je glisse ma tête sous son capot. Pour la forme, je fais semblant de bidouiller quelques instants, puis lui demande de démarrer après avoir remis la pièce manquante. Le moteur vrombit aussitôt.

– Yo, mec ! Bien joué ! s'esclaffe-t-il, toute méfiance envolée.

– Ouais, mais ne te réjouis pas trop vite, elle va te refaire le même coup d'ici peu. Un problème du circuit électrique, affirmé-je, sachant qu'il n'a aucune idée de ce dont je parle et qu'il n'ira probablement pas vérifier si ce que j'invente est vrai.

– Merde, c'est grave ?

– Tu peux commander les pièces, t'inquiète. Mais comme elles sont fabriquées en Europe, tu risques d'attendre plusieurs semaines avant d'être livré.

À son expression contrariée, je masque un sourire.

– Sinon, si t'es pressé, je peux te dénicher ce qu'il te faut d'ici demain matin et te la réparer moi-même. Je suis plutôt bon mécano.

Je hausse les épaules devant sa mine sceptique.

– Comme tu veux, soupiré-je en feignant de m'éloigner.

– Attends. Où tu récupères les pièces ? Tu ne vas pas bousiller mon bébé, hein ?

– Je viens de t'aider à la démarrer à l'instant, non ? Quant à la provenance des pièces, à West River tout se trouve si tu sais où chercher.

Ses sourcils se froncent sous la réflexion. Il a vraiment une tête d'abruti fini.

– C'est OK, accepte-t-il.

C'était plus facile que je l'imaginais.

Je tends ma paume. Ce débile la serre, supposant que c'est ce que j'attends. Je le détrompe en balayant sa poignée de main d'un geste écœuré.

– Pour les acheter, il me faut du fric. Tu te figures quand même pas que c'est moi qui vais les payer, si ?

Il se racle la gorge.

– J'ai pas beaucoup d'argent sur moi. Tu as besoin de combien ?

Il sort son portefeuille. À peine celui-ci est-il ouvert qu'une liasse de billets en dégueule. Une *énorme* liasse. Et pas des billets d'un dollar. *Bordel !* On n'a vraiment pas la même définition de « n'avoir pas beaucoup d'argent sur soi ».

J'hésite sur la somme à lui soutirer, puis me lance :

– Avec cinq cents, ça ira.

Lorsqu'il compte sa thune sans broncher, j'ajoute :

– Pour l'instant.

Une fois le pognon dans ma poche, je peine à rester stoïque. Cet idiot vient de cracher cinq cents dollars comme si ce n'était qu'une broutille. Ça l'est sûrement pour lui. J'aurais dû lui demander plus, mais j'ai craint qu'il ne soit pas dupe. J'ai sous-évalué son niveau de débilité.

Je lui débite brièvement un charabia technique sans queue ni tête qu'il écoute religieusement en opinant, comme s'il y comprenait quelque chose. À la fin de ma tirade, je lui promets que sa bagnole sera comme neuve demain matin. Rassuré par mes connaissances, il me remercie tandis que je le salue d'un mouvement du menton. Le sourire aux lèvres, je grimpe dans mon bus.

Maintenant, au tour de June…

Après un passage express chez moi, j'enfourche ma Harley pour m'occuper de la petite Easty. Toutefois, sur place, je déchante. Cette peste est en retard. Elle m'a demandé – ordonné – de venir la chercher à seize heures. Sauf que cela fait déjà trente minutes que je patiente.

Trente minutes de trop.

Exaspéré, je relève la visière de mon casque et tends le cou pour scruter l'horizon, dans l'espoir de l'apercevoir. Aussitôt, un vent glacial fouette mon visage. La météo a prévu du blizzard avec des chutes de neige importantes dans les jours à venir, et au vu des nuages noirs, on dirait bien que pour une fois les prévisions sont justes. Le ciel est si sombre qu'on se croirait en pleine nuit.

Après quelques minutes supplémentaires d'attente, il m'apparaît évident qu'elle ne viendra pas. Elle s'est foutue de ma gueule, et comme un idiot, j'ai plongé.

La putain de garce.

D'un geste énervé, je rabaisse ma visière et me casse en me jurant de le lui faire payer.

28

Saul

Je rage tout le long du chemin du retour. Lorsque je parviens à la péniche, ma mauvaise humeur s'accroît. Nichols est là. Et il n'est pas seul. Mon oncle l'accompagne, ainsi que cet enfoiré de Jacob.

– Ah, te voilà ! m'accueille Nichols avec un brin d'impatience. On t'attendait.

Pendant un instant, je frémis en songeant qu'ils sont peut-être là pour Savannah.

– Chay est où ?

Ouf, ça concerne le daron.

Je n'ai pas remis les pieds au Nation Club depuis ma dérouillée. Et d'un, je n'étais pas trop en état, et de deux, Nichols est OK pour que je reste hors du circuit le temps de ma mission à East River. Après, il est si imprévisible qu'à tout moment il peut changer d'avis et m'envoyer dézinguer untel ou untel, donc je ne me réjouis pas trop vite.

– Ça fait deux jours qu'on ne l'a pas vu, gronde Tad, mécontent.

Hein ? C'est quoi ce bordel ?

Je tente de garder une expression neutre. Néanmoins, je doute d'y parvenir.

Ce n'est pas pour une de leurs « missions » que le

daron est à Detroit ? Qu'est-ce qu'il fabrique là-bas, sinon ? Et pourquoi n'a-t-il pas informé le club de ses déplacements ?

Je hausse les épaules, estimant que si mon vieux n'a rien ébruité, c'est pour une bonne raison.

– Sûrement à cuver dans un coin.

Les yeux plissés, Tad me sonde pour juger de ma sincérité. Il ne me croit pas, c'est évident. La surprise s'est lue sur mes traits lorsqu'il m'a interrogé et cela ne lui a pas échappé.

– Vire tes pieds de là, connard ! ordonné-je à Jacob en frappant ses bottes sales qu'il a posées sur la table, comme le gros porc qu'il est.

Installé en maître des lieux, il me toise en ricanant. Je me saisis d'un couteau à viande et tapote sa pointe aiguisée en dardant sur lui un regard sans équivoque. Il est peut-être cinglé, mais je peux l'être tout autant. J'ai été assez chauffé comme ça pour la journée.

– Je ne te donnerai pas d'autre avertissement.

Il glousse, pas impressionné le moins du monde.

– Tu ferais mieux d'obéir, intervient Nichols. Où sont tes manières ?

Encore faudrait-il qu'il en ait eu un jour.

Avec un soupir grinçant, Jacob se redresse pour s'asseoir correctement.

Je grimace en observant les empreintes de pas sur le plancher. Leur demander d'ôter leurs pompes est utopique, je suppose. Je ne suis pas maniaque, loin de là. Seulement, je préfère un environnement propre. Et puisque je déteste faire le ménage, il est nécessaire d'entretenir au quotidien et d'éviter tout ce qui est susceptible de salir bêtement les lieux.

Nichols me saisit le couteau des mains et le tourne entre ses doigts comme s'il s'agissait d'un simple stylo, et non d'une lame affûtée.

– Dès que ton père arrête de jouer au fantôme, préviens-le qu'on le cherche. C'est urgent.

– Il se passe quoi ? Vous avez essayé son portable ?

– Y a de la mauvaise came qui circule en v…

– Rien qui te concerne ! grogne Tad, coupant ainsi l'explication de Jacob.

Donc Jacob fait officiellement partie des WEN. Et mon oncle lui fait assez confiance pour le mettre dans la confidence. À la différence de moi. Je ne suis pas étonné, en réalité.

– Son téléphone est éteint, précise Nichols, les lèvres pincées par la contrariété.

Là encore, je ne suis pas surpris. Chayton est souvent injoignable. Surtout quand quelqu'un requiert sa présence. C'est comme s'il possédait un sixième sens et s'éclipsait toujours au moment opportun. Si ça se trouve, il n'est même pas en mission à Detroit, mais bel et bien en train de cuver quelque part, Dieu seul sait où.

– Et de ton côté, tu progresses au moins ? Tu as réussi à soutirer des infos sur Harrington ou d'autres Easties de la liste ? s'enquiert-il, le visage fermé.

Je me crispe.

– C'est en cours. J'ai mis un traceur sur le téléphone de sa fille.

– Bien. Montre-moi.

Je déverrouille mon portable et actionne l'application. Aussitôt, un point rouge m'indique l'emplacement de June. Cette garce est chez elle.

Je lui tends l'appareil pour qu'il puisse constater la présence du mouchard.

– Hum. Pas mal. L'idéal serait d'en mettre un sur le véhicule d'Harrington. Tu penses que c'est faisable ?

Je grimace.

– Ça risque d'être compliqué. En revanche, sur les bagnoles des élèves, c'est jouable. Demain, je dois d'ailleurs bidouiller, enfin faire semblant de bidouiller la Porsche d'Ethan Smith. C'est le petit ami de la fille du maire.

– Ah oui, il est en haut de la liste celui-là. Ses parents sont richissimes.

– Ils vont se fiancer bientôt, d'après ce que j'ai compris.

– C'est le bruit qui court, en effet, confirme-t-il. Tu ne m'apprends rien.

– Je pourrais facilement mettre un traceur sur sa voiture.

Nichols soupire.

– C'est un début, oui.

Je me retiens de lever les yeux au ciel. Il me demande de trouver des renseignements sur ces Easties, sauf que lui-même ne sait pas quelles infos je dois chercher. Il veut seulement quelque chose à se mettre sous la dent. Qu'importe ce que c'est, du moment qu'il peut en user à son avantage. Comme lui et Bible sont encore en probation, les affaires marchent au ralenti. Il doit s'ennuyer du coup.

– Tu devrais au moins te servir de tes atouts, souffle Tad avec ennui. Séduis la fille, baise-la et fais-toi inviter chez elle. Sur place, tu pourras accéder au bureau d'Harrington.

Et je ferai quoi une fois dans son bureau ? Je lui volerai ses Post-it et ses photos de famille ? On lui fera ensuite du chantage pour qu'il les récupère ? Bouh, il va avoir peur.

– C'est le plus grand queutard de tout West River, assure Jacob.

Et j'entends dans sa voix une pincée d'amertume. De la jalousie ?

– Ça ne devrait pas être difficile pour lui, ajoute-t-il.

Il y a quelques heures, j'aurais abondé dans le sens de Jacob en affirmant que ce ne serait qu'une simple formalité. Mais le lapin que June vient de me poser confirme plutôt qu'elle joue avec moi. Un jeu auquel je ne compte pas participer sans en connaître tous les tenants et les aboutissants.

– OK, faisons ça, conclut Nichols. Mets-la dans ton lit. Je reviendrai aux nouvelles d'ici une semaine.

J'acquiesce. Par automatisme. Parce que c'est ce qu'il attend de moi et que je n'ai ni la force ni le cran de me rebeller. Peut-être aussi parce que l'épisode dans les toilettes avec l'Easty m'a donné envie de plus.

– Allons-y, ordonne-t-il ensuite.

Accoudé au plan de travail, il se redresse et, au lieu de reposer le couteau à viande à sa place, il le glisse dans sa poche. Maintenant, je comprends où nos couverts disparaissent. Je dois des excuses à Sevan. Je l'incriminais, pensant qu'il les jetait peut-être par inadvertance à la poubelle lorsqu'il débarrassait la table.

– N'oublie pas de nous tenir au courant dès que ton vieux réapparaît.

Je hoche la tête tandis qu'il ouvre la porte pour sortir. Tad le suit. Cependant, ce crétin de Jacob se rencogne plus confortablement dans le fond de la banquette. Je m'apprête à le dégager, lorsque mon oncle fait volte-face au moment de passer le seuil, tout en m'interpellant avec une mine qui ne me dit rien qui vaille :

– Au fait, Jacob n'a nulle part où dormir, ses parents l'ont foutu à la porte. Je lui ai donc proposé de rester chez toi, ce soir.

Quoi ? Et pourquoi pas chez toi, connard ? C'est pas un putain d'hôtel ici !

Je meurs d'envie de répliquer, mais s'il y a bien une personne qui m'effraie, c'est Tad. Je l'ai vu à l'œuvre trop de fois pour ne pas le craindre. La lueur défiante qui brille dans son regard est une menace pour qui le connaît. Je serre donc les dents à m'en péter les mâchoires.

– Tu n'y vois pas d'inconvénient, je suppose ?

Tout un tas.

Devant mon absence de réponse, il sourit.

– Alors, c'est entendu.

Savannah et Jacob réunis dans la même pièce ? Hors de question.

– Si le daron rentre, il va dormir où ? Par terre ?

Un rictus sadique étire les commissures de Tad. Toutefois, il ne rétorque pas, optant pour un silence méprisant. J'écume de rage devant mon impuissance. Ma canine plantée dans ma lèvre inférieure, je l'observe quitter la péniche.

– J'espère que ton lit est confortable, mon pote ! me nargue Jacob, aussitôt que Nichols et Tad ne sont plus à portée de voix.

– La place des chiens, c'est dehors.

– Ah ? Tu préfères dormir dehors ? Pas de souci pour moi, mec.

Sa tête pivote de tous les côtés.

– Ton frangin n'est pas là ? Comment il s'appelle déjà ? Dis, c'est une lopette comme toi ?

À son évocation, tous mes muscles se contractent. Je ne pense pas qu'elle soit encore rentrée, elle m'avait prévenu ce matin qu'elle irait jouer au basket avec des potes, puis passerait faire des courses après ses cours. Un frigo sans bacon est un monde sans lumière selon elle. Je ne peux pas lui donner tort.

– T'as qu'à prendre la banquette pour dormir. Elle se déplie. Si t'as faim, n'hésite pas : lève ton cul et va grailler chez Frost. Le *diner* est à deux miles d'ici, ça te fera de l'exercice.

– Me dis pas qu'il y a rien à bouffer dans ta barque ? J'ai la dalle, moi.

Je hausse les épaules.

– Si tu as besoin de moi pour quelque chose… tu oublies. Et surtout, rappelle-toi : ne fais pas comme chez toi, t'es pas le bienvenu, ici.

– Tu as le sens de l'hospitalité.

Mon majeur se dresse pour confirmer sa fine analyse, tandis que ma bouche se plisse d'un rictus mauvais. Je soupire, puis sans autre forme de cérémonie, je m'éclipse dans ma chambre. Ça me fait carrément chier de laisser Jacob seul dans notre séjour sans surveillance, mais ça me gonfle encore plus de rester avec lui.

Je dois prévenir Savannah. Si possible, il faudrait qu'elle crèche chez un pote, ce soir. Même si, là encore, je n'aime pas cette option. Je déteste que Savannah dorme ailleurs. Il y a trop de tarés sur terre, je ne fais confiance à personne. À contrecœur, je lui envoie un message pour l'informer de la présence de Jacob et l'inviter à squatter ailleurs pour la nuit. Savannah est sociable, elle a pas mal d'amis, contrairement à moi. Toutefois, je me méfie. J'ai toujours peur pour elle, c'est plus fort que moi. Quelques minutes plus tard, elle me répond par un « OK, pas de souci. Je vais chez North ». Je soupire, un peu rassuré. North, en plus d'être son meilleur pote, est un chouette gamin. Et d'après Savannah, ses parents sont cool. Ce sont des ouvriers de la scierie de South District, des Lambdas qui ne causent pas d'embrouilles. C'est déjà ça.

Je m'allonge sur mon plumard, vidé par cette journée. Un frisson glacé me parcourt l'échine quand j'imagine ce qui se serait passé si June s'était pointée au rendez-vous comme prévu. Elle a peut-être eu du flair sur ce coup-là. On a évité une situation encore plus merdique. Surtout avec Jacob dans les parages. Néanmoins, je l'ai toujours de travers. Je ne sais pas à quoi elle joue avec moi, et ça m'énerve. Parfois, je la pense – presque – sincère. Puis, la minute suivante, je m'en veux d'être si crédule. La garce n'a même pas daigné m'appeler pour m'informer de son empêchement. Elle a pourtant mon numéro, puisque c'est l'excuse que j'ai prétextée pour fouiller son téléphone et installer l'appli de géolocalisation.

Tout est faux chez elle, de son attitude à ses paroles, je ne dois pas l'oublier ! Ni me laisser émouvoir par cette tristesse sous-jacente qu'elle dissimule sous son enveloppe de suffisance. Elle souffre en secret ? Grand bien lui fasse. C'est pas mon dos.

Je ferme les yeux. Son image se dessine sous mes paupières. Lorsque je m'assoupis, elle hante encore mes pensées.

C'est la notification de mon portable qui m'extirpe de mon léger sommeil. Mon traître de cœur s'emballe à l'idée que ça puisse être elle.

Putain, c'est ce connard de Jacob. Je l'avais zappé, celui-là. Il doit se faire chier, seul dans le salon depuis des heures. Alors, il a décidé de m'emmerder. *Génial.*

50 $ ke t'arrive pa a baisé la fille du maire

Son orthographe est aussi pitoyable que lui. J'hésite un instant à lui lâcher un « vu », mais j'ai peur qu'il ne rapplique dans ma chambre. Je soupire. J'ai déjà envie de mettre un terme à cette pauvre discussion.

J'ai qu'à claquer des doigts pour la soulever et la prendre par tous les trous...

Ma réponse est puérile, mais c'est ce qu'il attend. Toujours se mettre au niveau de son interlocuteur.

N'oubli pas les photo Fox on veux des preuve

Je t'enverrai même des vidéos pour que tu puisses te branler dessus.

hahahaha C cool

Voilà, maintenant qu'il est heureux, je vais peut-être avoir la paix et pouvoir roupiller tranquille. Je ferme les paupières avant de les rouvrir aussitôt. Mes doigts parcourent le clavier de mon smartphone.

C'est quoi cette histoire de mauvaise came ? Quel rapport avec mon daron ?

Je croiai ke Penny été ton plan Q...

Le rapport, ducon ?

Je l'entends éclater de rire depuis ma chambre.

– Tu devrais vérifier par toi-même comment va ta tepu ! glousse-t-il à travers la cloison. Tu serais choqué.

Je crie plus fort :

– Je te questionne sur les problèmes des WEN et toi tu me parles de Penny. Espèce d'abruti !

– C'est toi le crétin, Fox. En plus d'être une chiotte d'ami. Tu veux faire croire que tu es mieux que tout le monde. Plus intelligent, et tout et tout. En vrai, t'es une merde. Depuis combien de temps t'as pas vu Penny, hein ?

J'inspire profondément afin d'éviter de me lever pour lui en mettre une.

– Je ne vois toujours pas le rapport. Ma relation avec elle ne te concerne pas.

Je ne l'ai peut-être pas vue IRL, mais je lui ai parlé plusieurs fois. Je sais qu'elle se prostitue et qu'elle se drogue, Jacob ne m'apprend rien.

– Ouais, bah, si tu faisais moins ton snob et que tu venais à nos fêtes, tu aurais constaté par toi-même le déchet qu'elle est. Oh, minute ! J'ai carrément une vidéo où elle suce trois queues en même temps. Sa bouche est comme son cul, un garage à bites, ouvert à tous ! beugle-t-il dans un rire gras.

Deux secondes plus tard, ce connard s'introduit dans ma chambre. Sans ma permission, évidemment.

– Regarde ! C'est un délire.

Il me tend son téléphone. D'un geste brusque, j'envoie valdinguer ce dernier à l'autre bout de la pièce. Je sais que des vidéos circulent, des filles sont filmées à leur insu ou sans leur consentement. Je refuse de regarder ça.

– Ça ne m'intéresse pas, craché-je au moment où une insulte franchit ses lèvres.

Il récupère son téléphone et le range dans la poche arrière de son jean flambant neuf. Les affaires roulent bien pour lui, on dirait.

– Quoi, tu voulais savoir ce qui contrarie les WEN, non ?

– Je doute que ce soit en lien avec ta vidéo…

Un immense sourire barre son visage.

– Pourtant, ça l'est.

Il soupire d'un air satisfait.

– Tad n'a pas confiance en toi. Je t'en ai assez dit comme ça. Et puisque t'es si intelligent, t'as qu'à faire le lien tout seul. Au fait, c'est toi qui as appris à Penny à nous avaler tout entier comme ça ? *Good job*, mec ! Tu sais, je t'avais dit un jour que je la baiserais, cette petite pute. Je tiens toujours mes promesses.

– Tu ne peux baiser que des nanas défoncées et dans les vapes, pauvre merde !

Ce type me dégoûte. Sale connard, sans morale.

– Inconsciente ou consentante, c'est la même chose. Ça rime en plus, pouffe-t-il. Puis, une pute, c'est fait pour qu'on la baise, je vois pas où est le mal. C'est bon, quoi.

Il lève une épaule tout en détaillant ma chambre d'un coup d'œil circulaire.

– En vrai, j'ai fait acte de charité. Penny, elle ressemble plus à rien. Une poubelle, c'te meuf.

Il grimace avec dégoût.

– Alors, que moi, mate le BG que je suis ! Et suis pas salaud, hein. Je lui ai laissé un joli billet pour qu'elle achète sa came. Tu devrais plutôt me remercier, au lieu de m'insulter, achève-t-il en s'approchant de mon bureau.

Il renifle à plusieurs reprises en fronçant le nez.

– Ça pue le bourge ici. T'as ramené l'Easty chez toi ? Tu l'as déjà baisée, c'est ça ?

– Dégage, Jacob.

Il shoote dans le rocking-chair qui se balance sous l'effet du coup.

– Ma chambre fait deux fois la tienne, au moins. Pour le fils d'un chef de gang, ça craint. Il fait quoi ton vieux avec tout le fric qu'il empoche ? Il garde tout pour lui, c'est ça ? Il en a rien à foutre de ses gosses, en fait. C'est mortel ! se marre-t-il en frappant ses cuisses.

– T'as plus de chambre, lui rappelé-je. Tes darons ont eu le bon sens de te foutre à la porte.

– Bah… Ça leur passera, comme à chaque fois. Faut toujours qu'ils en fassent des caisses. J'ai un peu bousculé ma daronne et, hop, de suite, ils se sont emballés. C'est bon quoi, je n'l'ai pas envoyée à l'hosto non plus. Pourtant, j'te jure, Fox, elle mériterait une bonne leçon. Mon beau-père est trop faible pour la dresser comme il faut. Les femmes devraient savoir rester à leur place, tu crois pas ?

– DÉGAGE !

Il se tourne vers moi. Je lis dans son regard tout le mépris que je lui inspire. Mais aussi la colère, la rancœur, la jalousie, la haine, ainsi qu'un sentiment d'infériorité qui le ronge et le pousse à me haïr avec plus de fureur.

– Un conseil, Fox, ne dors pas trop profondément cette nuit. Un accident est vite arrivé.

Sur cette menace, que je sais véridique, il sort de la pièce. Néanmoins, il se fige un instant, la main sur la poignée.

– Oh, et ça vaut aussi pour ton petit frère.

Je m'oblige à rester de marbre.

– Sevan n'est pas là. Tire-toi, maintenant.

– Dommage, j'aurais bien joué avec lui. Bonne nuit, Fox…

Dès que la porte se referme, je m'empare de mon téléphone.

– Penny, décroche. S'il te plaît. Allez.

Après deux sonneries, la ligne me renvoie sur sa messagerie. Lorsque je renouvelle l'appel, je tombe directement dessus. Son téléphone est sûrement déchargé.

La poisse !

Je n'ai aucun autre numéro pour la joindre et j'ignore où elle se trouve à cette heure. Si je veux la choper, je vais devoir traîner dans une de ces soirées glauques où elle aime se rendre.

Demain, de gré ou de force, je la ramène à la péniche. Tant pis pour notre accord, je ne la laisserai pas sombrer sans réagir.

29

June

De grandes mains chaudes et douces paressent sur ma peau. Elles dessinent des arabesques aux formes délicates et brûlent mon épiderme à chacun de leurs passages.

Son contact m'électrise, attise mes sens. Je me cabre, avide de ses caresses.

Jamais aucun garçon ne m'a touchée de cette façon. De manière si sensuelle, si intime. Alors qu'il n'a même pas encore effleuré les parties les plus sensibles de mon anatomie. Il parcourt mon dos, mon ventre, ma taille, mes cuisses.

Lorsqu'il dévie vers mes fesses, je retiens mon souffle. On y est.

– C'est ce que tu veux ? Tu es sûre de toi ? gronde-t-il près de ma bouche.

Mon oui est capturé par ses lèvres. Leur douceur me fait chavirer et me transporte dans un univers de plaisir insoupçonné. Sa langue, veloutée et experte, s'enroule dans une danse lascive autour de la mienne. Rien à voir avec les baisers d'Ethan. C'est torride, excitant. Enivrant.

Mon corps s'embrase. Mon entrejambe pulse en rythme avec mon cœur. Une harmonie parfaite.

Bam, bam, bam.

Le tambourinement s'accentue.

Bambam, bambam, bambam.

De la lave liquide se diffuse en moi, tel un volcan qui s'éveille après un long sommeil.

Bambambam, bambambam.

La tension est si forte, j'ai besoin d'apaiser ce tiraillement qui me tenaille. C'est une torture. Une délicieuse torture. Ne sachant pas trop comment m'y prendre, j'en viens à utiliser sa jambe, qu'il a glissée entre les miennes, comme moyen de friction et commence à me dandiner dessus.

En réaction, il saisit mes fesses à pleines mains et accompagne mon mouvement de va-et-vient.

– Voilà, comme ça, vas-y plus fort, June. Frotte-toi à moi, m'encourage-t-il.

Je suis en train de m'exciter sur sa jambe, j'en ai une conscience accrue. Cependant, je ne ressens aucune gêne. Je crois que j'ai dépassé ce stade. Je ne pense plus qu'à me délivrer de cette tension qui s'élève en moi et se répand dans toutes mes terminaisons nerveuses.

– C'est ça, branle-toi contre ma cuisse.

J'ai envie de lui dire de la fermer et, en même temps, ses paroles crues me propulsent au sommet de mon désir. Alors, je tais mes protestations et le laisse souffler à mon oreille ses propos salaces.

Je n'ai jamais ressenti cela auparavant. Ce besoin bestial, presque primitif et incontrôlable.

– Je vais, j…

Ploc. Ploc. Ploc.

C'est quoi, ça ?

La chaleur disparaît sous l'effet d'une sensation désagréable. Je peste et tente de replonger dans l'ivresse de mon plaisir.

Ploc. Ploc. Ploc.

J'ai l'impression que de grosses gouttelettes s'écrasent sur mon visage.

Soudain, c'est une pluie diluvienne qui s'abat sur moi. Je suis noyée sous des trombes d'eau. Elles s'infiltrent dans ma bouche et obstruent mes voies respiratoires. Je tousse et crache en même temps. Je m'ébroue en ouvrant les paupières, le regard affolé. Une lumière m'éblouit. Je me protège de mon bras le temps de m'habituer à l'éclat jaunâtre de l'ampoule, je suis restée trop longtemps dans la pénombre.

Dans la pénombre ? Pourquoi je serais dans le noir ?

Je plisse les yeux et détaille mon environnement. Je suis déphasée. N'était-ce donc qu'un rêve ? Cela paraissait pourtant si réel. Je déglutis quand je constate que ce n'est pas le Westy au regard ténébreux qui me fixe avec insistance, mais mon père. L'amertume me noue le bide. Il me toise d'un air sinistre en tenant la gamelle du chien au-dessus de moi. J'en déduis que c'est son contenu qu'il a vidé sur ma tête. Le dégoût courbe sa bouche en une ligne sévère et ses traits cassants reflètent son inflexibilité.

Je me dresse sur mes jambes avec précipitation. Ce mouvement hâtif me donne le tournis. Je chancelle. Par chance, je réussis à ne pas tomber en m'agrippant à l'un des barreaux de la cage.

L'espace d'un instant – je ne saurais dire combien de temps –, j'ai dû m'assoupir sur le sol terreux et froid de la cave. J'ai envie de pleurer. Une honte acide et lourde me submerge. Je crains que mon paternel ne devine les pensées qui m'envahissaient un peu plus tôt. Je me tiens nue devant lui alors que je peux encore sentir l'humidité entre mes jambes. L'humiliation suprême.

– À ce que je vois, tu as bien dormi. La vie est belle, pour certains.

– Je cauchemardais.

Je baisse les yeux, effrayée par ce qu'il pourrait lire dans mes pupilles. Lorsque je l'entends renifler avec moquerie, je me tétanise.

– Les gémissements que tu poussais n'étaient pas de terreur, affirme-t-il d'un ton qui n'admet aucune contestation.

Je me décompose. Tout mon sang migre vers mon visage, je dois être rouge comme une tomate. J'enfonce mes ongles dans mes paumes et rabats mes mains sur mon intimité afin de la masquer à son regard perçant tandis qu'il m'examine avec minutie.

Connaît-il la teneur de mon rêve ? Non, c'est impossible, il ne peut pas savoir.

Calme-toi, June.

– Habille-toi.

Je m'exécute aussitôt, tout en trottinant derrière lui pour ne pas le perdre de vue. Quand il vient me délivrer, j'ai toujours cette angoisse qu'il change d'avis parce que je suis trop lente à le suivre, et qu'il m'enferme à nouveau. Le moindre prétexte est bon pour manifester son autorité et sa domination. C'est lui qui commande, lui qui décide. Mon rôle est d'obéir et de subir ses leçons et démonstrations de pouvoir. Aujourd'hui en est une nouvelle occasion. Je n'ai rien à me reprocher. Du moins, rien dont il soit au courant.

Mais le grand Joseph Harrington fait aussi dans la prévention à ses heures perdues. Un peu comme une piqûre de rappel, au cas où j'oublierais les conséquences d'une mauvaise décision. Son travail le contraint à s'éloigner de la maison pour quelques semaines – sûrement pour sa campagne électorale. Alors, par sécurité, il a suggéré, dès mon arrivée à la maison hier après-midi, qu'on ait une petite conversation lui et moi.

« Rappeler les règles élémentaires, ça ne fait pas de mal. »

Cela dépend pour qui…

Je n'ai même pas pu prévenir Saul de mon empêchement. J'avais à peine franchi la porte de la maison que mon téléphone était confisqué et que je croupissais, nue, dans la cave. Néanmoins, cette fois, mon moral n'a pas flanché. Au contraire. L'explication est simple : elle résulte du motif de mon emprisonnement. Mon père s'en va pour quelques semaines ! Et ça, c'est la meilleure nouvelle de l'année. Bien sûr, il y aura toujours ses sbires pour me surveiller. Cependant, je ne m'inquiète pas vraiment. Mon paternel a un énorme défaut : son ego. Son orgueil est si démesuré qu'il n'imagine pas une seconde que je puisse défier son autorité en lui mentant ou en agissant derrière son dos. C'est aussi pour cette raison qu'il n'y a pas de caméras de surveillance à l'intérieur de la maison ou dans ma chambre. Non pas qu'il ait confiance en moi, c'est de lui qu'il ne doute pas. Il est convaincu que sa méthode d'éducation est suffisante pour annihiler toute envie de résistance. Dans son esprit, je suis trop faible pour commettre un acte d'insubordination. Mes punitions sont la conséquence d'un manque de jugeote, et non d'un comportement oppositionnel. Il est persuadé que je tiens de ma mère. Fragile et défaillante, d'après lui.

Je ne serais pas aussi catégorique à sa place. Il ne devrait pas oublier que son sang coule dans mes veines. Mon caractère est bien plus fort et affirmé qu'il ne le croit. Ma docilité est factice. Et bien que mes paroles et mon comportement soient trop souvent le miroir de ses pensées, je n'ai pas encore perdu tout discernement. Oui, je suis formatée, façonnée à son image. Le nier serait me voiler la face. Toutefois, il y a un bug dans la matrice. Un virus d'insoumission. Cette erreur système dans la base de données a mis en échec son programme de lobotomie totale et me permet une forme d'émancipation. Elle n'est que primitive, mais essentielle à ma survie mentale. Mon étincelle de rébellion. Je la chéris autant qu'elle m'effraie. J'ai l'impression qu'un brasier pourrait en jaillir à tout moment. Quand je suis aux côtés de Saul, par exemple, je me sens pousser des ailes. Plus vivante que jamais. Intrépide, grisée par des pulsions irrépressibles et inédites.

Saul.

M'en veut-il de lui avoir fait faux bond ? M'a-t-il attendue longtemps avant de comprendre que je ne viendrais pas ?

Mon absence a dû le conforter dans l'idée que ma demande n'était qu'une farce douteuse. Il ne pourrait pas avoir plus faux. J'ai encore en tête des bribes de mon rêve, la sensation de ses mains sur mon corps nu, de sa langue sillonnant ma clavicule, de cette folle excitation qui me dévorait. Je le veux, lui. Et personne d'autre. Cela n'a rien à voir avec un sentiment amoureux, ce n'est qu'une attirance physique. Combinée à un goût de l'interdit.

– Dépêche-toi, gronde mon père.

Sa réflexion me tire brutalement de mes pensées. J'accélère le pas. Ce n'est pas évident alors que je tente, en parallèle, d'enfiler mon pantalon. Je trébuche à plusieurs reprises et manque de me vautrer la tête la première dans les escaliers bétonnés. Lorsque nous atteignons l'extérieur, je ne suis toujours pas entièrement vêtue. J'ai seulement réussi à mettre mon jean. Non sans peine. Quant au reste de mes affaires, je les tiens fermement serrées contre ma poitrine dénudée. Le jour n'est pas encore levé et l'aube nous permet à peine de distinguer les éléments environnants. Il est tôt. Peut-être cinq heures du matin.

Le froid s'engouffre dans les pores de ma peau. Le vent glacial balaie mes cheveux qui virevoltent dans tous les sens et me fouettent le visage, tandis que je progresse tant bien que mal dans la poudreuse fraîchement tombée. L'épaisseur de neige n'est pas très importante, mais suffisante toutefois pour que mes pieds sans protection s'enfoncent dans ce coton de glace. Je suis frigorifiée. La chair de poule couvre tout mon épiderme.

À présent, je cours presque pour me réfugier au plus vite dans la chaleur réconfortante de la maison. Mon père ne m'arrête pas et n'émet aucune protestation. Pour mon plus grand soulagement.

– Tu as du temps devant toi pour te préparer et aller au lycée, m'informe-t-il alors que je m'apprête à monter les escaliers qui mènent à ma chambre. Profites-en pour te débarrasser de ces affreux relents d'urine.

Il pousse un soupir ennuyé.

– Je vais finir par croire que c'est ton odeur naturelle.

Je contracte les mâchoires. J'aimerais que ses insinuations ne m'atteignent pas. Chaque remarque désobligeante qu'il me lance est un coup de poignard dans le cœur. On ne s'habitue pas au dédain d'un parent.

Ce n'est pas un monstre.

Ce n'est pas un monstre.

Ce n'est pas un monstre.

C'est mon père, il m'aime. Il est seulement exigeant.

– Esther m'a acheté un nouveau gant de gommage. En chanvre. Je vais le tester.

Il hoche la tête en signe d'approbation. Malgré cela, il me met en garde en me saisissant fermement le bras :

– Frotte-toi convenablement, cette fois. Ne fais pas semblant, sinon je viendrai moi-même te laver. Et ne crois pas que je plaisante, June. Je passerai vérifier tout à l'heure, tiens-toi prête.

Sa menace me procure un frisson de terreur. Il l'a déjà mise à exécution à plusieurs reprises par le passé. Néanmoins, j'étais jeune. Maintenant, ce serait…

Une nausée me soulève l'estomac.

Pitié, pas ça.

30

June

Ma peau est à vif. Je l'ai récurée, décapée, poncée. C'était tout, sauf un lavage ou un simple gommage. La crainte que mon paternel estime mon « décrassage » imparfait m'a obligée à me frotter, encore, encore. Encore. Mon épiderme n'est pas rouge, il est cramoisi. À certains endroits, il est carrément râpé jusqu'au sang.

Cela valait le coup.

Lorsqu'il a constaté l'état de ma peau meurtrie, un demi-sourire a chatouillé le coin de sa bouche. Je pouvais presque distinguer une ombre de fierté briller dans ses prunelles.

Je suis endolorie, certes, mais c'est peu cher payé en comparaison de l'humiliation qu'il m'aurait infligée en cas de mécontentement. Je ne regrette pas d'avoir eu la main lourde. D'ici quelques heures, la douleur s'estompera et, dans quelques jours, les brûlures engendrées par ce frottement trop intensif seront de l'histoire ancienne. Puis, mon attitude a satisfait mon paternel. C'est l'esprit rasséréné qu'il s'en va pour quelques semaines. Sa fille est sage, obéissante et prête à tous les sacrifices pour lui. Je lui ai prouvé que je n'hésiterais pas à scarifier mon corps pour lui montrer mon dévouement. C'est ce qu'il attendait de moi. Et même s'il ne m'a pas ouvertement félicitée, sa réaction parlait pour lui.

Ce soir, quand je rentrerai du lycée, mon père sera en voyage d'affaires. Il était déjà sur le départ quand j'ai quitté la villa, un peu plus tôt. Hormis le maigre personnel, je serai seule avec ma mère.

Je serai libre.

C'est pourquoi, malgré mon épiderme meurtri, malgré le blizzard qui se lève et malgré la fraîcheur matinale, un immense sourire s'épanouit sur mes lèvres tandis que je me gare sur le parking quasi désert du lycée. La météo désastreuse a eu raison de la motivation des élèves. Pourtant, le plus gros de la tempête n'est prévu que dans deux jours. Aujourd'hui devrait être calme, selon les prévisions.

J'arque un sourcil étonné devant un spectacle des plus inattendus. Ethan et Saul, ensemble. L'un est penché sur la carrosserie de sa voiture tandis que l'autre a le nez plongé sous le capot ouvert.

Saul qui répare la bagnole d'Ethan… Dans quel genre de multivers je suis tombée ?

– Vous fabriquez quoi ? m'enquiers-je en m'approchant.

Immédiatement, les bras d'Ethan m'encerclent pendant que sa bouche se plaque sur la mienne. Je réprime un haut-le-cœur. Lorsque sa langue tente une percée entre mes dents serrées, je me recule.

– On est pas seuls…

Ethan se tourne vers Saul qui a redressé la tête et me sonde d'un air énigmatique. Je suis incapable de deviner ce qui traverse l'esprit du Westy à cet instant. Néanmoins, je détecte sa tension dans ses traits crispés ou dans la ligne féroce que dessine sa mâchoire. Cet idiot ne porte ni écharpe ni gants. Il est habillé comme si un rayon de soleil allait apparaître d'un instant à l'autre, et non comme si une bourrasque polaire allait le congeler sur place. Il est vêtu d'un sweat noir à capuche sous son habituel cuir, d'un jean brut et ample, de baskets blanches et d'un bonnet noir qu'il a enfoncé jusqu'aux oreilles. Pour se protéger des températures glaciales, c'est ridicule. Il est ridicule. D'ailleurs, ses mains sont violacées, preuve qu'il a froid.

Pourquoi je me focalise là-dessus ? Je m'en moque qu'il caille ou non.

Sous l'effet d'une gêne naissante, je me dandine d'un pied sur l'autre. Lorsque j'en prends conscience, je me force à m'immobiliser et à reporter mon attention sur Ethan. C'est difficile. Surtout que je sens le regard du Westy braqué sur moi. Il brûle mon épiderme à l'instar du gant de chanvre un peu plus tôt.

– Fais pas ta coincée, bébé. Il en a sûrement vu d'autres, m'explique-t-il en adressant un clin d'œil à Saul. Hein ?

Ce dernier se contente de le fixer, impassible.

– Il sait ce que font les couples dans l'intimité.

Son sous-entendu m'arrache une grimace. Lui et moi ne faisons rien en privé. En vérité, je suis bien plus expansive en public que seule en sa compagnie où, à tout moment, son besoin de me posséder peut exploser et me mettre en difficulté. Toutefois, je ne souhaite pas m'afficher avec lui devant Saul. Ça desservirait mes projets. Puis, je ne sais pas, je n'en ai tout simplement pas envie. Je ne désire pas m'attarder sur le pourquoi du comment, c'est comme ça et c'est tout. L'étalage de sentiments baveux attendra.

– Vous faites quoi ? dis-je pour changer de sujet. Ta voiture est en panne ?

– Ouais, le moteur m'a lâché hier. Mais le Westy l'a réparé. Et là, il change la pièce défectueuse. Cool, non ?

Mon nez se fronce de suspicion.

– Mais elle ne sortait pas du garage ?

Lors d'une de ses dernières virées à West River, sa Porsche a été canardée. Résultat : deux impacts de balles dans la carrosserie. Il l'a donc fait refaire à neuf et en a profité pour demander une révision complète de sa voiture.

– Ouais, j'sais bébé. Faut croire que le garagiste m'a entubé.

Mon regard dévie furtivement vers Saul. Je jurerais qu'un éclat railleur illumine ses pupilles pendant une fraction de seconde. Je me demande qui a entubé qui dans cette histoire. Décidant que ce problème n'est pas le mien, j'acquiesce d'un mouvement du menton et écourte la conversation en saluant mon petit ami d'une brève accolade. Il gèle et je rêve de me coller au chauffage, un bon thé à la main. Après un dernier coup d'œil involontaire en direction de Saul, je m'éloigne et me réfugie dans le bâtiment des sciences.

La matinée se passe dans le calme. Beaucoup d'élèves sont absents. En raison du mauvais temps, je suppose. Pourtant, nous sommes habitués à ce genre de climat, même si à cette période de l'année, cela reste assez exceptionnel. D'ordinaire, les tempêtes de neige surviennent plutôt entre décembre et mars. Or, nous ne sommes que début novembre.

Ce silence dans les couloirs n'est pas pour me déplaire. La défection de Megan non plus.

La journée a peut-être mal commencé, mais il ne tient qu'à moi de changer ça. Et, cette fois, la chance me sourit.

Premièrement, mon père est loin. Enfin, je l'espère. Je prie pour que son jet privé ait réussi à décoller malgré les intempéries. Non loin de notre golf, nous avons un petit aérodrome accueillant uniquement des Cessna ou des avions de faible capacité. Aucun Boeing ne peut atterrir sur cette piste, bien trop courte pour ces gros-porteurs.

Deuxièmement, Megan est absente.

C'est un peu les vacances avant l'heure.

Et pour finir, je viens d'apprendre que mon cours de SVT est annulé.

De quoi rebooster mon moral !

– Bébé, m'interpelle Ethan pendant l'interclasse.

Je retiens un cri de frustration. Il n'aurait pas pu sécher aujourd'hui ? Ce n'est pas comme s'il pouvait s'entraîner par ce temps.

– Je crois qu'on devrait partir. Ça se dégrade dehors. Bientôt, on pourra plus circuler si ça continue.

Au même instant, le haut-parleur grésille.

« À tous les élèves de Joseph Harrington School : les cours sont annulés en raison de la tempête Serena qui approche. Veuillez rentrer chez vous. Et prudence sur les routes. »

Quelques secondes plus tard, des parasites annoncent un second communiqué.

« Ce message est destiné aux élèves habitant West River : en raison des intempéries et d'une possible pluie verglaçante, la ligne de bus est temporairement indisponible. Veuillez quitter East River au plus vite, par un autre moyen de locomotion. Et… prudence sur les routes. »

Ethan éclate de rire en écoutant les directives de la secrétaire du proviseur.

– Les 3B vont devoir rentrer à pied, se gausse-t-il. Tu viens, bébé, on va voir ce spectacle et les encourager un peu.

Il passe son bras autour de mon épaule et me conduit vers la sortie. Je me dégage de son étreinte.

– Pars d'abord, j'ai des trucs à faire, avant.

– Tu ne peux pas les remettre à plus tard ? Si on traîne trop, on risque de finir à pied comme ces minables de Westies.

– Minables ? T'avais l'air de bien t'entendre avec le 3B, pourtant, tout à l'heure ?

– Tu plaisantes, bébé ? Je l'ai juste utilisé pour réparer ma caisse. Il est trop con pour l'avoir remarqué. C'est tout.

Je manque d'éclater de rire. De mon point de vue, c'est Saul qui, d'une manière ou d'une autre, a abusé de la crédulité d'Ethan. Non l'inverse. Mais bon, si ça lui fait plaisir.

– Si tu le dis…

Je retire deux livres de mon casier et le salue de ma main libre.

– Je file à la bibliothèque.

– Mais… June ! C'est pas raisonnable. Je peux pas t'attendre indéfiniment. En plus, je ramène mon frangin.

Ce dernier apparaît au même moment.

– On y va, ou quoi ? s'agace Niels avec impatience.

Ethan me lance un regard interrogateur. Je soupire.

– Vas-y, file.

C'est ce que tu sais faire de mieux de toute façon. Partir comme un lâche.

– Je me débrouillerai pour rentrer. Ma maison n'est pas loin.

– T'es sûre ? Tu ne vas pas le regretter ? T'as du mal à conduire sous la neige, croit-il bon de me rappeler.

– Certaine.

Sans un mot de plus, je prends la direction opposée à la sienne.

La vérité, cette météo capricieuse et l'annulation des cours sont une aubaine.

La vérité, je ne vais pas à la bibliothèque.

La vérité, je vais rejoindre Saul.

Je le repère dans le hall principal, il est adossé contre la rambarde en fer forgé du grand escalier en marbre. Mon cœur bondit dans ma poitrine. Son sourire hautement indécent illumine son beau visage. Cependant, il ne m'est pas adressé. Il l'offre à Pati qui se tient face à lui. Une pique s'enfonce entre mes côtes. Je ne m'attarde pas sur cette sensation étrange qui m'envahit, et l'occulte comme on claque une porte, pour me concentrer sur mon objectif.

Saul rive un instant son regard sur moi avant de reporter son attention sur Pati, me donnant le sentiment d'être transparente. Je réprime une grimace.

Arrivée à leur hauteur, je me racle la gorge. Pati pivote et ses iris s'éclairent d'un sentiment bienveillant. Pour la première fois, je remarque à quel point elle est jolie. Pourquoi cela ne m'a-t-il pas frappée plus tôt ?

Est-ce que Saul la trouve jolie aussi ? Est-ce pour cela qu'il lui parle ? Il la drague ?

– Oh, tu n'es toujours pas partie ? Ça va aller, tu peux rentrer chez toi ? s'inquiète-t-elle avec prévenance.

Mon premier réflexe est de l'envoyer bouler. Néanmoins, je me retiens. Sa sincérité et sa gentillesse m'en empêchent.

– J'étais justement en train de proposer à Saul de le raccompagner chez lui, puisque l'école n'a pas l'air de se soucier de ces pauvres Westies en galère.

Non !

– Parker est OK, précise-t-elle, en se méprenant sur la raison de ma mine contrariée. Il attend dans la voiture avec deux autres Westies. En revanche…

Elle souffle, dépitée.

– … on n'a pas assez de places pour tout le monde.

Elle ouvre la bouche pour ajouter quelque chose. Je lis de l'hésitation dans son regard, puis une sorte d'abattement résigné.

– Quoi ?

Elle fixe le sol tandis que sa voix prend une intonation gênée :

– Non, rien, j'allais dire une bêtise.

– Je vais ramener Saul. Ça vous libère une place, ainsi.

Mon père me répète sans cesse que les Westies ne méritent pas qu'on se soucie d'eux, et il aimerait que je pense comme lui. Sa voix résonne encore dans ma tête depuis notre dernière discussion, me rappelant constamment de garder mes distances. J'avoue me méfier des Westies à cause des rumeurs qui circulent sur eux, mais je ne pourrais pas rester indifférente s'il arrivait quelque chose de grave. Imaginer que l'un d'eux puisse mourir de froid par ma faute me laisse un goût amer. Alors, même si ma proposition à Saul n'a rien d'altruiste, elle me semble juste.

Deux têtes effarées, aux yeux écarquillés, me dévisagent. Je ne sais pas qui des deux est le plus choqué. Saul ou Pati ? Leur stupeur semble égale. Un « quoi » résonne en chœur. Celui de Saul est atterré. Celui de Pati émerveillé.

Je répète d'un ton ferme et catégorique :

– Je ramène Saul.

Mais pas chez lui. Chez moi.

31

Saul

– Je ramène Saul.

June décide pour moi avec un aplomb qui me déconcerte. Sa détermination est palpable, me laissant supposer que mon avis lui importe peu.

La June autoritaire et imprévisible est de retour.

Que mijote-t-elle, cette fois ?

– C'est vrai ? s'exclame Pati avec entrain, presque admirative ou, du moins, impressionnée.

– Ah… donc ce n'est pas seulement l'air de West River qui grille tes neurones. Le froid aussi, persiflé-je.

Ma remarque ne trouve aucun écho. Ni June ni Pati ne me prêtent attention. Mon nez se fronce dans une moue boudeuse.

Aïe, mon ego.

– Tu peux y aller ! déclare June à Pati.

Ce n'est pas une suggestion, mais un ordre qui claque tel un coup de fouet. Pati n'en prend cependant pas ombrage. L'habitude, peut-être. Elle opine tandis que son visage exprime une douceur surprenante. À West River, cette fille se ferait manger toute crue. Elle est trop. Trop gentille, trop amicale, trop naïve, trop soumise. Le peu que j'ai aperçu d'elle me fait penser à Savannah. Douce et prévenante. Inadaptée à ce monde féroce.

– Allons-y vite dans ce cas, s'exclame-t-elle avec enthousiasme comme si l'affaire était pliée et classée.

– Je préfère rentrer avec Pati, maugréé-je pendant qu'on presse le pas vers la sortie.

Une violente bourrasque fait chanceler June devant moi. Elle trébuche vers l'arrière et, sans mon torse pour la réceptionner, elle serait par terre à l'heure qu'il est. Le blizzard s'est levé plus vite que prévu. On ne voit pas à deux mètres. Seules quelques voitures sont encore sur le parking. Dans un réflexe de survie, nous nous accrochons les uns aux autres pour avancer et ainsi forcer le barrage invisible que forme le vent. Le temps est maintenant tellement dégueulasse que je me demande comment nous allons pouvoir rentrer chez nous sans finir dans le décor.

Enfin, nous distinguons Parker qui agite frénétiquement sa main pour se signaler. Pati court dans sa direction. Du moins, elle essaie. Le vent tourbillonnant donne la sensation de venir de partout et de nulle part à la fois. Garder son équilibre est une vraie galère. Je discerne à peine l'Easty alors qu'elle s'engouffre du côté passager de la BMW. Je perçois seulement une forme floue. Aussitôt sa sœur à l'abri dans l'habitacle, Parker s'engage dans la rue déserte à une vitesse réduite. Ils ne sont pas rendus à ce rythme. Heureusement, d'après Pati, son frère est un excellent conducteur.

À notre tour, nous parvenons au véhicule de June. Je n'ai pas le temps de m'émouvoir sur la beauté de sa caisse avant de me réfugier à l'intérieur. Je ne m'appesantis pas non plus sur le fait que June a eu gain de cause et que je l'ai suivie sans broncher. Il y a des moments pour tout, et vu le contexte actuel, m'insurger serait idiot. Elle risquerait de me laisser sur le bord de la route. Or, je ne tiens pas plus que ça à mourir de froid.

– Tu arriveras à conduire jusqu'à la péniche ? m'enquiers-je en la voyant le nez collé au pare-brise pendant qu'elle tente de manœuvrer pour sortir du parking.

– Non.

– Comment ça, non ?

– Non, comme… non. C'est trop loin. Puis je déteste conduire sous la neige.

Je commence à m'énerver.

– Bah, pourquoi tu t'es proposée, alors ? Je rentre comment chez moi ?

– Tu ne rentres pas. Tout simplement.

Je serre les poings.

– Ah ouais, je dors dehors. C'était donc ça ton plan ? Un nouveau jeu, je suppose ?

– Tu viens chez moi, me détrompe-t-elle.

J'adore la confiance inébranlable de cette fille. Enfin, je n'adore pas, mais je lui reconnais un culot sans limites. Elle ne propose pas : elle impose. Et d'un ton impérieux, s'il vous plaît.

J'éclate de rire, c'est plus fort que moi.

– Certainement pas.

– C'est pas comme si t'avais d'autres options.

– C'est quand même non. D'un, si je ne pointe pas au checkpoint, on va me renvoyer du lycée. De deux, mon frère est seul à la maison. Il n'a que 13 ans, je te rappelle. De trois, c'est un peu tôt pour me présenter à beau-papa. Attends au moins que je te déflore, non ?

– Tu ne devrais pas parler, tu gâches ton charme dès que tu ouvres la bouche. D'un, le checkpoint est à deux minutes d'ici. Tu valides ton passe, et c'est bon. De deux, t'as qu'à appeler ton frè…

La sonnerie de mon téléphone l'interrompt.

– Allô.

La voix de Savannah résonne. Je souffle de soulagement.

– Tu es où ? me demande-t-elle.

– Coincé à East River.

– Oh ! Avec la jolie Easty, j'espère ?

– Et toi ? l'interrogé-je en ignorant sa question.

Elle glousse.

– Je prends ta non-réponse pour un oui. Moi aussi, je suis coincée, mais c'est beaucoup moins fun, me taquine-t-elle. Le chemin vers la péniche est impraticable, alors j'ai bifurqué pour aller chez North.

Je pousse un soupir audible. Au moins, Savannah ne sera pas seule durant la tempête. Si une bricole lui arrive, les parents de North sauront gérer.

– OK. Tant mieux. Je suis rassuré que tu sois avec lui.

June, qui ne perd pas une miette de la conversation, intervient :

– Donc, de deux, ton petit frère, c'est réglé aussi. De trois…

– Je dois raccrocher. Donne-moi des nouvelles de temps en temps. OK ?

« De temps en temps » me paraît moins intrusif que « toutes les heures », même si, en vérité, c'est ce que j'aimerais. Depuis son coming out, je lutte pour ne pas la mettre sous une cloche en verre blindé.

– Ça marche.

Je range mon smartphone tandis que June continue son énumération. Je crois qu'elle se fout de ma gueule.

– … mon père n'est pas là. Il est absent pour plusieurs semaines. De quatre, à moins d'affronter le blizzard, t'as pas vraiment le choix. De cinq, de rien. Maintenant, laisse-moi conduire si tu veux pas qu'on se plante dans un arbre.

– Et ta mère ?

– J'arrive pas à savoir si je suis sur la route…

Elle plisse les yeux sous l'effort de concentration.

– Je crois que t'es en train de tondre les pelouses du voisinage, me moqué-je en constatant qu'on s'est écartés de la chaussée.

– Oups.

Elle braque le volant. La voiture dérape sur la neige glissante et c'est seulement par miracle qu'on évite le lampadaire devant nous.

– Tu essaies de nous tuer ?

– Tais-toi, je conduis.

Je lâche un rire incrédule.

– Tu appelles ça conduire, toi ?

– Oui, bah, on avance, c'est le principal.

Vu comme ça...

Je suppose que je dois m'estimer chanceux. On m'offre sur un plateau d'argent la possibilité d'aller chez June, comme le désire Nichols. Nous ne sommes toujours pas morts malgré son incapacité flagrante à maîtriser son véhicule. Et le checkpoint n'est plus qu'à quelques mètres.

June a raison, le poste de garde n'est qu'une formalité. En deux secondes, ma carte est scannée et nous nous éclipsons sans qu'aucun des trois agents intervienne. Ils sont transis de froid et grelottent sans discontinuer. Je secoue la tête en étouffant un élan de colère. Leurs tenues de travail sont totalement inadaptées pour leur permettre d'affronter cette tempête. Aussitôt, je pense à Jacob. Je réprime une nouvelle vague de fureur. Ce dernier doit en ce moment même se pavaner au Nation Club avec mon écharpe et mes gants. J'ai sauvé de justesse mon bonnet. Ce connard ne voulait pas quitter la péniche sous prétexte qu'il n'était pas assez chaudement habillé. Alors, j'ai dû sacrifier la seule paire de gants en ma possession ainsi que mon cache-col.

On roule en silence. June est plus que jamais focalisée sur la route. Et même ainsi, ce n'est pas gagné. Malgré le froid, de la sueur perle sur ses tempes, juste sous son bonnet de laine blanche. Elle est en panique totale. Ce qui ne me rassure pas, non plus.

– Je peux conduire si tu veux, finis-je par proposer.

– On y est presque, argue-t-elle dans une moue peu convaincue.

J'hésite à insister, puis m'abstiens. Si la moindre merde arrive à sa bagnole, je n'ai pas envie que ça me retombe dessus. Alors, afin d'oublier sa conduite approximative, mon esprit se tourne vers West River et les WEN. D'ici quelques minutes, si tout va bien et si June ne nous tue pas avant, je serai dans la résidence d'Harrington. Sur place, je n'aurai plus qu'à profiter d'un moment de distraction de June pour dénicher le bureau du maire et voir si je peux trouver quelque chose d'intéressant à me mettre sous la dent. Ou plutôt sous celle de Nichols.

Je souffle. Même si la chance est avec moi, je doute qu'un document compromettant me tombe sous le nez comme par magie pendant la fouille. Harrington est malin. Je suis sûr que c'est un magouilleur, nous en sommes tous certains à West River. C'est techniquement impossible que son mandat soit renouvelé depuis presque quinze ans alors qu'aucun Westy ne vote pour lui. Or, nous représentons près de soixante pour cent de la population. Il balaie nos revendications avec un charabia de politicien. Selon son parti, les quelques partisans de l'opposition ne sont que des grandes bouches, juste capables de faire du bruit, et quand il s'agit de se présenter aux urnes, ils sont bien moins nombreux. Pour preuve : Harrington est réélu à chaque fois. Connerie ! Les résultats sont truqués, c'est tout.

Je glisse un regard de biais pour observer June. Son teint livide est inquiétant. Le temps s'est dégradé à une vitesse folle. Même les vitres fermées, le sifflement du vent est assourdissant. L'Austin n'arrête pas de faire des embardées. Les giboulées de neige nous empêchent désormais de distinguer quoi que ce soit à moins d'un mètre devant nous, le paysage lunaire n'est plus qu'un mur blanc et fantomatique.

– Tu vas tourner de l'œil ?

Ses mains tremblent sur le volant.

– Tais-toi !

Son ton est ferme, ce qui m'arrache un sourire. Elle n'a pas perdu sa verve, c'est déjà ça.

– Ma villa est au bout de la rue, m'informe-t-elle.

Ce qui est une bonne et une mauvaise nouvelle. Bonne, parce qu'on y est presque. Mauvaise, parce que la route est en montée.

– On n'arrivera jamais à passer la côte. Y a trop de neige et tes pneus patinent.

Puis, elle ne sait pas conduire. Mais ça, je me garde de le préciser.

– Gare-toi ici. On fera le reste à pied, lui suggéré-je.

– Parce que tu crois qu'à pied ce sera plus facile ? vocifère-t-elle, mordante.

J'examine sa tenue. Au moins, elle ne mourra pas de froid et ses chaussures sont adaptées. Ce sont des bottes plates et rembourrées. Elle porte en dessous une sorte de collant. Ou un legging, je ne sais pas trop. Enfin, un truc qui lui moule les cuisses. Et sa doudoune longue et bien épaisse est sûrement dix fois plus chaude que mon cuir. Conclusion : c'est plutôt moi qui risque de me geler les couilles, habillé comme je suis.

– T'as une meilleure idée ? Si tu te sens capable de franchir cette côte, vas-y, accélère. On va bien se marrer.

Elle grogne, mais coupe le contact d'un geste rageur. J'ai raison, et elle le sait.

La suite n'est qu'une escalade en enfer. Au point que je me questionne sur mon bon sens. Je n'ai pas froid, je suis au-delà. Mes mains se transforment en glaçons tandis que nous essayons vainement de progresser dans la poudreuse. J'enroule mon bras autour de June pour l'aider à avancer. Le vent nous prend de côté. C'est mieux que de face, certes. Néanmoins, c'est éprouvant. June me parle, mais je ne comprends rien, sa voix est étouffée par la puissance du blizzard.

– J'entends rien ! crié-je.

– Pourquoi tu ne portes pas de gants ? s'égosille-t-elle.

Elle me donne une frappe agacée sur le bras, puis retire l'un des siens qu'elle me tend. J'accepte d'un signe de tête reconnaissant, avant de l'enfiler sur ma main frigorifiée qui entoure son épaule. L'autre étant enfouie dans ma poche. Serrés flanc contre flanc, le cœur tambourinant presque aussi violemment que rugit le vent, nous parvenons enfin chez elle. J'ai l'impression que nous avons mis des heures pour effectuer ces quelques mètres.

La gouvernante nous accueille avec un air horrifié quand elle constate notre état pitoyable. Elle gesticule en nous sermonnant, puis s'éloigne précipitamment.

June s'ébroue pour retirer la neige de ses vêtements pendant qu'un gloussement roule dans sa poitrine. L'instant d'après, elle rit à gorge déployée. Un son si joyeux qu'il réchauffe mon épiderme gelé. Et malgré moi, je me joins à elle. Un moyen comme un autre d'évacuer le stress de ces dernières minutes. Voire de ces derniers jours.

Toujours le sourire aux lèvres, June m'invite à pénétrer dans le séjour. À moins que ce ne soit que le hall d'entrée. C'est gigantesque. Et le mot est faible. À cet instant, la gouvernante revient avec des serviettes blanches, épaisses et moelleuses. Lorsqu'elle me propose l'une d'elles, ses yeux s'écarquillent. Elle se pétrifie, son souffle se bloque dans ses poumons.

Il lui a suffi d'un regard pour comprendre de quel côté du pont je viens.

32

Saul

June m'enjoint de la suivre. Mal à l'aise face à la mine paniquée et sidérée de la gouvernante, j'obtempère volontiers. Si June a remarqué son attitude, elle s'en moque et agit comme si ramener un Westy à la maison était la chose la plus banale au monde.

– Elle ne va pas cafter à ton père ?

– Une tombe est plus bavarde qu'Esther quand il s'agit de tenir sa langue. Elle n'aurait pas pu rester si longtemps dans la villa sans sa capacité à se mêler de ses affaires. Elle ne soufflera mot à qui que ce soit. Elle tait aussi bien mes secrets que ceux de mon père.

Rasséréné, je lui emboîte le pas. Nous dépassons le hall et traversons un immense séjour où des tentures vertes, au tissu épais et velouté, tombent de part et d'autre des baies vitrées qui donnent sur un jardin, tout aussi démesuré. J'essaie de ne pas écarquiller les yeux devant cet étalage de pognon. Le maire a un goût prononcé pour le bling-bling en matière de déco. On se croirait dans un château français de la Renaissance ou un truc du genre. De grandes fresques représentant un enchevêtrement de corps nus tapissent l'un des murs, des moulures ornent le haut plafond, et partout où je pose mon regard, il y a des dorures. Tout est peint en or. Quant aux meubles…

je n'ai même pas de mots. Enfin si, un : affreux. Je préfère encore les moisissures de chez moi, elles ont plus d'âme que tout ceci. En fait, la villa est l'exact reflet de son propriétaire. Chaque élément est un rappel de l'arrogance de cet homme. De son besoin de briller. Un monarque, tout-puissant et despote.

– C'est la partie où mon père reçoit ses invités, m'indique June. Le reste de la maison n'est pas aussi…

– Laid ?

– J'allais dire « tape-à-l'œil ». Mais « laid » fonctionne également, j'imagine.

Elle soupire.

– Allez, viens, je vais essayer de te trouver des vêtements, tu dégoulines.

Nous longeons un vaste couloir qui débouche sur un escalier en marbre de la largeur de ma péniche. On peut facilement y monter à six côte à côte. Je soupire intérieurement. Tant d'argent gâché pour rien. Le monde est mal fichu : une poignée d'hommes se partagent les richesses de la terre au détriment de ceux qui crèvent de faim. Ça m'enrage de voir que notre maire baigne dans l'opulence pendant que les Lambdas triment de l'autre côté du pont.

– Tout l'étage m'est réservé, me précise-t-elle quand nous gravissons les marches qui y mènent.

Je retiens un sifflement. Son surnom de princesse lui va à merveille. Reste à savoir quel genre de princesse elle est. Hautaine et garce, c'est certain. Mais j'aimerais aussi découvrir ce qui se cache derrière cette façade. Creuser plus en profondeur. Après, je n'ai pas d'attentes particulières la concernant, donc je ne risque pas d'être déçu. Juste de la curiosité.

Bien qu'inutilement grande, sa chambre est plutôt sympa et décorée avec goût. Pas de dorures ni de meubles kitsch. C'est un style moderne et épuré. Murs blancs, sauf un pan peint en bleu givré où un gigantesque écran plat est accroché, face à son lit. Ce dernier est de taille XXL et doit combler l'espace entier de ma chambre. Ses draps sont d'un blanc virginal, tout comme ses oreillers, à l'exception de deux d'entre eux qui sont du même ton que la partie colorée.

Pendant que je détaille les lieux, June s'éclipse en direction de son dressing. Elle revient peu après avec un tee-shirt rouge à l'effigie de l'équipe des Lion's River et un bas de survêtement gris.

– C'est à Ethan. Ça devrait t'aller. Il me les a donnés pour que je dorme avec et que je rêve de lui pendant mon sommeil. La blague. Comme si j'allais porter ce genre d'horreur.

Elle lève les yeux au ciel avec suffisance.

– Bref, la salle d'eau est là.

Elle m'indique un renfoncement à gauche de l'entrée.

Je réprime une exclamation de surprise en pénétrant dans la pièce. Salle d'eau ? Y a carrément un jacuzzi là-dedans ! Je secoue la tête en essayant de ne pas me focaliser sur tout ce luxe. Puis, je me déshabille en vitesse en me délestant de mes affaires détrempées. J'ai froid et mes muscles sont raides. Je reluque la douche d'un œil gourmand. D'ordinaire, les pommeaux sont accrochés au mur et de taille standard. Je n'en avais jamais vu de ce genre, à part dans les films. Il y a plusieurs jets, situés à des hauteurs différentes. Pour des massages ? Certains sont amovibles, d'autres non. Au sommet, le plus imposant d'entre eux, de forme rectangulaire, doit mesurer l'équivalent de deux paires de paumes réunies. Il y a même un petit siège pour s'asseoir.

Je crois que je viens de tomber amoureux.

– Je peux prendre une douche ? demandé-je en lorgnant l'objet de ma convoitise.

– Hein ?

Un instant plus tard, un glapissement retentit derrière moi. Je pivote. June se tient à quelques pas de moi. La main sur sa bouche, elle me détaille avec un mélange de stupéfaction et de fascination. À moins que ce ne soit de la concupiscence.

Elle déglutit.

– Tu es nu.

– Quel sens aigu de l'observation !

– Pourquoi tu es nu dans ma salle de bains ?

Si elle est choquée, elle n'en perd toutefois pas une miette et m'examine comme si j'étais son prochain sujet d'exposé.

Ou d'expérimentation.

– Peut-être parce que je me change ? Et que j'aimerais prendre une douche.

– Ah.

Sans s'encombrer d'excuses ou d'explications, elle repart d'où elle vient, comme si de rien n'était.

Flippante, la meuf.

Une fois sous le jet brûlant, je lâche un gémissement de béatitude absolue. Le bonheur tient parfois à peu de chose. Un petit plaisir simple qui me procure un bien-être sans pareil. Je me force à ne pas rester des heures et me savonne en vitesse avec un gel douche aux fruits rouges. C'est sucré, légèrement boisé. D'ordinaire, je préfère les senteurs plus fraîches ou épicées, mais je ne vais pas chipoter. Si ça se trouve, ce produit vaut le prix d'un de mes reins. Ou des deux.

Dès que je suis propre, séché et habillé, je retourne auprès de June. Assise en tailleur sur le lit, ses AirPods dans les oreilles, elle scrolle sur son téléphone à la recherche de vidéos. Je parcours la moitié de la distance qui me sépare d'elle avant qu'elle détecte ma présence. Ses yeux s'illuminent quand elle m'aperçoit. Elle retire ses écouteurs, puis se redresse d'un bond en frappant dans ses mains.

– À mon tour, maintenant. Ensuite, on couche ensemble.

Je suspends ma progression dans un mouvement si brusque que c'est un miracle si je ne trébuche pas.

– Quoi ?

En dépit de mon état de choc, elle s'élance vers la salle de bains et s'engouffre dans la pièce embuée.

– C'est moi la pucelle, mais c'est toi qui te comportes en puceau, ose-t-elle me narguer. Je ne t'ai pas invité chez moi par charité. On a un deal à respecter. Et aujourd'hui, on le met à exécution.

J'entends l'eau couler.

– Cette tempête tombe à pic ! s'exclame-t-elle d'une voix plus forte pour couvrir le bruit de la douche. On ne pouvait pas rêver meilleur timing, surtout que mon père est absent pour un long moment.

Je n'ai pas besoin de miroir pour deviner mon air hébété. Pour ne pas dire abruti. Je scrute mon environnement d'un regard circonspect.

C'est une caméra cachée, hein ?

Je m'assieds lourdement sur le bord du matelas. La

seule chose dont je suis capable à présent est de battre des cils. Alors, c'est ce que je fais. Mes paupières papillonnent comme si j'allais me réveiller d'un instant à l'autre.

En vain.

Quand June se manifeste devant moi, mon clignement cesse. Tout cesse. Je suis quasi sûr que la Terre elle-même a cessé de tourner, subjuguée par cette apparition. Mon corps entier se fige. L'air contenu dans mes poumons s'échappe et se perd quelque part dans ma poitrine, sans jamais trouver le chemin vers ma bouche.

Dieu, qu'elle est belle !

Et folle.

Follement belle.

33

June

Je suis folle. Je suis complètement folle.

Mes mains tremblent, mes jambes flageolent, mon cœur bat la chamade et mon ventre est si noué que j'en ai des nausées. Et pourtant, je suis déterminée.

Je vais le faire. Aujourd'hui. Avec Saul.

Sauf que je ne sais pas comment m'y prendre. Puis, j'aimerais, autant que possible, que ce soit agréable. Et pas juste une case à cocher. Malgré tout, je ne veux pas non plus donner de l'importance à ce qui n'en a pas.

Parce que sinon, cet acte sera indélébile.

Saul sera indélébile.

Et ça, c'est hors de question. Il doit rester un simple outil, un moyen de m'affranchir.

Pas d'amour, pas de sentiments. Un plaisir passager qui marque le temps de l'interlude et s'oublie aussitôt après. Partagé avec un individu interchangeable. C'est tout ce dont j'ai besoin.

Ma douche finie, l'idée de me présenter nue me traverse l'esprit. Cependant, je n'en suis pas capable. Sous mes airs frondeurs, je n'en mène pas large. J'ai la trouille. Alors, je m'enroule dans une serviette en choisissant sciemment la plus petite. Elle me couvre à peine. Mais, c'est suffisant pour me rassurer et apaiser un peu la peur qui martèle mes côtes.

Je m'admire un instant dans le miroir.

Voilà. Ainsi, c'est bien.

Je peux le faire.

Je vais le faire.

Est-ce que tout le monde flippe autant lors de sa première fois ?

Sûrement. C'est une réaction normale, l'inconnu effraie.

Et s'il ne voulait pas ? Bon sang, si ça se trouve, il n'éprouve aucune attirance physique pour moi ! Peut-être que je me suis complètement trompée…

Pourtant, je suis partie du principe qu'un mec est toujours *open* dans ce genre de situation, qu'importent la nana et les conditions dans lesquelles cela se déroule. Tant qu'il peut la tremper, c'est bon pour lui.

Très réducteur comme façon de penser. Tout moi, quoi. Et les Easties.

Je n'ai pas songé qu'il pouvait s'y opposer, parce que personne ne me dit non. Parce que je suis June Harrington et que c'est ainsi qu'on m'a éduquée. Mais je repense à notre dernière conversation, à ce moment où il m'a regardée comme si mes mots n'étaient qu'une mauvaise blague. Son « sans façon » lancé avec hargne était pour le moins explicite. Ce rejet résonne encore, et je sens ma gorge se serrer rien qu'en y repensant. Il n'avait pas hésité une seule seconde. Et si, maintenant encore, il me riait au nez ?

Je prends une longue inspiration.

C'est trop tard pour faire marche arrière, tant pis. Je ne vais pas me dégonfler maintenant. Je le jetterai à la porte s'il émet un refus. Sauf que cela s'apparenterait à du chantage. Malgré la façon tordue dont je m'y prends, je ne veux pas le forcer. Je veux que Saul me désire.

Tout comme je le désire.

C'est pénible de l'avouer. Seulement, je ne peux pas ignorer cette douce chaleur qui s'épanouit au creux de mon ventre quand je m'imagine dans ses bras. Je ne suis pas une experte dans le domaine, mais je sais identifier cette sensation : du désir.

Après une dernière longue expiration, je marche vers la chambre. Saul est assis sur le bord du lit, l'air hagard. Son regard se pose sur moi. Aussitôt, ses yeux s'agrandissent et s'enflamment. Ils brûlent mon épiderme. Sa bouche s'ouvre, se referme, comme s'il était indécis sur ce qu'il devait dire. Ou faire. Puis, il se masse la nuque en poussant un juron.

– Tu joues à quoi, June ?

Sa voix est grondante, limite menaçante. Il n'est pas content.

J'avale ma salive tandis que mes paupières s'abaissent. Le pire scénario est en train d'arriver, Saul va me remballer.

– Je crois que tu n'as pas tout saisi, continue-t-il. À quel moment ai-je accepté ta demande ?

Qu'est-ce que je disais ! Donne-lui un fusil pour t'abattre, ça ira plus vite et ce sera moins douloureux.

Je tente de me composer une expression neutre, mais je ne suis pas sûre du résultat. Intérieurement, je me disloque. Me ratatine jusqu'à vouloir fusionner avec le plancher. Mes ongles s'enfoncent dans mes paumes. Je ne dois surtout pas lui montrer mon état émotionnel. Il en profiterait, s'engouffrerait dans la brèche pour me mettre plus bas que terre.

Je me retiens de courir pour me changer. Cela prouverait qu'il a gagné et que je suis vaincue. Garder ma dignité dans un moment pareil relève de l'exploit. Par chance, je parviens à l'intercepter avant qu'elle ne s'écrase sur le sol. Ah non, c'est ma bêtise que je viens de récupérer. Ainsi, je pourrai la réutiliser, encore et encore. Ma dignité, elle, gît à mes pieds, agonisante. Il me suffit d'un pas pour la piétiner et l'achever définitivement. Ma bêtise adore l'idée.

Je redresse le menton.

– Tu ne veux pas ? Pourquoi ?

La seule chose qui me sauve, c'est mon expression hautaine.

Hélas, Saul n'est pas dupe. Ce garçon semble posséder une sorte de sixième sens qui lui permet de déceler mes sentiments les plus enfouis. Avec lui, j'ai toujours l'impression d'être percée à jour. Il ne se laisse pas berner par le miroir des apparences. Il parvient à le traverser, à voir qui je suis vraiment. Ses silences cachent un sens de l'observation aiguisé. Il m'étudie, m'analyse. Me sonde…

Jusqu'à l'âme.

Le jour où je l'ai rencontré, j'ai ressenti cela quand je me suis réveillée dans ses bras.

Saul est dangereux.

– J'ai du mal à te cerner, finit-il par reconnaître d'une voix étouffée, comme si cela lui en coûtait.

Ah bon ? J'aurais juré l'inverse.

Il tapote la place à côté de lui.

– Tu devrais t'asseoir au lieu de te dandiner devant

moi dans ta minuscule serviette. Tu seras peut-être plus à l'aise.

Il soupire lentement.

– Puis, on doit parler.

Je ne m'étais pas rendu compte que je me balançais d'un pied sur l'autre. Mes poings sont si serrés que mes ongles gravent des empreintes dans le creux de mes paumes. Cette douleur me permet de garder un certain contrôle sur moi-même.

J'accepte sa proposition, parce qu'il a raison : je suis ridicule ainsi.

– Pour commencer, explique-moi tout ce cirque. Je vois bien que tu flippes. Et n'essaie pas de faire la maligne, June. Ça ne fonctionne pas avec moi. Ton attitude dit une chose, tes yeux une autre.

Je les lève au ciel.

– Et ils disent quoi, mes yeux ? raillé-je pour masquer mon trouble.

– Beaucoup de choses, si tu savais. Là, tout de suite, ils sont paniqués. Tu joues la dure, mais tu as peur. Il y a de la colère aussi. Et de la gêne.

Et à part ça, il n'arrive pas à me cerner. Mais bien sûr…

– Tu t'es mise en position de faiblesse en te présentant à moitié nue devant moi. Et tu détestes ça. Tu te demandes si je te trouve belle ou si tu me laisses indifférent. D'où tes craintes.

Son regard se pose sur moi. Insistant.

– Et, tapie sous des couches et des couches de condescendance, il y a une émotion étrange. Une tristesse ancrée si profondément en toi qu'on pourrait la croire logée là depuis un bail.

Aussitôt sa phrase prononcée, les traits de son visage s'adoucissent, avant de prendre une expression que je ne déchiffre pas.

– Mais ça, on en discutera une autre fois. Chaque chose en son temps.

Il continue de parler, mais je ne l'entends plus. Mes oreilles bourdonnent, mon sang pulse dans mes veines.

Un bras me secoue.

– Oh, l'Easty ! Tu m'écoutes ?

– Hum…

Je m'ébroue mentalement pour dissiper mon malaise.

– Pourquoi, June ? Pourquoi moi ? Pourquoi coucher avec moi et pas avec ton petit ami ? J'ai beau me creuser la cervelle, je ne trouve aucune raison logique.

– C'est compliqué.

– À moins que tu décides de me foutre dehors, j'ai tout mon temps.

Je perçois de l'amusement dans sa voix.

– Explique-moi, June, insiste-t-il. Si tu veux vraiment que je sois ton premier, je dois connaître tes motivations. C'est non négociable.

Ses lèvres se plissent de contrariété.

– Puis, je déteste ne pas comprendre.

– Tu me trouves attirante ?

Il pousse un long soupir fatigué comme si je venais de poser la question la plus idiote qui soit.

– Il faudrait être aveugle pour ne pas te trouver attirante. Contente ? Maintenant que tu es rassurée, réponds à ton tour, s'il te plaît ! Tu joues à quoi ?

– Je ne joue pas. Je pensais que ça, au moins, tu l'avais saisi.

– Non, justement. Et ça me frustre au plus haut point.

Je ne comprends pas ta démarche, sauf si c'est pour te foutre de ma gueule. C'est pour un pari ? Un gage qu'on t'a donné ? Et pourquoi tu m'as posé un lapin, hier ?

– Tu crois que je suis influençable ? Personne ne m'oblige à faire ce que je ne veux pas faire ! Enfin, excepté…

Je me mords la lèvre et inspire vivement.

– … mon père.

– Ton père ? Qu'est-ce qu'il a à voir là-dedans ?

Tout.

– June ? Quel est le rapport entre toi nue sous cette serviette et ton père ?

Son teint habituellement mat vient de blanchir d'un coup.

– Il te force à coucher avec moi, c'est ça ? demande-t-il, atterré.

Je ne sais pas où il va chercher des idées pareilles. Si mon paternel apprenait mes intentions, je ne reverrais plus jamais la lumière du jour. Il m'enfermerait à vie dans la cave. C'est certain.

– Pourquoi il ferait ça ? Ça n'a pas de sens… réfléchit-il à haute voix.

– Je n'ai jamais dit qu'il me forçait, Saul. Calme. Ce n'est pas ça. Même s'il n'est pas étranger à ma décision.

Il jure.

– C'est moi, ou tu parles par énigmes, là ?

– C'est com…

– Si tu me sors un nouveau « c'est compliqué », je vais péter les plombs, me prévient-il.

– D'accord. Disons que mon père est… exigeant. Il a des ambitions. Beaucoup.

Saul ricane.

– Et certaines me concernent.

Même si mes yeux sont braqués droit devant moi, je sens le regard intrigué de Saul posé sur moi.

– Ethan… Ethan est devenu mon petit ami parce que nos parents, surtout mon père, y trouvent un intérêt. C'est un peu comme une union arrangée. Si Ethan a des sentiments sincères pour moi, ça n'est pas mon cas. Je ne l'aime pas. Je ne l'aimerai jamais. Parfois, je le déteste. Bref, il ne mérite pas d'être le premier.

– Et moi, si ?

Je retiens mon souffle.

– Euh… Non. Je n'ai pas dit ça non plus. Mais… c'est toi que j'ai choisi.

– Pourquoi ?

Un milliard de raisons, trop tordues et alambiquées pour que je les énumère toutes.

– Je ne sais pas trop. Je veux juste avoir le contrôle, décider par moi-même. Et… je ne sais pas… je ne cherche pas de relation cachée ni de petit ami secret. C'est pour ça que tu m'as semblé idéal. Tu ne m'aimes pas, je ne t'aime pas. Avec toi, les frontières sont claires et définies. On ne risque pas de les dépasser.

– Mmh… Donc, j'en déduis que mélanger ta salive et d'autres sécrétions avec un 3B ne te dérange pas.

Il arque un sourcil et son sourire s'élargit.

– T'as pas peur que je te transmette des I.S.T. ? Ou des morpions ? Je pourrais te refiler tout un tas de saloperies. Les Westies sont sales, c'est bien connu.

Mes yeux s'écarquillent.

– T'as des I.S.T. ? Des morpions ? Tu t'es fait dépister ? T'es sous traitement ?

Il s'esclaffe en réponse à ma mine inquiète.

– Tu vas presque me faire regretter de ne pas avoir de morpions. J'aurais adoré les partager avec toi, juste pour le plaisir de te voir te trémousser sur ta chaise en classe pendant que tu te retiens de fourrager ton entre-jambe.

Sa flèche lancée, il termine par un éclat de rire.

Mon poing cogne son bras.

– Aïe ! Et sauvage avec ça…

Son buste opère un quart de tour de manière à me faire face. Il a encore ce satané sourire accroché aux lèvres. Celui qui est diaboliquement indécent. Il est vraiment, vraiment beau.

– Je plaisante, je suis clean.

– Moi aussi.

Ses billes noires fixent mes bras nus. Ses sourcils se froncent sous son inspection.

– C'est quoi, ça ? Des griffures ?

J'avais omis le détail de mon corps abîmé. Ma peau meurtrie par mon récurage de ce matin est boursouflée par endroits et des estafilades serpentent le long de mes jambes, de mes bras et sur mon ventre. Je contiens une grimace et j'ancre mon regard au sien sans ciller.

– Une glissade dans l'allée du jardin, hier en rentrant des cours. D'où mon empêchement pour notre rendez-vous.

– Oh, ça a l'air douloureux.

Ses doigts suivent le contour d'une égratignure qui s'étend sur tout mon biceps.

– OK… soupire-t-il. Alors, c'est quoi le plan ?

– On couche ensemble. Avec une protection. Une double protection ! Je réponds à quelques-unes de tes questions… si tu es toujours disposé à m'en poser. Et ensuite, on agit comme si on ne se connaissait pas. Marché conclu ?

– Hum… OK, mais à une condition.

Je fronce le nez, prise d'un mauvais pressentiment.

– Laquelle ?

34

June

– Comment ça, on ne va pas coucher ensemble maintenant ? Je ne t'ai pas ramené ici pour qu'on s'admire dans le blanc des yeux.

Saul hausse une épaule indolente.

– Je m'en fiche. C'est à prendre ou à laisser.

– Mais pourquoi ? insisté-je.

Il vient de m'informer qu'il était hors de question qu'il me dépucelle aujourd'hui. Selon lui, je ne suis pas prête. Monsieur veut qu'on y aille « par étapes ». Ce qui signifie que cette histoire ne sera pas réglée en un coup. Ce n'est pas du tout ce que j'avais imaginé.

Il fallait que je tombe sur un mec attentionné. Ma veine !

– On m'a volé ma première fois, je ne te volerai pas la tienne.

Quoi ? Ses mots me frappent de plein fouet, et j'inspire vivement devant cette confession soudaine. Des questions tourbillonnent dans mon esprit, mais une sorte de respect m'interdit d'ajouter quoi que ce soit. Dès qu'il reprend la parole, mes interrogations s'évaporent.

– Je veux que tu en gardes un bon souvenir. Que ce soit mémorable.

Non, non, non ! Ce n'est absolument pas ce que j'ai

en tête ! Je veux l'oublier aussitôt après, moi. Pas besoin d'y mettre les formes.

– Et quoi ? Tu vas m'offrir des fleurs ? Me proposer un dîner aux chandelles ? Puis après trois rendez-vous, on…

Je glapis sans finir ma phrase lorsque Saul me soulève d'un geste habile pour me positionner à califourchon sur ses genoux.

OH, MON DIEU !

Je suis toujours nue sous ma serviette. La partie la plus sensible de mon anatomie touche sa partie la plus sensible… et…

OH, MON DIEU !

Elle est réveillée ! Je la sens dure et chaude à travers le tissu du pantalon de sport qu'il porte.

– Je crois qu'on ne s'est pas bien compris, toi et moi, sourit-il en posant ses paumes sur mes hanches.

Ses mains me saisissent avec fermeté, le petit espace qu'il y avait entre nos deux corps s'efface complètement.

– « Par étapes » implique un rapprochement…

Je glapis de plus belle tandis que son souffle chatouille mon épiderme et qu'il m'incite à bouger mon bassin contre le sien.

– … progressif et constant, clarifie-t-il d'une voix rauque en accompagnant mon mouvement.

Le frottement m'arrache un couinement.

– On peut faire un milliard de choses avant la pénétration. Et je compte bien toutes te les faire.

Cette promesse me chauffe les joues. Une boule de feu se forme dans mon bas-ventre. Je halète devant cette sensation inédite. J'ai l'impression de brûler, là, en bas.

Saul capture ma lèvre inférieure entre ses dents. Cette morsure soudaine me coupe la respiration. Je n'ai pas mal. Pas vraiment. C'est plus la surprise de son geste que la douleur qui me fait réagir. Je recule.

– On ne s'embrasse pas, le préviens-je.

Ses sourcils à l'arc parfait se froncent d'étonnement.

– Pourquoi ? C'est trop intime pour toi ? Tu te la joues *Pretty Woman* ?

– Euh… C'est quoi, ça ?

Il soupire.

– Et ça ne connaît même pas ses classiques. C'est un vieux film culte avec Richard Gere et Julia Roberts. Elle refuse qu'il l'embrasse parce qu'elle trouve cet acte trop intime.

Je secoue la tête.

– N'importe quoi. C'est juste cracra. À chaque baiser d'Ethan, j'ai envie de vomir. On dirait que sa grosse langue établit un état des lieux, à farfouiller la moindre parcelle de ma bouche. Parfois, j'ai même l'impression que pour lui, ma glotte est l'équivalent d'un *touchdown* et que l'atteindre est son but ultime.

Saul explose de rire tandis que je frissonne de dégoût.

– Ah bordel, tu m'as tué ! se marre-t-il en s'essuyant les cils du bout des doigts.

Je ne peux m'empêcher de remarquer leur longueur surprenante. Ce détail, ajouté à la forme particulière de ses yeux, grands et un peu étirés vers le haut, sans parler de la couleur riche et profonde de ses iris, confère à son regard une intensité telle, qu'une fois plongé dedans, il est difficile de ne pas perdre pied. De ne pas s'y noyer.

– Viens par là… m'encourage-t-il d'un timbre suave

en m'attirant à lui, une main posée sur ma nuque. Tu as de la chance, je suis nul en football. Ta glotte est sauve, pas de *touchdown* avec moi, je te promets.

J'acquiesce, et ses lèvres effleurent les miennes. Ce toucher est léger, presque aérien. Le frôlement d'ailes d'un colibri.

– Je vais te montrer ce qu'est un vrai baiser. Tu es OK ?

Un vrai baiser.

– O-oui.

Mon accord à peine prononcé, Saul réitère sa caresse. Avec une tendresse surprenante. Ses lèvres sont veloutées, exigeantes sans être inquisitrices. Elles dirigent sans imposer. Lorsque ma bouche s'entrouvre par réflexe, il en profite pour approfondir notre échange. Sa langue franchit sans difficulté la barrière de mes dents. Et c'est… indescriptible. Elle ne s'étale pas telle une baleine échouée, comme Ethan m'y a habituée. Au contraire, elle s'enroule avec une incroyable sensualité autour de la mienne. C'est à la fois délicat, d'une douceur inimaginable, et en même temps torride.

Érotique.

Comment un simple baiser peut-il me faire autant d'effet ?

Mon cœur exécute des loopings dans ma cage thoracique pendant que je m'accroche à ses épaules comme si ma vie en dépendait. Un gémissement honteux roule dans ma gorge. En réponse, je sens le sourire de Saul se dessiner contre mes lèvres.

J'ai envie de me frapper pour ce relâchement. Ou de le frapper, lui.

Je décide de le repousser afin de rassembler mes

esprits. En vain. C'est mon corps qui est aux manettes… et ce dernier est loin d'être rassasié. Impuissante à contrôler mes pulsions charnelles, je me laisse manipuler à l'exemple d'un jouet télécommandé. Quand les mains de Saul s'emparent de mes fesses par-dessus ma serviette et que ses doigts s'enfoncent dans ma chair pour inciter mon bassin à se mouvoir contre lui, je ne peux qu'obéir.

C'est comme dans mon rêve. À quelques détails près…

Cette fois, c'est réel.

Bien réel !

D'une intensité que je n'aurais jamais pu envisager, même dans mes fantasmes les plus fous.

Et… je ne me masturbe pas sur sa jambe, mais contre son membre. Dur, chaud.

L'embarras, mêlé à un plaisir grandissant, me chauffe les joues. L'humidité qui s'accumule entre mes cuisses imprègne le coton de son survêtement gris à chaque va-et-vient. Je n'ai pas besoin de baisser la tête pour le vérifier. Je sais qu'une tache sombre, témoin de mon excitation, macule maintenant le devant de son jogging, à l'endroit où nos corps se frottent sans pudeur.

Je devrais être mortifiée. Je le serai sûrement plus tard. Mais là, tout de suite, ma priorité est tout autre. J'ai besoin de soulager cette tension qui grandit dans mon bas-ventre et diffuse à présent une chaleur irradiante dans mes veines. La moindre parcelle de ma peau est incandescente, chacune de mes terminaisons crépite d'une appétence incontrôlable. Je ne suis plus qu'une boule de nerfs palpitante à la recherche de la délivrance.

Bien que Saul avale la plupart de mes gémissements par ses baisers langoureux, le grondement dans ma poitrine s'amplifie au fur et à mesure que je ploie sous cette vague de plaisir. Quand ses lèvres descendent dans mon cou, que sa langue trace un chemin de lave vers ma clavicule, les sons qui s'échappent de ma bouche s'envolent dans les airs et résonnent contre les parois de la pièce dans un écho terriblement obscène. Saul grogne. Un râle gonfle son torse tandis qu'il accélère le mouvement de mes hanches.

Il ne parle pas. Ne susurre pas des mots cochons à mon oreille comme dans mon rêve. Il n'en a pas besoin. La crispation de son corps, ses pupilles dilatées, sa respiration erratique sont des stimuli bien plus efficaces. Je ne pensais pas que cela m'affecterait, mais voir le désir transparaître sur ses traits me procure une satisfaction qui décuple ma propre excitation.

Quand la tension devient trop forte, mes gémissements se transforment en plaintes désespérées. Mon bassin se balance avec frénésie. Je ne contrôle plus rien, perdue dans cet abîme de plaisir, je n'aspire qu'à assouvir ce feu bouillonnant qui enflamme mes terminaisons nerveuses.

Saul saisit mes cheveux dans son poing et tire vers l'arrière afin d'arc-bouter mon corps. Il marmonne je ne sais quoi pendant que je me tortille contre son membre, en proie à une urgence irrépressible, inarrêtable.

Je vais jouir. Je vais jouir. Je vais j...

Un éclair me traverse et remonte le long de ma colonne vertébrale. Mon buste se cambre, mes muscles se tendent. Un cri de délivrance, que je ne parviens pas à maîtriser, éclate sans retenue, ne laissant aucun doute sur l'orgasme qui me parcourt à l'instant.

Peu à peu, la pulsation entre mes jambes se dissipe. Mon cœur continue malgré tout à battre la chamade. Je retombe contre Saul comme une poupée de chiffon, pantelante et vidée. Mon visage rougi trouve refuge dans le creux de son épaule.

Nous restons ainsi, sans qu'aucun de nous bouge ou prononce un mot. Seuls nos souffles saccadés semblent communiquer entre eux dans un langage qui leur est propre.

35

Saul

Comment suis-je censé me comporter après ça ?

June, la tête blottie contre mon torse, se contente de rester inerte dans mes bras. Même si « inerte » ne correspond pas franchement à son état d'esprit puisque je sens son agitation crépiter à travers son pouls affolé. Il est fort probable qu'elle aussi est en plein débat interne.

En temps normal, c'est le moment que je choisis pour me tirer après avoir prononcé quelques phrases bateau, du genre : « Merci pour cette distraction, c'était sympa. On remet ça la prochaine fois (ou pas). Bye. » Hélas, avec la tempête, il m'est impossible de partir et je me retrouve dans une situation inédite.

Je me sens ridicule.

Ma queue est plus dure qu'un roc, je ne pense qu'à me glisser entre ses cuisses chaudes. Je lutte pour cadenasser mon instinct qui me hurle de la prendre sur-le-champ. Plus elle reste sur mes genoux, plus je risque de flancher.

Peut-être est-ce la suite logique à ce petit interlude ? Après tout, c'est ce qu'elle souhaite. Je n'aurais aucune difficulté à m'insérer en elle : vu la traînée humide qu'elle a laissée sur mon entrejambe, elle est plus que prête à m'accueillir. Avec mon niveau d'excitation, en deux minutes, l'affaire serait réglée. Elle ne mérite pas mieux, de toute façon. Cette fille est la plupart du temps imbuvable, avec sa condescendance de merde et son air dédaigneux. Seulement, j'en suis incapable : ma satanée conscience me tiraille.

Puis, quoi ? Je la baise, et ensuite ? Je la jette ? Impossible. Je ne dois pas laisser mon ressentiment s'exprimer. Nichols et Tad m'attendent au tournant, ils doutent déjà assez de ma loyauté envers le gang.

Donc, je ne la baise pas.

Pas tout de suite.

Garde ta queue dans ton fute, Saul.

Je n'ai jamais été un connard avec les filles. Mais je n'ai jamais été un gentleman non plus. Prôner l'abstinence tout en offrant sa chatte sur un plateau est une nouveauté dont je me serais passé. Le bleu n'est pas ma couleur préférée, surtout quand il s'agit de mes couilles.

Soit mon « par étapes » se révélera un coup de génie – ce que j'espère –, soit il me pétera à la gueule. C'est quitte ou double. Je mise néanmoins sur le succès.

Je vais chérir son corps comme s'il était d'une valeur inestimable, je vais lui faire découvrir des plaisirs insoupçonnés, la rendre accro, jusqu'à ce que son cœur succombe. Ainsi, je n'aurai plus qu'à me baisser pour la cueillir.

Je ferme les paupières. Je déteste ce plan. Il m'avilit. Me réduit à un être abject. Easty ou pas, ennemie ou pas, c'est moche d'utiliser les sentiments d'autrui pour parvenir à ses fins. Si seulement j'avais une autre solution pour la garder près de moi et glaner des infos.

Je me rassure en me disant que je n'ai pas menti sur

tout. Lorsque j'ai évoqué ma première fois, par exemple, j'étais sincère. Une part de moi aimerait la baiser jusqu'à plus soif et la jeter ensuite, je ne le nie pas, mais y mettre les formes est primordial. C'est une des raisons pour lesquelles je ne l'ai pas touchée. Dans le feu de l'action, j'aurais pu lui retirer sa serviette, me pencher pour aspirer entre mes lèvres ses tétons sûrement dressés d'impatience, ou encore faufiler mes doigts entre nos deux corps et la caresser tout mon soûl. Elle ne m'aurait pas repoussé, j'en suis convaincu. Cependant, hormis pétrir un peu ses fesses pour l'encourager à se frotter contre ma queue, je n'ai rien fait. Mon self-control a été mis à rude épreuve, la tentation était terrible ! Je mériterais une médaille pour ma résistance.

J'hésite à aller me soulager vite fait dans la salle de bains, une branlette me restituera peut-être un peu de jugeote. Au lieu de ça, je m'entends prononcer :

– J'ai faim.

Voilà tout ce qui me vient à l'esprit. Cela dit, ce n'est pas inexact. J'ai faim, même si ce n'est pas de nourriture…

Au moins, ma déclaration brise le silence pesant.

June expire l'air bloqué dans ses poumons dans un long soupir, comme si elle se souvenait soudainement qu'il fallait respirer. Puis elle se redresse et me dévisage, sans toutefois ancrer son regard au mien. Je souris en constatant que ses joues sont encore colorées. Ça me fait mal de l'avouer, mais qu'est-ce qu'elle est belle à cet instant ! Ses cheveux blonds légèrement ébouriffés, ses pommettes rosies, ses pupilles brillantes, son expression alanguie et ses jolies lèvres, gonflées par nos baisers, sont autant de rappels de l'orgasme qu'elle vient de se donner. Le visage de June, portée par la jouissance, est l'une des choses les plus belles du monde. Et des plus satisfaisantes.

Je lorgne sa bouche avec gourmandise. J'ai envie de l'embrasser à nouveau.

Non sans mal, je réfrène cette pulsion idiote. Nous ne sommes pas un couple. Nous ne sommes rien l'un pour l'autre.

Ou plutôt, nous sommes l'outil de l'autre.

Je ne sais pas dans quelle mesure June se sert de moi, son histoire de « je veux décider par moi-même » dissimule autre chose, c'est évident. Dans tous les cas, elle m'utilise. À ses yeux, je ne suis qu'un objet, un moyen de parvenir à ses fins. Peut-être se rebelle-t-elle contre papa Harrington ? Il ne lui a pas acheté le dernier sac à la mode, alors elle se venge en couchant avec ce que son père exècre le plus ? C'est tordu, mais de sa part, je m'attends à tout.

Ta gueule, Saul ! Tu ne connais rien à sa vie. Arrête de présumer.

– Si on m'avait dit qu'un jour j'offrirais le gîte et le couvert à un Westy…

Sa voix est dépourvue de mépris ou d'arrogance, ce qui m'étonne un peu. Elle énonce seulement une réalité qui la perturbe.

Elle descend de mes genoux et se lève. Son regard s'attarde un instant sur mon sexe, et la rougeur de ses joues s'étend aussitôt vers son cou. Je retiens un gloussement.

– Tu ne peux pas sortir d'ici comme ça, grimace-t-elle. Je vais voir si j'ai un autre pantalon d'Ethan.

– Pas la peine. Celui-ci me plaît. *Beaucoup.*

Je ponctue ma phrase d'un clin d'œil et, nullement gêné par mon érection visible, je me lève à mon tour. Je me marre intérieurement. June est hilarante à essayer d'éviter tout coup d'œil en dessous de ma ceinture. Ses yeux ont beau balayer toute la pièce, ils reviennent sans cesse se poser sur mon entrejambe, comme s'ils étaient aimantés.

– Oh, il est taché ! m'exclamé-je en feignant de ne le découvrir que maintenant.

Je manque d'éclater de rire à son couinement horrifié.

Elle se racle la gorge, puis déglutit.

– Je vais te chercher un autre vêtement, tranche-t-elle avec détermination.

Elle avance vers son dressing, mais je la retiens par le bras.

– Pourquoi ? J'adore voir ta mouille le décorer. C'est un peu comme un souvenir.

Ses traits se froissent de contrariété.

– Tu es grossier.

– La prochaine étape : ta mouille, c'est dans ma bouche que je la veux.

June pousse une sorte de sifflement aigu.

– Tais-toi ! Un mot de plus, et tu peux dire adieu à ton repas.

Je ne devrais pas la taquiner ainsi, mais c'est plus fort que moi. Sa réaction est trop marrante. Alors, je hausse les épaules et lance d'un ton canaille :

– Je mangerai autre chose. Comme ta cha…

Ses doigts s'écrasent sur ma bouche afin de me bâillonner.

– Tu vas finir à la cave, toi ! gronde-t-elle, des éclairs dans les yeux.

Je décolle sa main de mes lèvres et, sans réfléchir, j'embrasse une de ses phalanges. Je ne sais pas lequel de nous deux est le plus surpris par ce geste. Je la libère comme si je venais de me brûler. Son bras reste un instant en suspension avant qu'elle l'abaisse contre son flanc. Je toussote pour masquer mon embarras soudain.

– Allons-y. Je te suis.

À l'image de la villa, la cuisine est démesurée. Je crois que tout ce qui est de ce côté du pont verse dans l'excès de grandeur. Les goûts d'Harrington et de sa femme en matière de déco ne sont décidément pas les mêmes que les miens. Au moins, la cuisine est moderne et fonctionnelle. Même si les tons choisis sont plus que douteux. Mes rétines souffrent devant cette profusion de bleu roi et de jaune.

– C'est vif… et brillant, ne puis-je m'empêcher de lancer.

June renifle, mais ne me contredit pas.

– Laisse-moi deviner… La couleur préférée de ton père est le doré ?

Ses lèvres esquissent un sourire fugace. Si je n'avais pas été attentif, je serais passé à côté tant il était bref. Néanmoins, il était bien présent. Mon cœur s'enorgueillit bêtement.

– Mon paternel est friand d'or, et le tien de sang. Chacun ses délires.

J'éclate de rire.

– C'est pas faux.

Elle mord sa lèvre inférieure.

– En parlant de ton père… il est vraiment un chef des WEN, c'est pas du pipeau ?

J'acquiesce.

– Et le tien, est-il aussi despote qu'il en a l'air ?

La panique se peint sur ses traits. Le statut de mon daron fait souvent cet effet-là, alors je ne m'en formalise pas. Elle ne prend pas la peine de me répondre à propos du sien et se détourne pour ouvrir la porte du frigo.

– Notre cuisinière est en congé depuis hier. Mais elle prépare toujours des encas à l'avance. Tu fais aussi partie du gang ?

Je retiens un nouveau rire. Elle a balancé sa question avec une désinvolture feinte.

– On peut dire ça, oui.

– OK…

Son « OK » est tout, sauf OK. C'est un OK signifiant « Bordel de merde, dans quoi je me suis fourrée ? Pourquoi je l'ai invité chez moi ? Va-t-il me découper en morceaux pendant la nuit ? ». Et j'en passe. Toutefois, « OK » a le mérite d'être bien plus concis, j'en conviens.

Elle sort un Tupperware qu'elle pose sur la table.

– Des tagliatelles au saumon. On a juste à les réchauffer.

J'en salive d'avance.

– Miam.

Une fois le plat chaud, nous nous ruons dessus comme des ogres affamés. Tandis que j'avale une énième bouchée, June sort de son mutisme.

– Tu as déjà tué quelqu'un ?

Je manque m'étouffer.

– Je te trouve bien curieuse, June Harrington… Dois-je te rappeler que, d'après notre deal, c'est moi qui suis censé poser les questions ? Pas toi.

– Les West Eagles Nation sont des assassins, poursuit-elle, sourde à ma remarque pourtant très pertinente.

Le toupet de cette fille me surprendra toujours.

– C'est vrai. Tu as l'air d'en connaître un rayon sur eux.

Sa fourchette s'immobilise à mi-chemin entre son assiette et sa bouche. J'ai même l'impression qu'elle pâlit un peu.

– Tout le monde connaît les WEN. Ils ont tué mon grand-père, me rappelle-t-elle. Leur réputation de bandits n'est plus à faire.

Je souris.

– « Bandits » ? C'est mignon, cette façon de les désigner. « Abrutis de dégénérés », ça leur correspond bien mieux, si tu veux mon avis.

– Tu es l'un d'eux… souligne-t-elle avec une pointe d'arrogance.

Je hausse les épaules.

– On ne fait pas toujours ce qu'on veut dans la vie.

– Ouais, j'en sais quelque chose… marmonne-t-elle à voix si basse que je doute d'avoir bien entendu.

Puis, d'un ton nettement plus fort, elle reprend :

– Aaron est terrorisé par les WEN. Il m'a dit, un jour, qu'ils faisaient souvent des descentes punitives pour tabasser tous ceux qui se revendiquent LGBTQIA+. C'est vrai ?

Mes mâchoires se contractent.

– Les membres des gangs, non contents d'être des trafiquants en tous genres, sont tous des fanatiques aux idées sectaires et arriérées. Rien à voir avec ces séries télé qui les encensent, comme si c'étaient des mecs cool. Ils n'ont aucune morale et leurs codes d'honneur sont tout aussi merdiques. Il faut leur montrer que tu es capable de tout pour intégrer le clan. Plus tu es tordu, vicieux, pervers et méchant, et plus tu as de chances d'être enrôlé. Si en plus, tu es misogyne et tu détestes les « pédés », ajouté-je en mimant les guillemets, c'est le jackpot. Tu te souviens, lors de notre première rencontre, du mec avec sa batte de base-ball dans la ruelle ?

June acquiesce. Elle semble être en apnée.

– Il vient d'être recruté, justement. Mon oncle l'a pris sous son aile.

– Ton oncle ? Ton oncle est aussi un WEN ?

Je confirme, bien que sa question soit rhétorique.

– Un héritage de père en fils, c'est…

Un bruit à notre gauche interrompt notre conversation. Je retiens ma respiration devant l'intrus qui vient de pénétrer dans la pièce. Puis mon souffle se relâche. Ce n'est pas Harrington père, mais Harrington mère. Enfin, je crois. On dirait un zombie, bien loin de l'image qu'elle cultive à l'écran. Même si elle m'a toujours paru un peu effacée, ce n'est rien en comparaison du spectre qui se tient devant moi.

– Maman ! s'écrie June, sans susciter la moindre réaction chez sa mère.

Les yeux vitreux, la femme du maire me lance un regard dépourvu d'émotions, avant de fixer le sol comme si celui-ci allait lui livrer un secret qu'elle seule peut entendre. Tout son corps est prostré, penché vers le carrelage en damier bleu et or. Elle ébauche un pas maladroit, puis se fige dans cette position recroquevillée. Totalement inerte, comme si un doigt invisible venait d'appuyer sur le bouton « off ».

Le visage de June se plisse de douleur.

– Maman ! Maman ! Ça va ? Maman, qu'est-ce qui t'arrive ? s'alarme-t-elle en la rejoignant.

Elle la soutient par le bras pour l'aider à se redresser. Son effort est infructueux, sa mère ressemble à une statue de pierre. À mon tour, je les rejoins. Nous l'entourons chacun d'un côté.

– Madame Harrington, vous nous entendez ?

Au même instant, la gouvernante surgit dans la cuisine.

– Allons, allons, madame ! s'exclame-t-elle. Vous devriez rester couchée, dans votre état.

– Qu'est-ce qu'elle a, Esther ? gronde June qui exige une réponse.

– Ne vous inquiétez pas, mademoiselle. C'est un nouveau traitement très prometteur, prescrit par le meilleur spécialiste. M. Harrington m'a prévenue qu'au début, les effets secondaires pourraient lui causer une léthargie passagère. C'est pour ça qu'elle doit garder le lit… et que vous n'êtes pas autorisée à la voir, lui rappelle-t-elle après une courte pause, en lui lançant un regard d'avertissement.

Quoi ? Comment ça, elle n'est pas autorisée à voir sa mère ? C'est quoi ce délire ?

La tristesse dans les iris de June me serre la poitrine.

– Ton père ! rugit soudain Mme Harrington. Ton père ! Attention ! Attention, June. Attention à…

Comme si ces paroles lui avaient coûté un effort considérable, elle s'éteint avant même de terminer sa phrase. Ses épaules se voûtent un peu plus, me donnant l'impression qu'elle souhaite fusionner avec le sol. Esther l'empoigne d'une main ferme afin de l'obliger à la suivre. Mme Harrington trébuche à plusieurs reprises, mais la gouvernante ne se laisse pas attendrir. Elle resserre sa prise sur sa taille et avance plus vite.

– Je la ramène dans sa chambre. Ne vous inquiétez pas, June, répète-t-elle comme si elle essayait de se convaincre elle-même.

« Ne vous inquiétez pas » ? Elle rigole ? June a toutes les raisons de s'inquiéter, au contraire. Cette dernière, la tête baissée et la mine défaite, retourne s'asseoir à table. Elle pousse son assiette à moitié pleine d'un mouvement écœuré.

– J'imagine que tu as plein de questions à me poser… énonce-t-elle, amère.

En effet, tout un tas.

Malgré cela, la peine au fond de ses pupilles étouffe mon élan de curiosité. Je ne sais pas pourquoi sa douleur m'atteint autant, pourquoi elle me transperce aussi efficacement qu'un poignard affûté.

– Ça peut attendre, déclaré-je après quelques instants. Passons plutôt à l'étape deux, je sens que tu en as bien besoin.

36

June

L'étape deux...

Comme si j'avais la tête au sexe. Maman paraissait au plus mal tout à l'heure. Je l'ai déjà vue sous l'emprise de médicaments, stone, complètement shootée et amorphe. Mais jamais à ce point. Jamais ! Quel médicament contre la dépression engendre ce type d'effets secondaires ? D'ailleurs, est-ce raisonnable de lui prescrire ce traitement alors qu'elle est accro aux pilules en tous genres ? Je suppose que le médecin sait ce qu'il fait. Néanmoins, je ne peux pas m'empêcher de m'inquiéter. Elle a aussi beaucoup maigri depuis la dernière fois que je l'ai aperçue.

C'est fou, nous vivons sous le même toit, et pour autant, je ne peux ni la voir, ni la serrer dans mes bras… ni la réconforter ! Maman est à deux pas de moi et c'est comme si elle habitait à l'autre bout du pays. Elle me manque atrocement.

Je soupire tandis qu'on atteint l'étage. J'ai envie de pleurer, alors pour éviter que les larmes inondent mes yeux, je décide de m'en prendre à Saul. Quand je vais mal, attaquer est mon moyen de défense.

– Va te l'astiquer dans les toilettes si tu es encore excité, parce qu'il n'y aura pas d'étape deux.

Mon ton est revêche, comme si Saul était le responsable de tous mes maux. À ma surprise, un immense sourire étire ses lèvres pleines.

– June Harrington, tu as les idées mal placées, ou je rêve ? Qui t'a dit que mon étape deux était sexuelle ?

– Ah, tu parlais de jouer au scrabble, suis-je bête !

Sa main se pose sur ma joue avec une douceur infinie. Je cille sous cette caresse inattendue.

– J'ai bien plus fun. Ça va te plaire, crois-moi.

Je renifle. Je ne suis d'humeur à rien, alors j'en doute.

– C'est quoi ton programme ?

– La chambre de ta mère est où ?

– En bas, dans l'aile réservée aux invités. Mon père lui a aménagé une chambre rien qu'à elle, car avec son travail et ses horaires imprévisibles, il perturbait le rythme de sommeil de maman. Mais Esther doit monter la garde comme un petit chien.

– Voilà le plan : je distrais Esther pendant que toi, tu vas voir ta mère. Elle n'avait pas l'air d'avoir la grande forme. Peut-être que si vous passez un peu de temps ensemble, elle ira mieux. Et toi, tu seras rassurée.

Mince. J'ai encore envie de pleurer. Très très envie. Je bats des cils pour chasser le trop-plein qui s'accumule sous mes paupières.

Soudain, des bras m'encerclent.

– Tu as le droit de pleurer si tu es triste, tu sais.

Je ne lui rends pas son étreinte. Si je le fais, je vais m'effondrer. Après quelques instants, je le repousse, mais sans animosité pour une fois. J'ai apprécié son geste. Plus que je ne le devrais.

– Prête ?

Je hoche la tête.

– Tu vas t'y prendre comment pour Esther ?

Il hausse les épaules.

– J'improviserai.

Avant de descendre, Saul me retient par la manche.

– Si tu rencontres le moindre problème, bipe-moi. Je ferai de même en cas de souci. Deux sonneries, c'est que tu dois t'éclipser de la chambre, OK ?

– OK.

Au rez-de-chaussée, le silence est pesant. Non que d'ordinaire il y ait beaucoup d'activité dans la villa. Nous avons peu d'employés de maison, en comparaison des autres Easties. Mon paternel déteste être entouré de « cafards » – des gens qu'il estime inférieurs à son rang. Esther, grâce à une dérogation, est la seule autorisée à dormir sur place. À part elle, nous avons une cuisinière, trois agents d'entretien, deux jardiniers et deux chauffeurs, dont un en voyage avec mon père. Toutefois, avec cette météo, aucun n'est présent aujourd'hui. Et il en sera de même dans les jours à venir. Il n'y a donc qu'Esther qui fait barrage entre ma mère et moi. Mais cette femme est un vrai chien de garde. C'est comme si elle possédait un détecteur l'avertissant dès que je rôde autour de la chambre de maman.

D'ailleurs, à peine avons-nous fait deux pas qu'Esther surgit dans le couloir. Aussitôt, Saul l'interpelle pour lui parler en privé. Je me demande un instant ce qu'il va lui raconter et s'il va réussir à la garder à distance assez longtemps pour que j'arrive à discuter un peu avec maman. Même si je doute qu'elle s'en sente capable. Il faut que je comprenne ce qui l'a mise dans cet état.

Je frappe doucement à sa porte.

– Maman, maman ! soufflé-je en essayant de ne pas trop élever la voix.

Seul le silence me répond.

J'actionne la poignée et pénètre dans la pièce sans attendre. Un sentiment de malaise m'envahit aussitôt. La chambre est plongée dans le noir. Une forte odeur de renfermé en émane, qui n'est pas sans me rappeler celle de la cave. Je suffoque. Un frisson de terreur dévale mon échine.

– Maman… chuchoté-je alors que mon malaise s'accentue. Maman ?

Les draps sont défaits, mais le lit est vide.

Je fouille la pièce d'un regard affolé. Et retiens un cri de frayeur en l'apercevant à quelques centimètres à peine de moi. Le nez presque collé au mur, elle psalmodie je ne sais quoi, en secouant la tête.

– Maman…

Je murmure son nom sans masquer mon chagrin. Une larme s'échappe. Je ne cherche pas à l'arrêter. Nous sommes seules, et ma tristesse à cet instant est si oppressante qu'elle risque de m'étouffer si je ne la laisse pas s'exprimer.

Je tiens ma mère par le bras et la conduis vers la salle de bains. Elle n'oppose aucune résistance. Des borborygmes sortent de sa bouche et de la bave coule à la commissure de ses lèvres. Ses cheveux sont ternes, gras et emmêlés. Elle qui a toujours pris soin de son apparence détesterait se voir ainsi. Alors, j'entreprends de la déshabiller, puis je la baigne en usant d'une douceur infinie malgré la rapidité de l'acte. Je suis pressée par le temps, et je ne l'oublie pas.

Ma pauvre maman, elle semble si fragile que j'ai peur qu'elle ne se brise en mille morceaux.

Une fois qu'elle est lavée et vêtue d'une chemise de nuit propre, je brosse ses cheveux en veillant à ne pas les lui tirer, même si elle semble insensible à tout ce que je lui fais. Pendant ce temps, je lui parle. De tout et de n'importe quoi. Elle ne me répond pas, bien évidemment. Elle ne réagit pas non plus. Ma voix déraille à plusieurs reprises tandis que je lui narre mon quotidien. J'évoque ma relation avec Ethan, mais surtout celle avec Saul. Je l'informe que papa est parti pour plusieurs semaines. Un grognement résonne dans sa poitrine, mais je ne saurais dire si c'est en lien avec ce que je lui raconte.

Enfin, je la couche et m'allonge avec elle, blottie contre son flanc. J'aimerais provoquer une réaction, même infime. Qu'elle me caresse la joue et me dise que tout va bien. Je ravale ma déception, rien de tout ça ne se produit.

Ses pupilles dilatées à l'extrême sont arrimées à un point imaginaire. Maman est inaccessible, perdue dans son monde où rien ni personne ne peut l'atteindre. J'espère juste que là où elle est, elle ne souffre pas.

La sonnerie de mon téléphone retentit deux fois. C'est le signal, il est temps que je m'éclipse. Je n'ai pas réussi à créer de contact direct avec maman. Mais ces quelques instants où je me suis occupée d'elle, où je l'ai serrée contre mon cœur, enveloppée par sa chaleur, m'ont fait du bien.

Avec regret, je m'extirpe du lit.

Soudain, une main enserre mon bras et des ongles se plantent dans ma chair.

Maman me dévisage d'un regard fou.

– Attention ! Attention à ton père !

– Je prendrai soin de lui, oui… soufflé-je avec une pointe de dépit.

Même dans cet état, elle n'a de pensées que pour lui.

Lui… pas moi. Jamais moi.

Son corps se détend tandis qu'elle fixe à nouveau le vide et que je pars, le cœur gonflé par des émotions contradictoires.

37

June

Saul est le garçon le plus étrange que j'aie rencontré. Il est déroutant, fascinant, intrigant. Il ne se comporte pas du tout comme je l'avais imaginé. Il n'est ni violent, ni agressif, ni rustre. Loin des clichés habituels associés aux 3B. Et plus j'en apprends sur lui, plus je suis perplexe et curieuse à son sujet.

Nous sommes allongés dans mon lit. Aucun de nos membres ne se touche. Malgré tout, la chaleur qu'il dégage m'électrise. J'ai une conscience bien trop accrue de son corps tout près du mien.

Nous avons mangé, regardé quelques épisodes d'un *k-drama* romantique assez sympa, quoique longuet, et maintenant, nous discutons. De tout, de rien. De choses importantes et de broutilles. Je me rends compte que je lui pose bien plus de questions que je ne le devrais. Malheureusement, je n'arrive pas à réfréner mon intérêt. Je voudrais feindre l'indifférence, mais je bois littéralement ses paroles. Je suis avide de découvrir ses secrets, de comprendre les rouages de son cerveau, de percer le mystère qu'il représente.

Depuis l'étape deux, quelque chose a changé entre nous. Ou plutôt, quelque chose a changé en moi. Ma vision. Il a beau venir de l'autre côté du mur, il n'est pas un type violent. Il a fait preuve de beaucoup de prévenance à mon égard un peu plus tôt. Personne, je dis bien personne, n'a jamais eu envers moi un geste altruiste et sans arrière-pensée. Et lui, en moins d'une journée, m'a montré qu'on pouvait être prévenant, gentil, sans forcément attendre de contrepartie. Il n'avait rien à gagner en m'aidant à passer du temps avec maman, pourtant il n'a pas hésité une seconde.

Puis, je ne vais pas mentir, sa compagnie est agréable. Très agréable. Il est intelligent, vif d'esprit, charmeur, taquin. Toujours un peu lunatique aussi. Il y a parfois dans son regard un éclat féroce et, quand il pense que je ne le calcule pas, ses traits se durcissent dans une expression presque hostile. Parce qu'il ne m'apprécie pas ? Qu'il regrette d'être d'ici ? Je ne sais pas. J'ai pourtant contenu mon venin depuis mon tête-à-tête avec maman. Je n'irais pas jusqu'à dire que je suis accueillante et sympathique, mais j'ai baissé ma garde. Parce que, contre toute attente, je me sens bien avec lui. Je n'ai pas cette pression habituelle, je ne ressens pas le besoin d'être parfaite ni de jouer un rôle. Pour la première fois, je me permets d'être moi. Du moins, une version un peu plus authentique de moi. Car, en vérité, à force de faire semblant, je me suis perdue au point de ne plus savoir qui je suis vraiment. C'est fou, mais j'en prends conscience seulement à cet instant. Je ne sais pas qui je suis.

Qui est June Harrington, cette fille arrogante et fière qui se pavane dans sa ville comme une suzeraine ? Quelles sont ses aspirations ? Ses désirs profonds ? De quoi rêve-t-elle en dehors de son émancipation ?

Suis-je aussi superficielle, peste et mesquine que j'en ai l'air ? Probablement. Mais à quel point ?

Je me souviens que, petite, même si je ne comprenais pas bien les enjeux et la politique, les discriminations envers les Westies me révoltaient. Je m'attristais de la détresse des habitants de West River. Puis, au fil des années et des « conversations » avec mon paternel, mon empathie a disparu sous une couche de glace et de mépris. C'est ainsi que j'ai été éduquée. Je hais les Westies, leur violence, leur barbarie, l'insécurité qu'ils créent autour d'eux, je hais tout ce qui n'est pas digne de notre rang et de nos valeurs morales. Enfin, c'est ce que je croyais jusqu'à aujourd'hui. À présent, je ne sais plus. Est-ce ce que je ressens au fond de mon cœur ou est-ce le produit de l'endoctrinement que j'ai subi ? J'ai du mal à dissocier mes sentiments de ceux de mon père. La plupart du temps, je m'en moque. Ma vie est ainsi faite, et puis c'est tout. Cependant, Saul m'oblige à me remettre en question. J'ai beau essayer de raviver mon dégoût, ma haine envers les Westies, c'est une tout autre émotion qui s'épanouit dans ma poitrine quand je suis près de lui.

– À quoi tu penses ?

Je sursaute au son de la voix de celui qui hante mon esprit, ce qui lui tire un gloussement.

– Rien. À rien.

– Tu rougis… Tu rêvais de moi.

Ce n'est pas une question, mais une affirmation.

– Tu es tellement présomptueux.

Il hausse les épaules.

– Tu n'as pas nié, remarque-t-il en se composant un sourire débonnaire qui me donne envie de l'étrangler. J'ai donc visé juste.

– Tu as toujours été aussi agaçant ?

– Ça fait partie de mon charme. Alors, comme ça, j'avais raison quand j'affirmais que tu n'aimais pas Megan… En fait, tu es fausse avec tout le monde, conclut-il en revenant sur les aveux que je lui ai faits quelques minutes plus tôt.

Son analyse, bien que juste, me peine. Je sens comme une pique s'enfoncer douloureusement entre mes côtes à l'énoncé de cette amère vérité.

Sur le coup, lorsque j'ai relaté mes rapports particuliers avec mon groupe d'« amis » et la manière dont mon père régit toute ma vie, Saul est resté imperturbable. J'ai donc cru que tout ça ne l'intéressait guère et que le sujet était clos.

– Ton père n'a pas l'air de valoir mieux que le mien. Qui contrôle sa fille au point de lui imposer ses relations ? rugit-il avec fureur.

Je déglutis. Si Saul savait seulement à quel point mon paternel me contrôle, l'emprise qu'il a sur moi et les méthodes qu'il emploie pour s'assurer de ma bonne coopération. Je ne suis pas prête à lui révéler cela. Impossible. C'est un secret que j'emporterai dans ma tombe. En revanche, je me suis quand même ouverte à lui, bien plus que je ne l'ai jamais fait auparavant avec qui que ce soit. À présent, il sait qu'en réalité, je suis seule. Je n'ai pas d'amis. Pas de vrais amis sincères. Les Suprêmes ne se côtoient que par intérêt, et non par affinités. Nous ne sommes que faux-semblants. Et j'imagine que mes relations futures se noueront également par calcul. Notre monde est ainsi fait.

– Je comprends mieux, maintenant… murmure-t-il dans un souffle.

Je ne sais pas ce qu'il comprend mieux. De toute

façon, j'ai l'impression que cette réflexion ne m'est pas destinée, il a l'air de se parler à lui-même.

– Tu ne m'as pas raconté comment ta mère était morte.

Oui, j'aurais pu trouver quelque chose de plus subtil pour dévier notre conversation. Mais la subtilité n'a jamais été mon fort.

Saul blêmit, au point que je regrette d'avoir posé cette question. C'est tout moi de mettre les pieds dans le plat. Mais sa mère étant morte il y a longtemps – c'est ce qu'il m'a dit au début de notre discussion –, j'ai supposé que le sujet pouvait être abordé sans susciter de vif chagrin. Apparemment, je me suis trompée.

Le silence s'étire.

Lorsque je comprends qu'il ne me répondra pas, je me lève pour aller aux toilettes. Saul choisit ce moment pour se livrer :

– Mon oncle l'a tuée. Il l'a licenciée, comme on dit dans notre jargon.

Je me fige. Ma respiration se coupe tandis que je prends conscience de ses paroles.

Tuée ? Oh, mon Dieu !

– Pourquoi ? ne puis-je m'empêcher de demander dans un chuchotement à peine audible, en me rasseyant lourdement sur le lit.

Toutefois, Saul m'entend.

– Elle voulait s'enfuir avec son amant. Un BSB. En représailles, il l'a battue à mort. Selon leur stupide charte, elle les a trahis. Normalement, c'est mon daron qui aurait dû venger l'honneur des Fox, mais il n'en avait pas la force. Mon oncle, un sadique de première, s'en est chargé à sa place. C'est sa fonction au sein du gang : licencier les gens, ou dans le meilleur des cas, les mettre au pas. Le gestionnaire des ressources humaines du club, rit-il, amer.

Je n'ose pas le regarder, mais sa peine assombrit la pièce. La raucité de sa voix, chargée de tant de douleur, me procure un frisson glacé.

– Les WEN ont une conception de la famille un peu particulière. À la vie, à la mort.

Sans réfléchir, je pivote dans sa direction et étends mes bras pour l'attirer vers moi.

– Ce n'est pas de la pitié, lui précisé-je tandis que je l'enlace. Je n'éprouve aucun sentiment de ce genre à ton égard. C'est juste pour moi… Je le fais pour moi. J'ai besoin d'un câlin.

Il ricane un instant, mais me rend mon étreinte. Nous restons enlacés, sans parler ni bouger, pendant un moment qui semble suspendu, hors du temps et de la réalité. Dans ses bras, j'ai la sensation d'avoir trouvé mon refuge, où rien ni personne ne peut m'atteindre. Je me sens en sécurité. Un sentiment nouveau qui gonfle ma poitrine. Une forme intense de bien-être.

D'ordinaire, découvrir les problèmes des autres me réconforte. Parce que j'ai besoin de savoir qu'il y a des situations pires que la mienne. Même si je ne me réjouis pas du malheur d'autrui, je ressens toujours une sorte de soulagement tordu à me dire que je ne suis pas la seule à devoir surmonter des épreuves. D'une certaine manière, cela rend ma vie plus supportable. Je ne sais pas si c'est humain ou un trait supplémentaire de mon égoïsme. Je ne le fais pas exprès, c'est mon mode de fonctionnement.

Néanmoins, pour la première fois, je voudrais annihiler la tristesse de Saul, je voudrais qu'il n'ait jamais eu à subir la perte de sa maman. Au lieu d'être apaisé, mon cœur est déchiré. Alors, je serre Saul plus fort, ma tête blottie contre son torse. Et s'il est étonné par ma réaction, il n'en laisse rien paraître. Seul son pouls rapide témoigne d'une certaine agitation.

Saul s'allonge, m'entraînant avec lui. Mes yeux s'ancrent aux siens, et je me perds dans le noir hypnotique de ses iris. Lorsque sa bouche capture la mienne, je me délite. Ses lèvres soyeuses caressent les miennes avec une tendresse qui me secoue jusqu'au tréfonds de mon être. Son baiser est à la fois exigeant et d'une douceur inouïe. Nous nous embrassons ainsi des minutes, des heures, des jours durant… je ne saurais dire. Le temps qui s'écoule n'a plus d'importance. Lorsque nous nous arrêtons pour reprendre notre respiration, nous sommes à bout de souffle. Mon corps tremble contre le sien, sous l'effet d'un maelström d'émotions. Puis, nous nous embrassons à nouveau. Encore et encore. Jusqu'à ce que le sommeil nous emporte.

38

Saul

Pour la deuxième fois de ma vie, je me réveille dans les bras d'une fille. Et pas n'importe quelle fille. June, encore elle. Nos jambes sont emmêlées, nos corps serrés l'un contre l'autre. Je sens son souffle profond et régulier chatouiller mon épiderme.

Cela doit faire dix minutes que je l'observe dormir. Elle est belle. Bien trop belle. Du bout des doigts, je dessine sa frange, puis trace l'ovale de son visage dans un frôlement imperceptible. Je ne souhaite pas la réveiller. Je voudrais profiter encore un instant de ce moment de quiétude. C'est calme, tranquille, doux. Agréable.

Moi qui trouvais trop intime de dormir avec une fille, j'en viens à en réclamer plus lorsqu'il s'agit d'elle. Contre toute attente, j'aime cette sensation. C'est intime, oui – sûrement bien trop. Mais ça me plaît – sûrement bien trop, aussi.

Tandis que j'enregistre le moindre détail de sa physionomie, de son nez droit et délicat en passant par son petit grain de beauté sous son œil gauche, je me remémore tout ce qu'elle m'a raconté hier soir. Elle n'a pas été aussi prolixe que je l'espérais, élaguant certaines de ses réponses que j'aurais aimées plus détaillées.

Malgré ma curiosité croissante, je n'ai pas voulu la braquer. June est sans cesse sur la réserve. Un faux pas de ma part, et elle se refermera comme une huître.

Néanmoins, cette discussion m'a permis de la cerner un peu plus. Je comprends mieux son attitude hautaine et froide, ses piques acérées envers son « amie » Megan, qu'elle déteste en réalité, son rapport forcé avec Ethan, son soi-disant petit ami. June est entourée, plus que je ne l'ai jamais été, mais en dépit de cela, elle est seule. Elle n'a personne à qui se confier. Moi, j'ai Penny et Savannah. Et si je ne leur raconte pas tout, c'est par choix. Mon choix. June n'a pas ce luxe. D'après ce que j'ai compris, son daron décide de tout, jusqu'aux moindres détails du quotidien, comme les vêtements qu'elle porte. June brille en apparence, mais ce n'est qu'une façade. D'où la tristesse permanente tapie au fond de ses prunelles.

La vérité, c'est qu'elle n'a pas plus de liberté que moi. Moi, je suis lié au gang ; elle, à son père. Nous sommes différents, et pourtant si semblables, d'une certaine manière.

Puis, il y a sa mère. Je ne sais pas trop quoi en penser. Elle semble avoir perdu l'esprit et être complètement shootée. June m'a dit qu'elle n'a pas réussi à établir un contact avec elle, malgré ses tentatives. Ce serait à cause de son nouveau traitement : une thérapie expérimentale contre la dépression. Sa maladie explique le vide dans son regard que je percevais à chacune de ses apparitions à l'écran. Seulement, un truc me chiffonne. Pourquoi Mme Harrington est-elle surveillée par Esther, son chien de garde ? J'espère que ce n'est pas parce qu'elle est suicidaire ou quelque chose comme ça. June ne s'en remettrait pas. Elle a l'air d'adorer sa mère plus que tout, autant que moi je tiens à Savannah. Ça se ressent à la façon dont elle parle d'elle avec amour, dévotion et nostalgie, à la frayeur sur son visage lorsqu'elle l'a aperçue dans la cuisine et à la lueur de gratitude après qu'elle l'a vue un peu.

June remue. J'hésite à fermer les yeux pour faire semblant de dormir, puis opte pour la franchise. Oui, je la mate pendant son sommeil.

Elle s'étire, tandis que sa main caresse paresseusement mes pectoraux. Je retiens un rire. Enfin, ses cils papillonnent, signe de son réveil imminent. Elle me dévisage de ses grands yeux écarquillés. Un sourire fend mon visage.

– Bien dormi ?

– Qu'est-ce que tu fiches ici ? m'attaque-t-elle en guise de bonjour.

– Tu m'as invité chez toi, hier, tu te souviens ?

– Dans ma maison, pas dans mon lit… précise-t-elle d'une voix encore gorgée de sommeil. Tu étais censé dormir dans une des chambres d'amis.

Mon sourire s'élargit.

– Pour ça, il aurait fallu que tu me lâches.

Nos membres sont enchevêtrés, mais c'est elle qui est enroulée, tel un serpent, autour de moi.

– Je vais finir par croire que tu me kiffes.

Elle se redresse et me jette son oreiller dans la figure. J'éclate de rire.

– Et moi je croyais que tu n'aimais pas t'endormir dans le même lit qu'une fille. Ce n'est pas ce que tu as martelé, hier soir ?

Mon sourire se fait taquin pour masquer le frisson qui dévale mon échine.

– Il y a des exceptions à tout, j'imagine.

– Arrête de sourire ainsi !

À cette injonction formulée avec tant d'ardeur, je ne peux qu'obtempérer… mais pour étirer davantage mes lèvres. Aussitôt, ses joues rosissent. Elle paraît encore plus troublée. June n'est pas aussi insensible qu'elle veut le laisser croire. J'en prends note et me promets de dégainer plus souvent ce genre de sourire en sa présence.

Je me redresse, puis renifle.

– Je rêve, ou ça sent le bacon grillé ?

L'odeur réveille mes papilles, je me rends compte que je suis affamé. Le plateau-repas d'hier soir ne m'a pas vraiment calé et j'ai une dalle monstrueuse.

Ce fumet si familier me rappelle la maison. Et Sev-Savannah. Ma sœur… Cette réalité s'installe doucement en moi, me réchauffe, mais elle réveille aussi une peur sourde. Savannah est courageuse, bien plus que je ne le serai jamais, mais nos cercles de connaissances, notre environnement n'ont rien de tolérant. Le gang, avec ses règles figées et ses idées étroites… Que feraient les WEN s'ils découvraient cette partie d'elle ?

Je m'empare de mon téléphone, laissé en charge sur la table de nuit, pour prendre de ses nouvelles. Une boule d'appréhension se forme au fond de ma gorge. J'espère qu'elle va bien, qu'il ne lui est rien arrivé, que son secret est toujours préservé, que les parents de son pote la nourrissent correctement. Même si ce n'est plus un bébé depuis longtemps – à West River, on mûrit beaucoup plus vite qu'ailleurs –, j'ai toujours été protecteur. Depuis son coming out, c'est pire encore, je ne peux m'empêcher de m'inquiéter.

Jusqu'à ma mort, elle restera l'être le plus important de mon univers, la personne sur laquelle je dois veiller et que je dois protéger, au péril de ma vie s'il le faut.

Elle décroche dès la deuxième sonnerie, ce qui me rassure instantanément. Sa voix est comateuse lorsqu'elle bredouille mon nom. Oups, je l'ai réveillée.

– On dort encore ?

– Il n'est même pas dix heures et on n'a pas cours, râle-t-elle d'une voix enrouée. Pourquoi t'appelles aux aurores ?

Elle grogne. À moins qu'elle ne ronfle.

– Tu connais l'adage : l'avenir appartient à ceux qui se lèvent tôt. Puis, dix heures, ce n'est pas l'aurore, c'est même plutôt assez avancé dans la matinée.

Silence.

– Sav…

Je manque de l'appeler Savannah, avant de me souvenir in extremis que June est à côté de moi.

– Sevan ?

Je ris intérieurement. À coup sûr, elle s'est rendormie. Pas grave. Je sais qu'elle est en bonne santé puisqu'elle pionce comme un bébé. C'est le principal. Je raccroche en décidant de la rappeler plus tard. Qu'elle profite, elle a raison.

– Ton frère va bien ?

– Mmh, on peut dire ça. Il est encore dans les bras de Morphée.

– Un garçon plein de bon sens. On n'a pas école, la grasse mat' jusqu'à midi est obligatoire, argumente June avec suffisance tandis qu'elle ferme les paupières.

Je profite de ce qu'elle se rendort pour prendre des nouvelles de Penny. Avec la tempête, je n'ai pas pu la voir hier soir comme je l'escomptais. Bien évidemment, elle ne répond ni à mes appels ni à mes messages. À cette heure, c'était à prévoir.

Bordel, Penny ! T'as intérêt d'aller bien et de prendre un minimum soin de toi, sinon tu auras affaire à moi !

J'espère vraiment qu'elle ne touche pas à la merde qui circule en ce moment, selon les WEN. La dernière fois que je l'ai eue au téléphone, elle riait. Ça doit aller. Elle va forcément bien. Elle aussi, je dois arrêter de la materner, c'est une grande fille, libre, forte et indépendante.

Un grognement me rappelle la faim qui me tiraille le bide. Mon estomac réclame la collation qui l'attend à la cuisine. Je secoue June. Elle ouvre péniblement les yeux pour me fusiller d'un regard furibond.

– Tu veux mourir ?

– J'ai le droit au repas du condamné avant ? Parce que si je ne mange pas d'ici peu, je vais probablement décéder d'un instant à l'autre.

– Enfin une bonne nouvelle ! marmonne-t-elle en luttant contre le sommeil qui la rattrape déjà. Mais crève en silence, s'il te plaît. Y en a qui voudraient dormir.

– Soit on descend manger le bacon grillé qui embaume toute la maison, soit c'est ta chatte que je bouffe. Tu choisis, plaisanté-je.

Je replace une mèche de ses cheveux derrière son oreille ; mon côté romantique qui s'exprime, comme pour adoucir la crudité de mes paroles. Elle lâche un petit ricanement moqueur.

– Ça fait des années qu'on n'a plus d'animaux. Si

t'as vu un chat, ce n'est pas le nôtre, marmonne-t-elle dans un bâillement.

J'arque un sourcil explicite et dessine ses lèvres du bout des doigts. Son cerveau embrumé de sommeil capte enfin l'allusion, pourtant peu subtile. Son expression se fige tandis qu'elle rougit furieusement. Elle s'éloigne pour échapper à mon contact et frappe ma main d'une claque aussi vive que fugace.

– Tu es grossier.

– On a déjà établi ce constat, il me semble.

Je m'arme de mon sourire.

– Alors, quel menu tu préfères ?

– Tu espères me choquer pour que j'accepte d'aller petit-déjeuner au lieu de gratter des heures de sommeil supplémentaires, j'ai compris ton manège. Et si j'envisage la seconde option, tu vas faire comment, hein ? me nargue-t-elle.

Je l'attire vers moi d'un mouvement rapide et la surplombe. Je prends garde, toutefois, à ne pas l'écraser de mon poids en m'appuyant sur un coude. Un hoquet surpris soulève sa poitrine.

– Tu disais ?

Je la lorgne avec gourmandise.

– Espèce de brute, rit-elle.

– Prête pour l'étape trois ?

Son regard plus que suggestif m'indique que c'est le cas.

Et j'aime ça.

J'aime carrément ça.

En un regard, elle vient de réveiller la bête. Ma queue se dresse sous l'intensité de ses prunelles, tel un serpent sous l'influence d'une flûte enchanteresse. Un frisson court le long de mon échine lorsqu'une autre sorte de faim se répand dans mes veines. Ce qui n'était qu'une boutade, un amusement, vient de prendre une tournure plus sérieuse.

– Et si moi aussi, je voulais satisfaire mon appétit ? me provoque-t-elle en désignant mon érection.

Bordel.

Elle vient encore d'augmenter mon envie d'elle en quelques mots.

– Elle est toute à toi, lâché-je d'une voix rauque.

Sa paume se pose sur mon sexe et bouge en douceur par-dessus mon survêtement. Je retiens de justesse un gémissement sonore.

– Je… Je n'ai jamais fait ça, me prévient-elle.

Je m'en doutais. Est-ce pour cela que la sensation est décuplée ? Ce frôlement, bien que léger, me procure une onde de plaisir indescriptible dans tout le corps. Quand elle réitère sa caresse, je dois me mordre la lèvre pour réprimer le râle qui enfle dans ma poitrine. J'ai l'impression que mon cœur va quitter ma cage thoracique tant il tambourine contre mes côtes.

– Je te fais mal ? s'enquiert-elle en se méprenant sur ma crispation soudaine.

– Bordel, non.

C'est tout le contraire.

– Je ne sais pas comment m'y prendre, me confie-t-elle avec une moue pincée.

Je sais que cet aveu lui coûte. Son inexpérience la met en position de faiblesse, chose qu'elle déteste. J'ai pu le constater à plusieurs reprises.

Je décide d'être franc.

– Ça me plaît, June. Beaucoup, beaucoup.

– Oh… d'accord.

Maintenant qu'elle est rassérénée par ma révélation, son assurance revient au galop.

– J'aimerais te toucher, m'assène-t-elle avec aplomb, en arrimant son regard au mien.

– Ce n'est pas ce que tu fais déjà ?

– Sans la barrière des vêtements…

Cette fois, je ne peux contenir un gémissement rauque à l'idée de sa main en contact direct avec ma queue. Elle va me tuer. C'est certain.

Comment peut-elle être en même temps si candide et si téméraire ?

Je ne me le fais pas dire deux fois, et dénoue le lien du jogging pour libérer mon sexe. À ses immenses yeux écarquillés, je comprends qu'elle n'en a jamais vu d'aussi près auparavant. Ce qui est sûr, c'est que c'est nouveau pour elle. Elle qui, d'ordinaire, arbore une expression pleine de suffisance, n'en mène pas large. Malgré tout, derrière cette appréhension qu'elle ne peut totalement masquer, je perçois de la fascination. Voire de l'excitation.

Je saisis à nouveau sa main pour qu'elle entoure ma queue de ses doigts.

– Enserre-la comme ça. Oui, voilà, c'est ça, l'encouragé-je lorsqu'elle s'exécute. Maintenant, fais-la coulisser.

Je guide son mouvement afin d'imprimer la cadence.

Ce n'était absolument pas ce que j'avais prévu. Mon étape trois était centrée sur elle, sur son plaisir à elle. Je ne m'étais pas inclus dans l'équation. Maintenant, pour rien au monde je ne ferais marche arrière.

Sa main est sur ma queue… June Harrington a sa

main sur ma queue et me branle en dardant sur moi un regard brûlant.

Bordelbordelbordel.

Après seulement quelques va-et-vient, je sens déjà l'orgasme monter.

Bordelbordelbordel.

Je ne sais pas ce qui m'excite le plus. Sa main, la douceur mêlée à la détermination dont elle fait preuve dans son geste, ses iris incandescents qui ne perdent pas une miette de la scène ou savoir que je suis le premier à qui elle prodigue cette caresse. La chaleur de sa paume m'enveloppe, et chaque mouvement lent, chaque pression subtile semble graver une douce brûlure sous ma peau. Cela devrait m'être égal, mais ce n'est pas le cas. J'aime être celui qui l'initie. Le côté machiste en moi, pas celui dont je suis le plus fier, en est ravi. Parce que, qu'elle le veuille ou non, tout ce que nous faisons ici, sur ce lit, sera gravé en elle à jamais. Chaque soupir nous lie un peu plus, et l'idée que ces gestes vont marquer sa mémoire me fait perdre la tête. Et, comme un con, je m'en réjouis.

Je ploie sous l'intensité de ce tourbillon de sensations qui m'emporte. Sa main suit une mélodie envoûtante, un équilibre parfait entre douceur et tension, comme si elle tenait à faire vibrer chaque nerf qui me compose, à jouer de chaque frisson qui me traverse. Je voudrais faire durer ce moment, mais déjà, je sens monter les prémices de mon orgasme. C'est si bon. L'image de June jouant avec mon gland se grave en moi : ses iris, ses lèvres, sa concentration. Mes yeux se posent sur ma queue qu'elle branle, la scène est d'un érotisme fou. Cette vision associée à son va-et-vient sonne ma perte.

Un soupir saccadé quitte mes lèvres.

– Si tu ne t'arrêtes pas maintenant, je vais salir t…

– On prendra une douche, me coupe-t-elle.

Des images d'elle et moi sous la douche se dessinent sous mes paupières.

– « On » ?

– Oui, « on ». Tous les deux, ensemble. Puisque tu as choisi les deux premières étapes, je suis en droit de décider des deux suivantes.

BORDEL…

Un violent frisson me parcourt tandis que la jouissance m'emporte. Un gémissement rauque s'échappe de mes lèvres entrouvertes pendant que je couvre mon gland de ma main pour réceptionner ma semence avant qu'elle ne se répande sur les draps. Ou sur elle. Bien que cette option ne semble pas la gêner outre mesure.

Je pousse un autre râle et m'effondre sur l'oreiller.

Cette fille aura ma peau.

39

Saul

June est déterminée à prendre une douche. En ma compagnie.

Pourtant, je vois bien qu'elle est mal à l'aise. Elle m'a rejoint dans la salle de bains pendant que je me nettoyais. Puis, elle a commencé à se dévêtir. Lorsqu'elle a soulevé son débardeur pour le passer par-dessus sa tête, je suis intervenu. Non que l'idée me déplaise ; chaque instant, je prends sur moi pour ne pas la déshabiller. Mais, une chose me retient : sa peur. Son épiderme est parcouru de chair de poule, et je sais que ce n'est pas dû au froid. Elle est terrifiée. Je peux presque voir, d'où je suis, le tremblement de ses membres. Malgré cela, elle se tient droite, fière. Le regard plein de défi.

J'ai compris que sa priorité, c'est d'avoir le contrôle. Pour je ne sais quelle raison, elle a besoin d'être aux commandes, d'avoir le dessus sur moi. Elle veut que je sois à sa merci, et non l'inverse. En soi, ça ne me dérange pas. Pas quand il s'agit de sexe. Cependant, j'ai l'impression que la laisser agir à sa guise ne serait pas lui rendre service. Elle doit apprendre à lâcher prise, à faire confiance à l'autre. À me faire confiance. Pour cela, je dois opérer en douceur et lui prouver qu'elle n'a rien à craindre de moi.

Peut-être que je me goure sur toute la ligne et qu'elle est plus que prête à coucher avec moi. Ou peut-être est-ce moi qui ne le suis pas. Naaaan, je déconne. Je suis toujours prêt.

La météo joue en ma faveur, je suis coincé avec elle au moins pour quatre ou cinq jours, si ce n'est plus, alors je compte bien mettre ce temps à profit.

– Allons d'abord petit-déjeuner, proposé-je en me lavant les mains.

– T'es sérieux ? C'est quoi ton problème ? lance-t-elle d'un ton mordant. Je m'offre sur un plateau d'argent et tu oses faire la fine bouche ! Mets-le-toi où je pense, ton bacon grillé !

C'est qu'elle en deviendrait presque vulgaire. J'adore.

Elle me fusille d'un regard sombre. Ses iris me transpercent, me jugent. Me condamnent.

– C'est parce que t'as déjà pris ton pied, c'est ça ? Ah… je sais ! T'es du genre incapable de remettre ça après un orgasme.

Elle renifle avec dédain.

– Un petit joueur, c'est bien ma veine.

Oh, et puis merde !

– Tu l'auras voulu.

D'un geste vif, je retire tee-shirt et pantalon. Deux secondes plus tard, je suis nu devant elle, mon érection bien visible. Son expression se voile de surprise, ainsi que d'autres sentiments plus confus. Je pivote et me dirige vers la douche d'un pas nonchalant.

– Alors ? Tu viens ?

Ses pieds restent inexorablement plantés dans le sol, comme s'ils avaient fusionné avec les carreaux de ciment.

– C'est pour aujourd'hui ou pour demain ? la provoqué-je.

Elle déglutit à plusieurs reprises. Puis, comme si un déclic s'opérait en elle, elle inspire vivement, carre les épaules et… retire son débardeur pour me laisser admirer ses petits seins ronds. Ils ont l'air fermes comme je les aime. Ses tétons érigés, d'un rose tendre, sont un appel à la luxure. Ma queue se tend encore plus, si c'est possible.

Lorsqu'elle fait glisser son short le long de ses jolies jambes, c'est à mon tour de déglutir. Quelques instants plus tard, sa culotte suit le même chemin.

June se tient nue devant moi.

Une déesse.

Fière… et divinement belle.

C'est probablement la première fois qu'elle se tient nue devant un garçon, pourtant elle ne flanche pas, elle n'essaie pas de se couvrir de ses mains. Elle me laisse tout le loisir d'examiner ses courbes délicieuses.

J'actionne le mitigeur et attends que l'eau soit à la bonne température. Puis, de l'index, je lui fais signe de me rejoindre.

J'ai une puissante envie de la retourner, dos contre moi, de la plaquer contre le mur carrelé, d'entortiller ses cheveux dans mon poing tout en m'enfonçant en elle jusqu'à la garde. Ce désir est si violent que j'en frissonne malgré l'eau chaude qui cascade sur mes épaules. Je ferme les paupières un instant pour me contrôler. Lorsque je les rouvre, June est là, à quelques centimètres de moi. Nous nous dévisageons sans parler. Présentant à l'autre nos corps abîmés. Le sien par une mauvaise chute, le mien par un mauvais karma.

On peut dire qu'elle ne s'est pas loupée. De grandes estafilades à vif serpentent sur presque tout son corps. À ce niveau, ce n'est plus une gamelle, mais un vol plané monumental qu'elle s'est tapé. Elle a dû morfler, la pauvre. Même si un coup de fil aurait été sympa pour prévenir de son empêchement, je comprends maintenant la raison de ce faux bond.

Je voudrais embrasser chaque recoin de sa peau meurtrie.

Mon cœur rate un battement alors que nos regards se croisent. Dans le sien, je distingue une flamme d'impatience qui fait écho à la mienne. Elle et moi sommes sur la même longueur d'onde. Bouillonnants de désir. Je n'ai qu'à tendre légèrement le bras pour la toucher. Et c'est ce que je fais. Une légère caresse, qui lui laisse le temps de changer d'avis si elle le souhaite. Un sourire complice étire ses lèvres aguicheuses tandis qu'elle comble la distance entre nos deux corps. J'enserre sa taille, mon érection vient s'écraser contre son ventre et ma bouche capture la sienne. Ce n'est pas un baiser doux comme les fois précédentes ; il est féroce, impérieux, à l'image du tourment qui m'anime. Je n'ai jamais éprouvé une urgence si dévorante. Un besoin primitif d'elle. Tout entière. C'est ça : je la veux, elle, *tout entière*. Je ne cherche pas à analyser ce sentiment, car je sais qu'il n'est dû qu'à mon effervescence. Ce n'est pas de l'affection, mais de l'excitation.

Elle me rend mon étreinte, se colle tout contre moi. Mes mains partent à l'aventure de son corps. C'est la première fois que je la touche, mes doigts glissent sur le velouté de sa peau. D'abord son dos que j'explore en douceur, avant de descendre, inexorablement, vers ses fesses charnues. Je les saisis à pleines mains sans, cette fois, la barrière de la serviette. Elle gémit contre mes lèvres et se frotte contre ma queue tendue.

Contrôle-toi, Saul !

Je suis tiraillé. Si je la baise maintenant, elle est capable de me jeter la seconde suivante, en m'ordonnant de rentrer chez moi malgré le blizzard. Je ne suis pas ici par charité ni parce qu'un lien d'amitié entre nous s'est instauré. Elle a été claire sur le sujet. Nos rapports ont certes évolué en vingt-quatre heures, elle ne me traite plus de 3B, emploie de plus en plus mon prénom au lieu du « Westy » qu'elle crachait habituellement. Dans son regard, le dégoût a été remplacé par de l'intérêt. Cependant, elle reste June Harrington. Je ne dois pas l'oublier. Et j'ai une mission à mener. Je n'ai toujours pas eu l'occasion de fouiner dans les dossiers du maire. Je crois savoir dans quelle aile se situe le bureau, mais ce ne sera pas facile d'y accéder.

Soudain, une idée me traverse. Et elle m'excite comme un fou.

Je détache ma bouche de la sienne.

– Caresse-toi… lui susurré-je au creux de l'oreille.

– Quoi ?

– J'aimerais que tu te caresses. Tu as déjà fait ça, j'imagine… Quand tu es seule dans ton lit, par exemple. Montre-moi comment tu fais, insisté-je.

Avec délicatesse et sans pression, pour lui montrer qu'elle peut à tout moment refuser, je dirige sa main entre ses jambes.

– Ça va pas ! T'es malade ! s'insurge-t-elle aussitôt.

Ce que je lui demande requiert un lâcher-prise total, et je me doute que c'est loin d'être dans ses habitudes.

Je retire ma main pour la laisser libre de ses mouvements : ce choix lui appartient. J'ajoute cependant, en la regardant droit dans les yeux :

– Fais-moi confiance. S'il te plaît.

Je veux qu'elle lise ma sincérité dans mon regard. Ce n'est pas une pratique rabaissante comme elle le croit peut-être, mais un acte de partage.

Nous nous fixons sans qu'aucun de nous ne bouge. Mon cœur est au bord de l'explosion. Quand ses lèvres s'entrouvrent et qu'un léger halètement en sort, je baisse les yeux vers son entrejambe.

Ses doigts sont toujours là.

Et ils s'activent…

Je lâche un râle sonore lorsque je constate qu'elle se masturbe comme je le lui ai demandé. Ses doigts glissent entre ses replis, frottent doucement son clitoris, avant de s'insérer en elle. Je suis incapable de détacher mon regard de ce spectacle.

Elle ressort ses phalanges humides de sa chatte pour venir caresser de nouveau son clitoris, avec plus d'ardeur cette fois-ci. Elle gémit, son buste se soulève comme lors d'un effort, faisant trembler ses petits seins ronds.

– T'es tellement belle. Tellement bandante.

Ce n'est pas le compliment le plus glamour, mais c'est la stricte vérité. Je n'ai jamais bandé si fort pour une fille.

Sans plus attendre, je saisis ma queue et entame un va-et-vient. Je lorgne ses tétons érigés qui m'appellent.

– Je peux ?

Elle suit mon regard et opine avec un gémissement qui manque de me faire défaillir. La seconde suivante, je me courbe pour saisir entre mes dents la pointe d'un de ses mamelons. J'alterne morsures légères et coups de langue mutins. Puis, je passe à son jumeau. Je libère son téton aussi dur que de la pierre pour admirer un instant ses seins fermes. Ils sont petits, ronds, doux. Parfaits.

Mon regard glisse plus bas. Là où ses doigts coulissent entre ses replis. Les caresses qu'elle se prodigue sont de plus en plus rapides, sa respiration de plus en plus anarchique.

C'est ça, donne-toi du plaisir !

J'accélère moi aussi le rythme. Je ne vais pas tarder à jouir, surtout quand je sens ses iris enflammés posés sur mon sexe. Elle non plus n'en perd pas une miette. Elle aime me regarder pendant que je me branle. Je l'avais déjà remarqué tout à l'heure.

– Je ne pense pas pouvoir jouir ainsi, soupire-t-elle soudain.

Ah bon ? Sa révélation me laisse perplexe. Avec une lenteur calculée pour qu'elle puisse comprendre mon intention et m'arrêter au besoin, je glisse ma main à la rencontre de la sienne. Je passe une phalange le long de sa fente pour évaluer son état d'excitation. Elle est trempée.

– Tu mouilles beaucoup, pourtant.

Ma réflexion lui tire un grognement. Elle meurt d'envie de me frapper pour avoir osé le révéler à voix haute.

Je ricane.

– Besoin d'aide ?

Devant son silence, j'insiste :

– June ?

Cette fois, un oui distinct franchit ses lèvres.

J'écarte l'une de ses jambes et la soulève afin de la poser sur le siège. Puis, je m'agenouille devant elle.

Son air mi-intrigué, mi-fasciné m'extirpe un petit rire.

Puis, ma langue s'enfonce dans son intimité. Avec lenteur, j'introduis mon index en elle. J'ai peur de lui faire mal, alors je courbe mon doigt et reste près de l'entrée de son vagin, me contentant d'exercer un frottement sur la paroi rugueuse, là où je sais que la sensation est décuplée. Pendant ce temps, ma langue continue son tourment et lèche sans répit son clitoris. Ses gémissements ne tardent pas à résonner. De plus en plus fort.

Ma queue palpite d'un désir non assouvi, mais je centre toute mon attention sur June. Elle d'abord. Je veux lui offrir un moment inoubliable. Je la lape, la mordille, alterne les caresses douces et rapides. Je m'adapte à ses soupirs. Elle aime que mes doigts la pénètrent à une vitesse assez soutenue, mais préfère que ma langue tournoie avec lenteur sur son clitoris gonflé.

J'aime entendre les sons qu'elle émet sous l'effet de l'extase que je lui procure. Enfin, elle se lâche ! Sans honte ni tabou. Juste elle et moi.

C'est ça, June !

J'accentue le frottement tandis que j'aspire son clitoris entre mes lèvres. Le cri de plaisir qui suit me hantera lors de mes nuits solitaires. Son corps est parcouru d'un tremblement si puissant que je dois la retenir par la hanche pour éviter qu'elle s'écroule.

Sans attendre qu'elle récupère, je me colle à elle.

J'englobe mes couilles d'une main, enserre ma queue de l'autre, et après deux allers-retours le long de ma hampe, je jouis avec violence, la tête enfouie dans son cou.

***

J'ai tellement mangé que j'en ai la nausée. Je me suis pété le ventre comme jamais. Peut-être parce que je n'ai pas l'obligation de me rationner les jours suivants. À la péniche, certaines semaines sont compliquées et le frigo est plus souvent vide que plein. Savannah et moi, on a pris l'habitude de se nourrir d'un rien et d'économiser la moindre miette. Il nous arrive de ne pas manger à notre faim. Le repas terminé, notre estomac n'est rempli qu'à moitié.

Voir cette profusion de nourriture chez June m'a un peu fait perdre les pédales. J'avais envie de goûter à tout. J'ai même caché de la bouffe dans mon sac à dos pour que Savannah puisse aussi en profiter.

Une fille comme June, qui a toujours eu son assiette garnie, ne peut probablement pas comprendre. Si elle n'a fait aucune remarque en me voyant planquer des cookies et autres aliments dans mon sac – je n'ai pas été des plus discrets –, son sourcil relevé parlait pour elle. Mais je m'en fous. Qu'elle se moque si ça lui chante. Savannah va sauter de joie, c'est tout ce qui m'importe.

Maintenant que nous sommes remontés dans sa chambre, je digère, allongé sur le dos, les mains croisées derrière la tête, en rigolant bêtement devant une émission de divertissement. June s'est endormie, la paume sous sa joue. Elle semble détendue, apaisée. J'évite de la mater comme un pervers, mais mon regard dérape dans sa direction plus souvent que je ne le voudrais. Plus je l'observe, plus je la trouve incroyablement belle. Et cette attirance que je ressens n'est pas que physique. Malgré son caractère de garce, elle possède un petit truc en plus que je ne parviens pas à cerner. Une sorte d'alchimie étrange qui nous relie. Peut-être parce qu'elle aussi n'a qu'une fausse liberté ?

Je soupire. Mes yeux dévient une dernière fois vers June avant que je me décide à bouger. C'est le moment idéal pour visiter la maison, plus particulièrement le bureau d'Harrington. Les débilités à la télé, ça va deux minutes. Je ne dois pas oublier la corvée que m'a confiée ce connard de Nichols. L'échec n'est pas permis. Il ne l'était pas avant, il l'est encore moins maintenant. C'est une question de survie pour Savannah. Si je parviens à dénicher une information capitale, je pourrai négocier ma liberté. Si seulement je savais quoi chercher. Je me rassure en me disant qu'au moins, les traceurs sont installés, que ce soit sur la voiture d'Ethan ou sur le téléphone de June.

Je me redresse en retenant mon souffle, de peur qu'elle ne se réveille. Par chance, elle dort à poings fermés. Avec un soupir de soulagement, je me faufile hors de la pièce.

Me débarrasser de June : fait.

Reste Esther, le chien de garde. Je ne dois pas la sous-estimer. Elle a démontré sa capacité à tenir son rôle de cerbère et sa pugnacité. La villa est grande, mais Esther semble deviner la moindre présence avant même que qui que ce soit apparaisse. Flippant.

– Monsieur Saul ! m'interpelle-t-elle à peine ai-je mis un pied au rez-de-chaussée.

C'est quel genre de sorcellerie ?

Je me retiens de couiner comme un garçonnet apeuré.

– Vous avez besoin de quelque chose ?

Je me demande s'il y a des caméras dans la maison. Ça expliquerait sa réactivité.

– J'ai faim…

Si j'avale une bouchée de plus, je vais gerber. Mais c'est la seule excuse qui m'est venue.

– Encore ?

Elle m'examine d'un œil critique, puis opine du menton.

– Vous n'êtes pas très épais. Allons-y, je vais vous préparer un repas.

Pitié, non. Je vais exploser.

J'étire mes lèvres dans une tentative de sourire en ravalant la montée de bile qui me soulève le cœur. Et, d'un pas résigné, je la suis jusqu'à la cuisine.

– Il y a des caméras dans la villa ? lancé-je tout à trac.

Esther fronce les sourcils.

– Pourquoi ça vous intéresse de savoir ça ?

Je décèle une pointe de méfiance dans sa voix. J'y suis allé de manière trop frontale.

– Simple curiosité. Je n'en ai pas remarqué, alors ça m'intrigue. J'imaginais qu'une maison aussi luxueuse serait sécurisée au maximum, avec des gardes et des caméras partout.

Je hausse une épaule indolente.

– Hum… On est à East River, rétorque-t-elle.

J'attends qu'elle enchaîne et qu'elle développe, mais ce n'est pas son intention. Pour elle, la conversation est close, comme si sa déclaration expliquait tout. Je masque ma frustration par un hochement de tête. J'espère seulement que cela signifie qu'Harrington estime ne pas en avoir besoin. Sinon, je ne donne pas cher de ma peau lorsqu'il découvrira un Westy arpenter ses couloirs. Ou pire, fouiller son bureau.

L'heure tourne. Je dois m'esquiver au plus vite pour accomplir ma tâche.

Tandis qu'Esther s'affaire aux fourneaux, mon cerveau carbure à mille à l'heure. Enfin, il essaie. Le résultat n'est pas concluant. C'est comme si mon logiciel interne n'était pas capable d'assurer deux tâches en même temps. Or, en ce moment, toutes mes ressources sont dédiées à la digestion d'une avalanche de nourriture. Toute mon énergie est focalisée là-dessus, engendrant une fracture dans mon système neuronal. Le trou noir, total et abyssal. Rien ne me vient à l'esprit.

Après m'être creusé la cervelle pendant un temps précieux, m'éloignant par là même de mon objectif, je lui balance un pathétique :

– J'ai besoin d'aller aux toilettes.

Elle pivote et me lance un regard trouble.

– Bah, allez-y. Vous voulez quoi, ma permission ?

Je ricane, mal à l'aise.

– Oh, utilisez celles qui sont juste à gauche en sortant. Ce sont les plus proches.

J'acquiesce et m'éclipse en vitesse. Je n'ai que quelques minutes, tout au plus, avant que l'alarme d'Esther se déclenche.

Je fonce à travers le large corridor, dépasse le salon Louis XIV et ses dorures tape-à-l'œil, et me retrouve dans un autre couloir qui se divise en deux. Après une hésitation, je choisis celui qui part vers la gauche. Je dérape et manque de trébucher sur la moquette bleu électrique aux grandes fleurs de lys dorées. Je grimace devant sa laideur. Enfin, trois portes se dessinent. L'une d'elles est protégée par deux gros verrous et une serrure de sûreté. C'est sûrement le bureau du maire.

Je peste dans ma barbe. Les verrous sont assez simples. En revanche, la serrure multipoints va poser un problème. Je n'ai pas le matériel pour la crocheter, et une épingle ne suffira pas. Je me baisse pour l'examiner avec attention. Je jure plus fort en comptant neuf points de fermeture. Le modèle le plus difficile à faire sauter. Il me faudra bien plus que quelques secondes pour en venir à bout. Je dois donc opérer la nuit.

J'étudie à nouveau cette satanée porte, listant mentalement les outils dont j'aurai besoin.

– Si j'étais toi, j'oublierais cette idée !

Je bondis sur place.

Merde ! June.

40

June
Un peu plus tôt

Saul a un problème avec la nourriture. Je le soupçonne d'être boulimique. Sinon comment expliquer son comportement ?

Tandis qu'il engloutit son assiette de bacon – qu'il m'a longuement réclamée –, je rejoins Esther dans le garde-manger. J'aimerais son avis sur la question.

– Tu as remarqué comment Saul se jette sur son repas ? Tu crois qu'il se fait vomir après pour rester mince ?

– Il a juste faim, grommelle Esther.

– Je l'ai vu planquer des biscuits et des fruits dans son sac…

– Oh !

Sur cette magnifique interjection, Esther retourne à ses conserves. Elle est débordée de travail, puisqu'elle est seule à gérer la maison.

Je tapote son épaule.

– Alors ? C'est de la boulimie, tu crois ?

– Non. Il fait des réserves.

Je la dévisage sans comprendre.

– Il vient de West River. Ses parents sont probablement des ouvriers de l'usine de recyclage ou de la scierie. Ou bien, peut-être sont-ils au chômage. Dans tous les cas, ils doivent avoir du mal à joindre les deux bouts.

– Sa mère est morte. Et son père…

J'hésite à lui avouer que c'est un chef de gang. Quelle image aura-t-elle de Saul après ? Elle voudra sûrement qu'il quitte la villa au plus vite.

– … est un alcoolique.

Ce qui n'est pas un mensonge. Je le tiens de la bouche même de Saul.

– Il a aussi un petit frère, Sevan. Il a 13 ans.

– Alors, il fait des réserves pour lui et son frère.

– Tu crois ?

Elle hoche la tête avec conviction.

– Il n'a pas assez d'argent pour manger ?

Cela me paraît tellement inconcevable. Surtout avec son père comme chef d'un des gangs les plus puissants de la région. Quoique, à y réfléchir, c'est vrai que le rafiot où il vit fait peur. Mince, il est bien plus pauvre que je le pensais, dans ce cas. Sa Harley rutilante m'a dupée.

– Prépare-lui un sac de provisions avec nos meilleurs plats. Ne lui dis pas que l'idée vient de moi. Donne-le-lui seulement quand il partira. C'est compris ?

– Il en sera fait selon vos souhaits.

Je renifle devant son sourire malicieux. Si mon père me voyait à cet instant, il m'enverrait croupir dans la cave illico presto, afin de me remettre du plomb dans la cervelle. À peine deux jours qu'il est parti, et je verse déjà dans le sentimentalisme. Une vraie chiffe molle.

Je réprime le sourire de satisfaction qui menace de barrer mon visage. Mais imaginer la mine réjouie de

Sau… de Sevan gonfle mon cœur. Je le fais pour lui, évidemment. Pas pour Saul.

Après le repas, Saul et moi montons dans ma chambre. Je crois qu'il s'y plaît. C'est vrai qu'elle est agréable. Spacieuse et bien agencée. Sans compter l'immense écran plat face à mon lit. Je lui fais découvrir Netflix, Disney, ainsi que toutes les chaînes payantes qu'il n'a jamais vues. Son choix s'arrête sur une émission de divertissement complètement débile. J'aurais dû protester, mais je n'en ai pas eu la force en entendant son rire joyeux. Il ne s'esclaffe pas à grand bruit, mais de manière adorable.

Adorable ?

Bon sang ! Qu'est-ce qui m'arrive ? La fatigue, sûrement.

Je me cale non loin de lui, de façon à sentir sa chaleur sans pour autant le toucher. Mes paupières se ferment tandis que je suis bercée par le doux son de son rire. Je ne dors pas, je profite de cette mélodie. C'est apaisant.

Après un certain temps – je ne saurais dire combien –, je sens l'atmosphère se transformer dans la pièce. Saul bouge à mes côtés. Le matelas est d'un coup allégé de son poids. Il s'est levé ? J'ouvre un œil intrigué. Saul, dos à moi, a la main sur la poignée de la porte. Quand il se retourne, je m'empresse de refermer les yeux, pour je ne sais quelle raison.

Une fois seule, je me redresse.

Où est-il parti ? La salle de bains et les toilettes sont ici. Son estomac est plein. Alors, pourquoi quitterait-il la chambre ? Peut-être souhaite-t-il un peu d'intimité pour téléphoner ? Il m'a parlé, avec bien trop de tendresse, d'une « pote » à lui. Penny. À sa façon de l'évoquer, ça se voit qu'il y a plus que de l'amitié.

Une sensation désagréable me noue les intestins.

À pas feutrés, je me faufile à sa suite. Des voix proviennent de la cuisine.

Ah, il discute avec Esther. Je préfère ça.

Je fronce les sourcils quand il prétend avoir faim.

Il a un ver solitaire, ou quoi ?

Je n'ai pas le temps de m'attarder sur la question, Saul apparaît déjà dans mon champ de vision. Par chance, il ne m'a pas vue. Il marche d'un pas rapide dans les couloirs, traverse le hall, puis le grand salon de réception. Il accélère encore. En réalité, il court presque.

Ma curiosité se transforme en suspicion. Pendant un instant, j'ai oublié que c'est un Westy. Ce n'est pas quelqu'un de confiance. Cherche-t-il quelque chose à voler ?

Je l'observe s'arrêter devant le bureau de mon père et trifouiller la serrure. Sûrement s'imagine-t-il qu'il y a un coffre-fort rempli de lingots d'or à l'intérieur. Je secoue la tête, mon cœur se serre de déception. J'aurais dû me douter qu'il tenterait de dérober des biens. J'ai été bête de croire qu'on était peut-être sur la même longueur d'onde. Qu'une sorte d'alchimie s'était créée entre nous.

– Si j'étais toi, j'oublierais cette idée !

Saul sursaute. L'expression d'un malaise se peint sur son visage.

– June, tu m'as foutu la trouille ! chuchote-t-il.

– Tu fais quoi, au juste, devant le bureau de mon père ?

Il hausse les épaules. J'ai remarqué que c'est un geste qu'il effectue souvent quand il est gêné. Et là, je le sens hésiter.

C'est ça, balance-moi un gros bobard, genre « je me suis perdu » ou « je cherchais les toilettes ».

– Donc, c'est bien le bureau de ton père ?

Il hoche la tête comme si j'avais répondu à sa question rhétorique.

– T'as pas les clés, par hasard ?

– Quoi ?

– Les clés ? Tu les as ?

Je bats des cils, interloquée par sa demande.

– Pour quoi faire ?

À nouveau ce haussement d'épaules.

– Assouvir ma curiosité. Ce n'est pas tous les jours que je peux visiter le bureau du maire. Je peux prendre des photos, tu crois ? s'emballe-t-il.

Soit il se moque de moi, soit il est encore plus débile qu'Ethan. Or, cette dernière hypothèse est impossible.

– Oh, désolée, tu viens de rater les horaires d'ouverture. Quant aux appareils photo et téléphones portables, ils sont malheureusement interdits, lancé-je avec sarcasme. Tu me prends pour une idiote ? Tu fais quoi, ici ?

– Oui, moi aussi, j'aimerais savoir ! tonne une voix derrière moi.

41

Saul

Ma première pensée en apercevant June pendant que je furetais près du bureau du maire ? Je suis dans la merde.

Ma seconde pensée en apercevant Esther derrière elle ? Je suis dans une GROSSE merde.

L'expert en imposture que je suis sait qu'il faut toujours se rapprocher de la vérité, pour éviter de se perdre dans le mensonge. Voilà pourquoi j'ai déclaré vouloir visiter le bureau. Ce qui est on ne peut plus vrai. En revanche, je n'aurais pas dû me prétendre aussi innocent. Ça m'a donné un air d'attardé, et June n'a pas été dupe.

Maintenant, nous sommes assis tous les trois autour de l'îlot central de la cuisine. J'ai deux paires d'yeux braqués sur moi qui attendent un motif à mon excursion ratée.

Ça tombe vraiment mal. Juste au moment où June commençait à baisser sa garde. Je plisse les lèvres de contrariété. Non seulement j'ai grillé toutes mes chances de fouiller le bureau, mais ma relation avec June va en pâtir. Et ça me contrarie. Quand elle n'est pas une chieuse, elle est plutôt chouette comme fille. Différente de ce que je me figurais. Ce qui prouve, une fois de plus, qu'il ne faut jamais se fier aux apparences. Même si cela se révèle plus difficile à faire qu'à dire.

– Un Westy n'a pas souvent l'occasion d'être dans la maison du maire de la ville. C'est logique que je sois un peu curieux.

– Mais bien sûr… persifle June. Dis plutôt que tu étais curieux d'accéder à son coffre-fort ? Tu cherches quoi ? L'or ?

L'or ? Harrington cache des lingots d'or dans un coffre ?

Je ne devrais pas être si étonné au vu de son goût prononcé pour ce métal doré, mais quand même. *Bordel !*

À mon expression estomaquée, elle comprend que je n'y ai pas songé. Ses sourcils se froncent, elle me sonde de ses prunelles inquisitrices. La gouvernante lui fait de gros yeux afin que June n'en dévoile pas plus. La réputation des Westies n'est plus à faire : même Esther, qui est des nôtres, me catalogue comme un voleur.

Je n'ai rien chouravé depuis mes 15 ans. La dernière fois, c'était lors de l'une de nos soirées *binge drinking*. J'étais totalement défoncé. La bière avait coulé à flots, les joints avaient pas mal tourné. Quand Jacob a proposé de « s'amuser un peu », je l'ai suivi dans son délire sans broncher. Nous nous sommes mis en tête d'aller taquiner les BSB en leur volant une caisse. Puisque nous étions tous totalement bourrés, l'opération a été plus compliquée que prévu. Ce jour-là, on a perdu un pote. Malcolm. Il s'est pris trois balles dans le bide et s'est vidé de son sang sur l'asphalte sans qu'on puisse le secourir. Il n'avait que 14 ans. La police a récupéré son corps froid au petit matin.

Depuis ma première cuite forcée avec mon père, je n'ai jamais aimé boire. Et la mort de Malcolm m'a ôté définitivement toute envie de récidiver. C'est à partir de ce moment que j'ai commencé à abreuver les plantes et à faire semblant.

– T'as été payé par Lopez pour l'espionner, c'est ça ? m'accuse June, dont les pommettes sont rougies par la fureur.

– Lopez ? C'est qui, lui ?

– Ne fais pas l'innocent. Je t'ai vu discuter avec Trish dans les couloirs.

Trish ? Lopez ? Mais d'où elle sort ces noms ?

– Je n'ai aucune idée de qui sont ces gens.

– Trish Lopez. La fille d'Harold Lopez, le démocrate. Et l'opposant principal de mon paternel. Ça ne te dit toujours rien ?

Ah…

Contrairement à sa fille, qui ne m'a pas fait grande impression, j'ai beaucoup d'estime pour cet homme. Le seul politicien qui semble se soucier un tant soit peu de notre sort. Nous sommes plus nombreux que les Easties. Cependant, malgré nos votes en faveur du candidat démocrate, il n'a jamais gagné une élection… Étrange, non ?

– C'est toi qui m'as proposé ou plutôt qui m'as imposé de venir chez toi, lui rappelé-je.

– Tu n'as pas nié ! relève-t-elle avec dédain.

La June hautaine et pénible est revenue au galop. Elle ne m'avait pas manqué.

Je pousse un long soupir, les paupières fermées. Puis, je plante mon regard dans le sien.

– Non, je ne suis pas un espion à la solde de Lopez. Non, je ne suis pas venu pour vous voler.

– Et la nourri…

Elle s'arrête en plein élan et se mord la lèvre sans continuer. C'est assez aisé de deviner ce qu'elle allait balancer. J'ai caché de la bouffe dans mon sac, et je sais pertinemment qu'elle l'a vu.

– Laisse tomber, finit-elle par souffler. On va dire que je te crois… Pour l'instant.

– Le bénéfice du doute, on ne l'accorde qu'une fois, renchérit Esther. J'espère que vous comprenez ce que cela signifie ?

J'opine, puis reporte mon attention sur June. Elle me dévisage. Ses joues sont encore plus écarlates que tout à l'heure, mais je ne suis plus certain que ce soit uniquement dû à sa colère.

– Je ne vais plus te quitter d'une semelle. Je serai comme ton ombre, m'avertit-elle.

Dans son ton, je sens bien plus qu'une menace. À quoi pense-t-elle ?

J'incline la tête sur le côté et l'examine à mon tour, faisant abstraction d'Esther qui ne perd pas une miette de notre échange.

– Je peux savoir à quoi tu penses pour être aussi rouge ?

– À moi t'étripant avec une cuillère en bois.

– Une cuillère en bois ? Choix d'ustensile intéressant. Peu pratique, mais intéressant.

– J'ai beaucoup à faire, nous interrompt Esther en se levant.

Elle se tourne vers moi.

– J'espère ne plus jamais vous voir rôder dans les couloirs.

Ses paroles, bien que courtoises, constituent une mise en garde réelle que je serais bête d'ignorer.

Je lui accorde un bref signe du menton.

– Si tu as fini ton inspection, on peut peut-être remonter, nous aussi ? suggère June, affable.

Le coin de ma lèvre se relève en un demi-sourire.

– Je te suis, princesse.

Une princesse… prisonnière dans une cage dorée.

Elle grogne en me fusillant du regard.

Une fois dans la chambre, elle claque la porte derrière moi, et de son corps, me bloque contre celle-ci. Ses paumes se plaquent de part et d'autre de ma tête, en appui sur le battant. Comme elle est plus petite que moi, elle se retrouve en étrange posture. Ce ne doit pas être très confortable ! Je manque d'étouffer de rire. Sa piètre tentative d'intimidation est hilarante. Quand elle constate mon amusement, son visage se plisse de sévérité.

– Maintenant, on va faire selon mes règles. Uniquement mes règles ! assène-t-elle avec conviction.

C'est plus fort que moi, j'explose de rire. Puis, comme je le ferais à un gentil toutou, je pose ma main sur son crâne et la gratifie d'une caresse.

– Trop mignon.

J'abaisse l'un de ses bras d'une poigne ferme et la contourne sans difficulté pour m'asseoir sur le lit.

– C'était quoi cette démonstration de force ? On se lance dans la domination ? Désolé, je ne vais pas pouvoir te suivre dans ce nouveau jeu. Le sadomaso, ce n'est pas mon délire. Puis, je ne suis pas branché soumis docile qui aime se faire piétiner par des talons et se prendre divers objets dans le fondement. Sans moi, princesse.

– T'es grossi…

– Tu te répètes, la coupé-je. Donc… c'était quoi ton délire, à l'instant ?

Je désigne la porte du doigt.

– Tu n'es plus en position de décider ou de demander quoi que ce soit. Ne me crois pas naïve au point de gober toutes tes paroles. Je découvrirai, tôt ou tard, le fin mot de cette histoire, tu peux en être certain. En attendant, notre deal a changé.

– Je ne crois pas, non. C'est toujours donnant-donnant.

– Après ton comportement, tu penses encore avoir des droits ? Dorénavant, je décide. On couche ensemble. Maintenant. Puis, tu dégages dès que le temps le permet. D'après Esther, les routes seront praticables d'ici deux jours.

– Et si je refuse ? Tu me violes ? m'écrié-je d'une voix alarmée. Ou tu te contentes de me foutre à la rue et de me laisser crever sous le blizzard ?

Je me compose un masque de tristesse.

Elle rougit sous l'effet de la honte.

– Je ne te demande pas la lune, murmure-t-elle avec une pointe de dépit. Tu me dépucelles et on en parle plus. Pas besoin de ta langue, de tes doigts ou de je ne sais quoi. Juste ta…

Elle désigne ma queue d'un mouvement vague de la tête.

– Bref. C'est simple à comprendre. Et à faire.

– Certes. Mais c'est bien plus fun avec mes doigts et ma langue, non ? Tu n'as pas aimé que je te lèche ?

Elle s'approche et cogne son poing contre mon épaule.

– Mais, tais-toi ! Pourquoi tu parles de ce genre de choses ?

– Et toi, pourquoi ça te gêne ? Tout à l'heure, tu n'avais pas l'air mal à l'aise quand ma langue caressait ton cli…

– Je ne veux pas en discuter avec toi !

– C'est toi qui as commencé, ne puis-je m'empêcher de préciser.

– Tu m'énerves.

Elle expire bruyamment avant de s'adoucir, d'un coup.

– Je n'ai pas envie de tout ça. Les baisers, les caresses. Tout ça, c'est trop.

Elle souffle ces dernières paroles comme un aveu qui la torture.

– Pourquoi ?

J'insiste devant son silence.

– Pourquoi, June ? Pourquoi, c'est trop ?

– Parce que je ne veux pas… Je ne veux pas…

– Tu ne veux pas quoi ?

J'ai l'impression de lui arracher les mots de la bouche avec une tenaille, tant elle peine à les prononcer.

– M'attacher… confesse-t-elle dans un murmure quasi inaudible.

– En quoi ce serait mal ?

Mes bras l'encerclent.

– Il n'y a pas de mal à s'attacher aux gens. En plus, je suis un gars hyper attachant.

Elle se contracte. Je ne saurais dire si c'est dû à mon contact ou à mes propos.

– Détends-toi, June. S'il te plaît, arrête de réfléchir et laisse-toi aller.

– Il y a deux minutes, tu essayais de pénétrer en cachette dans le bureau de mon père, me remémore-t-elle.

Je grimace devant ce rappel dérangeant.

– C'est stupide, poursuit-elle. Pourquoi s'infliger ça puisque notre relation n'en est pas une ? Elle n'aboutira jamais à rien, alors autant ne pas mêler nos sentiments à cette mascarade. C'est du sexe. Juste du sexe.

J'ai la sensation qu'elle énonce ces mots plus pour elle-même qu'à mon intention. Comme pour se convaincre de leur véracité.

– Je ne désire rien de plus, Saul.

– On peut quand même être amis, insisté-je. L'un n'empêche pas l'autre.

C'est vrai, j'ai besoin qu'on soit proches pour ma mission commando. Mais il y a aussi une part de moi – j'ignore dans quelle proportion – qui souhaite sincèrement se lier d'amitié.

– Amis ? Alors qu'on couche ensemble ? ironise-t-elle.

– À proprement parler, cette étape n'est pas encore franchie. Mais oui, pourquoi pas ? Comme des sex friends. On se donne du plaisir, on s'écoute l'un l'autre. On peut même s'apprécier. Sans que cela se transforme en relation amoureuse.

Mes lèvres rejoignent les siennes pour sceller un accord tacite. Un baiser tout en douceur afin d'attendrir son cœur austère. Si elle compte se rebiffer, elle n'en fait rien. Lorsque j'entrouvre ma bouche, c'est sa langue qui s'aventure à la rencontre de la mienne. Et je prends son initiative comme une acceptation.

June et moi sommes sur le point de franchir une nouvelle étape.

Si je me débrouille bien, mon statut pourrait être réactualisé : de « *boytoy* », je pourrais passer au rang de sex friend. Pour cela, je dois d'abord regagner sa confiance.

Après plusieurs minutes à nous embrasser, alors que nous sommes à bout de souffle, nous rompons notre étreinte. Lorsque je pose mon regard sur elle, je remarque que ses iris brillent. Bien plus qu'auparavant. Bien plus qu'ils n'ont jamais brillé. Avec ce petit quelque chose en plus, ou en moins, je ne saurais dire. C'est comme s'ils irradiaient de… bonheur ? Ou de quelque chose qui y ressemble. En tout cas, June semble heureuse. Et cette découverte me procure un sentiment d'immense satisfaction.

***

Depuis notre petite mise au point, June paraît moins empressée. Soit elle a capitulé – ce dont je doute –, soit elle partage ma vision. Toujours est-il que l'ambiance est bien plus cool. Nos échanges sont aussi plus naturels. Et animés. J'adore la taquiner. Elle ne marche pas, elle court. Elle fonce, tête baissée, avant de comprendre que je me moque d'elle. C'est si amusant de la voir faire.

Quand je regarde l'heure sur mon téléphone, je constate qu'il est déjà près de minuit. Nous n'avons même pas dîné. Comment, depuis le réveil ce matin, sommes-nous arrivés à cette heure si avancée ? Je n'ai pas vu le temps filer. Et si j'en crois les grands yeux écarquillés de June, elle est tout aussi choquée que moi par ce constat. Il faut dire que nous avons bavardé sans discontinuer. Je viens de lui relater à peu près toutes les anecdotes sur Savannah et moi.

Cela me fait bizarre de genrer Savannah au masculin alors que je m'efforce depuis des jours à déshabituer mon cerveau de le faire, mais hors de question que je dévoile à June sa transidentité.

Ça m'a permis de revivre tous les épisodes joyeux que nous avons connus tous les deux. Et il y en a eu un paquet. Parfois, avec les galères du quotidien et les difficultés de la vie, on en oublie tous ces moments de bonheur que nous avons au cours de notre existence. June a contribué à me les remettre en mémoire, sans le vouloir. Et cela fait un putain de bien.

– À ton tour, lui intimé-je. Parle-moi de la petite June espiègle. Tes anecdotes les plus drôles de ton enfance avec ta famille ou tes amis. Et si c'est gênant, surtout, n'hésite pas. Promis, je ne me moquerai pas.

Elle ricane, sachant pertinemment que je ne tiendrai pas parole. Puis son visage se plisse sous la concentration tandis qu'elle fouille ses souvenirs à la recherche de la perle honteuse de son passé. Elle réfléchit. Beaucoup. Beaucoup trop longtemps. Au fur et à mesure que son silence s'éternise, ses jolis traits se fanent.

– Y a rien d'intéressant qui me traverse l'esprit. Sujet suivant !

Elle me sourit, toutefois je lis en elle comme dans un livre ouvert.

Soudain, je comprends ! Ce qui avait disparu tout à l'heure de son regard et qui vient de réapparaître tel un fantôme inextirpable, c'est sa tristesse.

Elle est triste. Triste à pleurer.

Comment une fille qui possède tout peut-elle être si malheureuse ? Et comment se fait-il qu'elle n'ait pas un seul moment joyeux à relater ?

June, quel horrible squelette caches-tu dans ton placard ?

42

June

C'est officiel, je déteste la météo ! La tempête s'est décalée plus vers l'ouest et nous ne sommes plus en état d'alerte pour cause de blizzard. La neige est abondante, mais nous sommes habitués et équipés pour. Je n'ai donc plus aucune excuse pour garder Saul près de moi.

Je ressens déjà un manque de sa présence alors qu'il n'est pas encore parti. Pas encore, mais sur le point…

– Pourquoi tu boudes, ce matin ? me charrie-t-il.

Il ne semble pas du tout ému à l'approche de son départ. Au contraire, on dirait qu'il est pressé.

Je le maudis.

J'ai l'impression que notre « amitié » est à sens unique. Je ne suis pas amoureuse, bien sûr. Mais comme je le lui ai presque avoué, je suis un peu… *attachée*.

Toutes ces petites attentions qu'il a eues à mon égard, tous ses baisers enflammés, toutes ses caresses indécentes, tout ça, je savais que je le regretterais.

Fichu Westy !

– T'as l'air content de rentrer chez toi.

– Grave ! s'exclame-t-il sans masquer son exaltation.

Et sans se soucier de ma mine renfrognée.

– Sevan m'a manqué. D'ordinaire, on se voit tous les

jours, alors ça m'a fait bizarre d'être éloigné de lui plus d'une nuit.

Je renifle pour camoufler cette petite pointe idiote de jalousie.

– Je te raccompagne.

– Avec ton Aston ?

Il rit. Fort. Et j'ai envie de le taper. *Fort.*

– Ou comment se faire repérer en deux secondes. Si tu crois qu'un peu de neige va dissuader les hyènes à l'affût d'argent facile de sortir et de te tendre une embuscade pour piquer ta bagnole, tu rêves. Même si j'adore ta caisse, je préfère encore rentrer à pied.

– Esther ! crié-je d'un ton irrité. Esther !

– Oui, oui, répond celle-ci en accourant, tout essoufflée, au bout de quelques secondes.

– J'ai besoin de ta voiture pour ramener Saul chez lui. Il va perdre un orteil s'il rentre à pied par ce temps.

Je tends la main.

– Les clés…

Les lèvres de Saul forment une ligne sévère, il me dévisage en secouant la tête.

Parce qu'en plus, ça le contrarie que je le raccompagne ?

Je ferme les poings jusqu'à ce que mes ongles s'enfoncent dans ma chair pour y laisser des empreintes. C'est l'unique chose qui me permet de contrôler mes émotions.

***

Après avoir récupéré les clés et le sac de provisions pour Sevan, nous nous dirigeons, sans un mot, vers la boîte de conserve sur roues d'Esther. Avant de m'asseoir derrière le volant, j'ai un éclair de lucidité : je lance les clés à Saul qui les rattrape d'un geste maîtrisé.

– Tu conduis.

– C'est plus prudent, en effet, me sourit-il de son air canaille.

Il m'énerve !

Je prends place côté passager en pestant. Ce qui, immanquablement, fait rire mon binôme. Il n'a aucun instinct de survie, aujourd'hui.

Dans un silence de plomb, nous nous éloignons de la villa. Lorsque le checkpoint se profile devant nous, Saul tapote le volant de ses doigts gantés. Gants que je lui ai prêtés dans ma grande bonté.

– June, on ne t'a pas appris à dire « merci » ou « s'il te plaît » ?

– Quoi ?

C'est quoi cette question sortie de nulle part ?

– Tout à l'heure, tu n'as ni remercié Esther pour les clés, ni prononcé un « s'il te plaît » quand tu les as réclamées. Enfin, « exigées » serait plus exact. Et, à bien y réfléchir, je n'ai pas entendu une seule fois ces mots, pourtant basiques, sortir de ta bouche. Même « désolée » ne semble pas être dans ton vocabulaire.

– Est-ce que tu es en train de dire que je suis malpolie ?

– Je m'interroge, c'est tout. De la part de la fille du maire, on s'attend à un minimum de courtoisie.

– Est-ce que tu as déjà entendu mon père prononcer ces mêmes mots ?

Après une courte hésitation, sa réponse fuse :

– Non, jamais ! Même quand le lycée s'est effondré, il a réussi à se dédouaner sans présenter une seule excuse.

– Parce que chez les Harrington, on ne s'excuse pas. Cela fait partie des règles élémentaires qu'on m'a inculquées dès mon plus jeune âge. S'excuser est perçu par mon paternel comme un signe de faiblesse. On ne profère pas d'insultes ni de mots trop grossiers, parce qu'on vaut mieux que ça. On remercie avec parcimonie et seulement les personnes qui sont du même rang social. Remercier Esther alors qu'elle est sous nos ordres et payée pour obéir reviendrait à nous discréditer. Quant au « s'il te plaît », il est à éviter au maximum. Mon père l'exècre. On ne quémande pas chez les Harrington. On supplie encore moins. Que ça plaise ou non à l'autre n'est pas notre problème.

– Je peux être franc ?

Je voudrais refuser, mais je sens que, peu importe ma réponse, il me dira ce qu'il a sur le cœur. D'ailleurs, il n'attend pas mon assentiment pour enchaîner.

– Sans vouloir te vexer, ton père a l'air d'être un gros fils de… d'être un connard ! se rattrape-t-il comme si cette insulte était plus acceptable que celle qu'il avait en tête.

Il pousse un grondement sourd.

– Je ne l'aimais déjà pas beaucoup, mais plus j'en apprends sur lui, plus il me paraît abject. Même envers sa fille unique, c'est un tyran.

J'étouffe un ricanement amer. Saul ne connaît pas la moitié des agissements de mon paternel. Il est à mille lieues de la vérité. Et je prie pour que jamais il ne la découvre.

Suis-je outrée par sa réflexion ? Non. Parfois, bien trop souvent, je pense comme lui, même si ce n'est jamais en ces termes. J'aime Joseph Harrington parce que c'est ainsi que j'ai été éduquée. Je dois l'aimer, le respecter et, par-dessus tout, le craindre. Sauf que ma peur de lui a tendance à effacer les autres sentiments, elle prend tellement de place que l'amour que je lui porte se réduit à peau de chagrin, les années passant. C'est seulement quand je me rappelle son soutien indéfectible à maman que mon cœur se gorge de loyauté. Voire d'affection. Saul a Sevan, moi, j'ai ma mère. Certes, je n'ai presque aucune anecdote marrante avec elle. Du plus loin que je me souvienne, elle a toujours été malade et sujette à la dépression. Malgré ça, dans ses moments de lucidité, c'est la meilleure maman du monde. Gentille et, par-dessus tout, aimante. Malheureusement, ces épisodes sont de plus en plus rares, pour ne pas dire inexistants. Or, depuis toutes ces années, mon père n'a jamais baissé les bras. C'est ce qui me fait tenir à lui, et me prouve qu'il n'est pas un monstre. Sa manière de distiller son amour est juste différente. Plus exigeante et moins démonstrative que d'autres.

Le silence retombe. Saul est concentré sur la conduite. Si, à East River, les chaussées ont été déblayées, ce n'est pas le cas partout à West River. La plupart des routes sont verglacées, quand elles ne sont pas impraticables, et la voiture patine par endroits. Par chance, c'est un bon pilote.

– Au fait, merci pour la bouffe. Sevan va sauter de joie.

– Tant mieux.

J'essaie de garder un masque d'impassibilité, alors que j'éprouve un sentiment de satisfaction inattendu qui me chatouille la poitrine.

Soudain, Saul braque le volant et enfonce la pédale

de frein. Je pousse un cri terrifié tandis que j'observe les environs. Non sans effarement, je constate qu'il n'y a rien. Aucun obstacle ne nous barre la route.

– Tu m'expliques ?

Sans me prêter la moindre attention, Saul s'extirpe du véhicule et court en direction d'une femme, vêtue seulement d'une culotte violette. Elle est prostrée, sa tête pique vers le sol. Un miracle qu'elle ne s'écrase pas dans la neige. La majeure partie de sa chevelure brune forme un rideau emmêlé qui pend dans le vide, tandis qu'une pince en forme de squelette d'un rose irisé maintient le reste en une sorte de chignon complètement défait. Malgré la pigmentation foncée de son épiderme, sa peau est terne, maladive. De grosses ecchymoses noirâtres parsèment son corps menu. Elle est flippante. Saul retire sa veste en cuir et couvre ses épaules avec.

Est-ce une connaissance à lui ?

Je me baisse vers l'avant pour mieux l'observer depuis la place passager. Il parle fort et gesticule en agitant les bras devant elle. Rien n'y fait. Elle est totalement amorphe. Saul finit par la secouer au point que j'ai peur que son corps ne se disloque. Il lance un regard en direction de la voiture, comme s'il prenait une décision. Puis, il se penche, passe un bras sous les genoux de la femme et la porte jusqu'au véhicule.

Mon humeur déjà bien morose s'assombrit d'un cran sans que je comprenne vraiment pourquoi. Je me surprends à jalouser un détail insignifiant. C'est ridicule… mais impossible de m'en empêcher. Pourquoi est-ce que ça m'atteint à ce point ?

43

June

Saul frappe au carreau de la vitre arrière, celle derrière la place du conducteur, pour réclamer mon aide. Je l'ignore et me rencogne dans mon siège. Qu'il se débrouille !

Une salve de jurons s'ensuit. Je croise les bras et porte mon attention vers ma fenêtre. Je remarque alors que la rue n'est pas déserte comme je le pensais. Plusieurs personnes déambulent telles des loques humaines, le regard hagard, les vêtements dépenaillés et la démarche saccadée. Je fronce les sourcils. Tournent-ils un épisode de *The Walking Dead* dans la région ?

Saul me tire de ma réflexion.

– Merci pour ton aide… grommelle-t-il d'une voix essoufflée tandis qu'il se débat avec la portière et allonge la femme sur la banquette.

Je lance un bref coup d'œil à la scène depuis le rétro intérieur. Aussitôt, mon regard est happé par des iris furibonds.

– C'est qui, elle ?

– Penny… murmure-t-il.

Son ton empreint de souffrance me fait frémir.

– Elle a quoi ?

– Je ne sais pas trop. Sûrement un *bad trip*.

– Elle se drogue ? C'est une camée ? Ta meilleure pote est une camée ? m'écrié-je, horrifiée par cette révélation.

– Si tu avais sa vie, tu chercherais toi aussi une échappatoire. Ne juge pas sans connaître !

Mouchée par sa remarque mordante, je plisse les lèvres de contrariété. Il la couve d'un regard protecteur qui me donne envie de hurler, malgré moi. Une boule de jalousie, aussi brûlante qu'un feu ardent, enfle au creux de mon ventre et menace d'exploser.

Son amie est dans un sale état, et moi je ne trouve pas mieux que d'être jalouse. Magnifique, June ! Comme toujours.

Mes ongles laissent des demi-lunes sur mes paumes.

Une fois que Saul est de nouveau installé derrière le volant, je demande :

– T'as déjà couché avec elle ?

La surprise se peint sur ses traits un instant, prouvant qu'il a entendu ma question. Cependant, il fait démarrer la voiture et se concentre sur sa conduite sans amorcer la moindre réponse.

– Je te parle. T'as couché avec elle ?

– Pourquoi cette question si soudaine ?

– J'imagine que c'est un oui…

Il ne me contredit pas. Mes mâchoires grincent tant je serre les dents.

– C'est ta petite amie ?

– Non. Juste une amie.

Je ricane.

– Ah oui, c'est vrai, c'est ton truc. Une comment déjà ? Sex friend ?

Sa tête pivote légèrement dans ma direction. Je croise son regard étonné.

– Jalouse ?

– Du tout. Je m'informe. J'aimerais autant ne pas choper une I.S.T.

– On a couché ensemble quelques fois, mais c'était il y a longtemps.

– Longtemps ? La blague ! T'as que 17 ans, je te rappelle. Donc, ça ne peut pas remonter à si loin que ça.

– On avait 15 ans tous les deux, la dernière fois.

– 15 ans ?

Mon cri d'indignation le fait sursauter.

– C'était ta première petite amie, alors ?

– Elle n'a jamais été ma petite amie, puisque je n'ai jamais eu de petite amie.

– Mais c'est quand même la première fille avec qui tu as couché, insisté-je.

Je me mords la langue. J'ai l'air pathétique avec mon interrogatoire.

– Non plus. Si tu veux tout savoir, ce sont deux putes, les favorites de mon daron, qui m'ont dépucelé le jour de mes 11 ans. Satisfaite ?

Malgré son ton badin, je vois bien à ses épaules raides que le sujet est sensible. Quant à moi, je suis en apnée. Je ne sais ni quoi dire ni comment réagir.

Qu'a-t-il raconté, déjà, à propos de sa première fois lorsqu'il m'expliquait son plan par étapes ? Bon sang, pourquoi je n'y ai pas prêté plus d'attention !

C'est alors que je me souviens.

« On m'a volé ma première fois. »

Un goût de bile me remonte dans la gorge.

– On t'a... violé ? Ces... ces femmes, elles... t'ont violé ?

Ce n'est qu'un chuchotement qui sort d'entre mes lèvres. Cependant, Saul, attentif, saisit parfaitement mes paroles.

– Elles faisaient leur job, mon daron les avait payées. Mais...

Il peine à trouver ses mots. Je le vois lutter, ses yeux perdus dans un souvenir dont il ne parvient pas à se détacher. Au lieu de détourner le regard, je reste là, à le dévisager. Il m'apparaît d'un coup si fragile sous ses airs de dur. C'était un viol, ça l'était totalement, mais il n'est peut-être pas encore prêt à l'admettre.

Un poids se forme dans ma poitrine. Comment quelqu'un peut-il être aussi blessé, et en même temps en avoir si peu conscience ?

– ... c'est juste que... si j'avais eu le choix, ce n'est pas ainsi que je l'aurais envisagé. Mon daron m'avait forcé à boire. Je n'avais jamais picolé auparavant, alors je ne tenais pas bien l'alcool. Après trois bières, j'étais déjà soûl, du coup tout le reste de la soirée est flou. La quasi-totalité des WEN était là. Ils m'ont ordonné de monter l'escalier du Nation Club – c'est le bar de mon oncle. À l'étage, il y a sa piaule. Normalement, c'est une zone interdite, il ne laisse personne entrer. Mais cette fois-là, il riait avec les autres et m'incitait à grimper les marches plus vite. Ils étaient tous hilares. Dans la chambre, allongées sur le lit, se tenaient deux femmes nues. Devant mon hésitation, mon daron m'a poussé dans la pièce et a refermé la porte en riant. C'était une plaisanterie pour eux, mon « bizutage » le jour de mon anniversaire. J'entendais leurs mots grivois à travers le battant, ils attendaient dans le couloir et, à grands cris, m'encourageaient à les baiser toutes les deux. Elles devaient avoir la vingtaine, peut-être plus. Je ne sais pas trop. Elles me paraissaient vieilles, mais en réalité c'est surtout moi qui étais jeune. Bref. Elles m'ont déshabillé, fait des trucs que je n'avais vus que dans des films porno, et ensuite c'est le trou noir. Quand je me suis réveillé, il y avait des capotes sur la table de nuit, et une usagée qui traînait par terre. Les filles étaient parties et j'étais seul. Quelques heures plus tard, alors que j'étais complètement hagard, avec un mal de tête pas possible, mon daron est apparu. Il m'a félicité d'une frappe dans le dos qui a failli me décoller les vertèbres et m'a dit que, maintenant, j'étais un homme.

Ses épaules se soulèvent.

– Et… voilà. C'est tout, lâche-t-il dans un soupir. Ce n'est pas mon meilleur souvenir.

Waouh. Mon paternel est tordu, mais le sien aussi. À croire qu'ils mènent une compétition secrète pour la médaille du pire père. Forcer un gamin à coucher… c'est… répugnant. C'est un viol. Et à l'attitude de Saul, on devine que cette agression lui a laissé un traumatisme indélébile. Je comprends mieux sa réaction à mon égard. Son envie de prendre le temps, d'y aller par étapes. De sans cesse vérifier si je suis prête. Sa tendresse, sa bienveillance.

Je soupire, les paupières closes.

Je ne veux pas m'attacher… Toutefois, il a raison quand il affirme être un gars *attachant*.

Quand je rouvre les yeux, je remarque que nous nous sommes éloignés du centre-ville. Je reconnais les grands arbres qui bordent Howl River.

– On va chez toi ?

Il fronce les sourcils, étonné par ma question.

– Bah, oui. Tu pensais qu'on allait où ?

– On ne ramène pas Penny ? On ne la ramène pas chez elle avant ?

– Je ne peux pas la laisser seule dans son état. Et puis, son logement est insalubre.

Le tien aussi...

Plus nous nous éloignons des maisons et des bâtiments, plus la route est ensevelie sous la poudreuse. Alors que je pense qu'on va devoir faire demi-tour, le chemin devient à nouveau praticable, comme si quelqu'un l'avait déblayé.

– Merci, Sa-van ! murmure Saul avec fierté.

– C'est ton frère qui a enlevé la neige ?

Il opine.

– Comment tu sais ?

– Il a dû rentrer, constater que la route était encombrée et il a décidé de la nettoyer lui-même. C'est tout à fait son genre. Comme ça, elle s'assure… *il* s'assure de mon bon retour.

Il se dandine, subitement gêné, sans que j'en comprenne la raison.

Quelques mètres plus loin, comme pour confirmer ses paroles, nous trouvons Sevan, emmitouflé dans un grand manteau rouge, le coude appuyé contre une pelle fichée dans la neige. Il porte une main en visière à l'approche de notre voiture. Saul s'arrête à son niveau et abaisse la vitre. Aussitôt, le visage de Sevan s'illumine d'un immense sourire. Si communicatif que ma bouche s'étire en retour.

– Saul !

Il penche un peu la tête pour mieux voir l'intérieur de l'habitacle.

– Et la jolie Easty. Salut, June !

– Salut.

– Qui est-ce ? demande-t-il en examinant la banquette.

– Penny McCarty.

– Penny ? Ta Penny ?

Je grince des dents si fort que Saul me jette un coup d'œil intrigué.

– Merde ! C'est mauvais, ça ! souffle Sevan d'une voix où perce l'inquiétude. J'espère qu'elle ne se shoote pas avec la nouvelle drogue qui traîne en ville.

– Tu es au courant toi aussi pour la drogue ? Nichols et Tad cherchaient d'ailleurs le daron à cause de ça. Tu sais où il est ?

Sevan s'apprête à rétorquer, mais Saul le devance.

– Attends, je me gare. On sera mieux à discuter au chaud.

Saul s'arrête en plein milieu du chemin et coupe le contact. C'est ça, pour lui, se garer. Il sort du véhicule, pousse un gémissement plaintif, puis s'étire en étendant ses bras vers le ciel.

– On finira de déblayer la route tout à l'heure, m'informe-t-il ensuite, tandis qu'il extirpe, non sans mal, Penny de la boîte de conserve. Viens te mettre à l'abri dans la péniche en attendant. Après, tu pourras rentrer chez toi.

– Je n'ai pas l'intention de partir, le préviens-je une fois hors de la voiture.

Je croise les bras et observe les deux frères qui s'affairent sans m'écouter.

– Je t'aurais bien préparé du bacon, mais le frigo est vide, se désole Sevan.

– Ah, tu m'y fais penser, on a rapporté des provisions. Regarde dans le coffre, grogne Saul en soulevant Penny avec délicatesse.

– Je n'ai pas l'intention de partir.

Sevan trottine vers le coffre et l'ouvre.

– Waouh, trop bien ! s'extasie-t-il en lorgnant l'intérieur du cabas.

– Je reste ici ! hurlé-je, excédée par leur manque de considération.

Enfin, les deux têtes se tournent vers moi. L'une est effarée, l'autre… amusée.

– Plus on est de fous, plus on rit ! approuve Sevan, tout content.

Saul, lui, me dévisage comme si je venais de balancer la plus grosse énormité de la décennie.

– Tu restes ici ? répète-t-il dans une moue confuse. C'est-à-dire ?

– C'est-à-dire, prépare ton lit et mets-moi des draps propres.

Mon père est toujours absent, et la vérité est que je n'ai pas envie de me retrouver seule dans ma grande maison après ces jours en compagnie de Saul. Puis, son amie est mal en point, ils auront sûrement besoin d'une aide féminine. Et peut-être aussi que je ne souhaite pas quitter Saul tout de suite. Peut-être.

– Mais… tu ne dois pas rentrer chez toi ?

– T'as l'impression que quelqu'un m'attend, là-bas ? Je t'ai accueilli plusieurs jours, tu peux bien faire de même.

Soudain, je prends conscience d'un détail que j'avais omis.

– Ton père est ici ?

– Non, me rassure aussitôt Sevan. On ne sait pas où il est. Et en plus, il est injoignable.

– Alors, c'est réglé. Je dors avec toi, lancé-je à Saul qui peine à avancer dans la neige avec sa charge dans les bras.

– Tu es sûre que ça ne va pas poser de problème ?

Ses questions m'agacent. On dirait que ça l'embête que je reste.

– Tu ne veux pas de moi chez toi ?

– Je suis surpris, c'est tout. Mais l'idée de ton corps chaud collé contre le mien ne me déplaît pas. Loin de là.

Il ponctue sa phrase d'une œillade suggestive, et je me retrouve à sourire bêtement. Sevan s'en aperçoit, ses lèvres se relèvent en un sourire goguenard. Je me ressaisis en jurant intérieurement.

44

Saul

L'état de Penny m'inquiète. Je l'ai installée sur le sofa et j'ai couvert son corps décharné d'une couette usée que mon daron utilise quand il daigne dormir ici. Penny, elle, ne dort pas. Elle pousse des râles étranges à intervalles réguliers pendant que ses yeux roulent dans leurs orbites. C'est effrayant.

Je caresse ses cheveux sales.

– Penny, tu m'entends ?

Aucune réaction. Elle est comme possédée.

– C'est quel genre de drogue qui te met dans cet état-là ? lance June en reniflant.

Sa question, même si elle suinte les préjugés, n'est pas sans intérêt.

– Y en avait plein d'autres, comme elle, sur cette portion de route. On aurait cru à un tournage de *The Walking Dead*, ajoute-t-elle.

Quoi ?

– Y en avait d'autres ?

– Plein ! Tu ne les as pas remarqués ?

Le choc de voir Penny m'a fait occulter tout le reste, c'est vrai.

Je m'en veux, j'ai le sentiment d'avoir échoué en tant qu'ami. Je n'ai pas su être là quand elle avait besoin de moi. Jacob, à sa manière tordue, m'avait pourtant mis en garde. Mais je l'ai ignoré, préférant croire qu'elle allait bien. Au téléphone, elle semblait assez alerte, elle a même ri. J'ai sous-estimé la gravité de la situation. Pendant qu'elle était au plus mal, je vivais ma *best life* avec June, insouciant et inconscient. La culpabilité me ronge.

– Elle ne sent pas très bon, bredouille Savannah d'une petite voix gênée.

– Elle pue carrément, oui ! corrige June sans aucun tact. Elle sent l'urine à plein nez. Il faut la laver.

Je souffle. Elle a raison, on ne peut pas la laisser ainsi.

– Je m'en charge, annoncé-je.

– Certainement pas !

Surpris par la voix grondante de June, je pivote dans sa direction. Je peux presque discerner des flammes danser dans ses prunelles.

– Tu ne la touches pas.

– Pourquoi ?

– Parce que…

Elle hésite, se mord la lèvre.

– … c'est une femme, et toi un homme. Vous avez des gants ? finit-elle par demander.

Savannah secoue la tête.

– Quoi ? C'est toi qui vas la nettoyer ?

Mon incrédulité est telle que j'en bégaie.

– Ne me regarde pas avec des yeux si exorbités. Où est le souci ?

June lavant une Westy… La fille du maire va se rabaisser à doucher une Westy camée ? Waouh.

– Je l'ai déjà fait à plusieurs reprises pour ma mère, je ne vois pas ce qui te choque.

Elle renifle.

– Et puis, je m'y connais en récurage.

Elle compte y aller à l'abrasif ? On ne parle pas de casseroles, mais d'un corps fait de chair et de sang.

– Euh… Ce serait plus prudent si je…

– Si tu rien du tout. Je m'en charge ! Porte-la juste jusqu'à la douche.

Je grimace, mais accède à sa demande. June claque la porte derrière elle, me congédiant de manière brutale et explicite.

Notre salle d'eau est étroite et tenir à deux dans cet espace exigu relève de l'exploit. Nous percevons à travers la cloison les grognements énervés de June qui se cogne contre les parois et peste à n'en plus finir. Après une quinzaine de minutes, elle réclame des vêtements. Savannah et moi revenons quelques instants plus tard les bras chargés de fringues. June examine le tee-shirt noir à manches longues que je lui tends – assez grand pour servir de robe à Penny – avant d'accepter le pyjama molletonné que lui propose Savannah. Elle prend même les chaussettes en laine et le boxer rouge que lui tend ma sœur, avant de refermer la porte d'un geste sec.

Soudain, le battant se rouvre. June s'empare de mon tee-shirt.

– Ça, c'est pour moi.

Et elle claque de nouveau la porte.

Une fois Penny propre et vêtue du pyjama de Savannah, je l'assieds sur la banquette. Son visage hâve fait peur. Elle s'est décharnée en si peu de temps. La maigreur creuse ses pommettes, des cernes violacés mangent ses joues et une de ses incisives sur le devant est ébréchée sur la longueur. Mais ce qui m'inquiète le plus, ce sont ses membres raides comme des bâtons. Elle donne l'impression d'être momifiée vivante, prisonnière de son corps.

Quel pote misérable je fais.

La dernière fois que je l'ai vue remonte à la veille de l'effondrement du lycée. C'était il y a un peu plus de trois semaines. Même si j'ai pris des nouvelles par téléphone, j'aurais dû aller la voir, m'inquiéter plus. Je ne sais pas quelle saloperie l'a rendue ainsi. Sûrement cette putain de came qui circule sur le marché et dont j'ignore tout.

– Il faudrait qu'on sache quelle drogue elle s'est foutue dans les veines et quels sont ses effets.

À West River, comme drogues dures, il y a surtout le crack. Un peu d'héroïne aussi, mais en moindre quantité, car plus chère. La coke, c'est hors budget, seulement les riches s'en procurent. Penny ne pourrait jamais s'en acheter. Toutefois, à ma connaissance, aucun de ces produits ne ravage à ce point ni en si peu de temps.

– Peut-être du fentanyl ?

J'ai vu aux infos que certaines villes en étaient inondées. Je pensais Harrington à l'abri de ce fléau, car une charte a été signée en ce sens par les WEN, les BSB et les DRB – les gangs ayant une mainmise totale sur le trafic de stupéfiants. Soi-disant qu'ils avaient à cœur de protéger la population de West River. Mon cul ! Ils n'ont aucune éthique, hormis celle du pognon. L'un d'eux est un traître, et sur ce coup-là, je doute que ce soient les WEN.

– Ouais, il y a des rumeurs sur une nouvelle drogue,

mais j'en sais pas plus, me rapporte Savannah. Avec la tempête, personne n'a pu vérifier. C'est essentiellement sur Snap que l'info tourne.

J'examine Penny d'un air préoccupé. Je me sens impuissant. Je ne sais pas comment l'aider, comment la soulager. D'ailleurs, souffre-t-elle ? Même ça, je ne saurais le dire.

Contre toute attente, c'est encore June qui prend les choses en main. Tandis qu'elle brosse avec délicatesse la chevelure hirsute de Penny, elle lui décrit ce qu'elle est en train de faire. Chaque geste est accompagné d'une parole. Elle lui signale qu'après cela, elle lui donnera à manger, que Penny devra se forcer même si elle n'a pas faim, devra boire un peu d'eau aussi, pour rester en bonne santé. Sa voix est calme, posée. Apaisante. C'est étrange, mais June paraît dans son élément. Comme si elle était coutumière de ce genre de situations. En raison de sa mère malade, peut-être ? Peu importe. Elle agit de manière remarquable, et j'éprouve un élan de fierté.

Ce n'est pas la première fois que June me surprend. Elle m'oblige sans cesse à reconsidérer ma vision d'elle et à lui porter un regard nouveau. Plus j'en apprends sur June, plus j'ai de l'estime pour elle – et moins j'en ai pour son connard de daron. Derrière la pimbêche superficielle se cache une fille bien plus complexe. Et chaque pan de sa personnalité que je découvre me permet de mieux la cerner et de la respecter davantage.

Ses mots sont piquants, mais ses gestes sont doux. Sa langue est acerbe, alors que son empathie est réelle. Je suis certain que derrière cette vilaine vitrine de ronces qui protège sa poitrine se cache un cœur fragile.

June fait de l'esbroufe et se pare de faux-semblants comme d'autres se parent de bijoux. C'est quand elle baisse sa garde, comme à cet instant, qu'elle dévoile sa vraie personnalité. Malheureusement, ces moments sont trop épisodiques, et sa carapace encore trop épaisse, pour que je puisse pleinement l'apprécier.

Les heures s'égrènent doucement. Nous nous relayons pour surveiller Penny. Tandis que je cuisine, aidé de Savannah, June nourrit mon amie à la cuillère avec une patience infinie. J'ai du mal à détacher mes yeux de June. Sa beauté me bouleverse.

Je jure lorsque l'huile m'éclabousse. C'est la troisième fois.

– Si tu regardais la poêle au lieu de la jolie Easty, me chuchote ma petite sœur, hilare, ça n'arriverait pas.

– Je ne la regar…

Devant son sourcil arqué, je modifie ma défense.

– Je la surveille.

– Bien sûr.

Savannah me dévisage soudain d'un air sérieux.

– Fonce, Saul. C'est une fille chouette, ça se voit. Et elle te plaît, ça se voit aussi.

– On a de la coriandre ? Me semble en avoir vu dans les provisions. Tu peux m'en apporter, s'te plaît ?

Ma façon lâche d'éviter de lui répondre. Savannah n'insiste pas et fouille le sac posé par terre.

L'après-midi est déjà bien entamée lorsque nous nous installons pour manger. Le repas se déroule dans une ambiance agréable. June et Savannah s'entendent à merveille. Ce qui ne me surprend guère, puisque tout le monde aime Savannah, et que Savannah aime tout le monde. Ensuite, nous jouons aux cartes, discutons de tout, de rien. Une journée parfaite, si ce n'est la présence de Penny qui me rappelle que la vie est une pute et que je ne dois pas baisser la garde.

Soudain, un bruit de moteur gronde à l'extérieur. Savannah soulève le rideau de la fenêtre de notre kitchenette pour observer le quai.

– On a de la visite…

45

Saul

Je bondis du sofa, toute trace de légèreté disparue, et me place devant la porte de la salle de bains où June vient de se réfugier sous ma consigne.

– Quoi qu'il se passe, reste enfermée à l'intérieur. Tu ne sors surtout pas, June. C'est compris ? l'avertis-je d'une voix tendue.

Ma mise en garde à peine terminée, Jacob déboule dans le salon.

– Quel temps de chien !

En roi des connards, il s'ébroue comme le clébard qu'il est pour enlever les flocons de ses cheveux. Il a un œil tuméfié, si gonflé qu'il peut à peine l'ouvrir, et la lèvre fendue.

– Retire tes pompes dégueulasses si tu comptes faire un pas de plus, le préviens-je d'un ton peu amène.

– Bonjour à toi aussi, Fox ! On devrait t'apprendre l'hospitalité à coups de savate.

Je ricane.

– C'est ce qu'on a essayé de t'inculquer ? C'est quoi cette tronche de boxeur ?

– C'est tendu avec les DRB et les BSB, mec. Un vrai massacre. Oh, mais ma petite pute préférée est là ! s'exclame-t-il en apercevant Penny, toujours amorphe.

Il se frotte les mains, puis se touche l'entrejambe.

– On va pouvoir s'amuser encore, tous les deux.

Il se jette sur elle avant que j'aie pu amorcer un pas. Son corps s'écrase sur le sien tandis que ses doigts se faufilent sous son pyjama. Penny émet un râle léger, signe qu'elle est toujours parmi nous.

Savannah observe la scène, la mine horrifiée. Elle est pétrifiée sur place. Je m'éloigne de la porte de la salle de bains contre laquelle j'étais adossé.

– Ôte tes sales pattes d'elle ! Ne la touche pas !

Jacob obtempère en riant, néanmoins peu impressionné par mon coup d'éclat. Il s'assied et redresse Penny dans un même élan. Il la recoiffe d'une main, puis il passe un bras derrière son épaule.

– Penny et moi, on est super proches, maintenant. Tu connais le dicton : « Qui part à la chasse perd sa place. » C'est ma petite pute à moi. Hein, Penny ? Hier soir encore, on s'est bien amusés.

Il s'esclaffe comme si se remémorer ce moment était hilarant.

– Avec les frangins, on l'a baisée toute la nuit, cette salope, se vante-t-il, le regard toujours aimanté par mon amie. Par tous les trous. T'as grave kiffé, hein. T'aurais dû voir ça, c'était la folie. La meilleure tournante de l'année. Mieux encore que la première fois, car là on était plus nombreux. Et t'as loupé ça, dommage.

Il fouille dans la poche de son blouson.

Une nausée acide monte en moi. Son rire gras et la fierté qui dégouline de ses mots me donnent envie de vomir. Les images qu'il évoque s'impriment dans mon esprit, et ne disparaîtront jamais. Mes poings se serrent à m'en faire mal. La pièce rétrécit autour de nous, mon regard s'embrase, et la seule chose qui me retient encore de lui sauter à la gorge, c'est la main de Savannah qui, d'affolement, s'accroche à mon bras.

– Attends, Carl a dû filmer, je vais lui demander la vidéo.

Il jure quand il constate que son smartphone n'a plus assez de batterie.

– T'as un chargeur ?

Je fais signe à Savannah d'aller en chercher un. Cette dernière s'éclipse et revient dans la seconde qui suit. Elle saisit le portable de Jacob et le branche sur la prise la plus proche. Pendant ce temps, l'enfoiré ne lâche pas Penny. Il va même jusqu'à lui pincer la joue. Et pas de façon mignonne. Il n'y a jamais rien de mignon chez ce type.

– Qu'est-ce qui t'arrive, tu fais ta timide ? se marre-t-il. T'as besoin de ma bite dans ta bouche pour parler, c'est ça ? T'es en manque de queue ?

Il pivote vers Savannah.

– Tu vois, ce genre de putes, il suffit de leur glisser un petit billet dans la culotte. Deux secondes après, elles te montrent leur croupe. Faut pas hésiter, mec. Y aller franco. Un bon coup de bite dans le cul, y a que ça de vrai. C'est ce qu'elles aiment. Plus t'es violent, plus elles jouissent.

Une colère sourde fait trembler mes membres.

– C'est toi qui lui as fait ces bleus ?

Ce con pouffe, fier de lui.

– Possib…

Il s'interrompt lorsque son regard dévie dans ma direction et qu'il remarque enfin le couteau que je serre dans ma main.

– Yo, Fox. Calme. C'est elle qui est venue nous voir et qui a réclamé du fric. En gentlemen, on pouvait pas refuser d'accueillir une âme en détresse. Puis, tu sais comment elle est, elle aime être un peu bousculée, alors on lui a donné ce qu'elle voulait. Tu nous connais. Mate la vidéo avant de juger, elle était insatiable. En plus, on l'a rémunérée, hein. C'est grâce à nous qu'elle a pu prendre sa dose.

J'observe le couteau. C'est l'un des derniers qu'il nous reste, Nichols a dû nous piquer les autres. Le tranchant ne paie pas de mine, mais ça fera l'affaire.

– Puis, c'est quoi ta manie avec les lames ? Dès que je me pointe chez toi, tu me menaces avec.

– On se demande pourquoi.

– Bah, ouais, rétorque Jacob sans relever le sarcasme. Au fait, c'est à qui la bagnole stationnée devant ?

– Elle appartient à un pote à moi.

J'inspire pour stopper le frisson qui menace de dévaler mon échine. Mon couteau à la main, je retourne m'adosser contre la porte de la salle de bains. Ainsi, je suis plus rassuré.

Jacob s'étire.

– Suis crevé. Des jours que je squatte le Nation Club. Dormir sur un fauteuil, c'est naze. Heureusement, ce soir, je m'offre ta banquette.

– C'est ça, oui ! Va crécher ailleurs, la place est déjà réservée par Penny.

– Tant mieux ! On va se serrer, tous les deux. Hein, Penny ?

– Elle est à peine consciente, connard ! Puis d'abord, c'est quoi la merde qu'elle a prise ?

Jacob soupire.

– Tu vois, ça ? maugrée-t-il en désignant son visage amoché. C'est à cause de cette fichue drogue qui inonde nos rues. Les BSB et les DRB se sont alliés contre nous. Ils sont persuadés qu'on est les responsables. Sauf que c'est pas nous. C'est forcément l'un d'eux qui est en train de tous nous entuber.

– C'est quoi comme drogue ?

– Nos gars sont sur le coup, elle est encore en cours d'analyse. C'est un genre de tranq. En pire. Fentanyl, xylazine et une autre substance qui bouffe les cellules du cerveau. Suffit d'une dose pour être complètement accro. Après, tu ferais n'importe quoi pour t'en procurer. Comme cette conne…

Il lâche un soupir dégoûté.

– En à peine une semaine, les toxicos notoires, comme elle, se sont transformés en zombies. Et y en a de plus en plus dans la ville. Askip, ils ont versé cette drogue dans des boissons. Sais pas si c'est vrai, c'est une rumeur qui circule, mais c'est en train de foutre le bordel. Les quartiers les plus touchés sont ceux des BSB et des DRB. Y a des morts partout. West River va bientôt devenir une zone de non-droit. Entre ceux qui tombent sous les balles et ceux qui font des overdoses, les pompes funèbres sont à la fête.

Ma respiration se coupe alors que j'écoute ces nouvelles alarmantes.

– Tu en avais entendu parler ?

Savannah, à qui je m'adresse, renifle et murmure d'une voix faible :

– Pour la drogue, je sais rien de plus que toi. Mais l'oncle de North tient une épicerie dans la 7ᵉ, aux abords de Little Park. Il est passé aux aurores chez les parents de mon pote, il leur a conseillé de faire un maximum de courses puisque la tempête s'est calmée et ensuite de se barricader en protégeant les fenêtres. Il n'a pas fourni de détails, mais il a dit que les gangs se foutaient dessus et que les Lambdas n'étaient pas à l'abri. C'est pour ça que je suis rentré ce matin à la péniche. North voulait que je reste, mais je m'inquiétais pour toi.

– Ouais, c'est la guerre, confirme Jacob sans masquer son excitation. Et maintenant que le blizzard s'est barré, elle peut enfin commencer. Harrington va chier dans son froc, on va tout péter.

Vous allez surtout vous entre-tuer, bande de tarés.

– En parlant d'lui, t'as baisé sa fil… ?

– Tad a sûrement besoin de toi si c'est autant le bordel que tu le dis. Tu devrais rester au Nation.

– Ouais, j'sais. Mais je voulais me reposer un peu avant d'attaquer. Quatre connards de BSB me sont tombés dessus, hier, après notre séance de baise intense. J'étais tranquille, les bourses vides, l'esprit léger, tu vois le délire ? Ces fumiers m'ont pris par surprise. Avec le blizzard, je les ai pas entendus arriver. Je les aurais butés sinon. Et j'avais même pas Lucille sur moi, p'tain.

Un bruit derrière moi me fait sursauter. June vient de faire tomber quelque chose dans la salle de bains. J'ai l'impression que le son est assourdissant, il résonne dans mes oreilles. Je sens que je blêmis.

Jacob se lève. Un rictus mauvais se dessine sur ses lèvres.

– C'était quoi, ça ?

Mon pouls s'accélère. L'expression de son visage se durcit, comme si ce bruit avait réveillé son instinct de chasseur.

Peut-il déceler ma nervosité ?

– On a des souris dans la péniche. J'essayais d'en déloger une dans la salle de bains avant que t'arrives.

– Et comme un con, tu ne l'as pas eue.

Il se lève pour venir à ma hauteur. Je me cale un peu plus contre la porte.

– Rha, file-moi ton joujou ! Je vais te la choper et te l'éventrer en deux secondes. Ça me changera les idées.

À cette pensée, un sourire sadique étire ses lèvres rougies de sang séché. Il tente de saisir mon couteau, mais je suis plus rapide et le cache derrière mon dos, hors de sa portée. Jacob hoche la tête d'un air entendu, comme s'il s'attendait à ma réaction – il faudrait être taré pour le lui céder. Quand il essaie d'accéder à la poignée de la porte, je m'interpose.

– J'ai mis du raticide, ça devrait suffire.

Il claque sa langue en signe de désapprobation et lève les mains en l'air, affligé.

– Des fois, je me demande si t'es vraiment le fils de Chayton Fox et le neveu de Tady Fox ! Tu sais pas t'amuser. D'ailleurs, en parlant de ton vieux, tu sais où il est ? Bible et Nichols sont grave remontés contre lui. M'étonnerait pas qu'ils pensent à le dégommer. Il va plus être chef très longtemps. Le licenciement est pour bientôt, ricane-t-il.

Je rêve d'harmoniser sa gueule cabossée, en colorant son œil intact de la même teinte que son coquard. Mais si je réponds à sa provocation, il ne partira jamais. Or, j'ai besoin qu'il se casse. Tout de suite.

Ses yeux se portent sur la banquette. Plus précisément sur ce qu'il y a dessus, non loin de Penny.

Le sac à main de June.

Merde. Merde. Merde.

– C'est à qui ce machin ? s'étonne-t-il.

À peine sa question lancée qu'il s'empare du sac pour l'examiner de plus près.

Je maudis cette péniche d'être si petite.

– C'est pas d'la camelote… On dirait un vrai. P'tain, ça vient d'où ?

– C'est un faux, trouduc. C'est à Penny. Tu crois qu'elle a les moyens de se payer de la marque ?

Lorsqu'il commence à fourrer son nez dedans, je désolidarise mes pieds du sol et le rejoins en une enjambée pour le lui arracher des mains.

C'était moins une !

– On ne t'a pas appris que c'était impoli de fouiller les sacs des filles ?

Je tente de paraître plein d'assurance alors que de la sueur perle sur ma nuque.

– Rends-moi…

Notre échange s'interrompt à la sonnerie d'un téléphone. Les battements de mon cœur deviennent si violents qu'ils couvrent tous les bruits ambiants. C'est seulement quand je m'aperçois qu'il s'agit du portable de Jacob, et non du téléphone de June, que mon pouls consent à ralentir. J'expire l'air de mes poumons dans un soupir tendu. Je suis expert en mensonges, habitué au stress qu'ils engendrent et à cette crainte perpétuelle d'être démasqué.

Jacob a toujours été une écharde dans mon pied. Gênante et inconfortable, mais sans réel risque. Cependant, la situation n'est plus la même, la donne a changé. Et Jacob aussi. À moins qu'il n'ait toujours été aussi tordu et que je ne me sois voilé la face. Toujours est-il que, maintenant, il est dangereux. C'est une épine empoisonnée dont je dois me débarrasser. Et avec June dans la salle de bains, ma tension est à son comble.

Savannah, Penny, June. Leur sécurité, à cet instant, dépend de moi. De ma réactivité et de mon sang-froid.

La bouche fendue de Jacob se plisse tandis qu'il écoute son interlocuteur après avoir décroché. Son œil valide s'écarquille, puis il pousse un cri. D'exaltation ? Je ne sais pas trop. Il semble d'un coup surexcité et sautille littéralement sur place. D'une oreille distraite, je l'entends blasphémer, puis expliquer comment il va les saigner. J'en déduis donc que la conversation concerne une expédition punitive ou un truc du genre. Un règlement de compte, peut-être. Entre les WEN et qui ? Les possibilités sont nombreuses. Si cela pousse Jacob à déguerpir, c'est tout ce qui m'importe.

– On doit y aller ! m'annonce Jacob sans contenir son excitation. Deux jeunes Brothers ont essayé de foutre le feu au Nation Club. Par chance, Ian et Rob les ont chopés à temps. On a maintenant deux jouets accrochés au poteau des tortures. Ça va être gore, mec ! On va s'éclater !

Il n'y a pas de « on » qui tienne. Hors de question que je laisse à ma sœur la charge de Penny et de June. C'est trop de responsabilités. Je ne bougerai pas d'ici.

– Pars devant. Je dois rendre la voiture à mon pote. J'en ai pas pour long. Je vous rejoins en bécane, après.

Il opine, satisfait, sans se douter que je le baratine. Je ne me pointerai pas au Nation Club ce soir. Et si je pouvais, je ne m'y repointerais jamais.

Le soupir que je lâche au départ de Jacob est comparable à un ballon qui se dégonfle, me donnant l'impression que jusqu'alors je retenais mon souffle. Et dès que Savannah me confirme que Jacob s'est bel et bien barré et que sa voiture n'est plus visible, je me rue vers la salle de bains. J'ouvre la porte avec fracas, sans me soucier de savoir si June est présentable ou non, puis saisis sa hanche d'une main ferme pour l'attirer contre mon torse. Elle émet un petit cri de surprise. Je décèle dans son regard le même désir brûlant qui m'anime, et mes lèvres s'écrasent sur les siennes.

46

June

Une douleur sourde me vrille le crâne. J'ai du mal à rassembler mes pensées. Jacob est parti depuis plus d'une heure, maintenant. Assise sur la banquette, je suis dans une sorte de transe, alors que Penny dort la tête sur mes genoux. Elle vient de sombrer dans un sommeil profond. Ses traits marqués par la dureté des épreuves qu'elle a dû affronter ces dernières années se sont légèrement adoucis, dévoilant sa jeunesse. Penny a mon âge, il me serait facile de l'oublier, car elle semble avoir dix ans de plus. Elle a mon âge, et c'est déjà une coquille vide de substance. Brisée.

À cet instant, je voudrais être aussi dure que de la pierre, être à l'image de mon paternel : solide, intraitable, immunisée. Mais en observant Penny, je n'ai qu'une envie : me rouler en boule et pleurer. Sur son sort, le mien. Sur toute la misère du monde qui semble m'engloutir, s'engouffrer dans mon être et m'inonder de son chagrin, courir dans mes artères pour venir parasiter mon cœur.

La péniche est petite, alors la conversation entre Jacob et Saul ne m'a pas échappé. Ce type… non, ce déchet puant n'est pas humain. C'est un monstre. Ce n'est qu'aujourd'hui que je prends conscience du sort qu'il m'aurait réservé s'il m'avait trouvée dans cette ruelle. Sans Saul, je serais Penny. Il m'aurait volé mon corps. Mon âme. Ma vie. J'ai vu par moi-même les dégâts qu'il lui a causés. Les ecchymoses entre ses cuisses, les saignements…

Mais mon mal de crâne n'est pas dû qu'à cet éclair de lucidité. Il y a tout ce que cela implique derrière.

Comment mon paternel peut-il laisser ses citoyens dans un tel état de désœuvrement ? West River est au bord du gouffre. Cette réalité m'oppresse. Me culpabilise. Les œillères que mon père a consciencieusement fabriquées pour moi me permettaient de dédramatiser et surtout de l'excuser, lui, de justifier ses actes. Ce n'est plus possible maintenant. Pas avec Saul et Sevan. Eux aussi ont pénétré mon cœur, avec plus de puissance encore que le plus violent des blizzards. Et je les déteste pour ça. À cause d'eux, j'ai une boule dans la gorge qui refuse de se déloger. J'ai peur. Peur pour eux. Et ça m'oppresse, bon sang ! Je n'ai pas l'habitude de m'inquiéter autant pour autrui ou de me sentir impuissante.

Et puis, c'était quoi ce baiser, tout à l'heure ?

Malgré moi, c'est ce qui me perturbe le plus. Bien sûr, Saul et moi, on s'est embrassés un nombre incalculable de fois ces derniers jours, mais pas comme ça. Pas de cette façon. Cela n'avait rien à voir avec une envie dévorante, il ne m'embrassait pas par désir, mais par besoin. Un besoin viscéral qui m'a secouée jusqu'à l'âme. Et ce maudit baiser, combiné à la tension que j'ai éprouvée enfermée dans cette salle d'eau étroite, a pulvérisé les verrous pour libérer un drôle de sentiment. J'ai la sensation d'avoir ouvert la boîte de

Pandore. Or, ce qu'il y a à l'intérieur risque de me sauter à la figure. On connaît tous l'histoire, on sait tous comment elle finit. Ouvrir cette boîte, c'est courir à sa perte.

Alors oui, ma tête est en vrac. Sur le point d'exploser. Tout comme mon cœur.

– Ça va ? me questionne Sevan avec un adorable sourire en coin.

Non. Oui. Je ne sais pas.

Je hausse les épaules pour toute réponse, incapable de formuler un mot. Ma gorge est tapissée de tessons tranchants.

Pourquoi ai-je tant envie de pleurer ?

– On est tous fatigués, constate Saul. On devrait se reposer un peu.

Sevan acquiesce dans un bâillement sonore.

Avec délicatesse, Saul soulève la tête de Penny pour que je puisse bouger. Il la rallonge ensuite en prenant soin de bien la couvrir. Il la contemple un moment, soupire, puis d'une main posée sur ma taille, me guide vers son cagibi.

Quelques fringues sont jetées sur son fauteuil. Néanmoins, le reste de sa chambre est nickel. J'en déduis que c'est dû à un manque de place plus qu'à une flemme de ranger.

Il m'examine un moment sans rien dire. Quand j'étais coincée dans la salle de bains, j'en ai profité pour me changer. J'ai troqué mon jean et mon gilet blanc contre son tee-shirt à manches longues. Ce dernier me tombe à mi-cuisses, laissant mes jambes dénudées.

– T'es belle, lance-t-il après un silence.

Et je perçois dans sa voix une étrange souffrance.

– Tellement belle…

… que ça me fait mal. Il ne les prononce pas, pourtant je jurerais avoir entendu ces mots.

Ses yeux. Ce sont ses yeux qui expriment ce que tait sa bouche.

Je rêve de me blottir dans ses bras. Alors, sans réfléchir, j'obéis à mon instinct et me réfugie contre son torse chaud.

Aujourd'hui encore, nous avons franchi une nouvelle étape. Qui n'a aucun rapport avec le sexe ou avec notre deal. Mais qui change tout.

Du moins, me concernant…

***

Mon dernier souvenir est Saul étendu près de moi sur son petit lit de fortune, nos jambes emmêlées et ma tête sur son épaule. Pourtant, quand j'ouvre les paupières, je suis seule. Les draps sont froids, signe que Saul est debout depuis un moment.

Dans la pénombre, je tâtonne pour trouver mon téléphone. Je le déniche sous l'oreiller. Il est trois heures du matin. Mon cœur s'affole.

Où est Saul ? M'aurait-il laissée seule pour rejoindre son gang ?

Il m'a juré la veille au soir qu'il n'avait aucune intention de se rendre au Nation Club. D'ailleurs, il a même envoyé un message à Jacob devant moi pour l'avertir que sa Harley ne voulait pas démarrer. Excuse bidon pour justifier son absence.

Qu'est-ce qui a bien pu le faire changer d'avis ?

Soudain, je distingue un chuchotement en provenance

du salon. Je bondis du lit et colle mon oreille au battant. C'est moche d'épier. Cependant, je sais depuis longtemps que je suis ce genre de personne. Une Harrington.

J'étouffe un soupir de soulagement en discernant la voix grave de Saul. Il n'est pas parti au Nation Club. Il n'est pas en danger. Mon palpitant s'apaise aussitôt. L'autre interlocuteur est une femme. Penny s'est sûrement réveillée. Sa voix rocailleuse donne l'impression qu'elle n'a pas parlé depuis longtemps. Ou qu'elle a trop crié. Je ne sais pas quelle version m'effraie le plus. Son comportement n'est pas sans me rappeler celui de ma mère. La dépendance, je connais. Qu'importe le flacon pourvu qu'on ait l'ivresse. Une drogue, qu'elle soit vendue sur un trottoir défoncé ou prescrite par un médecin, reste une drogue.

Je n'ai pas osé donner mon avis à Saul, mais j'ai peu d'espoir la concernant. À la différence de ma mère, Penny n'est pas entourée des meilleurs spécialistes pour la guider. D'ailleurs, hormis Saul, a-t-elle seulement une personne pour l'épauler ? Et même lui, que peut-il faire à son niveau ? Il est pieds et poings liés.

Comme pour confirmer mes pensées, Penny éclate en sanglots. Entre deux trémolos, elle conclut que sa vie est finie. Saul la console. J'imagine qu'il la prend dans ses bras, la berce doucement. La jalousie qui un peu plus tôt m'aurait lacéré la poitrine s'est évaporée dans un nuage de fumée, dévoilant une empathie qui me serre le cœur.

Saul lui promet qu'il ne la laissera pas tomber, qu'il va l'aider. J'ai peur que sa promesse ne soit vaine. On ne peut pas sauver quelqu'un qui ne souhaite pas être sauvé. Or, Penny a abandonné tout espoir. Il lui propose ensuite de dormir encore un peu. Elle accepte d'une voix étouffée.

Des bruits de pas m'alertent. Je m'élance vers le lit pour retourner m'allonger. Lorsque la porte s'ouvre, je ferme les yeux, feignant l'assoupissement. Quelques instants plus tard, Saul m'entoure de ses bras. Ses lèvres se posent sur mes cheveux, puis sa tête se cale près de ma nuque. Des gouttes humides dévalent mon épiderme. Pleure-t-il ? Mon souffle se coupe tandis que le sien est saccadé, chargé d'une tristesse qui me tord le ventre. Alors, moi aussi je me laisse aller à quelques larmes cachées avant de replonger dans un sommeil agité.

Je me réveille aux aurores, le jour n'est pas totalement levé et le ciel est d'une teinte bleu foncé.

Saul a encore disparu. Est-ce la raison de mon réveil ?

Cette fois, je ne perçois aucun bruit dans la péniche, hormis celui du bois qui craque sous l'effet de la houle. Je tire sur mon tee-shirt pour ne pas avoir les fesses à l'air et m'introduis dans le salon. Personne. On dirait que Saul a bel et bien déserté la péniche.

Je suis toujours à fleur de peau, malgré les larmes versées sur l'oreiller. Trop d'émotions, de sentiments contradictoires m'assaillent. Je virevolte et mes yeux parcourent la pièce à plusieurs reprises comme si un regard n'avait pas suffi à me convaincre de son absence. Ma gorge est obstruée par le goût âcre de la déception.

Un clapotement monotone m'incite à m'aventurer dehors. J'enfile mes bottes rembourrées, et malgré ma tenue légère, je sors sur le pont. Saul est appuyé sur le bastingage, une cigarette à la main. Il la porte à la bouche en fermant les paupières et recrache la fumée, la tête levée vers le ciel.

– Je croyais que tu détestais la clope ?

– Penny s'est tirée, me prévient-il sans se retourner. Elle m'avait promis de rester, mais elle s'est barrée.

Il balance un caillou ou je ne sais quoi dans la rivière. L'objet au contact de la surface produit un « ploc ! » qui brise le silence matinal. C'est donc ce son que j'ai entendu.

Je m'approche, et alors qu'il s'apprête à tirer une nouvelle taffe, je lui vole sa clope et la porte à mes lèvres. Cette fois, il pivote vers moi.

– Qu'est-ce que tu fous ?

– Si tu fumes, je fume.

Il secoue la tête.

– Mais tu ne fumes même pas.

– Toi non plus.

– Retire-moi ça de ta bouche, s'agace-t-il en me l'arrachant d'un mouvement sec.

La cigarette termine sa course dans la rivière. Je souris avec fierté. Il pousse un soupir las.

– Tu devrais rentrer.

– Toi aussi, il fait froid.

Avec un simple tee-shirt sur le dos, je sens le froid transpercer mon épiderme. Mais Saul n'est pas beaucoup plus chaudement habillé. Seules ses jambes sont plus couvertes que les miennes puisqu'il porte son jean.

– Tu devrais rentrer chez toi, me précise-t-il alors. Ta place n'est pas ici, June. Dans tout ce foutoir.

Un autre type de froid pétrifie mes organes. L'air dans mes poumons se fige, mon cœur se glace.

– Pas sans toi.

Je ne sais pas d'où me vient cet élan de courage. Ou d'inconscience. À dévoiler ainsi mes pensées.

– Je ne partirai pas sans toi. Tu peux revenir à la villa. Mon père n'y sera pas avant un bon moment encore. On a de la marge.

– Je ne peux pas laisser Sevan tout seul. C'est trop dangereux.

– Ça l'est pour toi aussi. Sevan n'a qu'à retourner chez son ami. Ou bien il peut carrément venir avec nous. Ça ne me dérange pas. Et Esther ne dira rien.

Je parle de plus en plus vite, de manière de plus en plus désespérée.

– Voilà, faisons ça. C'est bien ainsi. Allons-y tous les trois. D'accord ? Oui, c'est bie…

Saul m'enlace.

– June, June, calme.

Il lâche un petit rire.

– Comment peux-tu être si mignonne, parfois ? Tu me donnes envie de te croquer.

Puis son air devient plus sérieux pendant que son regard heurte le mien avec une détermination qui me fait frémir.

– Tout va bien se passer. Tu vas rentrer chez toi. En conduisant prudemment. Et moi, de mon côté, je vais chercher Penny. On se tiendra au courant par téléphone. Et de toute façon, on se verra au lycée sinon. Les cours vont sûrement reprendre après le week-end.

– Mais, tu…

Je ravale ma protestation devant son expression éloquente. En récompense, ses lèvres se plaquent sur ma bouche, et je me noie, le temps d'un instant, dans ce baiser passionné.

47

Saul

June est rentrée chez elle depuis maintenant trois jours.

Trois jours que je dors mal…

C'est fou comme on peut s'accoutumer rapidement à une présence. À la sienne en particulier. Sans son corps chaud lové contre le mien, je me sens incomplet.

La fatigue qui s'accumule joue sur mon moral. J'ai fouillé West River de fond en comble. Du moins, là où mon statut de WEN me permet d'accéder. Avec la tension exacerbée entre les gangs, certains quartiers sont interdits. Mais Penny n'y serait pas de toute façon. Impossible qu'elle se trouve dans une planque des BSB ou des DRB. Elle est autre part, terrée je ne sais où. Dans je ne sais quel état.

Je me sens misérable. Un ami incapable. Incapable de la protéger, incapable de la venger. Je voudrais éventrer Jacob et tous ceux qui ont osé la toucher, leur arracher les couilles pour ce qu'ils lui ont fait. Mais je ne peux pas. Pas sans y laisser ma vie, et par ricochet, mettre en danger celle de ma petite sœur. Elle est la raison pour laquelle j'accepte beaucoup de choses sans broncher. Je préfère ravaler ma fierté et ma rage plutôt que de perdre Savannah. De maigres sacrifices si c'est sa vie qui en dépend.

Je tourne et me retourne dans mon lit froid. June me manque. La chaleur de son corps me manque.

Le jour où elle est partie, elle m'a envoyé un message pour me signaler qu'elle était parvenue à bon port malgré sa conduite approximative. Cela m'a soulagé. Mais depuis, c'est silence radio. Peut-être est-ce parce que je n'ai pas répondu ? La vérité, je n'ai pas eu le temps. Je n'ai pas eu une minute à moi. Je m'étais juré de le faire, puis j'ai oublié. Et maintenant, c'est trop tard.

Je lorgne ma messagerie vide avec agacement. J'attends des nouvelles qu'elle ne me donne pas. Plongé dans la pénombre, avec pour seul éclairage mon smartphone que j'allume et que j'éteins par intermittence, je surveille un message qui ne vient pas. Puis je tente une nouvelle fois de dormir. Mes paupières se rouvrent dans la seconde.

Et si je lui écrivais un mot ? J'imagine que n'importe quoi fera l'affaire, même un « ça va ? ». Elle attend peut-être que j'amorce le premier pas.

Je commence à pianoter quelques lettres avant de me rétracter. Si elle m'engueule, je préfère qu'on soit face à face. Les cours reprennent demain. Je n'ai qu'à patienter jusque-là.

***

Un univers entier sépare West River d'East River. Cela m'a frappé le premier jour où j'ai franchi le checkpoint, c'est encore plus vrai ce matin. D'un côté, nous avons Gotham City. Au programme : déchéance, drogue, viols, meurtres et gangs. De l'autre, nous avons Wisteria Lane. Maisons chics, jardins entretenus, gens riches et heureux, toutous toilettés et secrets bien gardés. Le contraste ne peut pas être plus saisissant. Pendant que nous crevons sous les balles, Monsieur Bourge promène son yorkshire en manteau Gucci.

À travers les vitres sales du bus, je lance un regard envieux au chien qui trottine en remuant son arrière-train dans sa cape haute couture. Nourri, logé, choyé, avec pour seul souci de savoir où il va déposer sa crotte du matin.

J'aimerais sa vie.

Je ne sais pas si tout ce qu'on raconte à West River est avéré, chacun y va de son avis et en rajoute une couche. Comme on dit, les rumeurs prennent l'ascenseur, la vérité l'escalier. Peu importe où cette dernière se situe actuellement, le mal est fait. Les dégâts sont irréversibles et ils se paieront au prix du sang. D'ailleurs, celui-ci coule déjà à flots. Les médias s'en donnent aussi à cœur joie et alimentent, sciemment ou non, la psychose qui s'est installée. Rien qu'hier soir, ils ont évoqué une distribution de soi-disant bonbons aux enfants des foyers d'accueil de South District et Howl Town, lesquels bonbons seraient selon eux du *rainbow fentanyl*. On dénombrerait plusieurs hospitalisations, et certains gamins seraient dans un état grave. Ils parlent aussi de kidnapping, de prélèvement d'organes, de satanisme et de tous les sujets brûlants du moment. Un coup, leurs attaques visent les WEN, la fois suivante les DRB, puis celle d'après les BSB. Tous les gangs y passent. L'info est diffusée en continu sur notre chaîne locale. Ainsi, les médias cultivent la peur chez les Lambdas et provoquent une parano de plus en plus incontrôlable. Je ne sais pas quand ni comment cette histoire va s'arrêter, mais l'avenir de West River s'annonce plus sombre que jamais.

J'ai interdit à Savannah de reprendre l'école pour l'instant. Le climat est trop tendu. Son nom de famille fait d'elle une cible. Facile, qui plus est.

Pourquoi je ne suis pas ce foutu chien en Gucci ?

Je masse mes tempes en sentant poindre une migraine. Le stress a tendance à me provoquer des maux de tête.

J'inspire une grande goulée d'air frais en sortant du bus. Même l'oxygène semble différent ici. Plus pur. Dans n'importe quelle ruelle de West River, une odeur pestilentielle flotte. Mélange de relents d'égout et de pourriture. Il n'y a qu'à la péniche où nous sommes relativement épargnés par ces émanations.

Mes pompes s'enfoncent dans la neige. Au moins, ces baskets ne sont pas trouées, même si elles ne me protègent pas vraiment du froid et que mes orteils risquent d'être congelés d'ici peu.

Faut vraiment que j'arrête de m'apitoyer sur mon sort, aujourd'hui. On dirait un gosse de 4 ans qui jalouse son copain. Je me suis levé du pied gauche, et ça se ressent. Je suis aigri, fatigué. En colère.

Voir June, voilà ce dont j'ai besoin.

Mon sac sur une épaule, je déambule dans les couloirs à sa recherche. Le silence s'instaure sur mon passage et les têtes se tournent vers moi. Je soupire. Pendant combien de temps encore vais-je être l'attraction du lycée ?

Au loin, j'aperçois la chevelure chatoyante de June. Aussi raides que des baguettes, ses cheveux tombent tel un voilage épais sur ses épaules. Même de dos, elle est canon. Vêtue d'un pull court en laine crème, d'un slim noir et de bottes fourrées, elle est ultra sexy. Bien que je la préfère habillée de mon seul tee-shirt.

Lorsque Ethan apparaît à son tour dans mon champ de vision, je retiens une grimace. Quand son bras se pose d'un geste possessif sur l'épaule de June, un grognement m'échappe. Puis, il se penche pour l'embrasser… et le monde se teint de rouge. Je ne sais par quel miracle je parviens à ne pas lui arracher la carotide à coups de dent. Pourtant, dans mon esprit, l'image est d'une telle netteté que je frissonne d'un plaisir cruel.

Je ne vois pas l'expression de June, mais j'espère qu'elle est tout aussi dégoûtée que la mienne.

Si Ethan tente un *touchdown*, je ne réponds plus de rien. Je n'ai jamais été jaloux et je ne le suis pas à cet instant non plus. Ce n'est juste pas le moment de me chauffer. Or, cet étalage, là tout de suite, me gonfle. Qu'il fourre sa langue dans sa bouche un autre jour si ça lui chante, mais pas ce matin.

Je passe devant eux et cogne délibérément l'épaule d'Ethan. Ce dernier gronde je ne sais quoi, mais je poursuis ma route sans m'arrêter. Ni m'attarder sur June. Je crois l'entendre souffler mon nom, mais je ne ralentis pas pour vérifier. Nous avons cours de SVT ensemble, donc elle ne tardera pas à me rejoindre, de toute façon.

Mme Alvarez, plus volubile que jamais, nous assomme avec une leçon indigeste sur les génotypes, alors que mon cerveau est concentré sur le chapitre de la reproduction humaine. Avec mise en pratique.

Une fois le cours terminé, je traîne dans la salle en espérant pouvoir choper June seule pendant un instant. Par chance, elle ne se défile pas et est peu pressée de rejoindre sa classe. Quand la quasi-totalité des élèves s'est éclipsée, je m'approche d'elle. Elle fait semblant de ranger des ustensiles en les déplaçant d'un pot à l'autre depuis près de cinq minutes. Je ricane. D'un coup d'œil circulaire, je vérifie que personne ne rôde aux alentours, puis colle mon corps au sien. Un frisson la parcourt tandis que ma main se pose sur sa hanche. Je presse ma bouche près de son oreille.

– Seize heures, chez toi. Pour franchir la ligne d'arrivée.

– Le culot ! me tance-t-elle d'une voix étouffée. Tu m'as laissée sans nouvelles. Pas un message, pas un appel. Je me suis inquiétée, figure-toi !

Elle fait volte-face pour m'asséner sur le torse une tape irritée, mais sans sa vigueur habituelle.

– J'ai une furieuse envie de t'embrasser. Je me retiens, June. Comme un fou. Mais si tu continues à me gronder comme un petit chaton, je vais craquer.

Elle réprime un sourire en se mordant la lèvre.

– Arrête tes simagr…

Je voudrais glisser ma langue entre ses jolies lèvres entrouvertes, mais je me contente d'un smack sonore, qui lui tire un couinement.

– Ces derniers jours ont été un vrai calvaire. Et la seule chose qui me retient de tout péter, ce matin, c'est toi.

Sur cet aveu, je m'éclipse de la salle, la laissant bouche bée.

***

Je regarde le bus remonter la rue en me demandant si mon coup de tête ne va pas me mettre dans la panade. J'ai prévenu Savannah de mon retard. Elle a pour ordre de s'enfermer dans la péniche et de n'ouvrir à personne. Même pas au daron ou à Tad. Encore moins à Jacob. Quant à moi, je dois me rendre chez June à pied, puisqu'elle a refusé de m'y emmener sous prétexte qu'on pourrait nous apercevoir à cette heure de la journée. Même si j'ai compris sa raison, je ne suis pas enchanté par l'idée. Selon elle, je n'en aurai « que » pour trente minutes si je marche vite. De toute façon, je n'ai plus le choix, le bus est parti.

Puisque June est en voiture, et moi non, c'est elle qui se charge de scanner mon passe. Elle n'avait pas l'air de s'inquiéter, donc j'imagine qu'elle sait ce qu'elle fait.

Après m'être tapé presque une heure de trajet et avoir évité un lancer de poubelle expédié par une foldingue de voisine, je suis enfin arrivé à destination. Je suis presque sûr qu'à un moment donné, mes orteils se sont décrochés du reste de mon corps. C'est simple, je ne les sens plus. Je jure tandis que j'effectue les derniers mètres.

Un homme, vêtu d'un costard impeccable sous un trench noir, m'interpelle. À son allure nonchalante, il semble indifférent au froid.

– Excusez-moi, vous êtes du quartier ? s'enquiert-il d'un ton un peu trop doucereux.

Mes alarmes se déclenchent aussitôt. Ce type est carrément louche.

– Non. Désolé, je suis pressé et j'ai froid.

J'accélère le pas, je sens son regard perçant dans mon dos.

June m'attend sur le perron, une tasse fumante à la main. Mon envie de l'étriper grimpe en flèche. Puis, elle redescend tout aussi vite lorsqu'elle me tend le mug avec un sourire timide.

– Tu dois être gelé. Si j'avais pu te ramener sans que…

Elle se tait, puis soupire.

– Rentrons avant que tu attrapes encore plus froid. Au fait, c'est qui le mec là-bas, tu le connais ?

Je lui fais signe que non et la suis à l'intérieur.

– Esther est en train de réchauffer le dîner que notre cuisinière a préparé avant de partir. Tu pourras apporter une part à Sevan, je lui ai demandé de prévoir large spécialement pour lui.

Son intention me touche.

– Merci.

La villa est toujours aussi laide et, étrangement, ce constat me rassure. En quelques jours, tellement de choses ont changé autour de moi que j'en ai le tournis. Un peu de stabilité n'est pas pour me déplaire. Même si on parle de l'affreuse déco d'Harrington.

Une fois que nous sommes à l'étage, ma respiration s'apaise. Un sentiment de bien-être m'envahit. J'aime être avec June. Chez elle. Et bientôt *en elle*.

Je n'attends pas d'avoir franchi le seuil de sa chambre pour capturer sa bouche. J'en crève d'envie depuis ce matin. D'un mouvement un peu trop brusque, je la plaque contre le mur. Elle ne s'en plaint pas et pousse un gémissement étouffé. Mes dents se fichent dans sa lèvre inférieure avant que ma langue prenne le relais pour apaiser cette douce morsure.

J'ai tellement besoin d'elle que j'en ai mal.

Mes gestes sont plus maladroits, plus précipités. Néanmoins, June ne semble pas s'en apercevoir. Son corps frémit, aussi impatient que le mien. Son buste se soulève avec rapidité et sa respiration est lourde. Nous sommes tous les deux dans un état fiévreux.

Ses jambes s'enroulent autour de ma taille tandis que

j'avance d'un pas chancelant vers le lit. J'ai la sensation d'être emporté dans un tourbillon. Je ne contrôle rien. Trois mots tournent en boucle dans mon esprit : être en June. Être en June.

Être. En. June.

– J'ai tellement envie de toi, murmuré-je dans une supplique.

– Alors, prends-moi.

Trois petits mots. Qui complètent à merveille les trois miens.

Je passe mon sweat par-dessus ma tête et June m'aide en riant lorsqu'il reste coincé. J'embrasse son front, ses pommettes, le bout de son nez, puis sa…

– June, je suis rentré.

Deux respirations qui se coupent. Un cœur qui s'arrête. Celui de June.

– June… appelle Harrington depuis le rez-de-chaussée. Tu descends ou je dois monter ?

Dans ma vie, j'ai été amené à observer la peur sous toutes ses formes, de la plus primitive à la plus viscérale. Mais à cet instant, ce que je décèle sur le visage de June est au-delà. Une terreur absolue, comme je n'en ai jamais vu auparavant.

Retrouvez la suite et la fin de l'histoire de June et Saul dans *Wall Breaker 2*, déjà disponible en librairie !

Playlist

« West Side » : CX
« Lay Your Head on Me » : Crush
« Gangsta's Paradise » : Coolio
« A Little Braver » : New Empire
« Lonely » : RM
« Never Not » : Lauv
« Shot Glass of Tears » : Jungkook
« Die With a Smile » : Bruno Mars, Lady Gaga
« Why Why Why » : Jackson Wang
« Strawberries & Cigarettes » : Troye Sivan
« Just a Lil Bit » : 50 Cent
« Someday, the Boy » : Kim Feel
« I Know What You Want » : Busta Rhymes, Mariah Carey

Extrait

Aimée Bianca

Riversend

PROLOGUE

Beatriz

La douleur est étourdissante. Elle bourdonne dans mon crâne, irradie dans chacun de mes os et laisse un goût acide sur ma langue.

La pièce dans laquelle je suis attachée est dépourvue de fenêtre. Je n'ai aucune notion de temps, si ce n'est les visites régulières de cet homme cagoulé qui cherche à m'extirper par la violence tout ce que je sais sur le nouvel entrepôt détenu par ma famille, d'où partent les marchandises pour l'Europe. Mais je ne révèle rien. J'accuse ses coups sans broncher et le fusille du regard avec le peu de dignité qu'il me reste.

L'odeur d'humidité et de moisissure me pique le nez. Mais c'est celle de l'urine, la mienne mélangée à celle d'autres avant moi, qui me donne la nausée.

La porte s'ouvre et mon cœur s'emballe. Il tambourine contre ma poitrine, comme s'il anticipait ce qui allait arriver. Ce énième round qui me fera peut-être craquer. Je tends les bras, les poignets ciselés par les menottes qui me maintiennent dans une position inconfortable depuis une éternité, alors que mon tortionnaire apparaît, une boîte en fer tenue à bout de bras.

Je ne sais pas ce qu'elle contient, c'est la première fois que je la vois. Il m'a empêchée de dormir. Privée d'eau et de nourriture. Il m'a déshabillée pour m'humilier. Il a utilisé ses poings et une planche de bois pour me tabasser, un sac et un seau d'eau pour me faire suffoquer. Je n'en peux plus, mais je tiens bon parce qu'une part de moi a envie de croire que c'est bientôt terminé. Que ce n'est qu'un énième exercice imposé par mon père, parce que, en plus de m'avoir laissé mes sous-vêtements, il n'a ni abusé de moi ni touché à mon visage. Et c'est cet espoir qui me permet d'encaisser, ainsi que la haine viscérale qui me retourne le bide. Depuis que j'ai 14 ans, les entraînements se multiplient. Mon père cherche à me préparer, à me forger, à me façonner à son image pour suivre ses traces et me rendre à la hauteur.

Que j'aie mal ne dérange personne, que je sois humiliée non plus. Je suis l'héritière des Blackwood, l'une des deux familles les plus puissantes de Riversend et à la tête de l'Ordre, une structure criminelle qui prédomine beaucoup de marchés, notamment ceux du cannabis, de l'immobilier et du proxénétisme. Tous les membres sont passés par là, même si je sais que je morfle plus que les autres. Si je ne suis pas apte, c'est mon cousin qui prend ma place. Il aurait dû, d'ailleurs, parce que l'Ordre a toujours été dirigé par des hommes. Mais mon père s'y est opposé à ma naissance, par pure question d'ego et de pouvoir, parce qu'il espérait finir par avoir un fils. Ça n'a jamais été le cas, ma mère n'a pas réussi à retomber enceinte après moi et s'est suicidée quand j'ai eu 10 ans. Alors, mon père a redoublé d'efforts pour que ma position soit incontestable malgré sa rancœur d'avoir une fille. Je n'étais qu'un pion dans son jeu et je n'ai jamais cessé de l'être.

J'ai failli flancher plus d'une fois. J'ai souhaité qu'il perde tout ce qu'il chérissait et que mon oncle récupère le business juste pour lui faire payer la vie qu'il m'avait imposée. Mais le jour où ce dernier m'a dit qu'il avait hâte de me vendre au plus offrant, j'ai compris que mon sort serait bien plus terrible sous sa direction.

Si mon père ne m'aime pas, Marcus me hait parce que j'ai pris la place qu'il voulait pour son fils, Julien. Et le pire dans tout ça, c'est que mon père est tellement obnubilé par son business qu'il n'a jamais prêté attention aux coups bas de son frère auprès de certains collaborateurs ; des réunions secrètes ou des contrats négociés dans son dos. Il ne m'a pas plus crue lorsque je lui en ai touché deux mots, encore moins quand je lui ai avoué que Julien avait envoyé un individu pour tenter de me violer dans mon propre lit. Il m'a accusée d'avoir fait entrer moi-même un inconnu. Il ne s'est pas demandé pourquoi l'homme gisait au sol, étouffé par un coussin. Il m'a juste giflée parce que j'osais pleurer.

J'avais à peine 17 ans.

Et j'avais déjà la certitude qu'il n'y avait qu'une seule issue possible pour moi et que je ne devais pas céder la place d'héritière. Je devais me battre pour prendre le pouvoir de l'Ordre, sinon j'étais destinée à un sort que je ne réserverais même pas à mon pire ennemi.

Être la marionnette de Nathaniel ? Ou une marchandise à négocier pour Marcus ? Le choix a été vite fait, je n'ai plus jamais eu envie d'abandonner.

Mon bourreau ouvre sa boîte et l'étudie un long moment dans un silence menaçant. Il en sort un chalumeau qu'il agite devant moi dans un rire vicieux. Mon ventre se tord d'anxiété et la bile remonte à la vue de l'outil. Il passe au cran supérieur. Mon sang va couler et j'ai peur. Mais je canalise ce sentiment comme je peux, parce qu'il n'y a pas pire émotion. La peur ne m'aidera pas à m'en sortir. Je ferme les paupières et serre les dents alors qu'il avance son objet de torture à une lenteur insoutenable. Le cliquetis de l'outil et la chaleur qui me caresse l'intérieur de la cuisse me font ouvrir les yeux. Une rage sourde gronde en moi, masquant cette angoisse dévorante. Je plante mon regard dans celui de l'homme qui me fait face. Ses iris sont aussi sombres que mon cœur lorsque je pense à ce milieu dans lequel je suis née, à l'endroit dans lequel je suis enfermée depuis des jours. Cette violence dans laquelle j'évolue, cette noirceur qui a rythmé mon éducation.

– Tu attends quoi, connard ? maugréé-je alors qu'il ne fait que m'effleurer.

Comme s'il avait prévu de ne pas aller jusqu'au bout, comme s'il s'attendait à ce que je cède. Un cri m'échappe dès que le feu brûle cette zone de peau délicate et je ravale les suivants, sentant les larmes monter. Pourtant, je continue de fixer mon tortionnaire. L'odeur de la chair grillée s'infiltre dans mes narines à m'en donner le vertige.

– Ça suffit.

Je surprends mon père dans l'embrasure de la porte.

Il me scrute d'un air froid, les bras croisés sur son large torse. Son costume sur mesure bleu nuit dénote dans cette pièce délabrée, encore plus ses chaussures cirées dont le bout des semelles frôle une flaque au liquide inconnu.

Le chalumeau s'éteint, mais pas la douleur, et j'ai l'impression qu'il est toujours en train de me calciner la peau. Pourtant, je sais que mon bourreau aurait pu faire pire, qu'il a fait en sorte que la plaie ne laisse aucune cicatrice, comme à chaque fois que je suis *entraînée* – les os se consolident de nouveau, les coupures se soudent sans points, les bleus disparaissent mais pas la rancœur et la douleur mentale. Je suis détachée et forcée de me mettre debout.

– Rhabille-toi.

Nathaniel Blackwood dans toute sa splendeur. D'autres auraient félicité leur fille, d'à peine 17 ans, d'avoir tenu aussi bien face à la torture. Lui, non. Mon sort lui importe peu car il est passé par là aussi, à une époque, et son business est désormais toute sa vie. Il veut le meilleur pour prendre sa suite. Physiquement, je tiens tout de ma mère, de mes cheveux noirs à mes yeux noisette. C'est peut-être d'ailleurs l'une des raisons qui le poussent à être si dur avec moi. Il veut gommer tout ce qui me rattache à elle et graver ses gènes tordus en moi. Ses hommes de main me poussent en avant et je puise toute la force qu'il me reste pour me stabiliser. Malgré la souffrance que je ressens dans chacune de mes cellules, et particulièrement à l'endroit le plus touché, à quelques centimètres de mon intimité, je lutte pour ne pas laisser échapper une grimace. J'attrape les vêtements que l'on me tend et les enfile.

– Fais panser tes blessures et maquille les marques visibles, ce soir nous avons un dîner important.

Il fait volte-face et je cloisonne la rage qui me consume.

Un jour, je prendrai la tête de cet Ordre, son joyau, et je le détruirai de l'intérieur. Je serai aux premières loges lorsqu'il se rendra compte que toute cette rage, qu'il s'est tant acharné à m'inculquer, n'aura servi qu'à anéantir tout ce qu'il a construit.

Et j'y prendrai plaisir.

1

Beatriz
Sept ans plus tard

– Où vas-tu ?

La voix autoritaire de mon père claque dans les airs et je m'immobilise au milieu du hall d'entrée de la maison. Il est en haut des escaliers. Ceux qui mènent à son bureau. Pourtant, la distance n'amoindrit pas l'accusation que je décèle dans son regard lorsqu'il balaie ma tenue de haut en bas. Il est presque minuit. Si j'étais raisonnable, j'irais me coucher. Mais j'ai envie de me vider la tête le temps de quelques heures.

– Je rejoins Peyton.

J'ai l'impression de voir, un instant, une forme de soulagement dans sa posture à la mention de ma meilleure amie. Notre rencontre n'est pas le fruit du hasard, puisqu'elle est la fille d'Alexander, le second de mon père. Je sais qu'elle a été volontairement mise sur mon chemin pour me surveiller. Au début, j'étais craintive et réticente quant à ses tentatives de rapprochement, puis j'ai fini par découvrir une jeune femme généreuse, joviale et à l'écoute. Elle m'a plus d'une fois prouvé où allait sa loyauté en mentant pour moi dans des rapports qu'elle devait remplir concernant nos virées ou sur mes habitudes en dehors de la propriété. Je suis certaine qu'elle ne dira pas non plus où nous nous retrouvons ce soir. Parce qu'elle aussi veut s'amuser, comme n'importe quelle autre jeune femme de 24 ans.

– À ton âge, je m'occupais des affaires de l'Ordre, dit-il comme un reproche.

L'énervement se réveille dans le creux de mon ventre. Il m'a officiellement présentée comme son héritière le jour de ma majorité. Pourtant, il ne m'a encore jamais invitée à participer aux réunions avec ses associés, encore moins aux comités. J'ai le droit de participer à des événements publics, de rencontrer des gros clients à ses côtés, d'étudier certaines affaires, de gérer des transactions ou des négociations mineures. Mais ça s'arrête là. Je n'ai aucun pouvoir décisionnaire ni voix au chapitre. Ce qui me rassure, c'est que mon enfoiré de cousin, Julien, non plus, malgré la persévérance de Marcus.

– Je n'allais pas jouer les dévergondés dans des boîtes de nuit, continue-t-il, accusateur. C'est là où tu vas, n'est-ce pas ? À cette heure et dans cette tenue ?

– Heureusement que je ne suis qu'en jean, sifflé-je entre mes dents serrées.

– Combien de fois dois-je te le dire ? tonne-t-il. Les adultes articulent, ils ne marmonnent pas.

Je bouillonne, mais ne laisse pas échapper les insultes qui fleurissent dans ma tête. Ça ne ferait qu'alimenter ce qu'il pense de moi et envenimer les choses.

– J'ai besoin de décompresser, prononcé-je plus fort.

Un tic nerveux apparaît sur la commissure de ses lèvres.

– Décompresser ? Comment veux-tu que mes

associés te prennent au sérieux s'ils te découvrent en train de danser plutôt qu'à gérer les affaires ?

Peu importe les excuses que je lui donne ou l'investissement que je mets dans les dossiers, à partir du moment où il veut me reprocher les problèmes de la terre entière, rien ne l'arrête. J'ai fini par m'en foutre et l'accepter. Quoi que je fasse, rien ne lui convient. Pourtant, il est bien content que je m'occupe des tâches insignifiantes comme les plaintes de nos locataires et la vétusté de leurs logements.

Dans le meilleur des mondes, il voudrait que je me tue à la tâche comme il l'a toujours fait, que ma vie ne se résume qu'à lui et l'Ordre. C'est un peu le cas, à peu de chose près, puisque mon objectif de tout lui faire perdre est le même depuis des années.

– As-tu oublié que nous avions rendez-vous avec Joannes Vanderbilt demain à dix heures ?

Je n'ai pas oublié, je n'étais simplement pas conviée avant maintenant à rencontrer le nouveau sénateur de notre État. Le soutien des politiciens est primordial, comme celui de toutes les autorités publiques. S'ils peuvent fermer les yeux sur nos activités, ils peuvent aussi nous ouvrir des portes et c'est excellent pour le business. S'il m'impose de l'accompagner, c'est qu'il cherche à me tester. Aujourd'hui, je ne suis plus soumise aux entraînements physiques parce que j'ai fait mes preuves. Ce n'est que manipulation et pressions psychologiques. Des remarques. Des rendez-vous de dernière minute. Des annulations de plans. Des analyses et comptes rendus jamais retenus ou critiqués. Tout pour me rendre la plus parfaite possible selon ses critères, son meilleur clone, l'héritière dont il a toujours rêvé.

Je me demande souvent si j'aurai la force de continuer ainsi des années, si j'arriverai à atteindre l'excellence qu'il vise, si je ne perds pas mon temps. Puis je me rappelle tout ce qu'il m'a déjà fait endurer, la douleur aussi physique que mentale, et ce que je gagnerai si j'atteignais mon but même dans une décennie ou deux. Et il n'y a pas meilleur stimulant que la perspective de me venger de l'enfer qu'il m'a imposé pour son propre plaisir.

– Vous pouvez compter sur moi, je serai prête, déclaré-je.

Pour le rendez-vous. Pour le détruire.

– Bonne nuit, père.

J'ai à peine fermé la porte d'entrée que deux de ses hommes de main me rejoignent et m'accompagnent jusqu'à mon chauffeur. Je ne peux pas quitter la propriété sans surveillance, et j'ai toujours détesté ça, parce que les équipes de mon père me protègent autant qu'elles lui rapportent tous mes faits et gestes. Nous nous engouffrons tous les trois dans le véhicule et sortons du domaine après que j'ai donné les indications au conducteur.

Le quartier paisible et huppé de Balemore défile sous mes yeux avant que nous nous enfoncions dans la ville nocturne animée. À mesure que nous roulons dans Riversend ouest et approchons de la frontière avec l'Est, je me tends. Je n'ai pas donné la bonne adresse et m'apprête à fausser compagnie à mes accompagnateurs. Je descends la première devant un bar et pénètre dedans comme si j'étais habituée.

– Je vais aux toilettes, indiqué-je à l'un des gardes du corps. Commandez-moi un gin tonic, je reviens.

Je me faufile avant d'entendre leur réponse dans la marée humaine qui ondule au rythme de la musique funk. Je passe devant tout le monde sans faire la queue et entre dans la pièce bondée. Il ne me faut pas longtemps pour repérer la fenêtre que j'ouvre sous les regards interloqués des femmes autour de moi. Mon cœur bat à un rythme effréné et je suis autant excitée que terrifiée. Ce n'est pas la première fois que je fais le mur mais je ne l'avais jamais fait à la barbe d'une équipe et je réfléchirai demain aux conséquences pour eux comme pour moi. Je me hisse sur le rebord des lavabos et passe la tête pour analyser où je m'apprête à sauter. C'est une rue sombre qui donne sur les poubelles des immeubles.

– Tu fous quoi ? entends-je croasser dans mon dos.

Je ne prête pas attention aux exclamations féminines et enfile l'anse de mon sac à main autour de mon cou. Je pousse sur mes bras pour soulever mon corps et passe la première jambe, puis la seconde avant de me projeter en avant. J'atterris les deux pieds joints, le souffle haletant, et lance un regard agité dans mon dos, où un brouhaha s'élève à travers la lucarne ouverte. Je n'attends pas plus longtemps pour courir et m'éloigner du bar.

– Taxi, hélé-je celui que je vois en arrivant dans une avenue adjacente.

Je monte à bord de la voiture et salue le chauffeur, le souffle court et la poitrine en feu.

– Je vais au Burrow.

Il pianote l'adresse sur son tableau de bord et lance le compteur. Je zieute dans le pare-brise arrière pour être certaine que je n'ai pas été suivie et me détends quand je comprends que j'ai réussi. Je laisse échapper un rire qui me vaut un coup d'œil curieux de l'homme derrière le volant. Le trajet jusqu'au club où j'ai rendez-vous avec Peyton se fait très vite. Si je ne voulais pas qu'on me suive, c'était parce que si mon père découvre où je vais, je suis morte. Le Burrow est le seul endroit où la limite entre notre territoire et celui des Diamanti, les ennemis jurés de l'Ordre, n'est pas constituée de la baie mais d'un no man's land terrestre où nous n'avons aucune influence. Nous avons découvert cette adresse il n'y a pas longtemps avec Peyton, alors que nous cherchions à rendre nos virées nocturnes plus excitantes. Le gérant ne répond d'aucune des deux familles, ce qui rend l'expérience particulière. Cohabiter avec le danger, voire frôler la mort si nous sommes découvertes par quiconque déteste nos pères, nous a donné envie d'y retourner. Comme si l'adrénaline faisait défaut à nos vies et que celles-ci manquaient de saveur.

Je paie le chauffeur quand il s'immobilise devant une longue file d'attente et sors me mettre en ligne avec les autres. La musique assourdissante m'enveloppe dès que j'entre enfin dans le club et les basses vibrent dans ma poitrine. Je mets un temps fou à trouver la table que Peyton m'a indiquée par SMS et quand je me plante devant, elle bondit de la banquette défraîchie en criant de joie. Son corps percute le mien dans une étreinte qui me fait glousser.

– Regardez qui nous fait l'honneur de sa présence ! s'exclame-t-elle en s'écartant. Brooke, messieurs !

Pour ne rien manquer
des éditions Addictives, suivez-nous
sur les réseaux sociaux.

Autrice : Solenn Sakly

Edisource – Éditions Addictives
1 bis, avenue de la République – 75011 Paris
Imprimé par Novoprint en Slovaquie
Dépôt légal : juillet 2025 – Achevé d'imprimer : juin 2025
ISBN : 978-2-37126-755-8
Contact sécurité produit : conso@edisource.fr
Réf. contrat : ZWES_001